苏珊·柯林斯科幻小说中的文化身份研究

贺丽——著

U0852859

湘潭大學出版社
XIANGTAN UNIVERSITY PRESS

图书在版编目（CIP）数据

苏珊·柯林斯科幻小说中的文化身份研究 / 贺丽著 . 湘潭 : 湘潭大学出版社, 2024. 9. -- ISBN 978-7-5687-0667-4

Ⅰ. I712.074

中国国家版本馆 CIP 数据核字第 2024CU6443 号

苏珊·柯林斯科幻小说中的文化身份研究

SUSHAN-KELINSI KEHUAN XIAOSHUO ZHONG DE WENHUA SHENFEN YANJIU

贺丽 著

责任编辑：王正杰
封面设计：李　平
出版发行：湘潭大学出版社
社　　址：湖南省湘潭大学工程训练大楼
电　　话：0731-58298960 0731-58298966（传真）
邮　　编：411105
网　　址：http://press.xtu.edu.cn/
印　　刷：长沙印通印刷有限公司
经　　销：湖南省新华书店
开　　本：710 mm×1000 mm 1/16
印　　张：17
字　　数：351 千字
版　　次：2024 年 9 月第 1 版
印　　次：2024 年 9 月第 1 次印刷
书　　号：ISBN 978-7-5687-0667-4
定　　价：68.00 元

本书为教育部人文社会科学研究青年基金项目“苏珊·柯林斯科幻小说中的文化身份研究”（编号 20YJC751007）的研究成果。

前　言

苏珊·柯林斯（Suzanne Collins，1962-）被公认为是后“9·11”时代最著名的畅销书小说家之一，美国电视界最高奖项艾美奖获得者，她同时还是美国当代一位重要的儿童文学家。从1991年至今，柯林斯共创作了九部长篇小说，其代表作“《饥饿游戏》三部曲”包括《饥饿游戏Ⅰ：饥饿游戏》（*The Hunger Games*，2008）、《饥饿游戏Ⅱ：燃烧的女孩》（*Catching Fire*，2009）和《饥饿游戏Ⅲ：嘲笑鸟》（*Mockingjay*，2010）[①]，三部曲之外还有一部《饥饿游戏前传：鸣鸟与蛇之歌》（*The Ballad of Songbirds and Snakes*，2020）。三部曲作为一个有机的整体，涉及女性政治、青少年亚文化、后殖民文化、人类未来前景、地域空间、伦理、精神创伤学、大众传媒等诸多议题。其作品反映了20世纪末到21世纪初美国动荡的社会现状和历史。因此，将柯林斯的三部曲进行比较研究，并集中讨论其科幻小说的文化身份的研究，具有十分重要的意义。

从理论渊源和个人经历来看，首先，柯林斯成长的军人家庭背景、她推崇的正当实用伦理观、她寄托的反乌托邦的情结思想都具有独特的文化身份特性；其次，美国的女权运动、美国的民权运动和反战运动都为三部曲中文化身份的形成烙印上了多种社会文化的印记，柯林斯的科幻小说蕴

① 为了方便阅读，《饥饿游戏Ⅰ：饥饿游戏》《饥饿游戏Ⅱ：燃烧的女孩》《饥饿游戏Ⅲ：嘲笑鸟》《饥饿游戏前传：鸣鸟与蛇之歌》在后文中分别简称为《饥饿游戏》《燃烧的女孩》《嘲笑鸟》《鸣鸟与蛇之歌》。

含了这三大运动的精神内核；最后，女性主义理论、后殖民理论、大众文化理论等当代西方理论的渗入和影响，都为柯林斯科幻小说中文化身份的诞生提供了肥沃的土壤。柯林斯独特的个人成长经历和所处的时代特色，让其科幻小说作品中蕴含了复杂的社会实践和现实批评内容。

柯林斯的《饥饿游戏》三部曲已经成为了一种文学和文化现象，结合柯林斯的人生经历，三部曲模仿和再现了历史和当前的社会生活和矛盾冲突，涵盖了多种文化身份的危机。而“文化身份”的研究作为柯林斯科幻小说的一个重要主题，主要表现在三个方面，即男权话语中女性的文化身份、战争背景下青少年的文化身份、后殖民语境里边缘群体的文化身份。三种文化身份的强调，都体现出柯林斯对主流群体排斥的边缘化和弱势群体的关怀，对主流文化的挑战、对不同文化差异的认同、对人类共同命运的关注，而这也为柯林斯的科幻小说构建了一个特色鲜明的文化身份框架。

柯林斯的科幻小说具有丰富的后现代派烙印，叙事手法多样，充满了鲜明的文化身份特征，具有强烈的能指表征实践意义。在女性文化身份的表征方面，采用“嘲笑鸟”的话语表征和法律与反抗的暴力表征的方式，突出了女性处于父权制文化压迫下的边缘化的身份焦虑局面，表达女性的文化身份诉求；在青少年文化身份的表征方面，采用食物在青少年生活中的表征和游戏在传播活动中的表征方式，解析了食物对社会、文化、政治和个人渴望的相互关联，提出了批判性地对待媒介和游戏从而辨别出游戏真正表达的价值观和信念，强化了青少年的文化身份内涵；在后殖民文化身份的表征方面，通过他者的三重身份表征和身体的被驯服化与动物化的表征过程，从青少年贡品、艾瓦克丝、被殖民地的他者化三个角度深入分析了柯林斯科幻小说作品中的他者问题，认为身体是矛盾的物质场所，强调后殖民承载着意义的表征功能。

柯林斯科幻小说对文化身份的关注，在一定程度上引领了人们去思考政治、经济、文化、生活上的一些不公正现象和历史遗留问题，并且质疑了霸权主义和男权社会文化，关心边缘群体的生存境况和价值追求。研究柯林斯科幻小说的文化身份，对于现实问题、文学史和审美都具有重要意义：肯定了《饥饿游戏》三部曲对社会公平正义主题、和平主题、孤儿型女主人公形象的继承，创新了一种将符号学和文本相结合的新写作方式，发展了一种大屠杀式的文学创伤创作空间；体现了真实自然主客统一的有利面，贬斥了对自然的模仿和人化改造，区别分析了政治对科技的介入，呼吁了人类与自然的有机和谐发展；全面分析了小说的暴力现象，反映了柯林斯对社会暴力问题的沉思，体现了她对崇高暴力审美的肯定和对不合理恶丑暴力的审美批判；提出了对怪诞消费经济和经济不平衡发展的反对态度、对极权主义的反对、对现实社会的批判、对当代社会扭曲的娱乐文化现象的否定，寄托了作者对未来稀缺性政治控制手法的摸索，从而勾画了人类未来社会生存图景。

总而言之，柯林斯的科幻小说用独特的视角阐发着关于人类个体和群体的文化身份的思考与焦虑，在三部曲中，作者努力探寻身份的归属感和认同感，寻找生命的意义和真谛。柯林斯的科幻小说具有史诗般的力量，融入了作者对生活和现实的感悟，产生了与时代主题和文化的共鸣，体现了一位伟大作家的人文关怀。对柯林斯和其小说展开全面细致的研究，对于理解20世纪末和21世纪初的美国社会和西方社会，美国文学、文化、政治、历史等都有重要价值。柯林斯科幻小说的文化身份研究的意义不仅在于肯定了小说产生的社会效应，而且丰富了世界文学的内容；以文化身份研究为切入点深入解析柯林斯的小说身份构成和表征，既指出了研究中的难点和柯林斯研究的还未涉及的领域，折射出当代人的精神困惑和精神危机，也推动了边缘群体走出困境对文化身份的追寻，更为重要的是为中国文化建设和科幻小说创作提供了重要借鉴意义和参考价值。

目　　录

绪 论

苏珊·柯林斯（Suzanne Collins，1962-），是当代美国文坛著名作家之一，也是美国后“9·11”时代极具代表性的反战儿童文学作家之一。文学评论界称柯林斯“在描述战争的所有残酷、暴力和损失中绝对无情”[①]。柯林斯不仅是一位才华横溢的作家，同时还身兼编剧、记者等多重身份；其作品曾两次荣获美国电视界的最高奖项艾美奖提名、获得美国作家协会奖、连续180周荣登《纽约时报》（*The New York Times*）畅销书排行榜榜首等诸多荣誉。柯林斯的创作体裁多样，数量众多，其代表作已经成为美国各类学校课堂上讨论的作品之一，包括惊悚大师斯蒂芬·金（Stephen King）在内的著名作家也推荐阅读她的作品，并认为“阅读《饥饿游戏》会让人上瘾”[②]。柯林斯的小说从侧面反映了美国当代社会的现实生存图景，其主题涵盖女性权力，两性性别、青少年亚群体、身份认同、种族冲突、后殖民挑战、科技创新、精神创伤、道德法律等诸多方面。《推荐书目》（*Booklist*）评论她的作品“‘充满了道德、服从、牺牲、救赎、爱、法律，以及最重要的是强大的生存主题’，而《科克斯书评》（*Kirkus Reviews*）认为该书提供了‘尖锐的社会评论’”[③]。

---

① Henthorne, Tom. Approaching *The Hunger Games* Trilogy: A Literary and Cultural Analysis [M]. Jefferson, North Carolina, and London: McFarland & Company, Inc. Publishers, 2012: 20.

② [美] 苏珊·柯林斯. 饥饿游戏Ⅰ：饥饿游戏 [M]. 耿芳译. 北京：作家出版社，2010：封底.

③ Henthorne, Tom. Approaching *The Hunger Games* Trilogy: A Literary and Cultural Analysis [M]. Jefferson, North Carolina, and London: McFarland & Company, Inc. Publishers, 2012: 19-20.

一、选题背景

至今为止，柯林斯共创作了包括《地下城Ⅰ：光明勇士》（*Gregor the Overlander*, 2003）、《地下城Ⅱ：灾星寓言》（*Gregor and the Prophecy of Bane*, 2004）、《地下城Ⅲ：温血诅咒》（*Gregor and the Curse of the Warm-bloods*, 2005）、《地下城Ⅳ：神秘印记》（*Gregor and the Marks of Secret*, 2006）、《地下城Ⅴ：利爪密则》（*Gregor and the Code of Claw*, 2007）在内的《地下城》5部书系（The Underland Chronicles）；《饥饿游戏Ⅰ：饥饿游戏》（*The Hunger Games*, 2008）、《饥饿游戏Ⅱ：燃烧的女孩》（*Catching Fire*, 2009）、《饥饿游戏Ⅲ：嘲笑鸟》（*Mockingjay*, 2010）、《饥饿游戏前传：鸣鸟与蛇之歌》（*The Ballad of Songbirds and Snakes*, 2020）在内的4部超级畅销书系，共9部长篇小说；2部儿童电视剧：《克拉丽莎都知道》（*Clarissa Explains It All*, 1993）和《谢尔比·吴的神秘档案》（*The Mystery Files of Shelby Woo*, 1997）；2部图画书：《当查理·麦克巴顿失去力量》（*When Charlie McButton Lost Power*, 2005）、《丛林之年》（*Year of the Jungle*, 2013）；担任三个电视栏目的编剧或撰稿人：《O世代》（*Generation O*, 2000）、《克利福德的小狗时光》①（*Clifford´s Puppy Days*, 2003）、《哇！哇！拇指熊康吉!》（*Wow! Wow! Wubbzy!*, 2008）等。

柯林斯的创作极具社会现实感和史诗性，提出了各种各样的议题和问题，为研究者分析其作品提供了无数的可能性。从早期作为剧作家的训练及为儿童性电视节目写作编剧到中后期的具有反乌托邦式的长篇小说系列创作，从简单的儿童人物形象塑造到复杂的人物心理刻画，从单纯的剧本写作到史诗般的系列长篇小说创作，标志着柯林斯写作的不断成熟与日臻不凡。在柯林斯二十多年的创作生涯中，她创作的焦点始终围绕着文化身份问题。柯林斯一直深切关注女性、儿童和青少年、少数族群及人类社会的共同命运，她想通过自己的作品让孩子和成年人思考他们生活的世界，

① *Clifford´s Puppy Days* 在网络上曾译为《大红狗的纯真年代》，本书译为《克利福德的小狗时光》。

她说道："至关重要的是，年轻读者正在考虑有关人类未来的情景，因为挑战即将落入他们之中。我希望他们质疑这些书中的元素如何与他们自己的生活相关。……书中有什么使你焦虑，因为它反映了你自己生活的各个方面，如果有的话，你能做些什么呢？因为你知道什么？即使它们不是你的事情，这些问题以及如何处理它们将成为你的责任。"① 她的作品不仅仅面向儿童，还面向成人和各个层次的读者们。关于作品的风格，柯林斯在接受《娱乐周刊》（*Entertainment Weekly*）的采访时谈道："人们以不同的方式看待这些作品——如浪漫，反乌托邦，动作冒险，政治……因此，似乎有不止一种方式分析故事。"② 伊丽莎白·胡佛（Elizabeth Hoover）在《苏珊·柯林斯》（*Suzanne Collins*）一书中评论柯林斯的作品是"鼓励年轻读者批判性地看待他们周围的世界，并询问他们如何为更加和平的明天做出贡献"③。文学家的使命感和身份感促使柯林斯在写作时始终坚持创作要与现实生活相联系，她期望通过她的小说唤起人们对社会、文化、暴力、战争、道德等的深刻认识，以更生动逼真的画面引起读者的共鸣，以更宏阔的视野看待多元文化生活中遇到的问题，以更开拓的思维引导人们更好地理解真实的世界，引导人们树立正确的价值观和世界观，倡导和平、正义、非暴力和安定的幸福生活观。

因为柯林斯早期从事剧本写作已习惯于写浓缩剧本，所以她知道如何在快节奏、高动作的剧情中提高紧张感。她的连续冒险系列小说的结尾常常让读者感到非常兴奋。柯林斯在接受《教师》（*Instructor*）杂志采访时曾说："在一个充满未来感的世界中讲述一个故事，让你可以自由地探索当代困扰你的事物。"④ 柯林斯的小说融古希腊神话、罗马传统与当代美国现实于一体，融新与旧、公共和个人于一体。柯林斯的成功，很大程度上得益于她对文化的深度根植，对人类共同命运的探寻，其小说中对正义和

① Sapet, Kerrily. Suzanne Collins [M]. Greensboro: Morgan Reynolds Publishing, 2013: 98.

② Bailey, Diane. Suzanne Collins [M]. New York: The Rosen Publishing Group, Inc., 2013: 55.

③ Hoover, Elizabeth. Suzanne Collins [M]. Farmingtong Hills: Lucent Books, 2012: 12.

④ Bailey, Diane. Suzanne Collins [M]. New York: The Rosen Publishing Group, Inc., 2013: 47-49.

文明的呼唤，将痛苦不安的现状呈现在年轻读者面前，让他们直面生活，学会去判断人性中的善与恶、美与丑、真和假等道德问题。柯林斯的创作采用典型的魔幻现实主义方式，同时结合了后现代的多种表达手法，将文化身份问题的研究与文学的审美意义有机地统一起来，形成了内容与形式、教益与审美、思想与艺术的高度统一。

本书主要以《饥饿游戏》三部曲（*The Hunger Games* Trilogy）——《饥饿游戏》、《燃烧的女孩》、《嘲笑鸟》为研究对象。选择柯林斯这三部作品作为研究对象，有主客观两个方面的依据。

从客观原因上看，主要有以下三点：第一，从作品影响看，《饥饿游戏》三部曲最能反映柯林斯的创作，是她的代表作品，"三本书都出现在每期主要畅销书排行榜上"①，"就像《哈利·波特》（*Harry Potter*）与《暮光之城》（*Twilight*）系列一样，《饥饿游戏》系列具有跨世代的吸引力，已成为一种世界范围内的现象"②，三部曲体现了柯林斯的最高创作水平；第二，从作品内容看，三部曲涵盖了当代美国的地理、人文、科技、社会、文化等诸多方面，是美国的一幅浓缩全景图，牵涉到人与人，人与科技，人与自然，人与社会的诸多问题；第三，从作品题材上看，柯林斯运用丰富的想象力，将笔触衔接到古希腊罗马文化和未来幻想空间，继承和发扬了优秀文化传统，又提出了对人类未来共同体命运的焦虑。

从主观原因上看，主要有以下三点：第一，笔者倾向于研究美国文化和美国文学，一直以来从事相关专业的学习和教学，具有一定的研究基础和知识积累；第二，受到家庭和个人因素影响，笔者倾向于研究偏向女性主题和儿童主题的文学作品，这项研究更加符合自身兴趣爱好；第三，《饥饿游戏》三部曲都已经陆续被改编成电影，柯林斯的小说已经被翻译成中文，研究起来相对更加容易。

本书拟在文本细读的基础上，探讨柯林斯对男权话语中女性的文化身份、战争背景下青少年的文化身份、后殖民语境里的文化身份问题，全面

---

① Lusted, Marcia Amidon. Suzanne Collins: Words on Fire [M]. Minneapolis: Twenty-First Century Books, 2013: 9.

② Hoover, Elizabeth. Suzanne Collins [M]. Farmingtong Hills: Lucent Books, 2012: 58.

深入分析小说呈现的当代美国女性权力和性别问题、青少年战前与战后创伤和记忆问题、后殖民的奴役与异化等问题。本书将结合小说创作的历史背景、时代背景和当代理论渗入情况，从小说对文化身份问题的表征这个角度切入，将柯林斯小说置于后现代语境进行考察，运用女性主义理论、后殖民理论、心理创伤理论、大众文化理论、伦理学理论来分析文本，深入挖掘文本所蕴藏的文化内涵及身份意指，并对小说文化身份的构成和表征形式进行系统梳理，探讨柯林斯小说中文化身份问题的文学史价值、美学价值和现实意义。

二、研究意义

随着东欧剧变、苏联解体和冷战的结束，美国继续着帝国统治世界的神话，而“9·11”事件之后，人们对强权政治和霸权主义提出了质疑，全球化发展越来越引起世人瞩目，随之而来的文化身份问题引起学界的普遍关注——“我是谁?”已经不仅仅是一个生物学意义上的提问、一个哲学命题、一个社会学问题、一个宗教问题，一个心理学问题，归根结底，它更是对人的身份的探寻。柯林斯在《饥饿游戏》里提出“记住我是谁，我又不是谁”[①]，更加明确了在不同文化背景下身份的重要性，对于帮助读者提升身份意识、打破不平等十分有益。而当今女性话语权越来越受到重视，文学作品中的女性形象发生很大反转，从过去等待被保护、被拯救的形象演变成如今拯救人民于水火的女英雄、女救世主形象。沃德（Ward）和杨（Young）（2009）也指出：“为女孩选择一本书时，仅仅找到任何有女性角色的旧书是不够的。应该注意寻找具有强烈女性文学榜样的书籍，让女孩探索自己的身份，发出自己的声音，并获得信心，尤其是在青少年时期。”[②]而《饥饿游戏》三部曲小说中文化身份的表征丰富了研究的内涵和学术价值。因此，本书以柯林斯的《饥饿游戏》三部曲小说中的文化身份为研究对象有着以下几个方面的意义：

---

① Collins, Suzanne. The Hunger Games [M]. New York: Scholastic Press, 2008: 371.

② Ward, B. A. & Young, T. A. Brave, determined, and strong: Books for girls (and sometimes boys) [J]. Reading Horizons, 2009, 49 (3): 257-268.

第一，从学术研究方面看，近几年来，国内外对苏珊·柯林斯的关注比较多，但大多数以电影文本作为研究对象，站在科幻小说的文化身份角度系统全面探讨柯林斯21世纪初至今的代表性作品的研究并不多。苏珊·柯林斯创作时，充分认识到文化身份与社会、地理、科技和道德的相关性，其作品中揭示了文化身份背后隐藏的意识形态意义。因此本课题结合女性主义理论、后殖民主义理论、大众文化理论、反乌托邦理论、创伤理论等相关理论，通过深入阅读文本，发现作品中的文化身份很有深入研究的必要，这些角度也将不断丰富苏珊·柯林斯的国际研究，对于全面理解柯林斯的创作起着至关重要的作用，也对深入理解美国当代文学有着重要的借鉴意义。

第二，从现实需要方面看，苏珊·柯林斯的科幻小说《饥饿游戏》三部曲“是一部面向黑暗未来的年轻人的小说”①，柯林斯以当今社会问题为对象，利用夸张手法，借用未来全球化寓言方式，虚构了一个充斥着霸权主义和强权政治的未来反乌托邦国家，小说强调回到历史文化语境，将个人、家庭和社会问题纳入文化身份的范畴加以考察，重点反映了性别、贫穷、饥饿、财富不均、贫富差距、暴力、战争、高科技滥用等后现代问题，“即美国的事情进展不顺利，美国最终可能会像罗马帝国一样堕落”②，倡导平等、自由和民主，有助于国内读者更深入了解美国历史和文化，以及整个美国民族特征，进一步助力中美两个大国的合作与对话。

第三，从学术价值方面看，“《饥饿游戏》三部曲以美国废墟为背景，迫使我们在反乌托邦的帕纳姆（Panem）世界中认识到我们自己和当前文化的某些方面”③，而以根植于中国文化的学者去解读柯林斯的科幻小说，探讨美国题材科幻小说作品的各种文化身份，综合考察该系列小说与美国的历史和社会文化事件之间的背景相似之处，使用各种参照物建立真实与

① Hoover, Elizabeth. Suzanne Collins [M]. Farmingtong Hills: Lucent Books, 2012: 8.

② Pharr, Mary F. & Clark, Leisa A. Introduction [A]. Ed. Mary F. Pharr & Leisa A. Clark. Of Bread, Blood and *The Hunger Games*: Critical Essays on the Suzanne Collins Trilogy [C]. Jefferson: McFarland & Company, Inc., Publisher, 2012: 9.

③ Miller, Mary Catherine . Restorying Dystopia: Exploring *The Hunger Games* Series Through U. S. Cultural Geographies, Identities, and Fan Response [D]. Columbus: The Ohio State University, 2017: 2.

虚构之间的文化联系，把握多元文化对作家创作的影响，分析美国背景下该系列中进行的文化身份，是对跨文化、跨国别、跨民族比较研究的一种推进，也进一步丰富了我国比较文学领域的中西文学比较研究和文化批评研究，为中国比较文学学科的发展添砖加瓦。

三、研究方法

文学的创作离不开作家所处的时代和环境，作家是社会中的人，而其创作的作品，反过来又影响着社会。作家与他们所处的时代背景和环境密不可分，将苏珊·柯林斯的科幻小说置于其所处的时代社会背景之下，对其进行文化和身份的分析是本书的中心思路。本书主要是围绕苏珊·柯林斯科幻作品中的文化身份这一主题所蕴含的文化内涵而进行，它涵盖了性别、青少年群体、后殖民等许多问题，这些问题都与身份问题相关联，也触及女性话语权力、青少年创伤记忆、后殖民的异化等问题。因此，本书主要采用了以下三种方法：文本细读法、历史分析法和比较研究法。

一是文本细读法。经过近 9 年的资料收集和文献整理，本书的观点与框架是建立在深入细读苏珊·柯林斯科幻小说的相关中英文著作和电影、大量的经典理论著作、相关评论文集和大量评论基础之上的。以文本为主，进行充分挖掘、明确问题意识，避免观点先行、预设立场，突出了“文本与语言、结构、读者、审美，以及社会、历史等各种意识形态之间的关系”①，探讨了柯林斯科幻小说作品中女性话语权力、青少年亚群体的集体创伤和记忆、后殖民异化和奴役情况等边缘性群体的文化身份问题，从而深入挖掘出了文本所蕴含的丰富内容、体现了权力关系、话语关系、种族、群体、阶层对文化身份的认同，探讨了柯林斯科幻小说的意义和价值。

二是历史分析法。柯林斯的科幻小说用未来反乌托邦形式反映了当下美国的社会现实和当前全球化突出的一些问题，主题涉及政治、文化、经济、军事、女性、儿童、反恐怖、反暴力、环境问题等 21 世纪人类生存和

① 胡亚敏. 西方文论关键词与当代中国［M］. 北京：中国社会科学出版社，2015：101.

社会发展面临的一些难点问题。将柯林斯的科幻小说置于全球化与后工业化社会以及文化政治迁徙的文化身份语境之下给予观照，通过采用后殖民理论视域对柯林斯的小说文本和电影文本中的女性、青少年、被殖民者的文化身份进行阐释，细致地追踪文本隐含的社会历史文化因素，映射出当代和后现代边缘群体的身份困境、身份认同的现状和身份变化的转向问题，体现了柯林斯科幻小说和电影的当代内涵和历史价值，揭示了作者对人类的共同命运和生存图景的人文关怀和思考。

三是比较研究法。苏珊·柯林斯的科幻小说植根于英美文化和众多文学传统的影响，并且受到了马克思主义、新历史主义、荣格的神话原型理论、弗洛伊德的心理学、西蒙娜·德·波伏瓦（Simone de Beauvoir）[①] 和朱迪斯·巴特勒（Judith Butler）女性主义、斯图亚特·霍尔（Stuart Hall）的文化理论、朱迪思·赫尔曼（Judith Herman）的创伤理论等各种思潮和理论影响。有鉴于此，本书探讨柯林斯科幻小说的文化身份，着眼于全球化视域，综合运用女性主义、后殖民、创伤理论和文化批评理论，在世界文化冲突视野中进行纵向比较，同时又将《饥饿游戏》三部曲的承接关系进行了横向比较，剖析了殖民扩张、战争暴力、权力制约等社会现象对柯林斯的多层次驳杂影响，探寻了对传统文学和文化的寻根、对回归自然和批评暴力的审美期待、对“反乌托邦”和“帕纳姆”揭示的现实意义。

四、创新之处

本书的创新之处主要体现在三个方面：

第一，选题角度有创新。苏珊·柯林斯的研究自《饥饿游戏》发行以来，已经成为国内外评论界的研究热点。海外目前已发现研究专著 20 多部，相关博士论文 5 篇，研究视角主要有：文化身份、批评性话语分析、食品安全与暴力、反乌托邦主题等；而国内目前只有 1 篇关于苏珊·柯林斯研究的博士论文，主要研究其文化身份，国内硕士论文主要从反乌托

① 陶铁柱将 Simone de Beauvoir 译为西蒙娜·德·波伏娃，而郑克鲁译为西蒙娜·德·波伏瓦。

邦、女性形象、女性主义批评、隐喻、权力理论、生态意识、成长主题、医学主题、话轮转换等进行考察，国内期刊论文主要涉及叙事、女性主义、人性、反乌托邦、隐喻、战争创伤、身份、权力机制等视角的研究。然而从文化身份这一角度审视柯林斯的代表作《饥饿游戏》三部曲，从女性的权力文化、青少年的记忆文化、后殖民的边缘文化三个方面进行阐发，在柯林斯研究领域里，这个题目具有挑战性和新意。本书从作家个人经历、社会文化印记和当代理论的渗入三个维度探寻柯林斯科幻小说文化身份的构成渊源，分析了后现代的文化表征运作在展示文化身份问题、表达文化身份探求、引发文化身份反思等方面的特色，突破了柯林斯研究以往的模式，将柯林斯研究和美国文化语境相互结合对比分析，使单纯的文本分析具有了思想和理论的深度和广度。

第二，观点和方法有创新。在跨学科研究已成为当前学术研究的主流时代，以文化身份为焦点，结合哲学、社会学、心理学、文化学等诸多学科的最新理论前沿，对柯林斯的科幻小说进行研究；在文本细读的基础之上，进行跨学科多文化的比较研究，体现对历史文化语境的再现；从多个视角着手进行深入探讨，这种研究方法将极大地扩充柯林斯研究的模式，具有一定的创新性和科学性。柯林斯的科幻小说折射了当前的社会现实，科幻小说中的被剥削者、女性、青少年等都是被压迫被忽视的边缘人群，是凯匹特父权制主流文化为建构自我而牺牲和否认的对立面，遭遇着身份表征的困境，而“这样一种表征或建构与意识形态、权力、话语和主体性密切相关”①，作品里涉及的诸多社会问题和生存图景，映射出了当前的社会现实和人类在后工业化时代进行的反思，体现了作者的社会责任感和人道主义精神。

第三，研究内容有创新。本书试图将柯林斯科幻小说文本和电影文本研究与文化身份相结合，通过女性主义、后殖民主义、文化批评等方法将文本置于全球化的宏大视野和历史文化语境之中进行比较解读。深刻剖析了柯林斯科幻小说中边缘人群的身份危机，极大折射了美国和全球面临的

① 陆杨. 文化研究导论［M］. 北京：高等教育出版社，2012：117.

社会现实问题、后现代工业化与自然和边缘人群的冲突、主流文化与亚文化的对立和消解，充分展现了未来反乌托邦的“帕纳姆”社会里低层群体的生存情况和身份困惑以及当代社会人类面临的危机和反思，详细回答了“我是谁”“从何而来”“走向何方”的文化身份危机话题，着力强调了文本中暗含的后工业化时代性别、群体、阶层等因素建构起来的混杂身份和认同的变化特性，进而展现了特定历史时代文学与文化和意识形态之间错综复杂的糅合关系，因此内容上具有新颖之处。

第一章 柯林斯科幻小说国内外研究现状

第一节　柯林斯科幻小说国外研究现状

《饥饿游戏》第一部从2008年出版发行以来，多次登上各大畅销书排行榜榜首并获奖无数，"被《出版人周刊》（*Publishers Weekly*）评为年度最佳图书之一，《纽约时报》（*The New York Times*）将其评为2008年最受关注的儿童读物"①，"2010年，苏珊·柯林斯也被《时代》（*Time*）杂志评为全球最具影响力的百人之一"②；2009年继续出版的《饥饿游戏》第二部《燃烧的女孩》（*Catching Fire*）也"登上《纽约时报》，《今日美国》（*USA Today*），《华尔街日报》（*Wall Street Journal*）和《出版商周刊》畅销书排行榜"③；2010年出版的《饥饿游戏》第三部《嘲笑鸟》（*Mockingjay*）发行第一周销量就超过了斯蒂芬妮·梅尔（Stephenie Meyer）的《暮色》（*Eclipse*），荣登各畅销书排行榜。三部曲获得了极大的成功，柯林斯的作品开始受到美国及其他国家文学界和评论界的瞩目，广大文学爱好者和研究者们从不同的角度深入剖析和阐释其作品。回顾《饥饿游戏》三部曲迄今为止国外的研究成果，主要集中于其生平、主题类型、文

---

① Bailey, Diane. Suzanne Collins [M]. New York: The Rosen Publishing Group, Inc., 2013: 90.

② Hunter, Nick. Suzanne Collins [M]. Chicago: Raintree, 2014: 46.

③ Hoover, Elizabeth. Suzanne Collins [M]. Farmingtong Hills: Lucent Books, 2012: 95.

化、哲学等方面。

一、柯林斯生平研究

对柯林斯生平的研究主要体现在传记上。迄今为止，美国出版了柯林斯传记8部，其中3部偏向学术性研究，这3部传记分别为：

玛西亚·阿米登·卢斯特（Marcia Amidon Lusted）的《苏珊·柯林斯：燃烧的话语》（*Suzanne Collins*：*Words on Fire*，2013），分别从八个方面——“渴望高品质的娱乐”“《饥饿游戏》创作之前柯林斯的人生经历”“《地下城Ⅰ：光明勇士》（*Gregor the Overlander*）创作背景和内容简介”“介绍凯特尼斯”“儿童战争故事”“完成三部曲”“从书本改编进入大屏幕”“柯林斯成名之后的期望”，介绍了柯林斯的代表作畅销书《饥饿游戏》的基本内容、被改编成电影的原因、过程、畅销度、文学界的评价。购买了《饥饿游戏》版权的狮门影业（Lionsgate）总裁对于小说的成名缘由提供了合理的解释：“这正是我来到狮门影业制作的那部电影：年轻、激动、聪明、前卫。我们期待……创作一部电影，满足观众对高品质娱乐的渴望。”① 同时介绍了柯林斯的家庭背景、创作的时代背景、柯林斯的学习经历、工作经历、创作经历，评论界和文学界的评价，剖析了《饥饿游戏》小说中的女主角凯特尼斯·伊夫狄恩（Katniss Everdeen）② 这一人物形象塑造成功的四个原因：一是因作者年少时“是古希腊神话的狂热分子”③，二是“古罗马历史激发了《饥饿游戏》故事的另一面……柯林斯在饥饿游戏中使用了历史角斗士游戏的三个主要元素：一个赞助仪式化的暴力无情政府，被迫战斗到死的人，以及作为一种流行娱乐形式的奥运会”④，三是受到现代真人秀投票选举的激发影响，四是受到父亲的教育影

---

① Lusted, Marcia Amidon. Suzanne Collins: Words on Fire [M]. Minneapolis: Twenty-First Century Books, 2013: 5.

② 为了便于写作，小说中的女主角凯特尼斯·伊夫狄恩（Katniss Everdeen）有时简称为凯特尼斯。

③ Lusted, Marcia Amidon. Suzanne Collins: Words on Fire [M]. Minneapolis: Twenty-First Century Books, 2013: 38.

④ Lusted, Marcia Amidon. Suzanne Collins: Words on Fire [M]. Minneapolis: Twenty-First Century Books, 2013: 42.

响。最后，展示了作者成名之后对她本人生活的改变和影响。卢斯特对柯林斯的生平及其创作介绍十分详细，是苏珊·柯林斯研究者们必不可少的参考文献资料。

戴安娜·贝莉（Diane Bailey）的《苏珊·柯林斯》（*Suzanne Collins*，2012），从7个方面分析了柯林斯的生平和创作："创作原动力介绍""四处奔波的人生经历""一个新的世界"[①]"想象未来：构想《饥饿游戏》""下一步：创作超级畅销书《饥饿游戏》三部曲""屏幕故事""走向成功：期待更美好的世界"。该书详细地介绍了柯林斯丰富的人生阅历，文学界的高度评价，以及柯林斯的创作方式"喜欢自己控制创作的自由"[②]等，柯林斯也多次回答了采访中提到的她创作的初衷——质疑电视中的战争，"柯林斯开始担心观众，尤其是年轻人，可能无法区分真实和非真实"[③]，为深入了解柯林斯的生活经历、创作目的、写作经历及文学价值等提供了详细的基础资料。

凯里·萨佩特（Kerrily Sapet）的《苏珊·柯林斯》（*Suzanne Collins*，2013），从6个方面解读了柯林斯其人其作："一位军官的女儿""从表演到写作""创建地下城""《饥饿游戏》""大屏幕""超越帕纳姆"。这是研究最详尽、最有理论深度的一部柯林斯传记，主要涉及了柯林斯的成长史，揭秘了柯林斯许多不为外人所知的家庭背景和生活细节，探讨了柯林斯的剧本、小说、图画书的创作，对柯林斯的创作做了重点回顾，是研究柯林斯的必备资料。

另外5部传记主要是针对8~14岁的青少年读者初步了解柯林斯及其作品，简要介绍了柯林斯的生平、创作等。这五部传记分别是伊丽莎白·胡佛的《苏珊·柯林斯》（*Suzanne Collins*，2012）、吉尔·C. 惠勒（Jill C. Wheeler）的《苏珊·柯林斯》（*Suzanne Collins*，2013）、梅根·科普（Megan Kopp）的《苏珊·柯林斯》（*Suzanne Collins*，2013）、尼克·亨特

① 这个新的世界主要是指苏珊·柯林斯在《地下城》系列五部曲里创立于纽约地下的庞大地下世界。柯林斯受到《爱丽丝梦游仙境》（*Alice' s Adventures in Wonderland*）的启发而创作。

② Bailey, Diane. Suzanne Collins［M］. New York: The Rosen Publishing Group, Inc., 2013: 30.

③ Bailey, Diane. Suzanne Collins［M］. New York: The Rosen Publishing Group, Inc., 2013: 35.

（Nick Hunter）的《苏珊·柯林斯》（*Suzanne Collins*，2014）、梅丽莎·弗格森（Melissa Ferguson）的《苏珊·柯林斯》（*Suzanne Collins*，2017），这五部传记有许多相似之处，但个别传记也略有不同，是初学者和《饥饿游戏》爱好者们了解苏珊·柯林斯不可多得的参考资料。

二、柯林斯作品的整体性述评研究

本书讨论的整体性述评研究主要体现在研究文集上，柯林斯作品的相关研究文集目前已经出版了20多部，为读者和学术界进一步深入了解柯林斯及其小说夯实了基础。这些文集主要有：《着火的女孩》（*The Girl Who Was On Fire*，2010）、《帕纳姆伙伴：从麦拉克面包店到嘲笑鸟》（*The Panem Companion*：*From Mellark Bakery to Mockingjays*，2012）、《走进〈饥饿游戏〉三部曲：文学与文化分析》（*Approaching* The Hunger Games *Trilgoy*：*A Literary and Cultural Analysis*，2012）、《〈饥饿游戏〉与哲学：对纯粹叛国罪的批判》（The Hunger Games *and Philosophy*：*A Critique of Pure Treason*，2012）、《关于面包、鲜血和〈饥饿游戏〉：苏珊·柯林斯三部曲的评论文章》（*Of Bread*，*Blood and* The Hunger Games：*Critical Essays on the Suzanne Collins Trilogy*，2012）、《〈饥饿游戏〉：来自第12区及其他地区的歌曲》（The Hunger Games：*Songs from District* 12 *and Beyond*，2012）、《如何分析苏珊·柯林斯的作品》（*How to Analyze the Works of Suzanne Collins*，2013）、《凯特尼斯·伊夫狄恩的众多面孔：探索〈饥饿游戏〉的女主角》（*The Many Faces of Katniss Everdeen*：*Exploring The Heroine of* The Hunger Games，2013）、《柯林斯〈饥饿游戏〉中的反乌托邦政权和奥威尔的〈一九八四〉》（*Dystopian Regimes in Collins* The Hunger Games *and Orwell' s* 1984，2013）、《当前儿童与青少年文学中的异托邦和德语课堂中的ALS主题：苏珊·柯林斯的帕纳姆贡品》（*Dystopien in Aktueller Kinder- Und Jugendliteratur Und ALS Thema Im Deutschunterricht*：*Suzanne Collins' Die Tribute*

Von Panem, 2013)[①]《〈饥饿游戏〉中的空间与地方：小说的新读物》(*Space and Place in* The Hunger Games: *New Readings of the Novels*, 2014)、《帕纳姆的政治：具有挑战性的流派》(*The Politics of Panem*: *Challenging Genres*, 2014)、《〈饥饿游戏〉：苏珊·柯林斯》(The Hunger Games: *Suzanne Collins*, 2014)、《粉丝现象：〈饥饿游戏〉》(*Fan Phenomena*: The Hunger Games, 2014)、《苏珊·柯林斯的〈饥饿游戏〉三部曲中的暴力》(*Violence in Suzanne Collins' s* The Hunger Games *Trilogy*, 2015)、《德国青少年文学中的反乌托邦——以苏珊·柯林斯的帕纳姆中的贡品为例》(*Widerstandsutopien in Der Jugendliteratur Am Beispiel Von Suzanne Collins' tribute Von Panem*, 2016)[②]、《从一位沉默寡言的青少年到社会的重要部分：凯特尼斯的心理社会发展》(*From a Farouche Adolescent to an Important Part of Society*: *The Psychosocial Development of Katniss Everdeen In* The Hunger Games *Trilogy*, 2016)、《青年文化中的和平与抵抗：从〈哈利·波特〉到〈饥饿游戏〉进行的和平政治建构解读》(*Peace and Resistance in Youth Cultures*: *Reading The Politics of Peacebuilding From* Harry Potter *To* The Hunger Games, 2017)、《〈饥饿游戏〉：奇观、风险和女孩行动英雄》(The Hunger Games: *Spectacle*, *Risk and the Girl Action Hero*, 2018)、《无政府状态：新一代的〈饥饿游戏〉》(*Anarchy*: The Hunger Games *for a new generation*, 2018)、《从〈哈利·波特〉到〈饥饿游戏〉的黑暗怪诞比赛与想象》(*The Dark Fantastic Race and the Imagination from* Harry Potter *to* The Hunger Games, 2019)、《〈饥饿游戏〉的情感伦理》(*Emotional Ethics of* The Hunger Games, 2021)。这些文集大多是由资深文学评论家、高校教授、研究员、博士生的评论文章合编而成，由柯林斯研究的资深学者收集和编辑，因此，这些文集非常具有代表性。

纵观柯林斯研究的所有文集，其中6部文集研究最为全面具体：汤

① Wiemers, Eva. *Dystopien in Aktueller Kinder- Und Jugendliteratur Und ALS Thema Im Deutschunterricht*: *Suzanne Collins' Die Tribute Von Panem*. 2013. 这本书是德文版本。

② Frech, Selina. *Widerstandsutopien in Der Jugendliteratur Am Beispiel Von Suzanne Collins' tribute Von Panem*. 2016. 这本书是德文版本。

姆·亨索恩（Tom Henthorne）的《走进〈饥饿游戏〉三部曲：文学与文化分析》提供了柯林斯三部曲的跨学科分析，从文学作品《饥饿游戏》与叙事、凯特尼斯的身份和性别、小说中的战争主题、小说中的道德和法律、真人秀与《饥饿游戏》三部曲、帕纳姆与异乌托邦、幸存者故事与创伤、数字文本的《饥饿游戏》与互文性等方面进行了剖析①。亨索恩对小说的分析为那些想要批判性地思考《饥饿游戏》三部曲的人提供了一个很好的起点，解决了有关三部曲的最常见话题，特别是性别（gender）、真人秀电视和反乌托邦方面议题。玛丽·F. 法尔（Mary F. Pharr）和雷萨·A. 克拉克（Leisa A. Clark）合编的《关于面包、鲜血和〈饥饿游戏〉：苏珊·柯林斯三部曲的评论文章》，利用各种批判性镜头提供《饥饿游戏》的学术文化和文学分析。该选集分为四个关键部分："历史、政治、经济和文化"（在危机经济学和政治参与关系方面研究了三部曲，反映了美国文化的方式）、"伦理、美学和身份"（考察了柯林斯叙事中的伦理复杂性，通过美学和自然与身份混为一谈）、"抵抗、监视和模拟"（讨论了程式化、景观、监视和模拟的问题）和"主题平行和文学传统"（通过主题、特征和传统，将《饥饿游戏》与其他文学作品进行比较，包括莎士比亚的《亨利亚德》（*Henriad*）、《恩德斯游戏》（*Ender' s Games*）、《暮光之城》（*Twilight*）和《哈利·波特》（*Harry Potter*））。乔治·A. 邓恩（George A. Dunn）和尼古拉斯·米乔（Nicolas Michaud）合编的《〈饥饿游戏〉与哲学：对纯粹叛国罪的批判》，利用哲学作为观察三部曲的镜头，从娱乐的黑暗世界、音乐的力量、现代世界中的道德和运气、超自然的科学、性别政治与关怀、身份、战争的道德和逻辑、政治哲学等方面审视了作品，提出了研究总体目标是"追求真理"，反思了"《饥饿游戏》三部曲可以成为一个通向思考我们自己生活的门户"②，也可以作为个人和整个社会的

① Henthorne, Tom. Approaching *The Hunger Games* Trilogy: A Literary and Cultural Analysis [M]. Jefferson, North Carolina, and London: McFarland & Company, Inc. Publishers, 2012: v.

② Dunn, George A. & Nicolas Michaud. Introduction [A]. Ed. Dunn, George A. & Nicolas Michaud. *The Hunger Games* and Philosophy: A Critique of Pure Treason [C]. Hoboken: John Wiley & Sons, Inc., 2012: 2.

一部分，并运用了古希腊哲学家亚里士多德（Aristotle）、柏拉图（Plato）、苏格拉底（Socrates）、普鲁塔克（Plutarch），古罗马哲学家和政治家塞涅卡（Lucius Annaeus Seneca），德国哲学家康德（Immanuel Kant）、尼采（Friedrich Wilhelm Nietzsche），法国哲学家卢梭（Jean-Jacques Rousseau），英国哲学家霍布斯（Thomas Hobbes）的理论解读了柯林斯的科幻小说。戴德丽·安妮·埃文斯·盖瑞特（Deidre Anne Evans Garriott）、惠特尼·伊莱恩·琼斯（Whitney Elaine Jones）和朱莉·伊丽莎白·泰勒（Julie Elizabeth Tyler）合编的《〈饥饿游戏〉的空间与地方：小说新解读》，邀请各种理论背景的评论家考察了三部曲如何影响读者在文本空间外的世界，从“识别和挑战叙事空间”“引发变革和创造激进空间”“现实空间中的流行反应”“展望未来空间”等方面，提出了《饥饿游戏》三部曲成为了政治、社会和文学多元话语的地方和空间，“《饥饿游戏》所创造的关键空间是独一无二、前所未有的。本论文集是第一批研究《饥饿游戏》如何在文本内外创造空间的出版物之一，这些空间具有重要意义和生产力”①。肖恩·P. 康纳斯（Sean P. Connors）的《帕纳姆的政治：具有挑战性的流派》，通过汇集人文和社会科学领域一批学者的成果，批判性地审视了《饥饿游戏》三部曲，并邀请读者以新的视野看待柯林斯的小说，并考虑“如何从理论的角度审查小说文本和随后改编的电影，可以用来发起关于性别、阶级、认同、种族、权力甚至青春期本身的批判性对话”②，提出了该文集成立的前提是当读者阅读类似《饥饿游戏》这样的反乌托邦故事时，能以新的眼光看待它们，并让读者看到这些探索的复杂难题和问题。塔里娅·莱恩（Tarja Laine）的著作《〈饥饿游戏〉的情感伦理》主要从“恐惧与希望之间”“愤怒与慷慨”“爱的多种形式”“幸存者的羞耻和内

---

① Garriott, Deidre Anne Evans & Whitney Elaine Jones & Julie Elizabeth Tyler. Introduction: Taking Up and Entering Critical Space [A]. Ed. Deidre Anne Evans Garriott & Whitney Elaine Jones & Julie Elizabeth Tyler. Space and Place in *The Hunger Games*: New Readings of the Novels [C]. Jefferson: McFarland & Company, Inc., Publishers, 2014: 5.

② Connors, Sean P. Introduction: Challenging the Politics of Text Complexity [A]. Ed. Sean P. Connors. The Politics of Panem: Challenging Genres [C]. Boston: Sense Publishers, 2014: 4.

疾”“蔑视与尊严的动态”等方面对《饥饿游戏》进行了情感伦理阐述①。

三、柯林斯科幻小说主题类型的研究

主题类型一直是国外柯林斯小说研究的热点。《饥饿游戏》三部曲涉及主题广泛，而性别、反乌托邦、反暴力和反战争、身份问题一直是评论界关注较多的几个主题。

其一，柯林斯科幻小说中的反乌托邦问题，历来受到国外柯林斯研究者们的重视。包括柯林斯（Suzanne Collins）本人，将《饥饿游戏》归类为反乌托邦小说，认为“人们对反乌托邦的故事有所反应，因为它们是表达我们所拥有焦虑的方式，以及表现我们对未来恐惧的方式”②。汤姆·亨索恩（Tom Henthorne）认为反乌托邦小说以重要的方式打破了这种类型的传统，“《饥饿游戏》三部曲不是将小说的主题作为反乌托邦的未来，而是将反乌托邦的未来作为其背景，将其重点放在凯特尼斯和她的经历上。通过凯特尼斯介绍帕纳姆，柯林斯为读者提供了一种在他们能够与她认同的程度上亲身体验反乌托邦的方法”③。莎莉丝特·伦普克（Celeste Lempke）从后现代漫画小说、青少年文学、反乌托邦英雄等方面进行研究，认识到在20世纪末和21世纪初经历的反乌托邦文学的转变，包含“扩大当下类型的常用公式，而不是排斥后现代的作品，并不完全符合这些‘经典’的意识形态或习俗。随着年轻读者成为新的接受群体，这些后现代反乌托邦以反英雄人物为特点”④。瓦莱利·埃斯特尔·弗兰克尔（Velerie Estelle Frankel）从文学史上的反乌托邦小说出发，将《饥饿游戏》三部曲与乔治·奥威尔（George Orwell，1903-1950）的《一九八四》（1949）和威

① Laine, Tarja. Emotional Ethics of *The Hunger Games* [M]. Switzerland: Springer Nature Switzerland AG, 2021: 1-193.

② Collins, Suzanne & Lawrence, Francis. "Come for the Love Story, Stay for the War." Interview by Lev Grossman [N]. Time, 22 Nov. 2013. Web. 22 July 2014.

③ Henthorne, Tom. Approaching *The Hunger Games* Trilogy: A Literary and Cultural Analysis [M]. Jefferson, North Carolina, and London: McFarland & Company, Inc. Publishers, 2012: 10.

④ Lempke, Celeste. Adding More "Diss" to Dystopia: the New Manifestation of Dystopi and Dystopian (Anti) Heroes in Postmodern Graphic Novels and Adolescent Literature [D]. Kearney: University of Nebraska at Kearney, 2012: iii.

廉·戈尔丁（William Golding，1911-1993）的《蝇王》（*Lord of the Flies*，1954）相比较，阐述了三部曲里之所以描述反乌托邦社会，是因为绝对权力会让人迷失，“在获得帕纳姆国（Panem）的总统职位的无限权力之后，即使是一个善良的人也会变得邪恶”①。肖恩·P. 康纳斯（Sean P. Connors）认为反乌托邦“代表作家试图利用文学作为研究当代社会和政治问题的手段，如果无人看管，可以给人们带来不良后果”②，并断言当读者看到这些反乌托邦小说时，“至关重要的是，有可能以新的眼光看待它们，并让它们看到它们邀请我们探索的复杂问题和难题”③。本·默南（Ben Murnane）将艾恩·兰德（Ayn Rand）的小说与苏珊·柯林斯的反乌托邦小说进行了比较，并联系贝拉克·侯赛因·奥巴马（Barack Hussein Obama）和唐纳德·特朗普（Donald John Trump）总统执政的美国社会现实，认为“《饥饿游戏》作为茶党（Tea Partiers）‘兰德式文本’（Randian text）的采用是有趣的”④，分析了奥巴马时代对反乌托邦是因为乌托邦当时处于衰落状态并将继续衰落，提出了凯特尼斯与兰德式英雄的不同之处。山姆·莫里斯（Sam Morris）提出不管是柯林斯的《饥饿游戏》系列作品中的帕纳姆（Panem），还是雪莉·L. 史密斯（Sherri L. Smith）的小说《奥尔良》（*Orleans*）中的奥尔良，都是“由某些人的欲望所创造的反乌托邦空间”，这些空间“以牺牲他人为代价换取舒适和安全”⑤。

其二，柯林斯科幻小说中的性别和女性主义，一直是国外柯林斯研究关注的焦点问题。汤姆·亨索恩将性别“理解为社会建构的方式之后，探

---

① Frankel, Valerie Estelle . The Many Faces of Katniss Everdeen: Exploring the Heroine of *The Hunger Games* [M]. Hamden: Zossima Press, 2013: 20.

② Connors, Sean P. “I Was Watching You, *Mockingjay*”: Surveillance, Tactics, and the Limits of Panopticism [A]. Ed. Sean P. Connors. The Politics of Panem: Challenging Genres [C]. Boston: Sense Publishers, 2014: 85.

③ Connors, Sean P. “I Was Watching You, *Mockingjay*”: Surveillance, Tactics, and the Limits of Panopticism [A]. Ed. Sean P. Connors. The Politics of Panem: Challenging Genres [C]. Boston: Sense Publishers, 2014: 7-8.

④ Murnane, Ben. Now is a Dystopia: Ayn Rand and the Right-Wing Appropriation of *The Hunger Games* [J]. The Journal of Popular Culture, 2018, 51 (2): 288.

⑤ Morris, Sam. “Anything be better than this”: Utopian Impulses in *The Hunger Games* Series and *Orleans* [J]. The Lion and the Unicorn, 2020, (44): 262 - 280.

讨了柯林斯文本中的性别功能，特别是性别与权力之间的关系，还考虑了帕纳姆中如何定义男性气质和女性气质，凯匹特（Capitol）如何利用异性恋来加强爱国主义，以及性别界限如何受到监管”① 等问题。阿罗（V. Arrow）从凯特尼斯－皮塔－盖尔之间的三角恋、性别角色和逆转、芬尼克·奥迪尔（Finnick Odair）的性剥削、时尚和外观与剥削的关系、性和性别多样性的明显排斥性、潜在的性别这六个方面阐发了帕纳姆中的性别角色和性行为，提出了“性和性别并不是《饥饿游戏》主要情节的主要组成部分，但它们在该系列中所扮演的角色的重要性仅次于种族、阶级和社会经济或民族特权”②。埃琳·莱姆（Ellyn Lem）和霍利·哈塞尔（Holly Hassel）认为“凯特尼斯·伊夫狄恩是一位能够平衡传统的男性特质的女性角色，如运动性，独立性，自给自足，以及对具有传统女性特质的暴力倾向，如理想化的女性美和易受伤害”③。希拉·格里芬·利亚纳斯（Sheila Griffin Llanas）从性别批评（Gender Criticism）谈起，用性别批评解读了《燃烧的女孩》，认为“凯特尼斯被推向传统女性角色，却又抵制传统的女性角色，并在此过程中，不知不觉地成为革命的象征。在《燃烧的女孩》的开始页面中，凯特尼斯回归了她参加饥饿游戏前的习惯。这些相对男性化的行为表达了她的本性”④。而凯特尼斯被迫从她最熟悉的男性角色转向更具女性化的性别角色，通过利用这些强加的性别角色，凯特尼斯在男性和女性的社会性别角色之间灵活转换，这也促成了凯特尼斯的成功。梅根·彼得斯（Megan Peters）从女性主义文学分析《饥饿游戏》三部曲，提出了“小说中亲资本主义、亲民族主义和非女权主义的情感，揭

---

① Henthorne, Tom. Approaching *The Hunger Games* Trilogy: A Literary and Cultural Analysis [M]. Jefferson, North Carolina, and London: McFarland & Company, Inc. Publishers, 2012: 8.

② Arrow, V. The Panem Companion: From Mellark Bakery to *Mockingjays* [M]. Dallas: BenBella Books, Inc., 2012: 93.

③ Lem, Ellyn & Hassel, Holly. “Killer ” Katniss and “Lover Boy” Peeta: Suzanne Collins’ s Defiance of Gender- Genred Reading [A]. Ed. Mary F. Pharr & Leisa A. Clark. Of Bread, Blood and *The Hunger Games*: Critical Essays on the Suzanne Collins Trilogy [C]. Jefferson: McFarland & Company, Inc., Publisher, 2012: 118.

④ Llanas, Sheila Griffin. How to Analyze the Works of Suzanne Collins [M]. North Mankato: ABDO Publishing Company, 2013: 60-61.

示了作者对这些问题的模糊立场，其研究通过批判性地分析一个受欢迎的青少年系列，为现有的关于女性主义文学的讨论增添了新的内容"①。菲利普·柯比（Philip Kirby）"通过流行地缘政治学来探讨《饥饿游戏》三部曲系列，并提出在这一系列中，存在着女权主义地缘政治与流行地缘政治之间进一步统一的可能。为了支持这一分析，并对该系列女性主义在线媒体的报道，进行了批判性的回顾。最后对该系列小说的进步潜力、女权主义和流行地缘政治的未来发展方向进行了评估"②。吕克·加尼奥·乌卢鲁（Lykke Guanio-Uluru）提出"斯蒂芬妮·梅耶（Stephenie Meyer）的《暮光之城》系列（2005—2008）和苏珊·柯林斯的《饥饿游戏》系列（2008—2010）……都聚焦于年轻的女性"，并运用了"朱迪斯·巴特勒（Judith Butler）的性别展演观点，考察了两个系列小说都与女性主义理论和其他理论有关"③。安德烈·鲁斯文（Andrea Ruthven）通过对《饥饿游戏》三部曲（2008—2010）的文本分析，认为"当代后女权主义可以被解读为反乌托邦叙事……在凯特尼斯的反乌托邦世界里，柯林斯构建了一个强调女权主义政治参与行动的持续叙事，反对新自由一个人主义的主张"④。凯瑟琳·德里斯科尔和亚历山德拉·希特沃尔（Catherine Driscoll and Alexandra Heatwole）提出"凯特尼斯少女时代的三种方式：现代女孩、少女和动作英雄少女对电影的叙事和视觉形式产生了影响"⑤。

其三，柯林斯科幻小说中的文化身份和身体问题，一直是近几年来国际上颇受关注的一个新研究趋势。詹妮弗·林恩·巴恩斯（Jennifer Lynn Barnes）将凯特尼斯·伊夫狄恩的身份界定为"一个姐妹，一个女儿，一

① Peters, Megan. The Ambiguity of Panem: Capitalism, Nationalism, and Sexuality in Suzanne Collins' *The Hunger Games* Series [D]. Mankato: Minnesota State University, Mankato, 2013: 3.

② Kirby, Philip. The Girl on Fire: *The Hunger Games*, Feminist Geopolitics and the Contemporary Female Action Hero [J]. Geopolitics, 2015, (20): 460.

③ Guanio-Uluru, Lykke . Female Focalizers and Masculine Ideals: Gender as Performance in *Twilight* and *The Hunger Games* [J]. Children' s Literature in Education, 2016, (47): 209-224.

④ Ruthven, Andrea . The Contemporary Postfeminist Dystopia: Disruptions and Hopeful Gestures in Suzanne Collins' *The Hunger Games* [J]. The Feminist Review Collective, 2017, (116): 47-62.

⑤ Driscoll, Catherine & Heatwole Alexandra. *The Hunger Games* Spectacle, Risk and the Girl Action Hero [M]. New York: Routledge, 2018: 99.

个朋友，一个英雄，最重要的是一个幸存者，她的怜悯，忠诚和坚持不懈，这些都是她独立于男孩的特质”①。詹妮弗·弗朗西斯·斯威尼（Jennifer Francis Sweeney）从分析凯特尼斯精神崩溃开始，结合凯匹特和第13区反叛区对她身体的使用，揭示了服装、主体性和政治之间的密切关系，关注政治排斥的意识形态和主体意义，并“将身体、视觉伦理和主体问题模糊在一起，通过伦理学、美学和生物政治学的交叉结合，将青少年小说与道德和政治探索联系起来”②。蔡尔兹（Ann M. M. Childs）提出“三部曲的阅读，使特权读者能够学习对他者的同情。其他形式成为特权读者的竞争空间，构建一个安全的地方，在这个地方，他们可以审视特权和身份，这个空间鼓励对读者自身的身份发展进行反省”③。詹妮弗·波兰（Jennifer Polish）将反映身份、身体和强权控制之间的相互作用联系起来，考察了残疾身体、国家权力、经历极度创伤后的健全身体或情感上的功能传递等主题，体现了“整体叙事结构具体化并打破它所描绘的国家权力所设定的身体规范和期望”④。阿什利·海恩斯（Ashley Haynes）认为“主角通过不受控制的社交网络形成家庭身份来抵制身份冻结。通过社会关系调解物质世界，主角将真实和想象的社区联系在一起。青少年必须在自己的虚拟和当地社区内处理自己的家庭身份”⑤。凯瑟琳·J. 桑德（Kathryn J. Sandoe）在博士论文里指出“将流行文化视为公共教育学的场所，让女性

---

① Barnes, Jennifer Lynn. Team Katniss [A]. Ed. Leah Wilson. The Girl Who Was on Fire: Your Favorite Authors on Suzanne Collins' s *Hunger Games* Trilogy [C]. Dallas, TX: An Imprint Of Benbella Books, Inc., 2010: 15.

② Sweeney, Jennifer Francis. The Bio-Politics Of Fashion: *The Hunger Games* Trilogy and Subjectivity [D]. New York: Binghamton University, State University of New York, 2012: 4.

③ Childs, Ann M. M. The Privileged Reader as Capitol and Learning Sympathy through Narrative [A]. Ed. Deidre Anne Evans Garriott & Whitney Elaine Jones & Julie Elizabeth Tyler. Space and Place in *The Hunger Games*: New Readings of the Novels [C]. Jefferson: McFarland & Company, Inc., Publishers, 2014: 104.

④ Polish, Jennifer. Rendering The Unthinkable: (UN) Knowable Animality, Compulsory Recovery, And Heterosexualized Trauma in *The Hunger Games* [D]. New York: The City University of New York, 2014: 4.

⑤ Haynes, Ashley. The technology question: Adolescent Identities of Home in Dystopic Young Adult Literature Post-*Hunger Games* [D]. Ames: Iowa State University, 2014: iv.

了解自己在社会中的角色并根据这些认知形成身份”[①]。玛丽·凯瑟琳·米勒（Mary Catherine Miller）在博士论文里探讨了《饥饿游戏》系列小说和电影改编如何反映美国文化地理和身份，以及粉丝们如何扩展美国身份，通过“将《饥饿游戏》系列中的人物身份作为表演加以考察，以人物互动的文化地理环境作为背景。《饥饿游戏》系列的主要人物与不平等、边缘化和种族主义的叙事相互影响，说明他们在小说和电影的过程中如何发展和表现身份”[②]。埃斯米·罗比娜. R（Esme Robina R.）分析了“《饥饿游戏》中的权力斗争和身份冲突”，提出“反叛思想和身份危机的加剧”[③]在于末世当权者们的权力腐化。

其四，柯林斯科幻作品里的反暴力和反战主题，反映出了时代的缩影和柯林斯创作的缘由。汤姆·亨索恩讨论了柯林斯小说中的战争、战争宣传、战争期间的生活及其战争小说的社会评论，认为“柯林斯提出了战争的伦理复杂性”[④]，而女主角凯特尼斯“作为一个充满活力的角色，其态度在《饥饿游戏》三部曲的过程中发展和变化，对社会和个人而言，为读者提供了一种思考战争成本的方法”[⑤]。阿罗（V. Arrow）认为《饥饿游戏》中的战争责任问题涉及三个方面，“第 13 区在《饥饿游戏》中的罪责问题是《嘲笑鸟》作为《饥饿游戏》系列的重要组成部分。但是还有另外两个问题包含了关于《饥饿游戏》系列整体问责制的争论，即第 1、2、4 区的职业文化，以及波丽姆·伊夫狄恩（Primrose Everdeen）的死亡责任问

---

① Sandoe, Kathryn J. Hungry For Justice: *The Hunger Games* and Developing an Activist Identity in Woman Fans [D]. State College: The Pennsylvania State University, 2017: iii.

② Miller, Mary Catherine . Restorying Dystopia: Exploring *The Hunger Games* Series Through U. S. Cultural Geographies, Identities, and Fan Response [D]. Columbus: The Ohio State University, 2017: ii.

③ R., Esme Robina. Power Combat and Identity Clash in *The Hunger Games* by Suzanne Collins [J]. Think India (Quarterly Journal), 2019, 22: 10395-10412.

④ Henthorne, Tom. Approaching *The Hunger Games* Trilogy: A Literary and Cultural Analysis [M]. Jefferson, North Carolina, and London: McFarland & Company, Inc. Publishers, 2012: 70.

⑤ Henthorne, Tom. Approaching *The Hunger Games* Trilogy: A Literary and Cultural Analysis [M]. Jefferson, North Carolina, and London: McFarland & Company, Inc. Publishers, 2012: 74.

题"①。苏珊·柯林斯自己曾宣称"《饥饿游戏》首先总是一个战争故事"②，她写作的主要目标就是教育年轻人关于战争的暴力和真实。罗伯特·西林格·崔提斯（Roberta Seelinger Trites）探讨了柯林斯的一些反战意识形态，并提出"在阿尔玛·科恩总统（President Alma Coin）的领导下，反叛分子在战争期间被证明与凯匹特和斯诺总统（President Snow）一样腐败，对基本人性不敏感。这导致我们反思这些小说中的竞争意识形态。它们真的是反战小说吗？审视小说中的互文性为我们提供了一种方法，让我们能够更清楚地区分柯林斯关于和平主义的意识形态与滥用政府权力的意识形态"③。丽贝卡·基冈（Rebecca Keegan）对于《饥饿游戏》系列小说反映出的反暴力和反战思想说道："对于青少年而言——对于他们这么多生活可以感受到世界末日的人来说——《饥饿游戏》的后世界末日恐怖以及其他关于战斗中青少年的故事都可以是宣泄。但对于成年人来说，也可能存在精神上有用的联系。"④ 西沃恩·麦克沃伊-利维（Siobhan McEvoy-Levy）指出："柯林斯的作品通过提供与人们在现实世界冲突中被迫采用的痛苦和生存策略相似的情感记录来回应虚拟和战争。柯林斯的叙述提供了对儿童兵的动机和大规模政治动员的引爆点见解，从而干预了国际政治。国家的暴力是不公正和极端的。她的孩子角色主动抵抗压迫，使用暴力和非暴力形式进行抵抗。"⑤

其五，柯林斯作品中的媒介文化和大众文化研究。这是国外柯林斯小

① Arrow, V. The Panem Companion: From Mellark Bakery to *Mockingjays* [M]. Dallas: BenBella Books, Inc., 2012: 176.

② Collins, Suzanne & Lawrence, Francis . "Come for the Love Story, Stay for the War." Interview by Lev Grossman [N]. Time, 22 Nov. 2013. Web. 22 July 2014.

③ Trites, Roberta Seelinger. "Some Walks You Have To Take Alone": Ideology, Intertextuality, and the Fall of The Empire in *The Hunger Games* Trilogy [A]. Ed. Sean P. Connors. The Politics of Panem: Challenging Genres [C]. Boston: Sense Publishers, 2014: 17.

④ Rebecca, Keegan. Violence in *The Hunger Games* Is a Reflection of Our Own World [A]. Ed. Gary Wiener. Social Issues in Literature: Violence in Suzanne Collins' s *The Hunger Games* Trilogy [C]. Farmington Hills: Greenhaven Press, 2015: 74.

⑤ McEvoy-Levy, Siobhan. Peace and Resistance in Youth Cultures: Reading the Politics of Peace-building from *Harry Potter* to *The Hunger Games* [M]. London: Palgrave Macmillan Publishers Ltd., 2018: 185-186.

说研究掀起的一股新潮流。凯瑟琳·赖特（Katheryn Wright）认为在《饥饿游戏》三部曲中，苏珊·柯林斯探索了技术和流行文化塑造当代美学意义的方式，电视在叙事中起着关键作用，而游戏本身构成了帕纳姆市民的情感能力，因为饥饿游戏鼓励观众为某些贡品的成功或失败而欢呼，所以“游戏制作者通过建构媒体事件的叙述来影响人们的感受，以唤起凯匹特所期望的任何集体情绪反应；作为一种活动媒介，电视是一种主要的技术设备，通过它，分散的帕纳姆地区聚集在一起，成为一个活生生的、有呼吸的公众——随后成为凯匹特开发的主要主题”①。玛丽·A. 马托斯（Mary A. Matos）认为苏珊·柯林斯的“《饥饿游戏》三部曲呈现出一个与媒体非常相似的社会，受到媒体的高度影响。虽然在我们的现实中，这种影响主要是在信仰、观点、政治和购物方面发挥作用，更多的是自满而不是控制和压迫，但在《饥饿游戏》中使用媒体有很多相似之处”②，并且指出小说中的主人公凯特尼斯·伊夫狄恩因为深刻理解媒体对大众的影响，而她对媒体的认识、理解和操控，显示出了媒体的真实力量，从而使她在游戏中胜出。尤娜·林莱斯坦（Yonah Ringlestein）提出《饥饿游戏》三部曲呈现出了一个新兴的跨媒体世界，“与众不同之处在于它是如何作为一个跨媒介的世界发挥作用的，同时也暴露出与媒体谈判的必要性，以便认识到技巧与现实之间的差异”，并且认为“《饥饿游戏》既避开了现代性的单一现实，又避开了后现代性的流动现实，而是主张对各种已构建的世界和所有现实持续进行批判”③。唐·莱瑟姆（Don Latham）和乔纳森·M. 霍利斯特（Jonathan M. Hollister）认为凯特尼斯作为《饥饿游戏》三部曲的叙述者和主角，通过其身体实力和精神敏捷性、又因她擅长解释和使用信息和媒体，在两场强迫参与死亡的艰苦磨难中幸存下来，甚至还能战胜游戏制作者，破坏凯匹特的力量，并引发一场革命。由此可见，“凯特尼

① Wright, Katheryn. Revolutionary Art in the Age of Reality TV [A]. Ed. Mary F. Pharr & Leisa A. Clark. Of Bread, Blood and *The Hunger Games*: Critical Essays on the Suzanne Collins Trilogy [C]. Jefferson: McFarland & Company, Inc., Publisher, 2012: 99.

② Matos, Mary A.. Media in *The Hunger Games* [J]. JCCC Honors Journal, 2013, 4 (1): 1-2.

③ Ringlestein, Yonah. Real or Not Real: *The Hunger Games* as Transmediated Religion [J]. The Journal of Religion and Popular Culture, 2013, 25 (3): 372.

斯展示出了信息和媒体素养，柯林斯的小说反映了模仿并评论了凯特尼斯所生活的社会的信息和媒体实践，进而扩展了我们自己社会的信息和媒体实践”①。凯瑟琳·J. 桑德在博士论文里运用大众文化、公共教育学、媒介文化等理论解析了《饥饿游戏》三部曲，认为柯林斯科幻小说提供了重要的话语分析，解释了凯特尼斯作为“嘲笑鸟”已经成了不公正的世界中推进道德正义的象征和符号，并说“虚构的反叛者和粉丝活动家都批评凯特尼斯作为爱情对象的平凡化。她是正义的象征，他们挑战媒体如何将这一偶像用于剥削和商业化”②。

其六，柯林斯科幻小说的哲学研究。从哲学上深入阐发柯林斯的科幻小说，这是学术界出现的一个经典视角。这一视角体现了柯林斯科幻小说理论研究的不断拓展。亚当·巴克曼（Adam Barkman）认为柯林斯作为小说家，她的工作不是阐明道德原则，而是通过唤起我们对古罗马的关注，无意中把我们引向了一位罗马伟大的斯多葛派哲学家卢修斯·安纳斯·塞涅卡（Lucius Annaeus Seneca）的研究方向，这位思想家可以帮助我们准确地理解是什么使凯匹特的行为如此可恶，他绝对不会与第一位饥饿游戏首席赛组委组长塞内卡·克林（Seneca Crane）相混淆。巴克曼提出“罗马的塞涅卡（Seneca）生活在一个与凯匹特非常相似的政权之下。在近距离目睹了罗马的不道德和颓废之后，塞涅卡可以帮助我们反思在帕内姆里是什么让它如此错误”③。布莱恩·麦克唐纳（Brian McDonald）研究了三位哲学家所描述的关于道德的邪恶本质和动机的不同但互补：希腊哲学家苏格拉底所理解的无知、希波教父奥古斯丁（Augustine）所理解的乖张意志以及现代政治哲学家汉娜·阿伦特（Hannah Arendt）所理解的“平庸”，认为“在皮塔的指导下，凯特尼斯明白，不加制止，她与盖尔·霍桑

① Latham, Don & Hollister, Jonathan M. The Games People Play: Information and Media Literacies in *The Hunger Games* Trilogy [J]. Children’s Literature in Education, 2014, (45): 33.

② Sandoe, Kathryn J. Hungry For Justice: *The Hunger Games* and Developing an Activist Identity in Woman Fans [D]. State College: The Pennsylvania State University, 2017: 236.

③ Barkman, Adam. “All of This is Wrong: Why One of Rome’s Greatest Thinkers Would Despise the Capitol” [A]. Ed. Dunn, George A. & Nicolas Michaud. *The Hunger Games* and Philosophy: A Critique of Pure Treason [C]. Hoboken: John Wiley & Sons, Inc., 2012: 266.

(Gale Hawthorne)① 分享的暴力技巧和复仇精神只能以新的形式延续旧帕纳姆的邪恶。只有当她用猎人的心拥抱哲学家的勇气时，才能学会正确判断并将最后的箭射向正确的目标"②，而两位主角最勇敢的品质就是他们对"无情"的质疑，这种质疑反过来唤醒了独立道德判断的能力，这种抵制已定指令的反射能力证明是最可靠的防止邪恶的预防措施。弗雷泽·梅里特（Frazer Merritt）、丹尼斯·梅里特（Dennis Merritt）和凯文·卢（Kevin Lu）认为荣格的文学理论提供了对苏珊·柯林斯《饥饿游戏》背后原型动态的洞察，并有助于阐明三部曲的惊人吸引力，"斯诺总统代表了一个塞内克斯原型（senex archetype），其统治已经僵化，需要更新，而凯特尼斯代表了一个女性英雄与自我结盟，荣格认为，神话弥补了一个时代片面的主导态度，而《饥饿游戏》似乎说明当今一个强大的塞内克斯以大政府和大企业权力的形式存在的危险"③，柯林斯的想象力触动了文化的神经，冲击了人们内心深处的东西，超越了逻辑，超越了理性，《饥饿游戏》的心理主题提供了一个平台，通过这个平台对社会进行了尖锐的评论和批评，指出了一种可能的无意识立场，因《饥饿游戏》小说发表于 2008 年，也暗喻了人们对布什政府的深深不满。希达亚图尔·努尔贾纳（Hidayatul Nurjanah）从波阿斯·哈金（Boaz Hagin）的死亡哲学出发，发现《饥饿游戏》电影有"死亡的新定义和意义"，并采用"描述性定性方法，旨在描述现象和特征"，因此得出结论："死亡可以给电影中的人物带来意义，例如，死亡意味着被爱人的救世主的死亡，从角色过去的生活中看到的死亡为未来带来政治的希望，从角色如何利用他们的才能来生存，可见死亡是一种获得的机会、权威和考验。"④

---

① 为了方便写作，后文将盖尔·霍桑（Gale Hawthorne）简称为盖尔，《饥饿游戏》三部曲中的三角恋男主角之一。

② McDonald, Brian. The Three Faces of Evil: A Philosophic Reading of *The Hunger Games* [A]. Ed. Sean P. Connors. The Politics of Panem: Challenging Genres [C]. Boston: Sense Publishers, 2014: 66.

③ Merritt, Frazer & Dennis Merritt & Kevin Lu. A Jungian Interpretation of *The Hunger Games* [J]. *Jung Journal*, 2018, 12 (3): 44.

④ Nurjanah, Hidayatul . Boaz Hagin' s Philosophy of Death as Reflected in *The Hunger Games* Trilogy Films [J]. Rubikon, 2021, 8 (1): 38-49.

以上综述虽没有完全涵盖西方的柯林斯研究，但通过梳理近几年西方国家，尤其是美国对柯林斯《饥饿游戏》三部曲的研究成果，可发现国外对柯林斯科幻小说研究的关注热度和研究深广度。首先，从研究成果数量上来看，柯林斯研究出现了8部传记和20多部评论文集，上文已有详尽分析。通过上述分析可知，2010年至2023年这十多年，柯林斯的相关研究专著、研究文集、博士论文和其他散论有了迅速的发展，而这些成果的诞生和到来也表明了国外柯林斯研究热潮的兴起。其次，从研究内容来看，国外柯林斯研究颇多地注重《饥饿游戏》三部曲的研究，对于《地下城》五部曲（The Underland Chronicles）的关注和研究明显不足，对柯林斯其他作品的研究更加鲜少涉及。最后，从研究视角来看，柯林斯研究的视角呈现出了多样化和多元化特色，其中包含有哲学研究、性别研究、文化研究、身份研究、反乌托邦研究、环境研究等，这些研究都以作品文本为研究基础，而对于作家和作品与其他因素和其他文学作品的横向比较研究不足。柯林斯的《饥饿游戏》三部曲已被改编成电影，影响和传播较广，因此亟待一种跨学科多角度的视野重新审视她的作品，扩大研究的范畴。柯林斯对于美国文学界和世界文学界影响深远，虽然柯林斯研究目前已有一定的成绩，但有待进一步的突破和深入研究，仍存在更大的研究发展空间。

第二节　柯林斯科幻小说国内研究现状

苏珊·柯林斯的国内研究兴起于2010年，从《饥饿游戏》三部曲译本出版和改编电影面世并获得巨大反响之后，在国内其研究备受青睐。截至2024年6月，通过查询国内知网和万方的相关数据库资料，涉及苏珊·柯林斯作品的博士论文已有1篇，柯林斯科幻小说研究的硕士论文已有23篇，期刊和相关文献近244篇[①]，其中发表在CSSCI源刊或北大中文核心期刊上的论文有41篇。国内对柯林斯的科幻小说的研究焦点主要集中在女

① 数据来自知网和万方数据库的资料统计，统计时间截至2024年6月30日。

性主义批评、反乌托邦书写、暴力与战争书写等议题。

一、柯林斯作品的女性主义批评

国内学术界从最初承认对柯林斯小说的女性主义批评到最近反思并质疑了其女权主义批评，经历了一个有争议的认识过程。逯艳在《饥饿游戏2：星火燎原》一文中，从“女权意识的蔓延与葳蕤”和“女权主义的反思与突围”两个角度分析了《饥饿游戏》电影，提出了“《饥饿游戏》上映后会出现各种力度的女权主义批评话语”①。孙天南在《〈饥饿游戏〉系列电影中的女性形象》一文里，从“女性的保护者与被保护者形象”“女性的‘被凝视’者形象”“女性作为男权社会固化了的‘他者’形象”三个维度，认识到《饥饿游戏》反映出了女性长期受到男权社会的约定、规范和压制，男权意识根深蒂固，“女性的性别意识觉醒，主动塑造女性形象仍然有漫长的路要走”②。李玮祺认为小说中女主角“凯特尼斯·伊夫狄恩开创了顽强女性主角的先河……然而，这个形象向世界各地成千上万的青少年传递了一个极具误导性的信息，即只需具备骁勇善战和传统意义上的男性化特点，便足以成为女性英雄”。③崔晓莉在《电影〈饥饿游戏〉女主人公形象解析》一文里从原型理论出发，解析了女主角凯特尼斯的“圣母原型”和“摩西原型”④ 形象。苗淼认为“女性在成长中对身份的焦虑”是《饥饿游戏》电影探讨的核心问题，该文主要从“福柯的‘驯顺的身体’概念入手”，分析该小说中女性“身体与身份的联系”⑤。

二、柯林斯小说的反乌托邦书写研究

柯林斯的科幻小说里以北美社会为背景建构的未来世界，充满了反乌

① 逯艳.《饥饿游戏2：星火燎原》：女权意识的领跑与反思［J］. 电影评介，2014，487（4）：7.

② 孙天南.《饥饿游戏》系列电影中的女性形象［J］. 电影文学，2015，642（21）：129.

③ 李玮祺. 先别急于称赞凯特尼斯：探究《饥饿游戏》三部曲中的性别关系［D］. 北京：北京外国语大学，2016：Ⅱ.

④ 崔晓莉. 电影《饥饿游戏》女主人公形象解析［J］. 电影文学，2017，(8)：156-158.

⑤ 苗淼. 福柯驯顺身体理论视域下的女性身份分析［J］. 电影文学，2021，767（2）：133-135.

托邦的幻想和对美国当前社会现实的担忧，也成为了当前柯林斯研究的热点议题。陈欣在《〈饥饿游戏〉反乌托邦主题解析：从小说到电影》一文中，从“科技滥用”“极权统治”“人性异化”三个方面解读了柯林斯小说和电影中的反乌托邦主题，指出电影通过“更直观的视觉和听觉方式向观众展现这部经典的青春类型的反乌托邦文学作品”①，而柯林斯通过小说笔触描绘了一幅充斥着反乌托邦的未来世界图景，折射了“当下西方社会的恐怖现实”②。盛娜在《〈饥饿游戏〉的反乌托邦书写：从小说到电影》一文中，从“滥用科技”“人性的异化”“独裁专政的极权统治”三个维度探讨了该小说和电影的反乌托邦书写③。贺丽在《柯林斯〈饥饿游戏〉里“帕纳姆”的现实意义》里提出“‘反乌托邦’小说在本质上具有政治性”，小说通过虚构“一个福柯全景式监狱监视下的‘反乌托邦社会’”④——帕纳姆来发掘特定的社会问题，而这些问题在现实世界中具有重要意义，分析了帕纳姆的“经济分区化和怪诞的消费经济”，表现了“反乌托邦社会的经济不平等和阶级分化，以及当代年轻人为获得完美形象或人格而承受的社会压力”，并且“展示了一幅当代人‘娱乐至死’的生存图景”⑤。张透明在《电影〈饥饿游戏〉中反乌托邦文化研究》中，从“反战文化合流视域下的战争与暴力题材”“民主文化合流掩盖下的民主与极权对立”“人工智能爆炸式发展下的未来科技劫难”三个角度，反映了近年来美国反乌托邦经典之作《饥饿游戏》提出的反抗压迫的必要性，深刻地阐释了“多元文化合流对电影文化的影响”⑥。李越在硕士论文《生活实践、音乐和绿色乌托邦：“饥饿游戏”三部曲中的乌托邦冲动》

① 陈欣.《饥饿游戏》反乌托邦主题解析：从小说到电影［J］. 四川戏剧，2014，165（5）：99.

② 陈欣.《饥饿游戏》反乌托邦主题解析：从小说到电影［J］. 四川戏剧，2014，165（5）：101.

③ 盛娜.《饥饿游戏》的反乌托邦书写：从小说到电影［J］. 电影评介，2016，(11)：53-55.

④ 贺丽. 柯林斯《饥饿游戏》里“帕纳姆”的现实意义［N］. 中国社会科学报，2018-12-17（8）. 这个反乌托邦社会在小说中被称为“帕纳姆”。

⑤ 贺丽. 柯林斯《饥饿游戏》里“帕纳姆”的现实意义［N］. 中国社会科学报，2018-12-17（8）.

⑥ 张透明. 电影《饥饿游戏》中反乌托邦文化研究［J］. 电影文学，2019，724（07）：114-116.

中，通过运用“汤姆·莫伊伦的批判乌托邦、恩斯特·布洛赫的乌托邦冲动、丽萨·加 福斯的绿色乌托邦相关的概念和理论内容”，分析了小说中蕴含的“乌托邦精神”和“乌托邦想象”，建构了最终的“绿色乌托邦”①。

三、柯林斯科幻小说的暴力与战争书写研究

苏珊·柯林斯因儿时的成长经历，加上其父迈克尔·柯林斯深受越南战争的战后创伤。而她也看到了战争给青少年和大众带来的苦难。而其代表作《饥饿游戏》三部曲就集中体现了柯林斯对战争和暴力的厌恶，对和平的向往。

第一，关于柯林斯科幻小说的暴力书写研究。王影君对柯林斯作品的暴力研究最系统、全面，观点最中肯。王影君认为柯林斯的《饥饿游戏》是一部典型的“新锐异乌托邦小说，展现出后资本主义的社会危机”②，并借用后马克思主义理论家齐泽克的暴力理论，揭露了暴力审美制度背后的危机；深度阐释了暴力、暴力政治与空间暴力政治；提出了小说里的空间隔离正是空间暴力政治的基础保障；而小说中的空间暴力政治的表征，呈现出主客观暴力的空间结构；只有摧毁空间暴力体系尤其是毁灭意识形态上的合法性，才能在空间暴力政治下得到反抗和救赎。蒋晓丽、王志华认为《饥饿游戏》是狂欢式的暴力美学与传媒技术崇拜的合力演绎，而影片将游戏和生命统摄到了“娱乐至死”这个大命题下，夸张地演绎了“娱乐至死”的合理化；电影“强调了媒介技术对于人生和社会控制的可能性，反思了未来媒介化生存的人类环境所面临的挑战和风险”③。李涯认为从文化研究的角度考察《饥饿游戏》不难发现“电影中政治权力反抗、性别权

① 李越. 生活实践、音乐和绿色乌托邦：“饥饿游戏”三部曲中的乌托邦冲动［D］，华中科技大学，2022：Ⅲ.

② 王影君.《饥饿游戏》中的空间暴力审美批判［J］. 北京第二外国语学院学报，2016，(5)：90.

③ 蒋晓丽，王志华. 娱乐至死·虚实互构·全景监狱——论《饥饿游戏》中传媒技术的文化影射［J］. 当代文坛，2014，(3)：91.

力反抗、集体权力反抗等多重反抗主题交织”①，认为电影不仅存在“政治权力的暴力统治”②，还有文化娱乐的暴力统治等。

第二，关于柯林斯科幻小说的战争书写研究。贺丽在《柯林斯〈饥饿游戏〉中的青少年战争创伤书写》一文中，从“第 12 区：战前集体创伤的体现者”“帕纳姆国：战时集体创伤的承受者”“创伤的疗愈与反思”③三个维度解析了柯林斯的反战思想，以及她对“战争中受创的儿童和青少年们”的关爱、对“人类的集体命运”的思考④。刘江在《双重叙事进程策略下〈饥饿游戏〉三部曲中的战争观审视》里，从“显性叙事进程：暴政统治与反抗战争 ”“隐性叙事进程：解构战争神话”“苏珊·柯林斯的战争观及启示”三个方面提出了该系列小说“借助情节发展与隐性进程间形成的颠覆关系”，为大众传播了一种“和平伦理观念”，并且“谴责任何形式的战争，呼吁人们珍视和平”⑤。

综上所述，近几年，虽然国内柯林斯科幻小说研究取得了一定的进展，柯林斯从女性和反父权制挑战问题、反乌托邦问题、反暴力、反战争、倡导和平公正问题等方面获得了一定的关注度，但国内对柯林斯科幻小说的文化身份问题研究鲜有从女性文化身份、青少年亚文化身份和后殖民文化身份上进行全面研究。虽然也有不少评论谈及了柯林斯作品的大众文化批评，但是评论过于零散、视角不够全面、研究不够系统，还存在明显不足，有待进一步加强。具体来说，目前柯林斯研究的不足主要体现在三个方面：一是研究范围过于狭窄，对象比较集中，缺少对其全部科幻作品的研究。国内柯林斯研究主要是针对《饥饿游戏》三部曲改编的电影《饥饿游戏》、《燃烧的女孩》和《嘲笑鸟》，尤其集中在第一部《饥饿游

---

① 李涯. 论《饥饿游戏》系列电影的多重反抗主题［J］. 四川戏剧，2016，(7)：81.

② 李涯. 论《饥饿游戏》系列电影的多重反抗主题［J］. 四川戏剧，2016，(7)：82.

③ 贺丽. 柯林斯《饥饿游戏》中的青少年战争创伤书写［J］，当代外国文学，2018，(4)：80-86.

④ 贺丽. 柯林斯《饥饿游戏》中的青少年战争创伤书写［J］，当代外国文学，2018，(4)：85.

⑤ 刘江. 双重叙事进程策略下《饥饿游戏》三部曲中的战争观审视［J］. 河南大学学报（社会科学版），2023，63（3）：81-86.

戏》的研究上，鲜少讨论柯林斯其他作品。二是研究视域有待拓宽，方法缺乏创新，缺少对其作品的多角度、全方位探讨。国内柯林斯研究大多集中在对电影乌托邦的分析、对人性的分析等方面，学者们主要从女性主义、生态主义、伦理学、反乌托邦、反暴力、反战等方面进行剖析，显现出零散研究现象，重复西方大多数柯林斯研究成果、生搬硬套一些西方学术术语，缺乏具有独到见解和创新观点的研究论著。三是传播范围不够宽，形式不够多样，缺少对其作品的多渠道、多样式传播。目前国内对柯林斯的研究主要局限于《饥饿游戏》电影文本。柯林斯的科幻小说传播的主要途径是影视、中文译介及学术论文，接受群体比较狭窄，仅限于青少年英美文学爱好者和受过高等教育的少数英美文学研究者。科幻小说是柯林斯的创作重心，柯林斯通过其小说形象地展现出人类未来社会的生存困境。如果要全面了解柯林斯和其创作，须重视其科幻小说，继续深入探讨，不断推进柯林斯科幻作品在中国的传播与研究。

第二章
柯林斯科幻小说文化身份的构成

西方学术界对于文化身份研究的兴起时间一直存在争论。克里斯·巴克（Chris Barker）提出："'身份/认同'在20世纪90年代成为文化研究的中心主题。"① 但是，乔纳森·弗里德曼（Jonathan Friedman）却认为："从20世纪70年代中期开始，在美国稍早些的时候，这是文化政治的一种增长，是从建立在普遍进步和发展理想基础上的现代主义政治……转向无论是性别、地方还是种族的文化身份政治。这已经采取了'新'身份、新的社会类别以及新的政治团体的扩散形式。"② 对于身份的构成，于连·沃尔夫莱（Julian Wolfreys）说："话语、心理、历史、民族、性别和意识形态网络内部的一个焦点或缝合点就构成了一个身份。"③ 关于文化和身份，西蒙·杜林（Simon During）认为："文化研究经常被视为（尤其在美国）身份政治的学术化（因而是这段历史的继承者），但实际上它分为两派：一派站在边缘或者从属身份的阵线上；另一派认为身份是约束和刻板的形式，甚至是霸权社会结构化的一部分。"④ 可见，西方学界普遍认为文化身

---

① ［英］克里斯·巴克. 文化研究：理论与实践［M］. 孔敏译. 北京：北京大学出版社，2013：209.

② Friedman, Jonathan. Cultural Identity and Global Process［M］. London：Sage Publication，1994：234.

③ ［美］于连·沃尔夫莱. 批评关键词：文学与文化理论［M］. 陈永国译. 北京：北京大学出版社，2015：122-123.

④ ［新西兰］西蒙·杜林. 文化研究：批评导论［M］. 李炳慧译. 郑州：河南大学出版社，2016：138.

份因后殖民文化批判和全球化而引发人们的普遍关注。

相对于西方，中国学者陆扬认为："文化身份就是某一个体或族群在特定的语言、文化以及社会环境和成长中依据某种标准、尺度、参照物，去确定某种共同文化属性、文化特征、文化标志、文化记忆等。"① 王晓路在《人文学术研究中的文化身份》一文中指出，"身份问题……是一种文化自我界定和认同的权力"②，从文化的角度深入思考已有学科和认知框架，从而深入分析和研究相关问题，已在国内学界引起广泛关注并日渐形成研究范式。汪民安提出，"当代文化研究对身份和认同问题的关注，往往带有浓厚的政治倾向和意识形态倾向"③，文化身份也是伴随着后殖民问题、全球化研究的深入、跨国人口的不断流动，日益成为这些语境的热点研究问题。

2001 年 9 月 11 日，美国本土遭遇的恐怖袭击事件，致使战争的必要性争论愈演愈烈。而美国对伊拉克的战争进行了半年后，柯林斯的小说《地下城Ⅰ：光明勇士》（*Gregor the Overlander*，2003）出版了，她后续的两个系列科幻小说都融合了时代和历史的灵感，紧跟西方历史传统和美国的社会现实。里克·马戈利斯（Rick Margolis）在对柯林斯的采访中也承认："柯林斯的父亲会在他认为我们能够理解并且适合我们这个年龄的水平上评论战争这些事情。但是，实际上，他认为我们这个时代可以接受更多东西，而且我也以同样的方式写作我的书。"④ 她跟她父亲一样强烈谴责战争，而事实也证明，柯林斯的小说迎合了大众的审美趣味，柯林斯的"《饥饿游戏》三部曲已经成为了一种文学和文化现象"⑤，甚至在某种程度上，可以被理解为一种更大的文化潮流中的一部分。柯林斯结合自己的人生经历和感悟，在她的作品中模仿和再现了历史和当前的社会生活和矛

① 陆扬. 文化研究导论［M］. 北京：高等教育出版社，2012：107.

② 何成洲. 跨学科视野下的文化身份认同：批评与探索［M］. 北京：北京大学出版社，2011：49.

③ 汪民安. 文化研究关键词［M］. 南京：江苏人民出版社，2007：283.

④ Henthorne，Tom. Approaching *The Hunger Games* Trilogy：A Literary and Cultural Analysis［M］. Jefferson，North Carolina，and London：McFarland & Company，Inc. Publishers，2012：16.

⑤ Henthorne，Tom. Approaching *The Hunger Games* Trilogy：A Literary and Cultural Analysis［M］. Jefferson，North Carolina，and London：McFarland & Company，Inc. Publishers，2012：1.

盾冲突，她对文化身份的关注涵盖了女性、青少年、后殖民、种族、边缘化群体等各个方面，从各层次的群体里发现了美国民众都受到文化的影响，并最终由这些群体内部的力量关系决定了他们的文化身份。具体来说，主要表征为以下三类身份危机：一是作为“家庭中的男人”的女性文化身份危机，二是作为“战争的牺牲品”的青少年文化身份危机，三是作为“被剥削的异化人”边缘群体的后殖民身份危机。

第一节　男权话语中女性的文化身份

关于文化身份问题，斯图亚特·霍尔提出：“‘身份’所声称的‘统一’其实是建构在权力和排斥的游戏当中的，因而结果不是自然的、不可避免的或原始的整体，而是使入国籍的、超定的‘圈文化’的过程。”①而法国著名理论家米歇尔·福柯（Michel Foucault）认为“性实际是以权力关系来表现的”②，福柯强调了没有任何“性”本身不是从复杂的话语和权力的交互作用里产生出来，他也公开承认性与权力是同时共存的。关于性别和身份问题，当代美国著名女性主义批评家朱迪斯·巴特勒（Judith Butler）提出：“性别的作用是通过身体的程式化产生的，因此，我们必须把它理解为一种使身体的手势、动作和各种风格构建了一个持久的性别自我幻觉的世俗方式。”③ 从霍尔对文化身份、福柯对权力和巴特勒对身份的塑造中得到启发，后现代女性主义者超越了传统固定的性别身份，使身份演变成为了一种自我选择和文化建构的结果。柯林斯一直密切关注女性、权力、文化身份问题，从她的经典代表作《饥饿游戏》三部曲就全面体现出来了，具体来说，三部曲中女性的权力文化身份主要包括女性性别的焦虑、女性权力的制约和母性变革的影响三个维度。

① ［英］斯图亚特·霍尔，保罗·杜盖伊. 文化身份问题研究［M］. 庞璃译. 开封：河南大学出版社，2010：6.

② ［法］米歇尔·福柯. 性史（第一、二卷）［M］. 张廷琛、林莉、范千红等译. 上海：上海科学技术文献出版社，1989：101.

③ Butler, Judith. Bodies that Matter: On the Discursive Limits of "Sex." ［M］. London: Routledge, 1993: 179.

一、女性性别的焦虑

关于性别尤其是女性性别，波伏瓦认为，“女人并非生来就是（be）女人，她在社会中成为（become）女人”[①]。她所主张的女性主义区别对待生理性别（sex）和社会性别（gender）。20世纪50年代以来，社会理论家和科学家们开始接受生理性别（sex）和社会性别（gender）之间的基本区别。一个孩子随着年龄增长，社会性别一旦变得明显，很可能会得到不同的对待，而对于这样的区别对待，孩子们就会表现各不一样。这种差异感会持续到青少年和成年期，塑造不同的人生经历，产生不同的情感、意识、关系、技能，形成不同的男性化和女性化的存在方式。因此，像种族和阶级一样，社会性别是一个等级制度的关键组成部分，这个制度允许社会的大部分被征服和被控制。当然也有可能无视性别规范和它们所代表的控制系统。朱迪斯·巴特勒认为，因为性别表示“除了构成它真实的各种不同的行动以外，它没有什么本体论的身份”[②]，它可以被理解为一种“超演性”（“performative”），也就是说，它是一种完全由它的制定方式所定义的现象。以这种方式进行理解，很容易看出，当性别身份以不同于社会规定的方式表现时，它是可以被破坏和颠覆的。以扮装为例，巴特勒认为，性别可以被执行，扮装“暴露了性别化经验的各个方面彼此之间的不同”[③]，性别显现出了不协调的状态。巴特勒和其他认为父权制是控制政治体系的关键组成部分的学者们都认为，通过诸如扮装和其他形式的性别扭曲等行为来挑战性别认同是一种激进的政治行为，以至于他们将自己暴露为一种武断的、自然的身份。

柯林斯的《饥饿游戏》三部曲主要从社区的群体女性性别的危机出发，体现出女性文化身份的焦虑，进而着重描述女主角凯特尼斯的个体霸

---

① Beauvoir, Simone de. The Second Sex [M]. New York: Random House, Inc., 2010: 283.

② Butler, Judith. Gender Trouble: Feminism and the Subversion of Identity [M]. New York: Routledge, 1990: 173.

③ [美] 朱迪斯·巴特勒. 性别麻烦：女性主义与身份的颠覆 [M]. 宋素凤译. 上海：上海三联书店，2009：180.

权女性气质和对传统性别的颠覆，展现出对女性文化身份的渴求。

（一）群体女性性别焦虑

在三部曲里，凯匹特主要通过划分管辖行政区对帕纳姆进行统治。例如，各个地区实际上是通过通电的栅栏相互分隔的，各地区之间的通信受到限制，并受到持续的监控。“表面上看栅栏的存在看似阻挡了森林里漫游的肉食动物，但正如许多学者所指出的那样，栅栏主要用作压迫人们，致使人们在心理、身体和经济方面处于预先被决定的地位。”[①] 事实上，人们对其他地区所知甚少，为数不多的了解也主要来自全国公开播出的饥饿游戏电视节目，即便如此，游戏也经过了集权政府凯匹特的大量剪辑，游戏制作者们也不想让“不同地区的人彼此了解”[②]。通过严密监控各区信息，凯匹特不仅防止了各区之间的相互联系，而且还抑制了各区可能出现的联合抵制其规则的因素。而性别被证明是凯匹特在辖区内区分人民相互对立的最有效手段之一。在第 12 区，这一规范似乎表现为男性在矿区工作而女性留在家中抚养子女，操持家务。只有当凯特尼斯和盖尔的父亲在采矿事故中遇难时，妻子们才有望在外找到工作，而凯特尼斯的母亲虽是药剂师却无法做到这一点，从而使她的家庭处于饥饿的边缘。盖尔的母亲黑兹尔·霍桑（Hazel Hawthorne）取得了更大的成功，通过帮其他人洗衣服养家糊口，但即便如此，如果没有她十几岁的大儿子盖尔通过采矿和打猎成为家庭主要供养者，她也无法养活她的孩子们。虽然小说描写第 12 区以外的其他各区的日常生活细节很少，但存在的证据表明，除农业、工厂工作这些开放的非技术劳动以外，历史上妇女主要被降格在家庭领域，除非她们像第 8 区的特瑞尔（Twill）一样是教师。总之，女性首先应该是妻子和母亲，她们很少进入工作世界，而只有很少的和一定的职业才能进入工作领域。即使像凯特尼斯这样富有和著名的胜利者也被限制在她们被允许的事情上。像饥饿游戏的所有幸存者一样，凯特尼斯被培养出一个她可以

---

① Macaluso, Michael and Cori Mckenzie. Exploiting The Gaps in the Fence: Power, Agency, and Rebellion in *The Hunger Games* [A]. Ed. Sean P. Connors. The Politics of Panem: Challenging Genres [C]. Boston: Sense Publishers, 2014: 103.

② Collins, Suzanne. The Hunger Games [M]. New York: Scholastic Press, 2008: 203.

在面试时谈论的“才艺”，而凯匹特为她提供的才艺清单包括“烹饪、插花、吹长笛”① 等，在西纳（Cinna）的鼓励下她选择培养对“服装设计”的兴趣。这些都说明在父权制统治下的帕纳姆国，正如西蒙娜·德·波伏瓦所形容的，女性已经在后天被塑造成为男性的附庸，按照社会的规范生活，失去了主体性和地位。相比之下，男性的价值主要在于他们为家人提供服务的能力，而凯特尼斯的观察表明，盖尔可以很容易地找到一个妻子，因为他代表了男性化的典范，“英俊漂亮，身体强壮，对矿上的活也得心应手，而且还会狩猎”②。她也评论黑密斯（Haymitch Abernathy）“可以在第 12 区选择任何一位女人结婚”，因为他很富有③。三部曲中的性别差异反映了他们生活中文化的性别规范和制约。

《饥饿游戏》三部曲里饥饿游戏中的大多数幸存者也从侧面反映了性别的焦虑问题。正如卡丽·瑞恩（Carrie Ryan）在《面包与马戏》（“Panem et Circenses”）中指出的那样，饥饿游戏的主要功能是意识形态的：“尽管饥饿游戏被视为是对居住在管辖区人们的惩罚，但在凯匹特饥饿游戏被认为是娱乐节目，就像其他任何真人秀一样，凯匹特关注的不是收视率的货币价值，就像在我们的世界里一样，游戏象征着凯匹特的绝对权力和统治地位”④。对游戏进行的分析表明，它们的构建也是为了加强父权制，不仅将男性与女性区别开来，而且赋予前者享有特权。在《燃烧的女孩》中可以看出，参加世纪极限赛（Quarter Quell）的以往的饥饿游戏中的胜利者以男性居多，因为男孩比之前参赛中的女孩表现得更好，约翰娜·梅森（Johanna Mason）是第 7 区唯一的女性幸存者，而凯特尼斯是第 12 区唯一的女性幸存者⑤。男性似乎在游戏中有着优势，致使女孩只有两个明显的获胜策略：她们要么尽力模仿男性，要么利用她们所谓的女性诡

---

① Collins, Suzanne. Catching Fire [M]. New York: Scholastic Press, 2009: 39.

② Collins, Suzanne. The Hunger Games [M]. New York: Scholastic Press, 2008: 10.

③ Collins, Suzanne. Catching Fire [M]. New York: Scholastic Press, 2009: 46.

④ Ryan, Carrie. Panem and Circenses [A]. Ed. Leah Wilson. The Girl Who Was on Fire: Your Favorite Authors on Suzanne Collins' *Hunger Games* Trilogy [C]. Dallas, TX: An Imprint Of Benbella Books, Inc., 2010: 102.

⑤ Collins, Suzanne. Catching Fire [M]. New York: Scholastic Press, 2009: 191-192.

计对抗男性，然后在男性贡品们易受伤害时给予致命一击，女性贡品才有生存下去的空间。

（二）凯特尼斯个体性别焦虑

柯林斯从一开始就颠覆了传统的女性性别问题，她通过给女主角命名就为颠覆性别权力做了铺垫——赋予女主角凯特尼斯一个相对中立的名字：“凯特尼斯”原意指“香蒲根，但它是一种营养丰富的植物，对凯特尼斯来说很重要，因为她认为自己是她家庭的养家者”[①]，她父亲说过这个名字表示“只要能找到你自己，你就不会饿死”[②]，也就意味着凯特尼斯的整个生命都致力于滋养，首先是猎人和采集者，然后才是游戏中富有的胜利者。接下来，柯林斯进一步表露她对性别的独特见解，在小说开篇凯特尼斯的装扮和行为就拒绝显露出性别，考虑到她已经承担了传统意义上男性作为家庭赡养者角色这一事实，凯特尼斯最初拒绝被称为女性，直到收获节的那一天她母亲给她女性漂亮的装扮显示出了性别特征。她之前一直刻意疏远他人，虽然打猎时和盖尔走得相对近些，但她从来没有想过自己是欲望的对象，正如她对盖尔说的那样，“我永远都不想要孩子”[③]，她与盖尔的关系纯粹是柏拉图式的。而在收获节前最后一次狩猎时，盖尔表达了他对凯特尼斯的渴望，这使她变得困惑不安：对她来说，他们的“谈话感觉完全不对”[④]。在收获节当天，当她妈妈拿出“她最心爱的一条裙子给我穿，一条淡蓝色的裙子，和鞋子很搭配”[⑤]，她同样感到不舒服，照着破镜子，她“几乎不能认出自己”，凯特尼斯对装扮后的外貌评论道：“一点也不像我自己。”[⑥] 很明显，对凯特尼斯来说，美貌和个人魅力似乎没有什么意义，因为养家才是最重要的。同样，当她在舞台上受伤时，她决心不表露出情感。然而，在竞技场面对受伤的皮塔，为了给他治病，按照黑密

① Frankel, Valerie Estelle. Katniss the Cattail: An Unauthorized Guide to Names and Symbols in Suzanne Collins' *The Hunger Games* [M]. Lexington: LitCrit Press, 2012: 13.

② [美] 苏珊·柯林斯. 饥饿游戏Ⅰ：饥饿游戏 [M]. 耿芳译. 北京：作家出版社，2010：45.

③ Collins, Suzanne. The Hunger Games [M]. New York: Scholastic Press, 2008: 9.

④ Collins, Suzanne. The Hunger Games [M]. New York: Scholastic Press, 2008: 10.

⑤ [美] 苏珊·柯林斯. 饥饿游戏Ⅰ：饥饿游戏 [M]. 耿芳译. 北京：作家出版社，2010：13.

⑥ Collins, Suzanne. The Hunger Games [M]. New York: Scholastic Press, 2008: 15.

斯给他的提示信息“一个吻等于一锅汤”①，凯特尼斯别无选择，只能扮演一个对她来说陌生的角色——一个恋爱中的女孩，通过这种方式，她所感受到的父权制下的文化知识迫使她重塑自我，形成了霸权女性气质。

然而，当她成为一名贡品（tribute）时，她很快就意识到，扮演传统形式上的女性对她的生存至关重要，因此她尽力配合西纳和他的团队改造外貌，他们都努力让她看起来美得不可思议。即使如此，她也很少失去自我意识。当导师黑密斯给她塑造形象时，颇为不满意她的冷漠风格，她就意识到自己“不是智慧型、滑稽型、性感型或神秘型”② 女性，她愤怒地指出这些身份都不适合她，她谁都不是。每当黑密斯叫她“甜心”的时候，都会让她怒火中烧，她把皮塔对她的称赞视为对她的明显“贬低”③。就像皮塔强调的一样：凯特尼斯表现出霸权的女性气质。而当她意识到在游戏中取胜需要表演女性气质和异性恋时，她遇到了难题：她认为表演异性恋和女性性别让她“在全国观众面前变成了傻瓜”④，就像是位“穿着漂亮裙子打旋儿的愚蠢女孩”⑤，并使她看起来显示出传统女性柔弱的一面，但当黑密斯指出“这是一场盛大的演出”⑥，通过表演可以让她深入人心并能得到观众的赞助时，她慢慢接受了女性性别的力量，开始意识到女性性别行为和性别一样，为了达到预期的效果可以通过展演不同技巧性的性别方式而获取，舞台上的性别表演可以让她在饥饿游戏实战中获得最大帮助。因此，她最终下定决心和皮塔一起在饥饿游戏中表演明星恋人，增加她生存下来的可能性。在《燃烧的女孩》（*Catching Fire*）中，她与皮塔假装订婚，甚至假装怀孕，以赢得观众的同情和支持。在《嘲笑鸟》（*Mockingjay*）中，即使当皮塔沦为凯匹特的囚犯受到虐待，他被营救后甚至试

---

① ［美］苏珊·柯林斯. 饥饿游戏Ⅰ：饥饿游戏［M］. 耿芳译. 北京：作家出版社，2010：227.

② ［美］苏珊·柯林斯. 饥饿游戏Ⅰ：饥饿游戏［M］. 耿芳译. 北京：作家出版社，2010：104.

③ Collins，Suzanne. The Hunger Games［M］. New York：Scholastic Press，2008：93.

④ Collins，Suzanne. The Hunger Games［M］. New York：Scholastic Press，2008：135.

⑤ ［美］苏珊·柯林斯. 饥饿游戏Ⅰ：饥饿游戏［M］. 耿芳译. 北京：作家出版社，2010：122.

⑥ Collins，Suzanne. The Hunger Games［M］. New York：Scholastic Press，2008：135.

图杀死凯特尼斯时，她进一步假装因参加第75届饥饿游戏世纪极限赛而失去了孩子，并在镜头前继续假装与皮塔相恋，因为普鲁塔什在分析形势后认为“应该继续目前的浪漫故事，这么快就抛弃皮塔会失去公众对她的同情”①，反之，如果公开拒绝皮塔就是拒绝社会对异性恋女性的期望，从而有失去人们支持的风险。三部曲中的一系列性别表演，尤其是女主角凯特尼斯的性别塑造，恰当地诠释了父权制社会规范下女性对性别和权力的颠覆和挑战，性别很好地缓和了政治矛盾和冲突，制造出来了某种文化效果，为探索新时代女性性别和身份之间的关系树立了一个典型的范例。

二、女性权力的制约

20世纪90年代开始，对权力概念的研究成了文化研究领域的中心，“人们把文化研究领域公认为权力概念的主要推动者”②。米歇尔·福柯认为“对癫狂的权力技术从否定变为肯定，从二元对立变为复杂和多样化的形态”③。根据福柯的说法，“权力必须首先被理解为多种强制关系”④，“虽然他认识到权力有时是自上而下的主权（sovereign power），但他认为在我们的世界中至少有三种其他权力形式在起作用：规训权力（disciplinary power）、生命权力（biopower）和牧养权力（pastoral power）”⑤。由此可见，福柯认为权力不仅仅具有压制性，性别差异其实是由权力生产出来的。而朱迪斯·巴特勒试图纠正福柯的“性别中立”，她集中讨论了强制的异性恋的强加性，通过不断重复，致使其他欲望被视为

① Collins, Suzanne . Mockingjay [M]. New York: Scholastic Press, 2010: 39.

② ［澳］马克·吉布森. 文化与权力——文化研究史［M］. 王加为译. 北京：北京大学出版社，2012：12.

③ 包亚明主编. 权力的眼睛——福柯访谈录［M］. 严锋译. 上海：上海人民出版社，1997：174.

④ Foucault, Michel. The History of Sexuality, Vol. 1: An Introduction [M]. Trans. Robert Hurley, New York: Pantheon, 1978: 92.

⑤ Macaluso, Michael and Cori Mckenzie. Exploiting The Gaps in the Fence: Power, Agency, and Rebellion in *The Hunger Games* [A]. Ed. Sean P. Connors. The Politics of Panem: Challenging Genres [C]. Boston: Sense Publishers, 2014: 106.

"不可理喻"[①]。巴特勒认为:"性别身份也许可以被重新设想为一种意义接受的个人/文化历史……戏仿了那个建构的运作机制。"[②]《饥饿游戏》三部曲中,帕纳姆国的女性权力被严重制约,女性毫无社会和政治地位可言,不管是在凯匹特都城还是在其他各区,女性的权力都遭到压制。正如林恩·范德勒(Lynn Fendler)所说,福柯的权力方法使我们能够看到,"我们不能'责怪制度',我们不能'让个人承担责任'。我们不能等待领导人告诉我们该做什么,我们不能等待别人宣布我们要解放。相反,我们面临的挑战是看到各种各样可能的权力变化,多种选择以及一系列可能的后果"[③]。而事实上,栅栏和监控的隐喻还表明,在《饥饿游戏》的世界里压迫者和被压迫者并没有简单的二分法,权力的规训充斥着社会的各个领域和层面,已经渗入了人们的日常生活之中,因此福柯提出了"微观政治权力"这个概念,"开始关注权力关系的复杂、多变、特殊和差异"[④]。小说中描写的战前凯匹特妇女、第12区女性、饥饿游戏存活下来的女性贡品们以及反叛区的女性就很好地体现了福柯所说的权力的复杂性、多样性和启发性。

(一)统治区女性的权力复杂性和压迫性

统治区凯匹特在《饥饿游戏》三部曲中常被文学评论者解释为一个具有"最终权力和最高政府控制权"的极权主义政权[⑤],这表明福柯所描述的这种统治者对臣民进行统治的自上而下的主权在该系列小说中得到了很好的体现。但战前的帕纳姆国是一个父权制社会,凯匹特并不存在看起来

---

① Butler, Judith. Bodies that Matter: On the Discursive Limits of 'Sex' [M]. London: Routledge, 1993: 94.

② [美] 朱迪斯·巴特勒. 性别麻烦:女性主义与身份的颠覆 [M]. 宋素凤译. 上海:上海三联书店, 2009: 181.

③ Fendler, Lynn. Michel Foucault [M]. New York: Continuum International Publishing Group Ltd., 2010: 197.

④ [法] 福柯. 福柯说权力与话语 [M]. 陈怡含编译. 武汉:华中科技大学出版社, 2017: 241.

⑤ Pavlik, Anthony. Absolute Power Games [A]. Ed. Mary F. Pharr & Leisa A. Clark. Of Bread, Blood and *The Hunger Games*: Critical Essays on the Suzanne Collins Trilogy [C]. Jefferson: McFarland & Company, Inc., Publisher, 2012: 30.

的性别平等，虽然小说中常有“女士们优先”[1] 的称呼习惯，但这只是对于女性的一种礼貌举止和习惯用语，并非对女性权力的重视。凯匹特的最高行政长官总统是科里奥兰纳斯·斯诺（Coriolanus Snow），以及饥饿游戏历史上的大赛组织者塞内卡·克林和普鲁塔什·海文斯比（Plutarch Heavensbee），甚至历届饥饿游戏的节目主持人凯撒·弗里克曼（Caesar Flickerman），都是男性。通过仔细观察，可以很明显发现女性在帕纳姆国的上流社会中并没有扮演特殊重要的角色，处于高职位担任高职责的女性非常稀少，她们的权力受到压制。小说中，在凯匹特唯一被提到的担任一定职权的还是饥饿游戏训练中心的主教练阿塔拉（Atala），除此之外，凯匹特大多数女性拥有较低的职位。譬如埃菲·特林西（Effie Trinket）作为一位被派往最穷最偏远的第 12 区负责饥饿游戏的“事务的专员”[2]，她并没有实质的权力，凯特尼斯反叛之后，她因担任过凯特尼斯的专员而“被关进了监狱”[3]，受到凯匹特的无情压迫；又如维妮娅（Venia）和奥克塔维亚（Octavia）作为饥饿游戏“形象设计中心”（Remake Center）的造型师和美容师，她们并没有实际的话语权；波西娅（Portia）作为第 74 届饥饿游戏里“皮塔的设计师”[4]，虽然和凯特尼斯的设计师西纳的设计水平相当，但她在小说中很少表现，这使得她看起来成为了西纳设计团队的附庸；而另一位女性设计师泰格里丝（Tigris），年轻时作为饥饿游戏比赛中的活跃人物，因为过气而被整形成“古怪的半猫半人脸”[5]，最后不得不靠经营惨淡的旧货皮毛生意才得以为生。

除了以上这些身处低等岗位的女性之外，在凯匹特还有作为仆人、权力完全被剥夺受到压迫最严重的拉威尼亚（Lavinia）——一位女性艾瓦克丝（Avox）。她是饥饿游戏期间服务凯特尼斯和皮塔的仆人，这让凯特尼斯忆起在第 12 区栅栏外的森林里偶遇从凯匹特逃离出来的她，“目不转睛

① Collins, Suzanne. The Hunger Games ［M］. New York: Scholastic Press, 2008: 20.
② ［美］苏珊·柯林斯. 饥饿游戏Ⅰ：饥饿游戏［M］. 耿芳译. 北京：作家出版社，2010：16.
③ ［美］苏珊·柯林斯. 饥饿游戏Ⅲ：嘲笑鸟［M］. 耿芳译. 北京：作家出版社，2011：331.
④ ［美］苏珊·柯林斯. 饥饿游戏Ⅰ：饥饿游戏［M］. 耿芳译. 北京：作家出版社，2010：57.
⑤ ［美］苏珊·柯林斯. 饥饿游戏Ⅲ：嘲笑鸟［M］. 耿芳译. 北京：作家出版社，2011：288.

地看着我们，露出求救的眼神"[①]，而面对她的求救凯特尼斯却无法帮助她，凯特尼斯内心对她充满了同情、感到羞愧和懊悔，而她被迫接受凯匹特常用的惩罚"被割去舌头"[②]，迫使她过上了无声的奴役生活，人们即使以前认识艾瓦克丝，"除了给他们下达命令，不能跟他们说话"[③]，毫无地位和人权可言。而凯特尼斯反叛之后，拉威尼亚和凯特尼斯的另一位艾瓦克丝朋友大流士（Darius）也因为曾做过凯特尼斯的仆人，所以也被逮了起来关进监狱，而皮塔眼睁睁地看着"他们被活活地折磨死了"[④]。凯匹特不但通过这种酷刑惩罚了所谓的叛徒，而且提醒了人们凯匹特主权的统治地位。事实上，"通过摧毁这些叛徒并迫使他们与帕纳姆的其他公民互动，凯匹特将艾瓦克丝变成了他们最终权威的视觉证据"[⑤]。因此，通过福柯的镜头，凯匹特对艾瓦克丝的惩罚展示了古代罗马君主的"绝对权力"，即"罗马法称之为绝对权力（merum imperium）的生杀予夺大权"[⑥]，这使得凯匹特的科里奥兰纳斯·斯诺（Coriolanus Snow）总统成了这种绝对权力的象征。

（二）被统治区女性的权力制约

被统治区女性的权力制约主要体现在富人阶层女性、穷人阶层的女性和女性贡品们身上。

首先，第 12 区市长安德塞（Undersee）的妻子，作为富人阶层女性的代表，因她的双胞胎妹妹在饥饿游戏中惨死，一直生活在痛苦之中，"患有严重的头疼病，常一连数日卧床不起"[⑦]，身为市长夫人的她也不能随意

---

① ［美］苏珊·柯林斯. 饥饿游戏Ⅰ：饥饿游戏［M］. 耿芳译. 北京：作家出版社，2010：72.

② Collins, Suzanne. The Hunger Games［M］. New York: Scholastic Press, 2008: 77.

③ Collins, Suzanne. The Hunger Games［M］. New York: Scholastic Press, 2008: 78.

④ ［美］苏珊·柯林斯. 饥饿游戏Ⅲ：嘲笑鸟［M］. 耿芳译. 北京：作家出版社，2011：247.

⑤ Macaluso, Michael and Cori Mckenzie. Exploiting The Gaps in the Fence: Power, Agency, and Rebellion in *The Hunger Games*［A］. Ed. Sean P. Connors. The Politics of Panem: Challenging Genres［C］. Boston: Sense Publishers, 2014: 110.

⑥ ［法］米歇尔·福柯. 规训与惩罚：监狱的诞生（修订译本）［M］. 刘北成，杨远婴译. 北京：生活·读书·新知三联书店，2019：51.

⑦ ［美］苏珊·柯林斯. 饥饿游戏Ⅱ：燃烧的女孩［M］. 耿芳译. 北京：作家出版社，2011：77-78.

去凯匹特治病，除非受到凯匹特的邀请，“市长的权力也受到限制”[①]，在第12区原本处在富人阶层中的她在小说中却很少描述，她唯一提到的一次善举还是通过她女儿表现出来，当盖尔被新治安警长斯瑞德（Thread）在广场上“打了至少四十鞭”[②]时，她没有直接出面，而是让女儿送来了昂贵的“从凯匹特运来的，叫吗啡”[③]的六瓶止痛药。由此，她虽享受有限的特权却无法在关键时刻救治自身，在无形之中被权力边缘化。而市长的女儿马奇·安德塞（Madge Undersee）虽然处在第12区富人阶层的顶层，可以穿漂亮的衣服，学习钢琴，不用领取食品券（tesserae）也不会挨饿，享受部分高级待遇，但她的生命权力却被严重制约；她也必须参加饥饿游戏，逃不开被凯匹特迫害的命运，当凯特尼斯在世纪极限赛里发动叛乱，逃往第13区后，凯匹特针对第12区的轰炸并没告知市长，“全家人，还有两个在家里干活的人”[④]全被炸死。市长一家的生命权力也毫无保障。

其次，在这些被统治区穷人的生活与凯匹特截然不同。人们不是为了自己工作，他们的辛苦所得的物资必须运往凯匹特，甚至不能得到报酬，不但如此，还“不允许吃自己收获的粮食”[⑤]等，享用自己的劳动果实还会遭到刑罚处治。因此，他们甚至可以被称为奴隶，因为他们不能选择自己的主要工作场所，而且一直受制于凯匹特。而这种权力压制并没有区别男性和女性，因为每个人都需要去工作，例如来自第7区的约翰娜·梅森会使用斧头，因为她来自伐木区，从小一直生活在树林里。而来自第11区农业区的露露（Rue）告诉凯特尼斯很多她在田野里的工作，甚至在收获

---

① ［美］苏珊·柯林斯. 饥饿游戏Ⅱ：燃烧的女孩［M］. 耿芳译. 北京：作家出版社，2011：78.

② ［美］苏珊·柯林斯. 饥饿游戏Ⅱ：燃烧的女孩［M］. 耿芳译. 北京：作家出版社，2011：98.

③ ［美］苏珊·柯林斯. 饥饿游戏Ⅱ：燃烧的女孩［M］. 耿芳译. 北京：作家出版社，2011：102.

④ ［美］苏珊·柯林斯. 饥饿游戏Ⅲ：嘲笑鸟［M］. 耿芳译. 北京：作家出版社，2011：348.

⑤ ［美］苏珊·柯林斯. 饥饿游戏Ⅰ：饥饿游戏［M］. 耿芳译. 北京：作家出版社，2010：177.

季节还被剥夺了上学的权利，“大家都得干活”[①]。第 12 区似乎是唯一没有强迫女性下矿井和男性从事一样工作的地区，女性从事典型的家庭工作。但是，由于她们没有得到这份工作的报酬，妇女的生存几乎依赖男性，而无法享受平等待遇，除非家庭中失去男性，例如凯特尼斯的母亲虽然“从小在娘家的制药铺，帮父母一起给人疗伤”[②]，但是出嫁之后她却很少再从事医护工作，而是成了典型的家庭妇女，当丈夫死于矿难时，她曾一度处于精神崩溃的边缘失去自理能力，之后才慢慢走出创伤“在‘夹缝地带’（the Seam）开了家小药房做了点生意”[③]。即便是更容易接受凯匹特的思维方式和宣传影响的第 2 区，女性虽然从小丰衣足食，可以接受训练担任治安警，但她们“仍然是奴隶”[④]。从上可知，被统治区的女性所处的境遇，正如李·弗里茨在《梦想者和行动者》中所说的：“遭受最大痛苦的是贫穷、生活水平低下的妇女和儿童”[⑤]，被统治区女性在凯匹特和帕纳姆公民的监督下规训了她们的行为。

最后，作为被统治区里的女性贡品们，她们的命运最为凄惨，所受压迫更加残酷，完全失去了生命权利，被迫沦为娱乐凯匹特公众的工具。正如小说中对“饥饿游戏”的解释：凯匹特的“人们可以享用充足的食物和疯狂的娱乐，也就是饥饿游戏”[⑥]。贡品们一旦被选定，就失去人身自由，只能住在凯匹特指定的训练中心大楼，经过训练得到评委们评分，然后在“形象设计中心”，凯匹特设计师们依据各区的特色给贡品们改造扮装后，贡品们在电视直播中为了获得观众认可和拉到赞助，她们全程都在媒体的监督和权力的凝视之下，为了生存而表演，成了“游戏中的一个棋子”[⑦]

① ［美］苏珊·柯林斯. 饥饿游戏Ⅰ：饥饿游戏［M］. 耿芳译. 北京：作家出版社，2010：178.

② Collins, Suzanne. Catching Fire［M］. New York: Scholastic Press, 2009: 112.

③ Collins, Suzanne. The Hunger Games［M］. New York: Scholastic Press, 2008: 35.

④ Collins, Suzanne. Mockingjay［M］. New York: Scholastic Press, 2010: 194.

⑤ ［美］贝尔·胡克斯. 女权主义理论：从边缘到中心［M］. 晓征，平林译. 南京：江苏人民出版社，2001：71.

⑥ ［美］苏珊·柯林斯. 饥饿游戏Ⅲ：嘲笑鸟［M］. 耿芳译. 北京：作家出版社，2011：202.

⑦ ［美］苏珊·柯林斯. 饥饿游戏Ⅰ：饥饿游戏［M］. 耿芳译. 北京：作家出版社，2010：206.

和娱乐大众的工具。甚至观众和评委很少能记住他们的名字，贡品通常用他们的地区编号而不是他们的名字来称呼，他们依据的是基于战斗力相关的判断评分和技能。《饥饿游戏》系列小说中写到的第74届饥饿游戏和第75届世纪极限赛中刻画了许多的女性贡品。小说中表明每个区都存活着女性贡品，女性贡品虽然相对于男性贡品也有一定的竞争力，但整体来说弱于男性，存活率也低于男性，譬如通过观察统计数字可发现，在第74届饥饿游戏中第一晚存活下来的贡品中，女性贡品死去5人存活下来7人，男性贡品死去6人存活下来6人，第二晚男女贡品分别有6人存活，第三晚女性贡品只存活3人，男性贡品存活下来6人。尽管在竞技场有些女性贡品有一定男性特质，看似很强壮，但在男性面前却展示出柔弱性，如第1区的职业贡品格丽默（Glimmer）在第3天却被“追踪黄蜂”（tracker jacker）杀死，第2区的职业贡品格拉芙（Clove）几乎一直活到了竞赛最后，但最终也被第11区的男性贡品萨里什（Thresh）杀死，文中描述到“萨里什像一座铁塔”，而“格拉芙在萨里什的怀里就像一个破玩偶”①，对比十分鲜明。同样来自第11区的露露可以说是贡品里弱小者的原型，虽然她聪明和敏捷，可以在树上躲避攻击，充满防御性，却毫无攻击性，遭遇第一次袭击就惨死。即使是饥饿游戏的胜利者凯特尼斯获胜之后，在凯匹特失去言语自由，为了阻止她和皮塔在庆祝之前交谈，她连晚上睡觉房门都被反锁，“时时刻刻被人监视”②。而作为以往饥饿游戏的胜利者，这些贡品们不管年纪大小，也不管身体状况如何，都必须无条件遵照游戏规则参赛。譬如像八十岁的玛格丝（Mags）、三个孩子抓着不放的茜茜莉亚（Cecelia）、六十来岁的希德尔（Seeder）等都被饥饿游戏选中。而这一残酷的做法只是“为了提醒反叛者，即使他们中最强壮的人都无法战胜凯匹特”③，凯匹特的绝对主权不能逾越。

---

① ［美］苏珊·柯林斯. 饥饿游戏Ⅰ：饥饿游戏［M］. 耿芳译. 北京：作家出版社，2010：249.

② ［美］苏珊·柯林斯. 饥饿游戏Ⅰ：饥饿游戏［M］. 耿芳译. 北京：作家出版社，2010：317.

③ ［美］苏珊·柯林斯. 饥饿游戏Ⅱ：燃烧的女孩［M］. 耿芳译. 北京：作家出版社，2011：152.

当然，贡品们也有些不愿意沦为娱乐工具，她们也想通过一些方式拒绝成为工具的命运，最突出的例子就是凯特尼斯对露露的“葬礼”，尽管凯匹特试图将贡品划归为不人道的物体，但凯特尼斯拒绝了这种定义，在竞技场上以对待人的方式对待露露，满足露露临终的愿望为她唱了首摇篮曲，在凯匹特的直升机像机器拾取一块垃圾一样清理死去贡品的尸体之前，凯特尼斯在竞技场浓重地厚葬了露露，柯林斯在《饥饿游戏》中对此进行了详细的描述：“我精心地将花朵一朵朵地摆放在她的遗体上，盖上丑陋的伤口……他们会把这转播的。抑或，他们现在正转播别的场景，而后运送尸体时观众会看到她。”[①]

由此可见，这正好印证了马克·吉布森（Mark Gibson）所说的“霍尔用了一个非常惊人的比喻，说文化研究领域的争论已经成了一场‘争夺遗物、争夺尸体的争斗’”[②]。凯特尼斯的这一行动代表了对凯匹特和父权制的权力的拒绝和漠视，这一点在文本中也得到了强调，引起凯特尼斯的进一步反思：“是的，这一行动也带有反叛的意味。”[③] 帕纳姆国被统治区的女性贡品们身处父权制的压制之下，她们并非天生注定的，而是后天被压迫所形成的。

（三）反叛区女性的多种权力制约

第13区的女性在她们所处的地下微观社会中和反叛各区统一后的宏观社会中，既是矛盾又是同一的结合体。妇女的政治地位与帕纳姆国其他地区的情况完全相反，因此表现为多种权力形式共同存在并且相互影响。

首先，在主权方面，因该地区由一位女性总统科恩（President Coin）掌管，这使她拥有很多典型的男性气质：冷静理智、感情寡淡、刻板强硬、严谨苛刻，这是典型的男性特征，但她也体现出了像斯诺总统的独裁一面，当她的得力手下博格斯（Boggs）指挥官和凯特尼斯谈到科恩的继

---

① ［美］苏珊·柯林斯. 饥饿游戏Ⅰ：饥饿游戏［M］. 耿芳译. 北京：作家出版社，2010：206.

② ［澳］马克·吉布森. 文化与权力——文化研究史［M］. 王加为译. 北京：北京大学出版社，2012：12.

③ ［美］苏珊·柯林斯. 饥饿游戏Ⅰ：饥饿游戏［M］. 耿芳译. 北京：作家出版社，2010：315.

承者时，对于凯特尼斯的反应，他坦陈，“如果你的第一个答案不是科恩，那你就是一个威胁，你的脸上就刻上了反对派的烙印。要知道，你个人的影响力可是比别人都大啊”[①]，而因为感觉到了凯特尼斯对她的潜在威胁，她有意安排精神失常的皮塔跟随进入凯匹特的451战斗特别小分队，美其名曰是为了给凯匹特宣战的“电视片升升温”[②]，实际是借此铲除凯特尼斯。由此，可看出科恩总统对主权的控制丝毫不逊色于斯诺总统，而最后导致了她的极端行为：要求剩下的6名贡品投票决定凯匹特孩子的命运；这一事件最终导致凯特尼斯对她的射杀，凯特尼斯可以说在这反过来又保障了规训权力的有效运行。

其次，第13区女性权力的制约还体现在牧养权力方面，而这种牧养权力主要体现在这些领导人通过服务帕纳姆人而产生的权力。“牧养权力”一词来源于神父和牧师获得的权力，因为他们帮助引导教区居民“群体”走向拯救[③]。福柯曾指出牧养权力不再是“引导人们在下一世获得拯救的问题，而是确保在这一世得到拯救的问题”[④]，他进一步指出牧养权力是指那些帮助人们确保拥有“健康、福祉（即足够的财富、生活水平）、安全、防止事故发生”[⑤]等权利的人所行使的权力。在第13区，唯一一个在科恩手下工作的男性是博格斯指挥官，他本应带领451战斗特别小分队进入凯匹特，虽然他在战斗中不幸阵亡，但他并没有被另一个男人取代，而是被“杰克逊，一个中年妇女，她是小分队的副总指挥”[⑥]所替代，这显然也是科恩总统的刻意安排，为了防止声誉最高的凯特尼斯享有实权。虽然杰克逊的指挥权力被凯特尼斯取代，但在实际战斗中她还是执行了她被制约的

---

① ［美］苏珊·柯林斯. 饥饿游戏Ⅲ：嘲笑鸟［M］. 耿芳译. 北京：作家出版社，2011：326-327.

② ［美］苏珊·柯林斯. 饥饿游戏Ⅲ：嘲笑鸟［M］. 耿芳译. 北京：作家出版社，2011：236.

③ Fendler, Lynn. Michel Foucault［M］. New York：Continuum International Publishing Group Ltd., 2010：45.

④ Foucault, Michel. The Subject and Power［J］. Critical Inquiry, 1982, 8（4）：784.

⑤ Foucault, Michel. The Subject and Power［J］. Critical Inquiry, 1982, 8（4）：784.

⑥ ［美］苏珊·柯林斯. 饥饿游戏Ⅲ：嘲笑鸟［M］. 耿芳译. 北京：作家出版社，2011：231.

牧养权力，帮助凯特尼斯使用“霍罗”① 指挥大家戴上防毒面具，时刻考虑小分队的安全问题。其他拥有强大政治地位的女性还包括：叛乱后成为帕纳姆国总统的原第 8 区指挥官佩拉（Paylor）、第 2 区指挥官莱姆（Lyme）以及 451 战斗特别小分队的训练师约克战士（Soldier York）也是一名女性。另有其他小部门的女性负责人如普鲁塔什・海文斯比的得力女助手富尔维亚・卡杜（Fulvia Cardew）、担任 451 战斗特别小分队的拍摄女导演克蕾西达（Cressida）等。富尔维亚带来了自己的想法，并在拍摄《嘲笑鸟》的过程中提出了几个重要的决定性建议，因此，我们可以说，她和她真正的老板海文斯比一样重要。克蕾西达带领一队男性摄影师和她的男性助手协助凯特尼斯成功突破凯匹特的重重围剿，顺利完成了宣传嘲笑鸟的反叛战争策略和电视转播的关键拍摄任务，并在生死攸关时刻挑起了庇护特别小分队成员们的安全责任。她们的共同点都是担任领导人，有着为他人提供服务、救赎大众的信念，但她们的信念和服务理想也是牧养权力运作下的产物，她们的牧养权力有着一定的标准和规范，在向帕纳姆公民灌输所谓的生活理想和生存美学时，使人们自我规训、自我制约、自我监督，虽然她们的牧养权力表面上看是服务和救赎大众，但是反过来受到法律和公众的规训和制约。而第 13 区这些女性牧养权力的群体推动和阐释，使我们对权力有了新的认识和理解，具体地完成一次大的革命洗礼，需要一点点颠覆微观权力，想要瞬间完成是不可能的。而这正好印证了福柯所表述的现代性与权力：“这种颠覆权力必须是一种新的权力形式，这种权力是反规训的，是从主体原则中解放出来的。否则，反权力如果在权力范围内活动，即使获得了胜利，也只是一种新的权力关系的产生，从而又回到了原地。所以只有彻底放弃以规训为出发点的权力形式，才能获得一个新的自我，新的灵魂，新的生命。”②

① 霍罗（Holo）是 451 战斗特别小分队攻入凯匹特时所随身携带的地图，它无法接收和发射信号。

② ［法］福柯. 福柯说权力与话语［M］. 陈怡含编译. 武汉：华中科技大学出版社，2017：256.

三、母性的变革

母性，历来是文学作品中的一个重要话题。纵观文学史，母性本身很少作为独立的主体存在。相反，其身份和存在意义是由其他人根据作为妻子和母亲的社会建构角色来界定的。母性的产生离不开形形色色的母亲形象。母亲的形象也出现在众多经典的文学作品之中，例如夏娃式母亲、圣母玛利亚式母亲、美狄亚式母亲等等，文学史上最早思考母子关系，讨论母性话题可以追溯到古希腊神话中的俄狄浦斯情结。20 世纪女权主义的第二性浪潮中，美国女性主义者兼诗人安德利安·里奇（Adrienne Rich）出版了里程碑式著作《都是女人生养的：母性的经验和机构体制》（*Of Woman Born：Motherhood as Experience and Institution*）①，认为母性（motherhood）有两层意义："一种意义反映在任何一位女性具备的生育能力和子女之间的潜在关系之中；另外一个意义体现在保证这样的潜在关系以及所有女性都处于男性控制下的体制上。"② 自这部著作出版起，做母亲或不做母亲、母亲的独特性等母性话题就成了"女性主义研究的中心议题"③。法国女性主义哲学家茱丽娅·克里斯蒂娃（Julia Kristeva）呼吁建立新的母性话语，她提出："把母性定义为不可能之外的其他地方，是神圣之外的东西，是神圣的容器，是无法形容的神性之间的联系纽带，是超验的终极支持——必须是童贞女，（母性）忠于这个假设命题。"④ 克里斯蒂娃认为母亲在基督教里没有得到认同，只是一个被压制的符号，已被社会话语所消音。

自 20 世纪 90 年代以来，作为一门学科的母性研究一直致力于恢复和记录在沉默中发展起来的广泛而有意义的母性文学传统。伊丽莎白·波德

---

① ［美］贝尔·胡克斯. 激情的政治：人人都能读懂的女权主义［M］. 沈睿译. 北京：金城出版社，2008：224.

② Rich，Adrienne. *Of Woman Born*：Motherhood as Experience and Institution［M］. New York and London：W. W. Norton & Company，1976：13.

③ O' Reilly，Andrea. From Motherhood to Mothering：The Legacy of Adrienne Rich' s *Of Woman Born*［D］. New York：State University of New York Press，2004：1.

④ Kristeva，Julia. Desire in Language－A Semiotic Approach to Literature［M］. Trans. Thomas Gora，Alice Jardine and Leon S. Roudiez. New York：Columbia University Press，1980：237.

涅克斯（Elizabeth Podnieks）和安德里亚·奥莱利（Andrea O'Reilly）主张，“不仅母亲已经失去了更广泛的文学史传统，这些传统经过特殊的叙述也为了男性人物，而且她也在以女儿为中心的文献中迷失了，而这些文献里描绘了母亲”①。关于母性，中国学者张亚婷在前人的理论基础之上提出：“‘母性’既是一种经历，也是一种体制。作为母亲的经历，母性以关注母亲-子女关系为核心。”② 随着时间推移，母亲的身份已经被其他更有主导性的声音和主体所淹没，当代母性话语正在努力克服母亲所面临的复杂性。

《饥饿游戏》三部曲中凯特尼斯作为一位充满技能、勇气和叛逆精神的反乌托邦女性领袖。评论界很少从母性的角度对她进行分析。但根据苔丝·斯莱特（Tess Cosslett）的说法，这个故事“展现了一个中心人物的身份是如何由女性祖先形成的”③。凯特尼斯的成长和生存以及在三部曲的最后成为母亲的旅程都依赖于她与母亲的和解，对母性的反抗、接受和生成的过程。柯林斯在小说中通过塑造凯特尼斯这一英雄式女性形象，挑战了传统的母性观念，正视了母亲身份的多元化。

（一）母女关系的疏离与重塑

在青少年文学的叙事惯例中，母亲与子女的关系常表现为矛盾和冲突。青少年的主人公发现他或她必须摆脱专横的、不关心子女的或有其他毛病的“坏”父母（通常是母亲）。希拉里·克鲁（Hillary Crew）在一个关于母女关系的研究中指出，这些小说中的母亲大多是主人公获得自主权所必须克服的障碍，女儿必须“断裂她与母亲的身份”④ 才能找出自我并得到成长。更重要的是，母亲们经常被严格地限制在好坏二元论之中。米

① 安德里亚·奥莱利（Andrea O' Reilly）The Motherhood Memoir and the “New Momism”: Biting the Hand that Feeds You [A]. Ed. Podnieks, Elizabeth & Andrea O' Reilly. Textual Mothers/Maternal Texts: Motherhood in Contemporary Women' s Literatures [C]. Waterloo, Ontario: Wilfrid Laurier University Press, 2010: 12.

② 张亚婷. 中世纪英国文学中的母性研究 [M]. 北京：中央编译出版社，2014：43.

③ Cosslett, Tess. Feminism, Matrilinealism, and the ‘House of Women’ in Contemporary Women' s Fiction [J]. Journal of Gender Studies, 1996, 5 (1): 7-8.

④ Crew, Hillary S. Is It Really Mommie Dearest? Daughter-Mother Narratives in Young Adult Fiction [M]. Lanham, Maryland, and London: Scarecrow Press, Inc., 2000: 65.

奇·皮尔曼（Mickey Pearlman）认为，在许多女作家的作品中，“失踪的母亲”常常被描绘成“依赖的、困惑的”或“压抑的、沮丧的、痴迷的”①。一个母亲的母爱或者说是母亲的失败，经常成为母女作品的一个关键焦点，随之而来的冲突会成为故事的中心。

在《饥饿游戏》中，凯特尼斯试图拒绝和抛弃她的母亲。凯特尼斯和她的母亲之间的关系从一开始是疏离的，她们在某种程度上反映了女儿从母亲身边挣脱出来的情景，背离了传统对母亲关爱缺失的描述和对母亲易愤怒、控制欲强或侵略性强的描述。凯特尼斯的母亲一直都在身边，并未远离。凯特尼斯必须学会如何驾驭这种母亲在身边的感觉。关于凯特尼斯和她母亲的关系是一条丰富而复杂的故事线索，这一线索贯穿了整个三部曲。小说一开始，凯特尼斯就很难与母亲沟通，也很难将自己视为母亲的女儿。她注意到她的身体特征与波丽姆和她母亲的不同之处。她指出，“妈妈和妹妹波丽姆长着浅色头发和蓝眼睛”②，但她没有。她还承认，有一次，当一个因重度烧伤完全没有意识的男孩被带到她家的厨房桌子上时，她看到了伤口，她害怕得“从屋子里跑了出去”③。相反，波丽姆，“一个连自己影子都害怕的人，却留下来帮助妈妈”④ 一起治疗病人。凯特尼斯认为，波丽姆继承了她母亲的医护能力，而她没有。当她在饥饿游戏中面临治愈她的伤腿的挑战时，以及后来她被“追踪黄蜂”叮咬时，她承认她不记得哪种草药可以帮助她治愈⑤。在竞技场，当她面临着拯救皮塔和治疗他大腿上因刀伤感染的艰巨任务时，她绝望地说“我不擅长处理伤口，我不是妈妈”⑥，因为她看到流脓的伤口就害怕，她也承认她自己既没能力也没勇气面对比感冒严重的病人，但她还是“学着妈妈处理严重病人

① Pearlman, Mickey. Mother Puzzles: Daughters and Mothers in Contemporary American Literature [M]. New York: Greenwood, 1989: 103.

② ［美］苏珊·柯林斯. 饥饿游戏Ⅰ：饥饿游戏［M］. 耿芳译. 北京：作家出版社，2010：8.

③ Collins, Suzanne. The Hunger Games [M]. New York: Scholastic Press, 2008: 178.

④ Collins, Suzanne. The Hunger Games [M]. New York: Scholastic Press, 2008: 179.

⑤ Collins, Suzanne. The Hunger Games [M]. New York: Scholastic Press, 2008: 179, 198.

⑥ Collins, Suzanne. The Hunger Games [M]. New York: Scholastic Press, 2008: 257.

时表现出的镇静自若”[①]。在这一刻，凯特尼斯证实了她母亲的经历，这是一个具有里程碑意义的事件。凯特尼斯通过进一步的思考发现她母亲对父亲无法逾越的爱是促成了她精神崩溃主要原因。因为之前，凯特尼斯一直认为她的母亲在她的记忆之中总是“那么的高傲、冷漠，对家里的事甩手不管”[②] 的遥不可及又缺席的一个人。这一刻起，凯特尼斯反思了自己扮演母亲的这种英勇行为，她也意识到她的生命取决于她能否回忆起母亲所拥有的医疗治愈信息。直到此刻，她似乎开始意识到她需要了解她的母亲和获取她的知识，以便在残酷的世界中生存下去。柯林斯通过小说暗示着认识到母性和表现母性能够使一个人快速成长。

在《燃烧的女孩》中，凯特尼斯和她妈妈的疏离关系的转折点就是饥饿游戏、记忆中母亲的治愈能力和家庭植物书。她与母亲关系的循环，被认为是重塑母女关系的过程。凯特尼斯在饥饿游戏胜利归家之后主动“尽量修复和妈妈的关系，让她为我做些事情，而不是拒绝她的一切好意”[③]，这一现象就很好地表明了母女关系已经开始改善。洛文斯基（Lowinsky）将循环定义为“一个有关联的过程，通过这个过程，我们通过自己的经验来理解他人的经验”[④]。因为凯特尼斯起先对母亲的反抗和背离，对父亲的崇拜，使她无法获取母亲的知识。在小说中，家庭植物书对于母女关系的缓和起了重要作用，小说中对这本植物书的来源和功用介绍得非常详细：“妈妈有一本早先从药房带来的书，书页是旧羊皮纸的，里面有各种植物的钢笔画，下面用娟秀的字体写下了每种植物的名字，在哪儿可以摘到，什么时候开花，有什么药用价值。爸爸在书里又添加了不少条目，哪些植物只可食用，不能治病。”[⑤]

---

① ［美］苏珊·柯林斯. 饥饿游戏Ⅰ：饥饿游戏［M］. 耿芳译. 北京：作家出版社，2010：222.

② ［美］苏珊·柯林斯. 饥饿游戏Ⅰ：饥饿游戏［M］. 耿芳译. 北京：作家出版社，2010：8.

③ ［美］苏珊·柯林斯. 饥饿游戏Ⅱ：燃烧的女孩［M］. 耿芳译. 北京：作家出版社，2011：28.

④ Lowinsky, Naomi Ruth. Stories from the Motherline: Reclaiming the Mother - Daughter Bond, Finding Our Feminine Souls［M］. Los Angeles: Jeremy P. Tarcher, 1992: 21-22.

⑤ ［美］苏珊·柯林斯. 饥饿游戏Ⅰ：饥饿游戏［M］. 耿芳译. 北京：作家出版社，2010：44.

可见，这本书是母亲和她原生家庭的联系纽带，经凯特尼斯父亲对内容的增添和扩充，已经转变成了她和父母的关联和记忆。凯特尼斯在游戏中尝试努力记住书里的内容。当凯特尼斯挑起家庭重任担任她母亲和妹妹的照顾者时，这本书多次拯救了她们的生命，因为它帮助凯特尼斯在为她母亲寻找食物或补给时，识别出潜在的致命植物。她第一次使用植物书是为了让她的直系亲属活着。在竞技场，她面临着记忆和应用配方拯救其他人的挑战。她认识到她母亲的知识在最后有助于她潜意识里对凯匹特的反抗，拯救她和皮塔的生命。从她自身到她的母亲再回到她自身这个循环，通过这个母系工具——植物书，凯特尼斯得以重新认识和了解她的母亲。柯林斯似乎暗示着，把母亲抛在一边对于这个女英雄来说不是一个很好的选择。她最终必须与母亲和解，以便从凯匹特的危机中拯救自己和她周围的人。

在《嘲笑鸟》的末尾，凯特尼斯和皮塔在第 12 区开始了他们的婚姻生活，凯特尼斯“从家传的那本植物书里得到了灵感”[①]，决定和皮塔一起创作一本书，这本新书将包含所有记忆中人的图片和信息。因为遗忘这些记忆会让凯特尼斯充满内疚和罪恶感。植物书，就像这本新书一样，作为一个空间来“记录那些你不可能光靠记忆的事情”[②]，而这些必须被牢记。这本植物书起源于她的父母，其中包含了她生存的秘密，就像这本新书将为她的孩子们灌输他们所需要的丰富的生活历史一样。这样他们就可以让孩子们明白这段历史，“又让他们变得更勇敢”[③]。虽然她的母亲最后没有回到第 12 区，而是在第 4 区帮助建设一所医院，“因为在第 12 区的废墟里，这个地方太令人痛苦了，承载着太多有关爸爸和波丽姆的痛苦回忆”[④]，会令她有再次精神崩溃的可能，显然凯特尼斯理解她的母亲，并没有抛弃她，她们也依然通过电话保持着联系。因为这本新的家庭书籍是以凯特尼斯父母开始写的那本植物书为蓝本的，而且因为它记录了凯特尼斯

① ［美］苏珊·柯林斯. 饥饿游戏Ⅲ：嘲笑鸟［M］. 耿芳译. 北京：作家出版社，2011：351.
② Collins, Suzanne. Mockingjay［M］. New York：Scholastic Press, 2010：387.
③ Collins, Suzanne. Mockingjay［M］. New York：Scholastic Press, 2010：390.
④ Collins, Suzanne. Mockingjay［M］. New York：Scholastic Press, 2010：380.

需要重返生活中的记忆和思想，所以这本书也部分地表达了凯特尼斯对母亲的敬意。这是她第一次表现出对母亲的理解和宽恕，并将自己的痛苦与母亲的经历相提并论。在此之前，她认为自己与母亲是分离的，在这里她们成为一体，母女关系得到了重塑。

柯林斯通过赋予母亲一个比其他青少年文学作品更重要的角色，使母女关系更加复杂化。《饥饿游戏》打开了一个文学空间去探索其他更复杂的看待母女关系的方式。在这里，母性有着复杂的定义，并且超出了一般的知识或经验。譬如微小的记忆、图片、气味等，拓宽了我们对母性的理解。母性不仅仅是一个人，更是一种生活方式，代表着丰富的文化和充满希望的未来。凯特尼斯和皮塔所共同创作的这本新书，除了加速她的精神恢复，也将是凯特尼斯的生活指南，能更好地帮助她扮演好母亲的角色。当她考虑到以后如何抚养他们时，她总结道："皮塔说一切都会好的。我们拥有彼此。还有那本书。"① 正如希拉·休斯（Sheila Hughes）所指出的，"母亲最初的缺席，仍然像任何物质或精神上的存在一样强大"，凯特尼斯希望通过一本书让精神上的母亲在身边，这显示了母性的多样性和重要性——"总是容易分裂、争论和重塑"②。

（二）母性的变革与意义

苏珊·柯林斯在探索《饥饿游戏》三部曲中凯特尼斯和她母亲的关系之余，还深入探索了在生物学母亲或生育母亲之外的母亲身份的意义和功能，这些母性的研究可称为"他者母性"（other mothering）。"他者母性"丰富了母性的内涵和外延，并进一步揭开了母性温柔的面纱。这正好印证了法国当代文学理论家埃莱娜·西苏（Elena Ceausescu）曾表达过的她对母亲的看法："母亲也是一个隐喻。她把自己的精华由别的妇女给予妇女，

① Collins, Suzanne. Mockingjay [M]. New York: Scholastic Press, 2010: 390.

② Hughes, Sheila Hassell. "Red Mother": The Missing Mother Plot as Double Mystery in Louise Erdrich' s Fiction [A]. Ed. Podnieks, Elizabeth & Andrea O' Reilly. Textual Mothers/Maternal Texts: Motherhood in Contemporary Women' s Literatures [C]. Waterloo, Ontario: Wilfrid Laurier University Press, 2010: 79-80.

这使她能够爱自己并用爱来回报那‘生’于她的身体。”[①] 具体来说，三部曲中这种复杂的“他者母性”主要体现在凯特尼斯对妹妹波丽姆和游戏结盟伙伴露露的关系上面。

小说以凯特尼斯为故事的主人公，她的母亲作为知识的港湾，她的妹妹作为革命的终极牺牲，柯林斯颠覆了父权制社会的想象，并将凯特尼斯成为一名生物学上的母亲放在三部曲的结尾，而把大部分的描写放在她所扮演的各种“他者母性”上，在虚构的未来反乌托邦社会里赋予女性和母性一种伊丽莎白·波德涅克斯和安德里亚·奥莱利所说的话语权：“她要挑战母亲的主导意识形态，改变各种方式……父权制母亲对妇女的限制和压迫……其主要目标是赋予母亲在父权制母亲身份中被剥夺的代理权、权威、真实性和自主权。”[②]

大多数青少年文学作品里都是涉及失去母亲这一主题，而《饥饿游戏》三部曲里更多涉及去寻找母亲这个主题。小说通过凯特尼斯的各种母性表现，拓宽了母性的定义，允许不同的母亲声音共存，努力应对母性的现实性、期待性和复杂性，所有这些都显示了母亲的胜利，颠覆了父权文化的多重限制，并最终导致个人和政治的行动主义巅峰。

由于父亲的去世和母亲精神上的缺失，凯特尼斯临时扮演了妹妹波丽姆的母亲角色。凯特尼斯像一个好父母一样溺爱着波丽姆，在食物紧缺时，她把山羊送给了她的妹妹作为礼物，同意妹妹养一只叫毛茛花的猫，结果“多了一张吃饭的嘴”[③]，而这同时也证明了她对波丽姆充满纯真烂漫天性的认可。因此，波丽姆是凯特尼斯一生中最强大的激励力量，凯特尼斯自己也说过，妹妹波丽姆是“这世上我唯一爱着的人”[④]。凯特尼斯坚

---

① ［法］埃莱娜·西苏. 美杜莎的笑声［A］. 黄晓红译//张京媛主编. 当代女性主义文学批评［C］. 北京：北京大学出版社，1992：196.

② Podnieks, Elizabeth & O' Reilly, Andrea. Maternal Literatures in Text and Tradition: Daughter-Centric, Matrilineal, and Matrifocal Perspectives［A］. Ed. Podnieks, Elizabeth & Andrea O' Reilly. Textual Mothers/Maternal Texts: Motherhood in Contemporary Women' s Literatures［C］. Waterloo, Ontario: Wilfrid Laurier University Press, 2010: 18.

③ ［美］苏珊·柯林斯. 饥饿游戏Ⅰ：饥饿游戏［M］. 耿芳译. 北京：作家出版社，2010：4.

④ ［美］苏珊·柯林斯. 饥饿游戏Ⅰ：饥饿游戏［M］. 耿芳译. 北京：作家出版社，2010：9.

信，没有人能像她一样对波丽姆负责，她甚至怀疑曾经精神失常的母亲能否照顾好波丽姆。虽然凯特尼斯崇拜她的父亲，试图效仿她所认为的他在家庭中的角色，但凯特尼斯却无意识地接受了母亲的地位，试图成为波丽姆的整个世界。凯特尼斯对波丽姆的所有行为都是为了保护和养育她，“一直在尽我的一切力量保护波丽姆”①，为了妹妹的健康、福祉和安全，凯特尼斯“为她做了一切”，超额“领食品券，不愿让她遭遇同样的事”②，甚至在妹妹第一次参加饥饿游戏抽签而不幸被选中时，她毅然决然地代替妹妹做志愿者参赛，她拯救了妹妹，也失去了她。凯特尼斯的本能是为了“她的”孩子而牺牲自己，这也许是典型的母性姿态。当饥饿游戏结束后，她回到家时，发现波丽姆“经过了这一切痛苦和不幸的折磨——十二区残酷的生活现实、妈妈不在时她独自处理受伤生病的普通人——这所有的一切都让她迅速地长大了”③。而对于波丽姆的迅速成熟，凯特尼斯感到不安，就像一个母亲担心自己的孩子在她无法见面时可能会面临危机吃苦受罪一样。

在饥饿游戏里，凯特尼斯把她母亲般的感情转移到露露身上，认为露露让她想起了波丽姆。事实上，凯特尼斯不可能会去杀死让她想起妹妹的露露，当看到露露饥饿的模样，凯特尼斯对她表现出了母亲般的关爱，将烤好的大嘴雀给露露吃，听到露露说她以前“从未吃过一整条腿”④ 时，凯特尼斯将她的那一份鸟肉分享给了露露。两个人的结盟使凯特尼斯将自己重新定位到一个更令她舒服的家长角色。她像母亲带着孩子一起睡觉一般，让露露和她“一起用睡袋”⑤，露露躺在她的身边，使她产生了一种安全感，觉得竞技场的日子不再那么孤独了⑥。而在参赛前，她也带着她的

---

① ［美］苏珊·柯林斯. 饥饿游戏Ⅰ：饥饿游戏［M］. 耿芳译. 北京：作家出版社，2010：14.

② ［美］苏珊·柯林斯. 饥饿游戏Ⅰ：饥饿游戏［M］. 耿芳译. 北京：作家出版社，2010：19.

③ ［美］苏珊·柯林斯. 饥饿游戏Ⅱ：燃烧的女孩［M］. 耿芳译. 北京：作家出版社，2011：160-161.

④ Collins, Suzanne. The Hunger Games［M］. New York: Scholastic Press, 2008: 202.

⑤ ［美］苏珊·柯林斯. 饥饿游戏Ⅰ：饥饿游戏［M］. 耿芳译. 北京：作家出版社，2010：179.

⑥ ［美］苏珊·柯林斯. 饥饿游戏Ⅰ：饥饿游戏［M］. 耿芳译. 北京：作家出版社，2010：183.

妹妹波丽姆一起睡，在这里她把露露当作了她的妹妹波丽姆的替代者，使她们快速地建立起了一种像家人般的亲密关系。凯特尼斯称她是“这么个纤弱的小孩”[①]，她对露露扮演了一个慈母般的角色，拿她和妹妹波丽姆的处境进行一番比较之后，凯特尼斯认识到“露露只有我”[②]，她在露露临死前的最后时刻一直抱着她，凯特尼斯对露露发自内心的关怀和爱护，使她勇敢地为露露歌唱，为她举行鲜花葬礼，而竞争者之间本不应该建立感情，这一举动暗含了反抗的政治意味。妹妹波丽姆生病时，凯特尼斯也会唱歌给她听，在这里她把露露的存在和妹妹波丽姆的缺席混淆在一起，“可如果这是波丽姆要我唱歌的请求呢？我的意思是，这毕竟也是露露最后的请求，我至少得试试。”[③] 凯特尼斯心目中至亲的两个女孩已经混为一谈，她们是她必须关心爱护的人。

凯特尼斯与波丽姆和露露的“他者母性”关系是培养母性身份的真正尝试。尽管在当代美国社会，诸如保护、关爱和养育等品质似乎是老一套的母性该有的，但在《饥饿游戏》中，凯特尼斯的母性行为是政治选择，因为社会正在慢慢剥夺她被照顾和关心他人的能力。柯林斯在《饥饿游戏》三部曲中书写了一个丰富的“他者母性”（other mothering）的脚本。凯特尼斯梳理和探索自己的“他者母性”特质，而这些并不是通过与她生物学上的母亲获取来的。通过这种方式，当凯特尼斯发现了在父权现实之外的母性，并通过“他者母性”的政治影响重新定义了母性的权威性和能动性。正如贝尔·胡克斯（Bell Hooks）在分析和解构南希·乔铎柔（Nancy Chodorow）的《母亲的再制造：心理分析与性别的社会学》一书中所说的，“母亲和母爱实际上是社会文化的建构的产物”[④]。凯特尼斯与露露的关系成为她作为反叛领袖“嘲笑鸟”地位的催化剂，波丽姆的死代表了一位母亲最大的牺牲。然而，在这种情况下，波丽姆成为牺牲品，主

① ［美］苏珊·柯林斯. 饥饿游戏Ⅰ：饥饿游戏［M］. 耿芳译. 北京：作家出版社，2010：176.

② Collins, Suzanne. The Hunger Games［M］. New York: Scholastic Press, 2008: 213.

③ Collins, Suzanne. The Hunger Games［M］. New York: Scholastic Press, 2008: 234.

④ ［美］贝尔·胡克斯. 激情的政治：人人都能读懂的女权主义［M］. 沈睿译. 北京：金城出版社，2008：240.

要是出于政治原因——革命的原因。苏珊·柯林斯对“他者母性”的探索包含了对母性的多层次理解，批判了狭隘的母性定义所带来的窒息影响，探索了一个新型的后现代母性空间并增加了母性的意义。

第二节　战争背景下青少年的文化身份

“‘青年文化’（youth culture）通常指青少年（adolescents 和 teenagers）将自身从父母所属的成人文化社群当中分离出来的种种方式……研究和探讨青年文化在很大程度上就是在研究和探讨‘青年亚文化’（youth subculture）。”① 青少年和成人在成长过程中因政治、战争、社会文化、生活环境等与主流人群出现无法避免的冲突，“由于出现文化冲突，才有了定义身份的必要”②。青少年文化身份研究又因其特殊性，凸显了青少年文化身份边缘性的地位。斯图亚特·霍尔提出：“后现代主体没有固化或永久性的身份。”③ 成长中的青少年，是被边缘化的青少年群体，对于主流群体的排斥试图发出自己的声音，挑战主流文化，并希望处于中心地位的主流文化群能重新界定青少年的身份。

《饥饿游戏》（*The Hunger Games*，2008）是美国当代著名作家苏珊·柯林斯（Suzanne Collins，1962-）创作的第 6 部长篇小说，也是代表作。该系列作品一面世就占据《纽约时报》、《今日美国报》等主流报刊排行榜榜首。“柯林斯是少数几个达到这个里程碑的作家之一，也是第一个儿童作家。”④ 作为三部曲里的开篇之作，她将小说背景设置在世界末日后的反乌托邦国家——帕纳姆。这个国家被划分为 12 个区和一个被炸毁的第 13 区。小说通过描写第 12 区少女凯特尼斯与来自同区的男选手皮塔一起险胜

① 孟登迎. 民间恶魔、身份认同还是仪式抵抗？——西方青年文化研究的历史和多重视野［A］. 斯图亚特·霍尔，托尼·杰斐逊. 通过仪式抵抗：战后英国的青年亚文化［C］. 孟登迎，胡疆锋，王蕙译. 北京：中国青年出版社，2015：3.

② 刘岩等. 后现代语境中的文化身份研究［M］. 南京：凤凰出版社，2008：14.

③ Hall, Stuart. The Question of Cultural Identity［A］. Ed. Tony McGrew. Modernity and its Futures［C］. Cambridge: Polity Press, 1992: 277.

④ Bailey, Diane. Suzanne Collins［M］. New York: The Rosen Publishing Group, Inc. , 2013: 55.

凯匹特设置的饥饿游戏，打破游戏规则，挑战极权统治，展现了帕纳姆国的历史和各区的冲突，以及人们对战争的质疑和谴责，对和平和美好生活的向往。作家的创作与作家的成长环境和经历是分不开的。柯林斯成长于一个军人家庭，她的祖父因毒气死于第一次世界大战，她的伯父在第二次世界大战中因伤重残，她的父亲也饱受越南战争的创伤，患上了创伤后应激障碍（PTSD[①]），余生都在噩梦中度过[②]。而柯林斯自幼跟随任职美国西点军校的父亲迈克尔·柯林斯（Michael Collins）辗转美国和欧洲多处军事基地，尤其关注到18岁以内的青少年在战争中受到的深重创伤。正如她在小说中写的“一个物种要靠牺牲自己的孩子来解决分歧，无论以何种借口，这显然是不正常的”[③]。

柯林斯在《饥饿游戏》三部曲中对处于战争中的青少年群体投入了极大的热情和关注，书写了第12区青少年的战前集体创伤与记忆，战争爆发时帕纳姆国的集体创伤，以及个人和集体在寻求创伤疗救过程的努力，展现了一个时代的印记。第一部《饥饿游戏》持续关注了战前青少年的创伤的文化记忆，而这种创伤记忆主要体现在第12区青少年的生存困境和社会边缘处境，折射了当代青少年身份的困惑与危机，反映了他们文化身份的焦虑和情感上的痛苦。第二部《燃烧的女孩》展现了处于胜利地位的贡品青少年的精神危机、身体痛苦和身份迷失，展现了作者对边缘青少年群体命运的关心和对未来人类命运的忧思。第三部《嘲笑鸟》再现了战争爆发时青少年群体的生存状态和处境，揭露了青少年的创伤复原之路的艰难，通过突出女主角凯特尼斯的身份探寻之路，体现了创伤中的青少年群体在主流群体中的文化认同。柯林斯通过书写三部曲中反复出现的青少年战争创伤这一主题，描写了青少年在战争中所受的种种创伤，反映了战争发生

① PTSD是post-traumatic stress disorder的缩写，指“创伤后应激障碍”，朱迪恩·赫尔曼在《创伤与复原》（*TRAUMA AND RECOVERY*）中归纳其症状主要有三个类别：“过度警觉”（hyperarousal）是持续不断地预期将面临危险；“记忆侵扰”（intrusion）是受创时刻的伤痛记忆萦绕不去；“紧闭畏缩”（constriction）则反映出屈服放弃后的麻木反应。

② Llanas, Sheila Griffin. How to Analyze the Works of Suzanne Collins [M]. North Mankato: ABDO Publishing Company, 2013: 14.

③ Collins, Suzanne. Mockingjay [M]. New York: Scholastic Press, 2010: 377.

之前被统治区第12区作为创伤记忆者的集体创伤记忆，揭露了战争爆发时各区所受的战争创伤，分析了青少年面对创伤的疗救方法和效果，加深了人类对战争残酷性的认识，批判了战争带给人类的巨大危害，展示了青少年群体所面临的生存困境和身份危机，引起人们对历史、现状与未来的人文思考。

一、战前青少年的集体创伤身份

人类的发展一直伴随着战争与创伤。20世纪以来，人类经历了两次世界大战、美国越战。自21世纪伊始，全球各地频繁爆发局部战争，伊拉克、阿富汗和叙利亚战火不断。“据不完全统计，在有记载的5560年的人类历史上，共发生过大小战争14531次，平均每年2.6次。”[①] 美国更是一个在各种战火中成长与发展起来的国家，而“‘9·11’恐怖事件不断引发人类创伤记忆”[②]。战争带给青少年巨大的伤害，“儿童不仅仅是儿童，甚至根本不是生命，他们早已成为钢筋铁骨的军事装置”[③]，“开始和指导战争的成年人，或执行它的当地指挥官，都是以儿童为兵，因为这样做既方便又便宜”[④]。而创伤是“一种突如其来的、灾难性或压倒性的经历”，常常表现为“对事件经常延迟的、不受控制的反复出现的幻觉和其他侵扰性的现象”[⑤]。“创伤事件通常会威胁到人的生命或身体的健全，或使人与暴力和死亡亲密接触”[⑥]。战争给人民带来深重灾难，人民厌战反战，而折射到文学上，创伤成了文学里常见的一个母题。

“创伤”是一个重要的概念，既指身体上有形的损伤，又指心理和精神上无形的创伤。20世纪90年代，美国比较文学教授凯西·卡鲁斯

---

① 李公昭. 美国战争小说史论［M］. 北京：北京大学出版社，2012：1.

② 杨金才. 关于后“9·11”文学研究的几点思考［J］. 外国文学动态，2013，(3)：4.

③ ［美］朱迪斯·巴特勒. 战争的框架［M］. 何磊译. 郑州：河南大学出版社，2016：31.

④ Wessells, Michael G. Child Soldiers: From Violence to Protection［M］. Harvard: Harvard University Press, 2006: 2.

⑤ Caruth, Cathy. Unclaimed Experience: Trauma and the Possibility of History［J］. Yale French Studies, 1991, (79): 181.

⑥ Herman, Judith Lewis. Trauma and Recovery: From Domestic Ability to Political Terror［M］. London: Pandora, 2001: 33.

（Cathy Caruth）在《创伤：探索记忆》（*Trauma：Explorations in Memory*）里认为，“创伤的历史观念也可以被理解为对危机与生存关系的精神分析思考”[①]。美国著名精神病学专家、哈佛大学医学院临床精神病学教授朱迪思·赫尔曼认为创伤事件“将人类逼到无助与惊恐的墙角，并激起人类大祸临头的反应”[②]。同时创伤还具有传递性，创伤性经历不一定是亲身经历或者亲眼得见，仅仅是“聆听类似的经历”，“都有可能由于知道创伤性经历而产生类似 PTSD 的症状”[③]。柯林斯年少时，因战争颠沛流离、备受创伤与煎熬，使她对处于战争中的青少年投入更多的同情与关怀。而“儿童兵是一个被滥用和被剥削的战争受害者，是一个全新的概念”[④]。在小说里，她奋笔书写青少年所受的种种创伤，首先在饥饿游戏之前，作家主要描写被统治区第 12 区，人们因规训与惩罚所受的伤害。

从集体创伤来看，历史上战争与贫穷、饥饿总是相伴相随，而较穷的社会死亡者更年轻化，凯特尼斯提到“在第 12 区，看起来很老是一种成就，因为很多人都早逝了”[⑤]。年龄是她所在地区的骄傲标志，因为很少有人能够在矿难事故、饥饿和疾病中成为老年人。在帕纳姆国，为了惩罚各区曾经的战争暴动，除了凯匹特都城，12 个区 12 至 18 岁的青少年每年都必须被迫抽签，“每个区选派被称为‘贡品’的男女青少年各一名，去参加比赛”[⑥]，而这些儿童无辜地被卷进了在他们出生之前的战争，年复一年重复着战争的创伤。在第 12 区，穷人家的孩子是弱势群体，因为他们能够避免饥饿的唯一方法就是出卖他们的生命来超额领取食品券，就像凯特尼斯说的，在 16 岁时，她独自养活三口之家已有五年之久，因为饥饿，她的

① Caruth, Cathy. Trauma: Explorations in Memory [M]. Baltimore and London: The Johns Hopkins University Press, 1995: 9.

② ［美］朱迪思·赫尔曼. 创伤与复原［M］. 施宏达，陈文琪译. 北京：机械工业出版社，2015：30.

③ ［美］巴塞尔·范德考克. 身体从未忘记——心理创伤疗愈中的大脑、心智和身体［M］. 李智译. 北京：机械工业出版社，2016：XXI.

④ Rosen, David M. Armies of the Young: Child Soldier in War and Terrorism [M]. New Brunswick, New Jersey and London: Rutgers University Press, 2005: 6.

⑤ Collins, Suzanne. The Hunger Games [M]. New York: Scholastic Press, 2008: 124.

⑥ Collins, Suzanne. The Hunger Games [M]. New York: Scholastic Press, 2008: 18.

"名字已经被登记了二十次"，而"盖尔，在 18 岁时，已经独自养活五口之家长达七年之久，他的名字已经被登记了四十二次"①。每多一次记录，意味着他们被抽中的概率更高、离死亡更近一步。被统治区日益承受着家庭破裂、失去孩子的创伤，有的人甚至早已失去家人。

"就算危险早已事过境迁，受创者还是会不断在脑海中重新经历创伤事件，宛如发生在此时此刻。"② 凯特尼斯 11 岁时，父亲死于矿难，然而，五年之后，她也依然身处创伤之中"还时常从噩梦中尖叫着醒来，呼喊着让他赶快跑开"③。此外，因她妈妈规避创伤，"即使在家里"，凯特尼斯"也不触及微妙的话题，比如收获节、食物短缺、饥饿游戏之类的话题"④，她们一家并没有从她爸爸的死以及饥饿游戏里走出创伤，创伤仍然不断在她们身边和脑海中闪回出现。实际上，不仅凯特尼斯个人从小受到严重创伤，她所在的第 12 区亦是如此。"挨饿在第 12 区是家常便饭"⑤，不但如此，失去劳动能力的人和无力养活的孩子被迫流落街头。而且，"不知哪天，坐靠在墙边，身体已经僵直，或者躺在'牧场'死去"⑥，而官方永远不会承认死亡是饥饿造成的。在第 12 区不管是富人还是穷人，每年都面临着饥饿游戏抽签，生命随时受到威胁，集体创伤的建构即源于此。

因为战争和贫穷，儿童所受的苦难也是当代美国社会现实的一种反映。在美国，富裕家庭的孩子可以选择性服兵役，相对而言，贫困家庭的孩子往往只有通过进入军队服役这唯一途径，才能获得大学学费或获得工作培训机会。而在其他国家，很多青少年都需要参军服役。通过小说，柯林斯让我们注意到一个事实，类似的行为在当今世界各地都在发生。不管在现实中，还是在小说中，青少年生存的困境可见一斑。

---

① Collins, Suzanne. The Hunger Games [M]. New York: Scholastic Press, 2008: 13.

② [美] 朱迪思·赫尔曼. 创伤与复原 [M]. 施宏达，陈文琪译. 北京：机械工业出版社，2015: 33.

③ Collins, Suzanne. The Hunger Games [M]. New York: Scholastic Press, 2008: 5.

④ Collins, Suzanne. The Hunger Games [M]. New York: Scholastic Press, 2008: 6.

⑤ Collins, Suzanne. The Hunger Games [M]. New York: Scholastic Press, 2008: 28.

⑥ Collins, Suzanne. The Hunger Games [M]. New York: Scholastic Press, 2008: 28.

二、战时青少年的集体创伤身份

在集体创伤的建构过程当中，创伤的承受者是必不可少的因素之一。在战争创伤的承受者中，除了自己一方的军民受创，对方的军民伤亡也是创伤源头之一。“因为目睹暴力、伤亡的情景同样会在人们心中留下挥之不去的创伤记忆。”① 相对于个体创伤而言，集体创伤危害更大、影响更加深远。“一个群体会极具攻击性，对异己、其他群族、其他组织、其他文化极具排他性和侵略性。”② 显而易见，不管战争的哪一方，其创伤都是无法避免的。而只要发生战争就有规则，特别是将士兵与平民区别开来的规则。“在第一次世界大战中，不到百分之十的伤亡是平民，而在第二次世界大战中，这个比例上升到近百分之五十。”③ 而在帕纳姆国，不管是被统治区、统治区还是第 13 区反抗区的人民和儿童，他们都是创伤的直接承受者。

被统治区的集体创伤在第 12 区青少年参战者们的身上表现最突出。在第 12 区，创伤体现最明显的是黑密斯，他是第 12 区多年前唯一的饥饿游戏胜利者，也担任了该区贡品们多年的指导老师：在比赛开始前担任第 12 区贡品的教练，在比赛期间为他们提供有限的援助；他也是第 12 区唯一记住了几十年来，因参赛而惨死的年轻贡品们的人，而这一切都强调了饥饿游戏历史上许多令人不寒而栗的无名青少年的死亡。因年复一年看到这些年轻贡品们的惨死，每年重新体验暴力创伤，他出现了严重的 PTSD 症状：情感麻木、内心封闭、精神恍惚、过度恐惧、终日酗酒、无法自拔，而且在睡梦之中，他“手里总是握着一把刀子”④，一直困于创伤之中。而作为第 74 届饥饿游戏的胜利者，凯特尼斯和皮塔胜利归来之后并不是喜悦和解脱，而是面对斯诺总统的威胁终日内心惶恐不安，他们同样面临着暴力创

① 薛玉凤. 美国文学的精神创伤学研究［M］. 北京：科学出版社，2014：28.

② ［美］朱迪恩·赫尔曼. 创伤与复原［M］. 施宏达，陈文琪译. 北京：机械工业出版社，2015：Ⅳ.

③ Singer, Peter Warren. Children at War［M］. New York: Panthon Books, 2005: 4.

④ Collins, Suzanne. Catching Fire［M］. New York: Scholastic Press, 2009: 14.

伤的伤害。在胜利巡演过程中，凯特尼斯再次目睹第 11 区善良的“穿着破旧的红衬衫和工作服的干瘦老人”[①]，因她的感人演讲吹哨而被枪杀。创伤如同梦魇一般始终伴随着她，“在沉沉的睡眠中发出呼喊，似乎要摆脱噩梦的侵扰”[②]，夜不能寐、挥之不去。而皮塔同样沉浸在创伤中，在赛后巡演时“常常在深夜里徘徊”[③]，创伤如梦魇随行，他指出杀人“让你付出一切代价”[④]。而在第 75 届饥饿游戏世纪极限赛后，因为凯特尼斯的反叛行为，第 12 区遭到凯匹特毁灭性轰炸，“百分之九十以上的人都已葬身火海”，而侥幸生存下来的八百多难民们“伤病缠身，饥肠辘辘，一文不名”[⑤]，永远失去了家园，人们在战争中受尽各种苦难和创伤。而相应的，在我们的现实社会中，“由于村庄遭到轰炸和摧毁，难民失去了财产、家园和生存手段。2001 年全球估计有四千万流离失所者，其中一半是儿童”[⑥]。

统治区的集体创伤也集中表现在公民和儿童身上。在《饥饿游戏》里，犯过罪的凯匹特公民和治安警（Peacekeeper）被割去舌头，沦为奴仆，变成了“艾瓦克斯”（Avox），从事最脏最累的活，失去人身自由。曾在第 12 区担任治安警的二十多岁的大流士（Darius）因试图劝阻新上任的治安警长斯瑞德（Thread）对偷猎火鸡的盖尔行刑而遭到残酷折磨，变成了“艾瓦克斯”。凯特尼斯的设计师西纳因帮助凯特尼斯成为“嘲笑鸟”，用服装设计反对凯匹特的独裁统治，而“在饥饿游戏开始前在地下室被打得血肉模糊，失去知觉”[⑦]，审讯之前就因暴力创伤而身亡。总统科里奥兰纳斯·斯诺（President Coriolanus Snow）用毒药十分残忍地排除异己——“一些斯诺的对手甚至对斯诺有潜在威胁的盟友神秘死亡”，这些人死亡形

① Collins, Suzanne. Catching Fire [M]. New York: Scholastic Press, 2009: 61.

② ［美］苏珊·柯林斯. 饥饿游戏Ⅱ：燃烧的女孩 [M]. 耿芳译. 北京：作家出版社，2011：65.

③ Collins, Suzanne. Catching Fire [M]. New York: Scholastic Press, 2009: 72.

④ Collins, Suzanne. Mockingjay [M]. New York: Scholastic Press, 2010: 23.

⑤ ［美］苏珊·柯林斯. 饥饿游戏Ⅲ：嘲笑鸟 [M]. 耿芳译. 北京：作家出版社，2011：6.

⑥ Wessells, Michael. Child Soldiers: From Violence to Protection [M]. Harvard: Harvard University Press, 2006: 25.

⑦ Collins, Suzanne. Mockingjay [M]. New York: Scholastic Press, 2010: 11.

式各式各样，有的人在参加宴会时暴亡，有些人在几个月内慢慢地神秘消失，“斯诺还列出了一个名单，甚至没有凯匹特公民知道谁将是下一个受害者”①。而一旦发生战争，统治区的人，尤其是青少年和儿童的安全得不到任何保障，伤亡最惨重，失去家园和亲人。当反抗军攻占凯匹特城时，逃难的大人和孩子们被分隔开，孩子们被围在路障里面，这些“从蹒跚学步的幼儿到十几岁的青少年……并没有被领进总统府，而是被关入围栏，周围被治安警看守”②，被迫充当战时保护斯诺总统个人的最后一道人肉防线。“人的地位被动摇了，人的感情被否定了。”③ 统治区的青少年在战争时期，同样处于非人的生存状态，在暴力、创伤和死亡的阴影下生活。

反抗区第 13 区的人民虽然在“黑暗时代”（the Dark Days）的核战争中幸存下来，但同样经历了各种创伤。第 13 区人民常年躲藏在地底下生活，导致“出现了某种瘟疫，死了一些人，造成了更多人的不孕”④，还有“人们身上留有瘟疫疤痕，有些孩子身体瘦小、略微畸形”⑤。他们深受战争创伤，不仅影响了自己，还延续给了后代子孙。根据国际法，招募 15 岁以下的儿童参军属于战争罪行，但战争发生时，科恩不仅打破了今天的国际法和道德约束，而且打破了她自己辖区的法律，让“还没有 14 岁，还够不上授予士兵资格”⑥ 的波丽姆跑到了战场前线担任了军医，并最终为战争付出了年轻的生命。而“有时创伤还会‘以其人之道，还治他人之身’的方式进行下去，这时，多年前的受害者变成了加害者”⑦。不仅个体创伤如此，而且相对而言集体创伤更加严重和危险。第 13 区统治者科恩总统因仇恨而心理扭曲，泯灭良知，冒用“标有凯匹特市徽的直升机”⑧，轰

① Collins, Suzanne. Mockingjay [M]. New York: Scholastic Press, 2010: 171-172.

② Collins, Suzanne. Mockingjay [M]. New York: Scholastic Press, 2010: 345.

③ 季水河. 文学的异化与异化的文学——批判现实主义与现代派异化之比较 [J]. 文艺理论与批评, 1989, (4): 68.

④ Collins, Suzanne. Mockingjay [M]. New York: Scholastic Press, 2010: 8.

⑤ Collins, Suzanne. Mockingjay [M]. New York: Scholastic Press, 2010: 56.

⑥ Collins, Suzanne. Mockingjay [M]. New York: Scholastic Press, 2010: 361.

⑦ [美] 朱迪恩·赫尔曼. 创伤与复原 [M]. 施宏达，陈文琪译. 北京：机械工业出版社，2015: Ⅲ.

⑧ [美] 苏珊·柯林斯. 饥饿游戏Ⅲ：嘲笑鸟 [M]. 耿芳译. 北京：作家出版社，2011: 313.

炸一群手无寸铁被圈起来的凯匹特孩子。战争结束后，科恩总统再次提议“最终象征性地举办一次饥饿游戏，选手就是那些原凯匹特当权者们的子女”，“以最少的生命损失，满足人们复仇的欲望”①，由于狭隘的利益观，她企图让儿童和青少年们再次卷入永无休止的杀戮，继续暴力循环，让青少年身处恐怖和窒息的生存环境之下，彻底陷入迷失的身份之中。

《饥饿游戏》三部曲再现了交战多方的战争创伤，作者尤其着重描绘了战争对儿童和青少年的伤害。不管是斯诺总统通过抽签征募贡品并训练贡品们相互厮杀，还是科恩总统以反抗的名义让青少年过早踏入战场；凯特尼斯都深知战争的政治目的，以及成人对儿童的暴力创伤。就算战争已经过去，受创者也很难回到生活的正轨，战争创伤不仅影响个人和群体，给受创者留下难以磨灭的长期阴影，甚至持续不断对下一代产生负面影响。这种创伤和记忆将青少年群体引入复杂的身份焦虑和危机之中。

三、战后青少年的创伤记忆身份

在《饥饿游戏》系列中，虽然最后各区的反抗获得胜利，但不管是被统治区的第 12 区，还是统治区凯匹特，抑或是反抗区第 13 区，战争的创伤和记忆不仅严重地影响了青少年受创者们的生活，也影响着他人的生活。弗洛伊德（Sigmund Freud，1856－1939）将创伤认为是精神病的重要因素之一，他认为“创伤性神经官能症患者总是梦到事情发生时的情景，这种情景使患者一次又一次地从恐惧中惊醒”②，患者总是反复在梦境中体验创伤经历，说明了创伤经历的巨大影响。因此，记忆是创伤疗愈的核心问题。与正常记忆不同的是“创伤记忆是遭受创伤的个人对创伤事件的闪回、重复、重演、再体验，真切鲜明地直指创伤性事件，具有不可置疑的真实性”③。而朱迪思·赫尔曼认为，“复原的首要原则是恢复创伤患者的

① Collins, Suzanne. Mockingjay［M］. New York：Scholastic Press, 2010：369.

② Freud, Sigmund. Beyond the Pleasure Principle, Group Psychology and other Works［M］. London：The Hogarth Press, 1955：12.

③ 薛玉凤. 美国文学的精神创伤学研究［M］. 北京：科学出版社，2014：6.

自主权"[①]。在自我重建过程之中，患者才是主导者和最终决定者。他总结出并发性创伤后应激障碍的复原分为三个阶段：第一阶段是稳定病况。第二阶段是统合记忆。第三阶段是自我感的发展、导向整合。[②] 可见，创伤的疗愈必须让受创者首先恢复自信，将创伤记忆用语言、绘画或文字尽力描述出来，才能整合分离式的创伤记忆、有望彻底治愈创伤。

女主角凯特尼斯的创伤复原和身份描写是小说描写的一个重要方面。因为多次亲历暴力和直面死亡，这些情景在凯特尼斯的心里变成了难以磨灭的创伤印记。在面对 12 岁的同盟者露露的死亡时，她觉得"就好像正在死去的是我而不是露露"[③]。在受创初始，她用歌声哀悼同伴，"歌词简单而抚慰人心，告诉人们明天比痛苦的今天更美好"[④]，进行了有效的自我疗愈，恢复了战斗勇气。战争爆发时，凯特尼斯、皮塔和芬尼克都产生了创伤后应激障碍（PTSD）症状。为了治愈创伤记忆的闪回和梦魇，凯特尼斯和芬尼克整夜痛苦地绑绳结，试图忘掉那些真实的杀戮，这是创伤记忆对身体的自然反应。世界知名心理创伤治疗大师巴塞尔·范德考克（Bessel Van der Kolk）提出"重新掌握我们的身体，是创伤康复的基础"[⑤]，而"创伤后应激障碍，可能会影响近 97%的前任儿童兵"[⑥]。战争结束之后，凯特尼斯的创伤后应激障碍（PTSD）症状更加严重，她经常躲避人群，藏到难以被找到的角落，逃避创伤；而当得知波丽姆被炸死的真相后，她虽然成功射杀了科恩总统，却也再度遭受重创，几乎完全崩溃。被单独关押囚禁期间，她再次主动借助音乐疗愈创伤，"我开始唱歌，不管是站在窗边时，洗澡时，还是在睡梦中，我一直不停地唱"[⑦]。被遣送

① ［美］朱迪恩·赫尔曼. 创伤与复原［M］. 施宏达，陈文琪译. 北京：机械工业出版社，2015：124.

② ［美］朱迪恩·赫尔曼. 创伤与复原［M］. 施宏达，陈文琪译. 北京：机械工业出版社，2015：237.

③ Collins, Suzanne. The Hunger Games［M］. New York: Scholastic Press, 2008: 233.

④ Collins, Suzanne. The Hunger Games［M］. New York: Scholastic Press, 2008: 234.

⑤ ［美］巴塞尔·范德考克. 身体从未忘记——心理创伤疗愈中的大脑、心智和身体［M］. 李智译. 北京：机械工业出版社，2016：241.

⑥ Singer, P. W. Children at War［M］. New York: Panthon Books, 2005: 194.

⑦ Collins, Suzanne. Mockingjay［M］. New York: Scholastic Press, 2010: 376.

回第 12 区后，她的创伤复原还借助了外部的力量，主要有奥里利乌斯医生（Dr. Aurelius）、黑密斯导师、皮塔和同区友人格雷西·塞（Greasy Sae）守护在她身边，帮助她一起恢复自信、稳定病况，和恋人皮塔一起回顾和哀悼统合创伤记忆，用画画的方式记录记忆中已逝去的人和事，“凭借记忆把所有的细节都记下来”①，最后慢慢走出创伤、恢复正常生活结婚生子。凯特尼斯的创伤复原身份得以展现出来。

然而，小说里还刻画了许多未能真正解决的创伤事件、疗愈的创伤诱因，以及没有彻底痊愈的受创青少年。即使在小说快乐结局之后，战争的痛苦依然能引起读者的共鸣，虽然凯特尼斯和皮塔过着幸福的生活，但创伤记忆不断重复闪回影响着他们的生活，皮塔旧病发作时，“需要抓住椅背，直到一切过去”②，而凯特尼斯会“因梦见可怕的变种动物或者那些死去的孩子而尖叫着醒来”③。创伤事件不管发生在多久之前，病人一般“都不能跨越战争和现实生活之间的鸿沟”④。创伤依然影响着他们，也延续给了他们的下一代，他们会告诉子女们“为什么噩梦永远不会真的消失”⑤。她也依然在意她的孩子们在“牧场”玩耍。苏珊·柯林斯的父亲迈克尔·柯林斯的战后创伤疗救方式，就是将战争的真实性和残酷性用生动的语言讲述给他的孩子们听。“他希望他的孩子们能够理解他所做的一切，以及他所经历的一切。”⑥

即使战争结束了，整整一代身心遭到创伤的儿童也会造成长期的社会不稳定。小说的另一位男主角盖尔从一位猎人和家庭的主要供养者成长为一名战士，他因为仇恨和愤怒希望第 2 区和凯匹特的每个人都灭亡。凯特尼斯惊骇地看着盖尔为非战斗人员和医务人员设计残忍的陷阱。战争结束后，当盖尔为新政府去第 2 区工作时，他的愤怒依然是他的创伤诱因。在

---

① Collins, Suzanne. Mockingjay ［M］. New York: Scholastic Press, 2010: 387.

② Collins, Suzanne. Mockingjay ［M］. New York: Scholastic Press, 2010: 388.

③ Collins, Suzanne. Mockingjay ［M］. New York: Scholastic Press, 2010: 388.

④ ［美］巴塞尔·范德考克. 身体从未忘记——心理创伤疗愈中的大脑、心智和身体 ［M］. 李智译. 北京：机械工业出版社，2016：14.

⑤ Collins, Suzanne. Mockingjay ［M］. New York: Scholastic Press, 2010: 390.

⑥ Sapet, Kerrily. Suzanne Collins ［M］. Greensboro: Morgan Reynolds Publishing, 2013: 15.

反抗胜利之际，当科恩总统召集了最后活着的贡品们投票决定是否再次举办饥饿游戏时，看起来情绪很稳定的约翰娜·梅森和伊诺贝丽（Enobaria）已经变得嗜血，成了扭曲的一代，她们决心看到凯匹特当权者的孩子参与饥饿游戏遭受她们曾受过的苦难，同意继续伤害儿童和青少年。虽然她们身体上的创伤已经得到及时治愈，但她们并没有真正从战争暴力创伤中走出来。她们的创伤复原身份处于迷失的边缘。

“创伤记忆的要义在于创伤。”① 很多青少年战士退役之后，由于只接受过军事职业训练，没有其他技能，不能适应社会，他们的创伤更难治愈。柯林斯父亲参与越南战争期间，柯林斯同样受到战争创伤，在采访中她谈到儿童焦急地等待不知何时能归来的父亲，“随着时间的推移和流逝，你会变得越来越担心，但是你并没有真正的语言来表达你的担忧”②。而苏珊·柯林斯直面创伤的方式与她的父亲完全不同，她用创作小说的方式，先后写了地下城系列五部曲（The Underland Chronicles，2003－2007）和《饥饿游戏》三部曲等作品，书写了她看到的战争中的儿童和青少年的创伤，影射了自身的创伤，抚慰了受创的心灵，唤醒了大众对战争的清醒认识，思考了人类的共同命运和集体记忆，正如小说中普鲁塔什·海文斯比说的，“集体记忆通常是短暂的。人类是易变、愚蠢而又健忘的动物，在自我毁灭方面倒是有着极大的天赋”③。

在《饥饿游戏》三部曲中各区青少年作为个体和群体存在于社会，他们被命名，而有些又因被选中参与饥饿游戏成为贡品而失去名字，只成为代表各区的数字表征符号，他们在被给予身份的同时，又处于身份迷失的边缘，在创伤和复原的过程之中，通过事实性话语和倾向性话语的共同作用，明确了对受创青少年群体的认识。显而易见，在青少年的身份认同的诸多因素之中，最重要的也是最不可或缺的，就是社会对他们的认同感和他们自己的集体归属感，以及由此所建立的个体和他人之间的和谐交际关系。小说以女主角凯特尼斯的身份困惑、身份探寻和身份归属为线索，延

① 赵静蓉. 文化记忆与身份认同［M］. 北京：生活·读书·新知三联书店，2015：98.

② Sapet，Kerrily. Suzanne Collins［M］. Greensboro：Morgan Reynolds Publishing，2013：14.

③ Collins，Suzanne. Mockingjay［M］. New York：Scholastic Press，2010：379.

续了青少年的身份主题，尤其是战争对青少年的创伤和身份认同主题，这也是小说阐述的核心议题。三部曲叙述了战争暴力创伤对青少年的身份缺乏认同感，而这种身份缺失尤其体现在凯匹特组织的饥饿游戏这一残酷的竞技杀人游戏里，凯匹特公民和其他区公民的冷漠让青少年的身份受到质疑，凯特尼斯妹妹波丽姆的死亡和反抗战争的胜利，让凯特尼斯彻底陷入合法性身份认同危机，最后凯特尼斯和皮塔重新回到第 12 区，寻找家园，开始全新的身份认同之旅。

苏珊·柯林斯是一位极具洞察力又富有同情心的作家，她采用了丰富的想象，将历史、现实与未来相结合，书写了一系列关于战争创伤的史诗，呼吁人们正视战争，关爱战争中受创的儿童和青少年，呼唤人类社会的和平和安全生活，思考人类的集体命运。《饥饿游戏》三部曲用反乌托邦式的科幻手法虚构了这样一个未来遭受了世界末日后生存下来的帕纳姆国，将战前的集体创伤生动地体现在了第12 区，反映了青少年和儿童曾遭受的创伤体验，再现了集体创伤。柯林斯还将战争爆发时的帕纳姆国栩栩如生地呈现在读者面前，将被统治区、统治区以及反抗区的集体创伤，将青少年和儿童经受的血淋淋的创伤展现出来，揭示了战争和暴力对儿童和青少年的巨大伤害，充斥了对战争的抗议和谴责，体现了柯林斯对人类的历史、现实和未来的人文反思，不愧是一部具有丰富内涵意蕴的优秀经典作品。

第三节　后殖民语境里边缘群体的文化身份

“后殖民”（post-colonial 或 postcolonial），是 20 世纪初的产物，历来在学界就备受激烈争议，而这触动了大众对后殖民概念的深入拓展，后殖民主义理论也因此受到了批评家的重视。约翰·麦克雷德（John Mcleod）对于“后-殖民”一词使用连字符是表示反对的：“后殖民往往被纳入与殖民历史时期相关的范畴与讨论之中，但它不应该被局限在这一狭窄的历史时期。”[①]显然，这里“后殖民”涵盖着“殖民统治、民族解放产生着千丝万缕联系的世界状况与意识形态发展”[②]。比尔·阿什克罗夫（Bill Ashcroft）的观点却相反，他提出“后-殖民”（post-colonial）指涉的是一种世界语境，该词的语义指帝国权力离开后的民族文化。他强调：“‘后-殖民’涵盖从殖民时期到今天帝国继承中受到影响的所有文化……这个术语最适用于新的跨文化批评，这个新的跨文化批评出现在近几年，也适用于它所建构的话语。”[③] 中国学者江玉琴认为：“殖民”还是“后殖民”，从词义上可以通过标出一个时期来“进行独立时期前后的分界”，但“在文化形态和政治意识形态的发展进程中，‘后殖民’一词涵盖意义非常广泛”[④]。张京媛明确地提出后殖民（post-colonial）一词有着双层含义：“时间上的完结”和“意义的取代”[⑤]。《饥饿游戏》三部曲以美国为背景，重申了历史和地理联系，却又不完全与美国相同，展示出了未来北美大陆经历了各种灾难之后的生存图景。三部曲中凯匹特殖民统治的完结，各被统治区的胜利反抗，凯匹特权力的被取代，都体现了后殖民主义的特性。

后殖民主义的一个重要课题就是身份的构建问题。个人或者集体区别于他人或者集体的标志性特征就是身份。巴特·穆尔-吉尔伯特（Bart Moore-Gilbert）认为最早探讨殖民和后殖民话题的是“爱德华·赛义德1978年出版的《东方主义》一书单枪匹马地开创了一个学术探讨的时代”[⑥]。而赛义德（Edward W. Said）的《文化与帝国主义》（*Culture and Imperialism*）实质上集中探讨了帝国主义宗主国的文化对殖民地文化的控制和压制态势，“文化积极地与民族或国家联系在一起……文化这时就成

---

① Mcleod, John. Beginning Postcolonialism [M]. Manchester&New York: Manchester University Press, 2000: 5.

② 江玉琴. 书写政治：后殖民文学形态概观 [M]. 南昌：江西人民出版社，2013：3.

③ Ashcroft, Bill., Griffiths, Gareth., Tiffin, Helen. The Empire Writes Back: Theory and practice in post-colonial literatures [M]. London: Routledge, 2002: 2.

④ 江玉琴. 书写政治：后殖民文学形态概观 [M]. 南昌：江西人民出版社，2013：4.

⑤ 张京媛. 后殖民理论与文化批评 [C]. 北京：北京大学出版社，1999：前言1.

⑥ [英] 巴特·穆尔-吉尔伯特. 后殖民理论——语境 实践 政治 [M]. 陈仲丹译. 南京：南京大学出版社，2001：15.

为身份的来源”[①]。与赛义德不同，霍米·巴巴认为：“这是一个文化标志的时代，它动摇了宽容的自由伦理和多元文化主义的多元框架。文化差异问题越来越多地出现在社会危机中，而它所引发的身份认同问题是激烈的；身份认同要么从边缘地位主张，要么试图获得中心地位：在两种意义上，都是以前中心为中心的。”[②]他更强调不同文化力量的互动和差异以及随之产生的文化杂糅问题和文化身份的嬗变。

基于《饥饿游戏》三部曲的分析，可看出，后殖民主义在该系列小说中，“暗指殖民地过去留下的物质和非物质遗产的方式，从都市人口和文化到持续的意识形态和可能的心理影响”[③]，帕纳姆并非真正意义上的美国，美国形成之初的状况和帕纳姆被统治区的后殖民主义形式有着极大的相似之处，小说研究了被压迫和被奴役者的后殖民身份特征，特别是探讨了女主角凯特尼斯在小说中的后殖民身份的定位和转型，以及作为少数族裔的黑人被歧视和奴役的悲惨命运和后殖民身份。正如张京媛所说：“具体的历史过程、特定的社会、文化、政治语境也对‘身份’和‘认同’起着决定性的作用。”[④]

一、被压迫者的后殖民身份

《饥饿游戏》三部曲中，从帕纳姆都城凯匹特分离出来的各被统治区压迫者们对其历史和身份的反思，正好反映了后殖民主义特征。帕纳姆的虚构借鉴了美国的整个历史，具体来说，被统治区被压迫者们的话语权丧失与其本身民族意识的被压制境遇，统治区和反叛区被压迫者们反抗意识的觉醒，再现了后殖民主义存在。而这也正好反映出了澳大利亚学者比尔·阿希克洛夫特（Bill Ashcroft）、格瑞斯·格里菲斯（Gareth Griffiths）和海伦·蒂芬（Helen Tiffin）在《逆写帝国：后殖民文学的理论与实践》

① ［美］爱德华·W. 萨义德. 文化与帝国主义［M］. 李琨译. 北京：生活·读书·新知三联书店，2003：前言4.

② Bhabha, Homi K.. The Location of Culture［M］. London: Routledge, 1994: 177.

③ Bosma, U. & J. Lucassen & G. Oostindie. Postcolonial Migrants and Identity Politics: Europe, Russia, Japan, and the United States in Comparison［M］. New York: Berghahn Books, 2012: 9.

④ 张京媛. 后殖民理论与文化批评［C］. 北京：北京大学出版社，1999：前言6.

(*The Empire Writes Back*: *Theory and Practice in Post- Colonial Literatures*) 中所表述的:“后殖民文学关注自我与地方关系中的有效身份认同和恢复。”[①] 美国建国之前有着悠久的被殖民历史,阿巴拉契亚山脉以东的13个州曾是英国的殖民地。《饥饿游戏》三部曲虚构的帕纳姆国13个区域之间压迫与反压迫、剥削与反剥削,亦随着帕纳姆人民与凯匹特权力压制的抗争产生了矛盾和互动。《饥饿游戏》三部曲呈现了反乌托邦背景下后殖民主义的杂糅性、矛盾性和多样性影响,阐明了历史上的不平等,并为帕纳姆中被压迫者的后殖民身份在小说中的呈现提供了催化剂。这恰如萨拉·艾哈迈德(Sara Ahmed)说的:“后殖民主义是关于重新思考殖民主义是如何在不同的时期以渗透到社会生活各个方面的方式在被殖民和殖民的国家中运作的。”[②] 而帕纳姆的后殖民形式在小说中也通过三个方面,即帕纳姆内部的13个殖民地区域的形成、掠夺性后殖民贸易形式和后殖民的创伤体现。

第一,《饥饿游戏》三部曲有别于其他反乌托邦科幻体裁作品的独特性就在于帕纳姆的塑造和形成。

该系列小说既是真实的美国历史再现,也是一种类型的共同比喻,它反映了一种压迫性的政治体制和被剥夺的人权。帕纳姆又像许多其他虚构的反乌托邦国家一样,它是北美但又不全是,它反映了美国的文化背景,但又不同,在帕纳姆社会里并没有遵循相同的文化或社会标准。“帕纳姆最有可能被视为它自己的大陆岛国,就像今天的澳大利亚一样,北美洲是它的前身。”[③] 关于帕纳姆的历史,《饥饿游戏》一开始就描述道:“这个国家重建在一个曾被称作北美洲的废墟之上……他列举了各种灾难,诸如旱灾、暴风雨、火灾、不断倾覆大地的大海,以及造成生灵涂炭的残酷战争。最后建立了以凯匹特为统治中心,周围环绕13个区,给人民带来和平与繁荣的帕纳姆国。然而,黑暗时期来临,各区暴动反对凯匹特的统治。

---

① [澳] 比尔·阿希克洛夫特,格瑞斯·格里菲斯,海伦·蒂芬. 逆写帝国:后殖民文学的理论与实践 [M]. 任一鸣译. 北京:北京大学出版社,2014:8.

② Ahmed, Sara. Strange Encounters: Embodied Others in Post-Coloniality [M]. New York: Routledge, 2000: 11.

③ Arrow, V. The Panem Companion: From Mellark Bakery to *Mockingjays* [M]. Dallas: BenBella Books, Inc., 2012: 4.

12 个区战败，第 13 区覆灭。”①

随着情节的推进和深入，可看出，帕纳姆国以凯匹特为权力统治中心，其他各区被派驻了来自凯匹特经过特训的治安警维持各区的秩序和稳定，其实质就是各区的被殖民统治。帕纳姆其他各区土著人民不能参与治安警，即使是象征各区最高权力的市长，也只是徒有虚名没有实质权力，其执法执政权力被治安警架空，各区市长的人身自由也受限于凯匹特，没有凯匹特授予指令不能去往凯匹特和其他各区，甚至像第 12 区市长安德塞（Mayor Undersee）的女儿马奇也必须参加饥饿游戏，随时面临死亡威胁。

在凯匹特掌控的权力结构模式里，帕纳姆国各被统治区里的民族意识和其本身文化特性受到压制。譬如通过举办一年一度的饥饿游戏，凯匹特“把孩子从他们的亲人身边带走，迫使他们相互残杀，还让我们观看”②，各区人们被迫强制观看用孩子们的生命做献祭的电视节目。帕纳姆内部的后殖民主义意识形态是宽泛的，是“一个长期持续的、复杂的、累积的、经常充满矛盾的过程的产物”③，如第 12 区市长家中有来自凯匹特都城的报纸、连接凯匹特的专线电话和电视，通过市长家的电视，凯特尼斯甚至可以在无意中发现第 8 区的暴动景象，“在市长家的电视上看到的……电视里看到有很多人，还着了火，治安警在向群众开枪，可人们也在反抗”④，而这些状况对于普通的各区人民都是绝密信息。然而，在凯特尼斯毁坏竞技场被营救到第 13 区时，凯匹特都城放弃了第 12 区，对该区进行了彻底的轰炸并摧毁了第 12 区。由此可见，各被统治区的市长被摒除在凯匹特都城的权力之外，“市长的头衔也没让他沾上什么光”⑤，安德塞市长全家也在轰炸中被炸死，无一幸免。帕纳姆内部的分区和隔离的领土联系造成了 13 区的后殖民身份。帕纳姆的后殖民问题，正如玛丽·凯瑟琳·米勒所说：

---

① Collins, Suzanne. The Hunger Games [M]. New York: Scholastic Press, 2008: 18.

② ［美］苏珊·柯林斯. 饥饿游戏Ⅰ：饥饿游戏［M］. 耿芳译. 北京：作家出版社，2010：16-17.

③ ［美］爱德华·赛义德. 差异的意识形态［A］. 张京媛. 后殖民理论与文化批评［C］. 北京：北京大学出版社，1999：49.

④ ［美］苏珊·柯林斯. 饥饿游戏Ⅱ：燃烧的女孩［M］. 耿芳译. 北京：作家出版社，2011：88.

⑤ ［美］苏珊·柯林斯. 饥饿游戏Ⅲ：嘲笑鸟［M］. 耿芳译. 北京：作家出版社，2011：349.

“美国的殖民者将土著人赶出家园，占领他们的土地，然后建立了 13 个区域，让人想起美国 13 个原始的英国殖民地。”①

第二，帕纳姆的后殖民身份突出地表现为各区域经济被掠夺。

在帕纳姆国，凯匹特为防止各区的联合和交流，将各区域之间用通电的隔离网分隔开，因此各区并不是一个整体。小说将各区的生产进行了划分，“第 11 区是农业，第 4 区是渔业，第 3 区是工业”②，第 12 区是煤矿业，第 1 区是宝石矿业区，第 13 区是核工业区③，第 8 区是制服工厂区④，第 3 区是电子元件区，第 10 区是畜牧业区，第 7 区是伐木区，第 2 区是采石区和治安警培养区⑤等。帕纳姆国内各区经济的分布情况，根植于特定的历史、地理和政治因素。虽然被统治区的人民都是帕纳姆人，但各区被割裂的单一经济形态，使得大多数被压迫者们与凯匹特人之间存在着明显的疏离，他们在许多方面与都城凯匹特人表现出巨大的差异。玛丽·凯瑟琳·米勒（Mary Catherine Miller）博士引用了 M. 拉本和巴瑟（M. Rabun& Bustle）2015 年绘制的一张帕纳姆国各区资源分布图⑥：

① Miller, Mary Catherine . Restorying Dystopia: Exploring *The Hunger Games* Series Through U. S. Cultural Geographies, Identities, and Fan Response [D]. Columbus: The Ohio State University, 2017: 29.

② Collins, Suzanne. The Hunger Games [M]. New York: Scholastic Press, 2008: 66.

③ [美] 苏珊·柯林斯. 饥饿游戏Ⅱ: 燃烧的女孩 [M]. 耿芳译. 北京: 作家出版社, 2011: 130.

④ [美] 苏珊·柯林斯. 饥饿游戏Ⅱ: 燃烧的女孩 [M]. 耿芳译. 北京: 作家出版社, 2011: 124.

⑤ [美] 苏珊·柯林斯. 饥饿游戏Ⅲ: 嘲笑鸟 [M]. 耿芳译. 北京: 作家出版社, 2011: 174.

⑥ Miller, Mary Catherine . Restorying Dystopia: Exploring *The Hunger Games* Series Through U. S. Cultural Geographies, Identities, and Fan Response [D]. Columbus: The Ohio State University, 2017: 31.

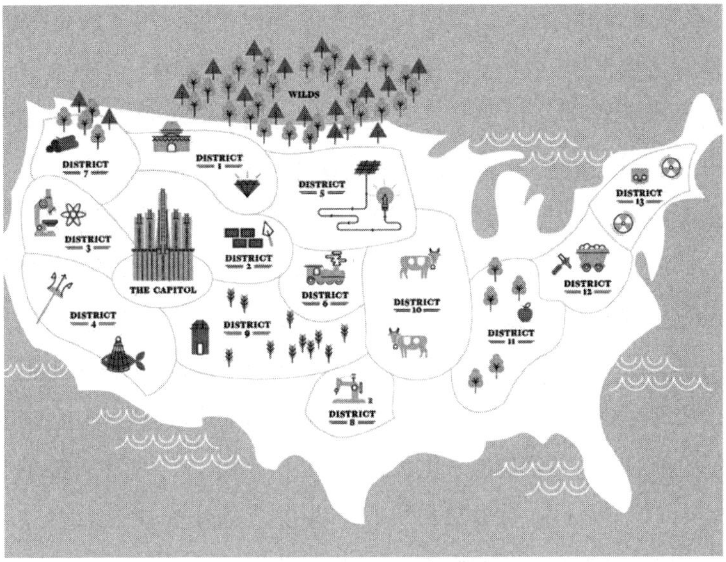

图 1　帕纳姆国各区资源分布图

由图 1 可知，第 1 区是宝石矿业区，第 2 区是采石区和治安警培养区，第 3 区是电子元件区，第 4 区是渔业区，第 5 区是科学区，第 6 区是药物区，第 7 区是林业区，第 8 区是纺织品区，第 9 区是食品区，第 10 区是畜牧业区，第 11 区是农业区，第 12 区是煤矿区，第 13 区是核能区。

而 2012 年阿罗（V. Arrow）就已经在《帕纳姆伙伴：从麦拉克面包店到〈嘲笑鸟〉》（*The Panem Companion*：*From Mellark Bakery To* Mockingjays）一书中“第一次尝试绘制了帕纳姆国的地理边界”[①]，且还说明了帕纳姆国各区的资源分布和注意事项[②]。阿罗提出，第 1 区是奢侈品区（主要开采金银矿石、宝石），第 2 区是武器制造区以及维和人员区，第 3 区是电子产品、软件、硬件区，第 4 区是渔业、海鲜、珍珠生产区，第 5 区是科学区（DNA、基因突变、实验科学），第 6 区是药品和药物区

① Arrow，V. The Panem Companion：From Mellark Bakery to *Mockingjays*［M］. Dallas：BenBella Books，Inc.，2012：7.

② Arrow，V. The Panem Companion：From Mellark Bakery to *Mockingjays*［M］. Dallas：BenBella Books，Inc.，2012：9-11.

(变形、追踪黄蜂的毒液[①]、药物),第7区是林业区,第8区是纺织品区,第9区是食品加工区(巴氏杀菌、防腐剂、分拣/运输、定量配给;不生产的食品),第10区是牧场、屠宰场、乳制品区,第11区是农业区(粮田、棉田、果园、蔬菜),第12区是采煤区,第13区是核能区。[②]

从图1中还可看出,除了凯匹特都城之外,其他各区都有其特色的支撑该地区经济的产业,而凯匹特却掌握了发达的传媒系统和先进的科技,用以监视和控制各区,盘剥各区的劳动成果,每个地区被迫向凯匹特提供特定的物资和服务,而凯匹特平民百姓却沉溺于斯诺总统控制下的“温饱和娱乐,放弃了他们的政治责任,也就放弃了他们的权利”[③]。例如因为各区的暴动,凯特尼斯就从她的化妆师们口中听到了凯匹特面临的物资危机,“他们不习惯于物品短缺,所以一些供货的小小中断就会使他们不适”[④]。与凯匹特的繁华和奢靡文化相比,各区繁重的劳动和困窘的生活状态创造了各区独特的文化特征,例如第12区虽然生产煤,但因为贫穷,第12区的人们生活用煤却严重不够,人们“烧自己买的煤或者从靴子里夹带出来的煤”[⑤],与凯匹特的24小时不断电和夜晚的灯火通明相比,“第12区的供电时有时无,通常只有几小时供电,多数夜晚都用蜡烛照明”[⑥]。又譬如当凯特尼斯自愿代替妹妹参加饥饿游戏时,第12区贫穷的煤矿工人自发组成的团结画面,他们并不认同埃菲·特林西所认为的凯特尼斯是为了夺走妹妹波丽姆的所有荣誉而做志愿者这种观点,第12区的人民几乎都举

---

① 追踪黄蜂,在小说原著中解释为一种凯匹特培育的特殊杂交品种,在实验室培育出来,之后放入林中放养,战争时像地雷一样投放到其他辖区。这些黄蜂的个头比普通黄蜂大,通体金黄色,人一旦被蜇,起的包有李子那么大。多数人蜇几下就一命呜呼了,即使活下来,毒液使人产生幻觉而发狂。摘自《饥饿游戏Ⅰ:饥饿游戏》的第二篇“追踪蜂”。

② Arrow, V. The Panem Companion: From Mellark Bakery to *Mockingjays* [M]. Dallas: BenBella Books, Inc., 2012: 10-11.

③ Collins, Suzanne. Mockingjay [M]. New York: Scholastic Press, 2010: 223.

④ [美] 苏珊·柯林斯. 饥饿游戏Ⅱ:燃烧的女孩 [M]. 耿芳译. 北京:作家出版社,2011:146.

⑤ [美] 苏珊·柯林斯. 饥饿游戏Ⅰ:饥饿游戏 [M]. 耿芳译. 北京:作家出版社,2010:177.

⑥ Collins, Suzanne. The Hunger Games [M]. New York: Scholastic Press, 2008: 80.

起了他们的左手，“将中间三个手指放在嘴唇上，之后又指向我”①，用第12区古老的葬礼仪式上才出现的三指敬礼表达了他们对凯特尼斯的感谢、崇敬和告别之意。在凯特尼斯胜利巡演过程中，当她感谢第11区在饥饿游戏中赠予的面包时，第11区和第12区的人一样，举起他们左手的三根中指，“把它们放在嘴唇上，接着又伸向我”②，再次表达了他们对凯特尼斯的敬意和告别。至此，“三指敬礼”成了各辖区传递信息的标志性符号和代码，传递出各区的友谊和团结。

柯林斯根据美国殖民地与英国的经济和贸易关系，反复把帕纳姆各辖区描绘成凯匹特的商品生产商，而这13个辖区成了凯匹特的经济掠夺殖民地，类似于“英国殖民者先后在北美东海岸建立了13个殖民地：弗吉尼亚、马萨诸塞、马里兰、罗德艾兰、康涅狄格、特拉华、北卡罗来纳、南卡罗来纳、纽约、新泽西、新罕布什尔、宾夕法尼亚和佐治亚。美国独立战争期间，这些殖民地成为美国最初的13州”③。《饥饿游戏》三部曲中也设置了13个殖民地辖区，各区的经济并不平等，各区的文化被剥夺性经济割裂开来。柯林斯在小说中将美国的被殖民历史进行了逆转，在《饥饿游戏》一开始就将凯匹特置于战争胜利的一方，而在各区的殖民地模式中凯匹特获胜的关键点是它所处的地理位置，“这些大山是凯匹特防御东部各区的天然屏障，从东面几乎无法攻进凯匹特”④，从地面进出凯匹特只有一条运送贡品的隧道可通行。

在历史上，英国对于美国殖民地的控制，必须仰仗船只和海军横渡大西洋与殖民地军队进行长期和长途的战斗。英国对美国和其他殖民地进行管辖，只能依赖派驻各殖民地的有限治安警和士兵来维持其统治的权威。1783年7月4日，美英《巴黎条约》签订，北美独立战争结束，从而确立

①［美］苏珊·柯林斯. 饥饿游戏Ⅰ：饥饿游戏［M］. 耿芳译. 北京：作家出版社，2010：22.

②［美］苏珊·柯林斯. 饥饿游戏Ⅱ：燃烧的女孩［M］. 耿芳译. 北京：作家出版社，2011：55.

③ 周毅. 美国历史与文化［M］. 北京：首都经济贸易大学出版社，2010：39-40.

④［美］苏珊·柯林斯. 饥饿游戏Ⅰ：饥饿游戏［M］. 耿芳译. 北京：作家出版社，2010：51.

了13个殖民地为“自由、主权和独立国家”[①]。三部曲中，凯匹特在“黑暗时期”（the Dark Days）的暴乱中获胜之后，也和各区签订了《叛逆者条约》（*Treaty of Treason*），每年强制各区人民在饥饿游戏期间都必须倾听叛逆历史，要求各区的物资无偿运送到凯匹特，强迫各区的孩子充当“贡品”（tribute），像货物一样送往凯匹特参加“角斗士”般的搏斗供人娱乐。凯匹特和各区的掠夺和被掠夺的关系，继续了殖民地的贫困循环，割裂了经济和文化的相关性。正如迈克·克朗（Mike Crang）在《文化地理学》里所指出的：“把经济和文化隔裂开来是不妥的，因为这样做，在地理学研究中会错误地导致经济在很多研究中的特殊地位。”[②] 各辖区被放置到以其自身文学和文化传统为中心的框架中考察时，帕纳姆的后殖民文化才得以产生。

第三，《饥饿游戏》的创伤记忆表征了帕纳姆被压迫者的后殖民身份。

《饥饿游戏》三部曲中，被压迫者们有着复杂的创伤身份，尤其是处于受迫害的青少年边缘群体所承受的创伤记忆表征着帕纳姆被压迫者的后殖民身份。譬如《饥饿游戏》三部曲虽然没有涉及大屠杀文学对过去的关注及其对塑造现在的影响，但三部曲和大屠杀文学在某些美学和风格的叙事元素中有着千丝万缕的联系。莉蒂亚·科科拉（Lydia Kokkola）观察到年轻读者通过“建立易于识别的特定图像”[③]，来识别大屠杀叙事文学。在三部曲中，这种圈禁的被殖民图像十分鲜明。而大屠杀常常传递出一种类似于贫民窟的围栏图像，这种图像往往代表着囚禁，而囚禁常与大屠杀受害者的监禁相关联。《饥饿游戏》开篇就描述了这种围栏图像，“一条高高的围障横在‘牧场’和林地之间，把整个十二区圈在里面，顶端装了带刺铁丝网。一般来讲，铁丝网是二十四小时通电的”[④]，围栏也许是阻挡野兽

---

① The National Archives. Our Documents：100 Milestone Documents From the National Archives［M］. New York：Oxford University Press Inc.，2006：22.

② ［英］迈克·克朗. 文化地理学［M］. 杨淑华，宋慧敏译. 南京：南京大学出版社，2003：16.

③ Kokkola，Lydia. Representing the Holocaust in Children' s Literature［D］. New York：Routledge，2003：68.

④ ［美］苏珊·柯林斯. 饥饿游戏Ⅰ：饥饿游戏［M］. 耿芳译. 北京：作家出版社，2010：4.

来保证居民的安全。然而，围栏内不光有第12区人民，还有掠夺性的凯匹特治安警监视着该地区公民的一切行动。这使读者真切地意识到这里的围栏图像并不代表着被统治区人民受到保护，反而表示一种监禁和限制的自由囚禁状况，就像集中营的栅栏和墙壁下的幽闭空间。三部曲里的第二个围栏图像就是饥饿游戏的竞技场，将这种“完全无异于有组织的歧视和迫害行为”[1] 表达得淋漓尽致。凯匹特的贡品列车奇特又完美，与用于运送犹太人到集中营的汽车形成鲜明对比，它们的用途如此类似，都是将贡品们或受害者们运送到剥削者们指定的地方，这些都意味着死亡。而竞技场设置有“出发室”，在第12区人们形容它为“牲畜栏，也就是牲畜被宰前所待的地方”[2]，而竞技场一般设置在沙漠、沼泽、寒冷的荒野或丛林之中[3]，并且被“电磁力场”[4] 屏蔽起来，就像铁栏杆内被隔离起来的集中营。三部曲中的第三个围栏图像就是总统府前的孩子们被圈禁起来，由治安警看守围在栅栏里的画面，这看似保护孩子们的举动，实则是将儿童们用作最后的一道防御屏障，最后导致这些无辜儿童的集体惨死，而这与集中营里集体杀害儿童行为极其相似。三部曲提供了独特的囚禁空间让年轻读者可以参与讨论大屠杀创伤叙事和创伤记忆，强调了创伤在后殖民主义实践中的重要性。正如施琪嘉所说：“没有创伤，就没有成熟；没有处理创伤的能力，就不会真正地长大成人。”[5]

而如果将精神创伤学与后殖民相结合，探讨后殖民创伤心理方面，将更直接地涉及后殖民身份问题。柯林斯反复地强调了帕纳姆被压迫者们的悲惨命运，讨论了后殖民时代的创伤问题。《饥饿游戏》三部曲以反乌托邦的叙述，定位了被统治区被奴役者们的这种后殖民身份特性，正如张京

① ［美］爱德华·赛义德. 差异的意识形态［A］. 张京媛. 后殖民理论与文化批评［C］. 北京：北京大学出版社，1999：51.

② ［美］苏珊·柯林斯. 饥饿游戏Ⅰ：饥饿游戏［M］. 耿芳译. 北京：作家出版社，2010：129.

③ ［美］苏珊·柯林斯. 饥饿游戏Ⅰ：饥饿游戏［M］. 耿芳译. 北京：作家出版社，2010：125.

④ ［美］苏珊·柯林斯. 饥饿游戏Ⅱ：燃烧的女孩［M］. 耿芳译. 北京：作家出版社，2011：201.

⑤ 施琪嘉. 创伤心理学［M］. 北京：中国医药科技出版社，2006：前言2.

媛所引述的爱德华·赛义德的话语："任何人都不拥有一种先天权利，凭借这种权利以差异为工具将别人权利降低到一个更卑微地位。"① 拉法埃拉·巴科里尼（Raffaella Baccolini）和汤姆·莫伊伦（Tom Moylan）也说过，"反乌托邦的类型已成为一种预言性的载体，笼中的金丝雀，对于有道德和政治关注的作家，警告我们可怕的社会政治倾向，如果继续下去的话，把我们的当代世界变成了乌托邦下面的铁笼子"②。而对于如何在创伤之后重建后殖民身份，伊福沃多·奥加加（Ifowodo Ogaga）建议道："将后殖民历史解读为一部创伤史——不仅是帝国主义征服和统治的毁灭性记录，以及对唯物主义者的经验性破坏，还有可能对被殖民者心理造成更大的灾难性伤害。殖民主义创伤的心理方面，比人们普遍承认的更直接地涉及后殖民身份问题。"③

二、贡品的异化身份

柯林斯在《饥饿游戏》三部曲中反映了被殖民群体所遭受到的非人境遇，凸显着小说中贡品的异化身份。异化问题，历来是哲学中一个重要的内容。"在德国古典哲学代表人物黑格尔和费尔巴哈那里，主要探讨的是'精神异化'与'宗教异化'，而在马克思那里则主要探讨'劳动异化'。"④ 马克思认为，"劳动的现实化就是劳动的对象化……劳动的这种现实化表现为工人的非现实化，对象化表现为对象的丧失和被对象奴役，占有表现为异化、外化"⑤。马克思首先将异化与私有制相联系，展示了资本主义生产对人类身体和心理状态以及他们所属社会过程的破坏性影响。异

① ［美］爱德华·赛义德. 差异的意识形态［A］. 张京媛. 后殖民理论与文化批评［C］. 北京：北京大学出版社，1999：52.

② Baccolini，Raffaella and Tom Moylan. Introduction：Dystopia and Histories［A］. Ed. Raffaella Baccolini and Tom Moylan. Dark Horizons：Science Fiction and the Dystopian Imagination［C］. New York and London：Routledge，2003：2.

③ Ogaga，Ifowodo. History，Trauma，and Healing in Postcolonial Narratives：Reconstructing identities［M］. New York：Palgrave Macmillan，2013：2.

④ 季水河. 多维视野中的文学与美学［M］. 北京：东方出版社，2002：44.

⑤ ［德］马克思. 1844年经济学哲学手稿［M］. 中共中央马克思恩格斯列宁斯大林著作编译局译. 北京：人民出版社，2000：52.

化问题是私有制产生以来的一种普遍社会现象；而对于人的异化，人与动物的区别，马克思的论述十分经典："动物只是按照它所属的那个种的尺度和需要来建造，而人却懂得按照任何一个种的尺度来进行生产。"[①]所谓"任何一个种的尺度"，按字面含义即为与生俱来的固定的标准和规格，是动植物的基本需要，而非物种单纯的肉体需要，而这种特性应与人道主义相结合，使自然与人性和道德和谐统一。而在医学上，珍妮特·M. 维拉兹奎兹（Janet M. Velazquez）早在1969年就提出："异化是一种不平衡状态，一种疏远的状态，在这种情况下，一个人无法控制自己的外部环境或无法适应它，他可能会变得杂乱无章，感到孤立、焦虑、没有焦点。"[②] 柯林斯的三部曲小说中，贡品的异化身份通过女主角凯特尼斯的身体转变过程得以体现，贡品的身体在文本中既是作为动物又是食物的象征性定位，而贡品身体的物化最终决定了贡品们的后殖民身份。除此之外，贡品的异化身份还体现在贡品身处绝境时被凯匹特支配的吃人和杀人的兽性，以及人性的异化表现。《饥饿游戏》三部曲表达了柯林斯的道德和伦理主张。

首先，贡品的异化后殖民身份主要体现为被殖民主体贡品身体的动物化。贡品被视为是凯匹特被殖民者征服的动物。文本中这种贡品的非人化主要通过女主角凯特尼斯这个人物体现出来。凯特尼斯觉得她的动物异化之路，经过了2次转化。凯特尼斯的动物化反映了殖民地主体的动物化，正如阿华加（Ahuja）所说："通过动物形象对种族化群体进行有组织的主体化。动物化涉及动物之间的上下文比较以及主体的身体或行为。"[③] 第一次是凯特尼斯被动地沦为他物的塑造过程。当参赛前维妮娅（Venia）在"形象设计中心"为凯特尼斯造型化妆拔掉了凯特尼斯身上的汗毛时，凯特尼斯形容自己"像是一只被拔了毛、等着被烤熟的鸟"[④]，而当西纳观察

---

① ［德］马克思，恩格斯. 马克思恩格斯全集（第42卷）［M］. 中共中央马克思恩格斯列宁斯大林著作编译局译. 北京：人民出版社，1979：97.

② Velazquez, Janet M. Alienation ［J］. The American Journal of Nursing, 1969, 69 (2): 301.

③ Ahuja, N. Postcolonial Critique in a Multispecies World ［A］. Ed. J. Dubino & Z. Rashidian & A. Smyth. Representing The Modern Animal in Culture ［C］. New York: Palgrave MacMillan, 2014: 228.

④ Collins, Suzanne. The Hunger Games ［M］. New York: Scholastic Press, 2008: 61.

凯特尼斯的身体为她设计造型时，凯特尼斯觉得她被“当成了餐盘里的一块肉”[①]。凯特尼斯形容出了自己身体经过了非人化的转变后变得“刺痛又极度脆弱”[②]。作为来自殖民地的主体，在统治者的凝视之下，凯特尼斯成为了一件商品，开始了被迫异化成物的第一步。有鉴于此，伯克（Burke）对于饥饿游戏筹备小组的工作成果评价道：“因此凯特尼斯进入竞技场不是作为一个人，而是作为一块肉准备好被那些太过自私自利的人食用，除了娱乐以外什么都看不到她。”[③] 凯匹特统治者将凯特尼斯变成了一种娱乐商品，作为贡品代表的凯特尼斯异化为观赏性动物，她的后殖民身份由此确立。第二次是凯特尼斯主动地充当观赏和娱乐的他物过程。被运送到凯匹特训练中心之后，凯特尼斯的被殖民者身份发生了位移，离开了第 12 区，却又没有融入凯匹特都城，她自己形容训练中心——“那是家，也是监牢”[④]。凯特尼斯在游戏开幕式和赛前的电视采访中重新塑造了自己的形象，她再次经历了一次非人化的体验，这次经历使她与第 12 区自己的家更加疏远。在开幕式上，她和皮塔主动牵手，她觉得人工火焰燃烧的服饰使她“变成活人火炬”[⑤]，成了取悦观众的物品，她的服饰将她塑造成了“燃烧的女孩”[⑥]，然而她并没有排斥，反而是主动接受这种改变去愉悦大众，小说中对这场娱乐场景的描写十分生动逼真又震撼力十足：“脸上展露出最灿烂的微笑，不断地向观众招手……甚至给观众送去几个飞吻……有人朝我扔来一枝玫瑰，我接住花，轻闻着花朵，朝扔花的方向抛去一个飞吻。有一百只手伸出来接我的飞吻，好像它是看得见摸得着的东西。”[⑦]在电视访谈中，凯特尼斯的化妆团队为她准备了饥饿游戏开幕式上的炫丽火焰燃烧服饰——“衣服上镶满了闪闪发光的宝石，红色、黄色、白色，宝

---

① Collins, Suzanne. The Hunger Games [M]. New York: Scholastic Press, 2008: 64.

② Collins, Suzanne. The Hunger Games [M]. New York: Scholastic Press, 2008: 62.

③ Burke, Brianna. R. Teaching Environmental Justice Through *The Hunger Games* [J]. The Alan Review, 2013, 43 (1): 59.

④ [美] 苏珊·柯林斯. 饥饿游戏Ⅰ: 饥饿游戏 [M]. 耿芳译. 北京: 作家出版社, 2010: 60.

⑤ [美] 苏珊·柯林斯. 饥饿游戏Ⅰ: 饥饿游戏 [M]. 耿芳译. 北京: 作家出版社, 2010: 59.

⑥ [美] 苏珊·柯林斯. 饥饿游戏Ⅰ: 饥饿游戏 [M]. 耿芳译. 北京: 作家出版社, 2010: 58.

⑦ [美] 苏珊·柯林斯. 饥饿游戏Ⅰ: 饥饿游戏 [M]. 耿芳译. 北京: 作家出版社, 2010: 61.

石镶缀成火焰的图案”[1]，服装使凯特尼斯的物理改造获得了凯匹特的认可和确定，“几乎看起来像一个人类了”[2]。而为了赢得食物赞助在竞赛中生存下来，凯特尼斯主动地去迎合大众的娱乐审美趣味，成功地接受了电视访谈，黑密斯生动地形容她“现在是金子”[3]，她自己也高度赞扬这套服饰，她认为“那衣服是我见过的最棒的衣服”[4]，身体和服装的变化，使凯特尼斯和皮塔备受关注，但凯特尼斯依然被烙印上了受压迫采矿区的公民身份，但她并不能完全融入凯匹特的权力世界。伯恩（Byrne）认为：“凯特尼斯的服装表明她陷入了权力的不平等，尤其是性别和阶级的不平等，并不断提醒她死亡、脆弱和对国家制度的依赖。”[5] 当独自一人时，凯特尼斯重新审视了自己的后殖民身份，她意识到，其他人物以及她作为被统治区主体的经历，创造了她的新身份：“此地的我，脸红羞涩而困惑，西纳的巧手使我美丽，皮塔的告白使我可爱，悲惨的环境以及所有的记忆，令人难以忘怀。”[6] 正如法国思想家弗朗茨·法农（Frantz Fanon）对后殖民身份的重新描述那样：“因为它是对另一个人的系统否定，是对否定另一个人所有的人性属性的强烈决心，殖民主义迫使它支配的人民不断地问自己这个问题：‘在现实中，我是谁?’”[7] 从首次参加完游戏的开幕式之后的训练中，她矛盾地意识到自己成了“懦夫、怪物、凯匹特的玩偶”[8]，是“来自另一星球的生物”[9]，这些都突出地从侧面印证了法农对后殖民身份的追寻，对人类公平的呼唤。凯匹特统治者对行动边界的规定，对贡品的

---

① ［美］苏珊·柯林斯. 饥饿游戏Ⅰ：饥饿游戏［M］. 耿芳译. 北京：作家出版社，2010：106.

② Collins, Suzanne. The Hunger Games［M］. New York：Scholastic Press, 2008：62.

③ Collins, Suzanne. The Hunger Games［M］. New York：Scholastic Press, 2008：136.

④ ［美］苏珊·柯林斯. 饥饿游戏Ⅰ：饥饿游戏［M］. 耿芳译. 北京：作家出版社，2010：112.

⑤ Byrne, Deirdre. Dressed for the Part：An Analysis of Clothing in Suzanne Collins' s *The Hunger Games* Trilogy［J］. Journal of Literary Studies, 2015, 31（2）：46.

⑥ Collins, Suzanne. The Hunger Games［M］. New York：Scholastic Press, 2008：136.

⑦ Fanon, Frantz. The Wretched of the Earth［M］. New York：Grove Press, 1963：250.

⑧ ［美］苏珊·柯林斯. 饥饿游戏Ⅰ：饥饿游戏［M］. 耿芳译. 北京：作家出版社，2010：104.

⑨ Collins, Suzanne. The Hunger Games［M］. New York：Scholastic Press, 2008：120.

赞扬，凯特尼斯和凯匹特成员的互动最终导致了她的异化和再创造。

其次，贡品在比赛中吃人和杀人兽性的爆发，以及凯特尼斯和皮塔假扮恋人关系的人性异化最终导致了贡品后殖民身份的确立。凯特尼斯的善良、勇敢、怀疑、谎言、杀人和求生欲，使读者认同了她的后殖民身份。凯特尼斯在参赛之前，虽然性格冷漠并不完美，却十分善良；虽然生活艰辛，却十分快乐自由。11 岁的她就勇敢挑起了养家重担，冒着被处死的危险，偷偷地打猎养活全家。她溺爱着自己的妹妹波丽姆，虽然时常忍饥挨饿，却成全了波丽姆的爱心，为她养了一只名叫“毛茛花”的猫和一头名叫“夫人”的羊。而皮塔的善良、心机、幽默、残杀和求生欲，也让读者认同了他的后殖民异化身份。皮塔在参加饥饿游戏之前心地善良，当他看到饿得奄奄一息坐在他家垃圾桶旁的凯特尼斯时，他忍受着母亲的打骂偷偷地把面包送给了凯特尼斯，让凯特尼斯和她妹妹幸免了被送去福利院的厄运，“他给了我们面包和希望”①。然而，参加饥饿游戏之后，凯特尼斯和皮塔开始了人性的异化之路。面对在她饥寒交迫帮助他的皮塔，凯特尼斯却总是对他的友善充满了怀疑，认为他有预谋，并不信任他，并多次将他看作竞争对手，甚至差点杀死皮塔。文本里凯特尼斯对皮塔的反复猜疑有多次生动描写：第一次是贡品列车刚到凯匹特时，皮塔“冲着人群微笑招手”② 这一举动，让凯特尼斯琢磨并怀疑皮塔之前的好人行为只是为了博取观众支持，赢得比赛杀死包括凯特尼斯在内的其他贡品；第二次猜疑是皮塔在电视访谈中对凯特尼斯“爱的告白”，而凯特尼斯认为“皮塔靠吐露爱的宣言的方式，已经绝对把其他所有人从他的前进道路上清除”③；第三次肯定猜疑是凯特尼斯被皮塔、第 1 区、第 2 区和那些强悍的结盟贡品们围剿时，凯特尼斯质疑了皮塔在比赛开始时在宙斯之角对她摇头的行为，并非示意不要去抢供给品，“实际上，他一直就在策划着和这帮人混

---

① ［美］苏珊·柯林斯. 饥饿游戏 I：饥饿游戏［M］. 耿芳译. 北京：作家出版社，2010：29.

② ［美］苏珊·柯林斯. 饥饿游戏 I：饥饿游戏［M］. 耿芳译. 北京：作家出版社，2010：52.

③ Collins, Suzanne. The Hunger Games［M］. New York: Scholastic Press, 2008: 133-134.

在一起”[1]，并认为“这是他要的最后一个把戏”[2]，这一举动彻底激发了凯特尼斯的兽性，她希望能杀死皮塔。从猜疑到背叛，凯特尼斯和皮塔的关系从亲近变成了疏离。异化发生在两人之间的对立之中。正如法国学者亨利·钱伯所言：“当人同自身相对立的时候，他也同他人相对立。”[3] 饥饿游戏期间，凯特尼斯对皮塔的感情从猜疑到信任经历了几次转变，而他们在猜疑之下为了生存建立起来的假恋爱关系，更是小说中后殖民人性异化身份的终极形式。虽然凯特尼斯在比赛中把对妹妹的爱转移到了她的盟友露露身上，处处照顾露露，对她十分友好，但是处在扭曲的竞技场中的凯特尼斯为了求生的欲望，开始了异化之路，变成了生存欲的奴隶，在人性和兽性之间摇摆不定。例如当露露被第 1 区的男孩用矛杀死时，凯特尼斯毫不犹豫地杀死了这个男孩，甚至“连他的名字都不知道”[4]，这个男孩在这里已经被物化只是一个游戏工具的代名词。此时的凯特尼斯是矛盾的，兽性的爆发并没有让她彻底失去人性，她意识到她光恨这个男孩还不够，是凯匹特导致了她们所经历的一切。她认识到必须让凯匹特明白他们并没有真正地控制各区和贡品们，而“我并不是他们游戏中的一个棋子”[5]。但她的兽性因子又让她对其他比赛的贡品们，“特别是职业选手的恨并没有因为对凯匹特的恨而有所减轻”[6]，她认为职业选手们必须为露露的死付出代价。而当最后竞赛场上只剩下她和皮塔，当饥饿游戏组委会组长克劳狄斯·塔普尔史密斯（Claudius Templesmith）临时改变比赛规则宣布只能有一名胜利者时，“凯特尼斯下意识地弯弓搭箭，对准了皮塔的心

---

① ［美］苏珊·柯林斯. 饥饿游戏Ⅰ：饥饿游戏［M］. 耿芳译. 北京：作家出版社，2010：143.

② ［美］苏珊·柯林斯. 饥饿游戏Ⅰ：饥饿游戏［M］. 耿芳译. 北京：作家出版社，2010：144.

③ 陆梅林，程代熙. 异化问题（下）［M］. 北京：文化艺术出版社，1986：278.

④ ［美］苏珊·柯林斯. 饥饿游戏Ⅰ：饥饿游戏［M］. 耿芳译. 北京：作家出版社，2010：211.

⑤ ［美］苏珊·柯林斯. 饥饿游戏Ⅰ：饥饿游戏［M］. 耿芳译. 北京：作家出版社，2010：206.

⑥ ［美］苏珊·柯林斯. 饥饿游戏Ⅰ：饥饿游戏［M］. 耿芳译. 北京：作家出版社，2010：207.

脏”①，最终她的兽性压制了她的人性，成为凯匹特改造下的杀人工具。正如黑格尔所说，“人类经由物化（objectification）的过程（在黑格尔的学说中是精神的过程，在马克思是劳力的过程），创造了他们自己的本性”②。人与动物最大的区别就是人性。人类面临的最大问题，中国学者聂珍钊教授说过：“就是如何把人同兽区别开来以及在人与兽之间作出身份选择。”③凯特尼斯在生死的关键时刻所作出的选择决定了她后殖民异化的身份。

除此之外，《饥饿游戏》三部曲中，食物让人互相砍杀，生存使人成为奴隶。游戏里甚至出现了人吃人这种极端的人性泯灭行为，例如“杀人之后试图吃掉那些被他们杀害的死者心脏”的“来自第6区名叫提图斯（Titus）的贡品”④，他被形容为“最凶残的野兽”⑤，是贡品里极端兽性的体现者。对于动物与人类的区别，亚里士多德说过，“实践的生命的活动确定着人的种属的可能性的范围”⑥，人与动物最本质的区别就是人具有理性，而其他任何生命物都无法达到理性活动的准则。贡品们在极端恶劣的生存困境之下经受不起正义的拷问，为了存活下去，丧失了人性。而对于为了饱腹而杀人的比赛游戏，凯匹特公民却视为一种刺激性娱乐节目，在他们眼中贡品已经不是人类，俨然是牲口，贡品的异化身份被压制着善的因子而生成。更可怕的是，被残杀至死的贡品们亦无法逃脱被异化的厄运，他们被凯匹特用科技变异为了具有人类特征的“杂种狗”，“大脑被植入特殊记忆”⑦，继续投入搏杀皮塔和凯特尼斯的行动中，为他们“自己的死报仇”⑧。凯匹特的先进科学技术加剧了这种异化给人类带来的灾难性后

① Collins, Suzanne. The Hunger Games [M]. New York: Scholastic Press, 2008: 343.

② [英] 雷蒙·威廉斯. 关键词：文化与社会的词汇 [M]. 刘建基译. 北京：生活·读书·新知三联书店，2005：6.

③ 聂珍钊. 文学伦理学批评导论 [M]. 北京：北京大学出版社，2014：32.

④ Collins, Suzanne. The Hunger Games [M]. New York: Scholastic Press, 2008: 143.

⑤ [美] 苏珊·柯林斯. 饥饿游戏Ⅰ：饥饿游戏 [M]. 耿芳译. 北京：作家出版社，2010：128.

⑥ [古希腊] 亚里士多德. 尼各马可伦理学 [M]. 廖申白译. 北京：商务印书馆，2003：XVIII.

⑦ [美] 苏珊·柯林斯. 饥饿游戏Ⅰ：饥饿游戏 [M]. 耿芳译. 北京：作家出版社，2010：290－291.

⑧ [美] 苏珊·柯林斯. 饥饿游戏Ⅰ：饥饿游戏 [M]. 耿芳译. 北京：作家出版社，2010：291.

果，也进一步加强了被殖民主题的动物化识别，正如陆梅林和程代熙引述的莫斯科学者别尔嘉耶夫的观点："文明的技术力量统治着人本身，使人成为奴隶，并扼杀人的精神。"① 史密斯（Smyth）则认为，杂种狗的存在，迫使凯特尼斯、皮塔和第 2 区贡品加图（Cato）"认识到他们自己的个体化生存斗争微不足道的本质，因为他们的身份被政府塑造和包装了"②。贡品的动物化不仅加剧了凯匹特的权力压制和个人作为食物或产品的自我主体丧失，而且展示了贡品的身体从化妆、服装到死亡的反复创伤，而贡品的这些异化行为最后都是为了统治者和剥削者的娱乐，处于凯匹特的凝视之下，贡品的后殖民异化身份陷入危机之中。

三、黑人的奴役身份

《饥饿游戏》系列的叙事与美国黑人历史和黑人的奴役身份有着千丝万缕的联系。"黑人在美国政治、经济、文化的发展中起到了重要的作用。"③ 但黑人的经济、政治和社会地位十分低下，"始终都处于美国社会的最底层"④。黑奴"如同牲畜一般，在南方农场和棉花种植园从事所有最繁重的劳动"⑤。然而，青少年文学作品中往往低估或者歪曲黑人形象，唐纳拉克·麦肯（Donnarac MacCann）描述了儿童文学作品中黑人角色的存在："除了少数废除奴隶主义者的叙述外，儿童书籍一般对黑人形象带有成见或者完全排斥黑人。"⑥ 东古拉也同样描述了在青少年文学作品和大众

① 陆梅林，程代熙. 异化问题（下）［M］. 北京：文化艺术出版社，1986：445.

② Smyth, A. Splicing Genes in Postmodern Teens: *The Hunger Games* and the Hybrid Imagination［A］. Ed. J. Dubino & Z. Rashidian & A. Smyth. Representing The Modern Animal in Culture［C］. New York: Palgrave MacMillan, 2014: 187.

③ 王家湘. 黑色火焰：20 世纪美国黑人小说史［M］. 杭州：浙江文艺出版社，2017：1.

④ 薛玉凤. 美国文学的精神创伤学研究［M］. 北京：科学出版社，2014：81.

⑤ 王守仁，吴新云. 性别·种族·文化：托妮·莫里森与二十世纪美国黑人文学［M］. 北京：北京大学出版社，1999：3.

⑥ MacCann, Donnarac. White Supremacy in Children' s Literature: Characterizations of African Americans［M］. New York: Routledge, 2001: XVI.

媒体中将黑人特征表述为“缺席、低估或者歪曲”①。美国文学作品和电影中主角一般由白人担任，黑人角色要么缺失要么被歪曲为负面形象，“《饥饿游戏》遵循了相同的规则：中心角色是白人，而有色人种仅限于配角”②，其实这从侧面也反映出了美国的种族主义霸权。而《饥饿游戏》三部曲小说和电影中黑人被压迫被奴役的后殖民身份主要从第11区反映出来。柯林斯描写黑人和种族问题，揭示了美国对黑人生命的漠视，展现了美国黑人的种族生存危机和奴役身份焦虑。

第一，黑人的奴役身份表现为第11区黑人的生存困境。

《饥饿游戏》三部曲主要从三位贡品身上推断出第11区是黑人区，“第11区的男孩贡品叫萨里什，和露露一样都是黑皮肤”③，同样在世纪极限赛中来自第11区的老女性贡品希德尔（Seeder）也长着“橄榄色的皮肤，夹杂着几缕银丝的黑色直发”④。而在《饥饿游戏》改编的电影中，露露、萨里什和第11区的居民都是由美国黑人扮演。从而可见，第11区应该主要为黑人聚集区。柯林斯将《饥饿游戏》小说和电影中的黑人角色主要归集在第11区，决定了文本中将经常以带有同情的笔触描绘他们，甚至公开地谴责凯匹特对第11区实行暴力的种族隔离制度，这些遵循了美国黑人身份的历史表征。

柯林斯在小说中主要通过第11区农业区的描写，突出了美国南方黑人战前在种植园被奴役的事实。在美国历史和小说中的帕纳姆国中，南方都是另类和特殊的。首先，第11区不仅在地理上位于美国南部，而且经济和文化也与内战前的美国南方奴隶制社会极为相似，具体体现在农业社区对黑人工人的剥削、使用暴力作为纪律手段惩罚黑人以及黑人儿童在社区中

① Dangora, J. African American Young Adult Literature and Black Adolescent Identity: Developing a Sense of Self and Society Through Narrative [A]. Ed. Janet Alsup. Young adult literature and adolescent identity across cultures and classrooms: Contexts for the literary lives of teens [C]. New York: Routledge, 2010: 19-30.

② Moore, Ellen E. & Catherine Coleman. Starving for Diversity: Ideological Implications of Race Representations in *The Hunger Games* [J]. The Journal of Popular Culture, 2015, 48 (5): 951.

③ Collins, Suzanne. The Hunger Games [M]. New York: Scholastic Press, 2008: 126.

④ [美] 苏珊·柯林斯. 饥饿游戏Ⅱ：燃烧的女孩 [M]. 耿芳译. 北京：作家出版社，2011: 188-189.

的被奴役。第 11 区与第 12 区的气候也是截然不同的，当第 12 区在下雪时，凯特尼斯搭乘的巡演列车从第 12 区开往第 11 区开了近 1 天，第 11 区却“空气温暖柔和，树叶绿绿的”，“在明媚的阳光下眯起眼睛”①，才能继续前行。这与美国南方的种植园气候颇有相似之处。其次，从居住条件和生存境况来看，第 11 区人们的居住条件亦比第 12 区还要糟糕：“一片片的小棚屋散落在不同的地方——‘夹缝地带’的房子与之相比要高级得多。”② 第 11 区的这些基本情况与美国战前的南方有诸多相似之处。第 11 区主要聚居着黑人，他们从事繁重的农业劳动，当凯特尼斯第一次看到第 11 区黑人在一望无际的麦田里，顶着炎炎烈日，男女老少一起弯腰工作的艰辛时，小说中写道：“火车经过时他们直起身来朝我们这边看着，算是得到暂时的休息。”③ 弗里克（Fricke）提到了该系列小说与美国南北战争前的相似之处：“小说还暗示了第 11 区的种族和社会不平等之间的联系”，因为农作物和暴力“让人想起南北战争前美国南方的奴隶制度”④。与第 11 区地理位置相同，美国南北战争前的南方也出现了类似的场景，“大多数黑人被奴役，并且大部分从事农业劳动”⑤。桑娅 · J. 布朗（Sonya J. Brown）指出第 11 区黑人劳作场景与非裔美国人的文化传统有着相似之处：“露露告诉凯特尼斯，田野里的工人整天唱着劳动歌曲，就像战前南方的奴隶一样”⑥。通过这些地理、环境和文化线索，柯林斯用庄稼、果园和强迫劳动这些意象与美国奴隶制的遗留问题联系了起来。

---

① ［美］苏珊 · 柯林斯. 饥饿游戏Ⅱ：燃烧的女孩［M］. 耿芳译. 北京：作家出版社，2011：45.

② ［美］苏珊 · 柯林斯. 饥饿游戏Ⅱ：燃烧的女孩［M］. 耿芳译. 北京：作家出版社，2011：50.

③ ［美］苏珊 · 柯林斯. 饥饿游戏Ⅱ：燃烧的女孩［M］. 耿芳译. 北京：作家出版社，2011：50.

④ Fricke, S. “It’s all a big show”: Constructing identity in Suzanne Collins’ s*The Hunger Games* Trilogy [A]. Ed. G. Sedlmayr & N. Waller. Politics in Fantasy Media: Essays on Ideology and Gender in Fiction, Film, Television and Games [C]. Jefferson, North Carolina: McFarland & Company, 2014: 21.

⑤ West, E. J. Slavery [A]. Ed. Janet Gabler Hover & Robert Sattelmeyer. American History Through Literature 1820-1870 [C]. New York: Charles Scribner’ s Sons, 2006: 1094.

⑥ Brown, S. J.. *The Hunger Games*, Race, and Social Class in Obama’ s America [A]. Ed. David Garrett Izzo. Movies in the Age of Obama: The Era of Post-Racial and Neo-Racist Cinema [C]. Lanham: Rowman & Littlefield, 2015: 194.

第二，黑人的奴役身份体现为第 11 区黑人的种族隔离。

第 11 区的种族主义隔离通过与第 12 区的对比，鲜明地表现了出来：当列车驶入第 11 区时，凯特尼斯惊讶地看到这里的隔离网更严密而坚固，甚至“沿隔离网均匀排列的瞭望塔，上面有武装警察”[①]。第 11 区居民与白人治安警呼应了南方奴隶制下替奴隶主服务的监工和奴隶工人之间的历史作用。卡罗琳·索里西奥（Carolyn Sorisio）把美国历史上的监视描述为“维护奴隶主权力的主要机制”[②]。第 11 区的治安警通过纪律和惩罚管束辖区内的黑人并为帕纳姆国服务。相比第 12 区而言，第 11 区治安警更加残暴和血腥，而这种暴力的奴役现象主要通过从第 11 区与第 12 区的对比描述中突出地表现了出来：凯特尼斯虽然生活艰辛，不喜欢该区的治安警，但第 12 区的治安警也没有激起众怒，相比而言，“在第 11 区，人们遭受了更大的痛苦和绝望”[③]。

《饥饿游戏》三部曲建立在公众对黑人的残酷和身体暴力的历史遗留问题之上，特别是美国奴隶制中常用的鞭刑惩罚行为。黛博拉·霍普金森（Deborah Hopkinson）描述了暴力特别是鞭打，加重了黑人的苦难，“工作本身已经足够辛苦的了，但农场主和监工的残暴行为却造成了更多的痛苦”[④]。小说中通过露露的口吻转述了黑人的生存境况：人们偷吃自己种植的粮食“会被当众鞭打”[⑤]，而这种鞭打在第 11 区经常发生。相比较而言，在第 12 区面对凯特尼斯的偷猎行为，市长家和治安警甚至从她手中购买这些物资，“那些管事的人对猎物的口腹之欲保护了我”[⑥]，“当众鞭打在第 12 区很少发生，尽管偶尔也会有这种处罚”[⑦]，第 12 区与第 11 区的明显区

① ［美］苏珊·柯林斯. 饥饿游戏Ⅱ：燃烧的女孩［M］. 耿芳译. 北京：作家出版社，2011：50.

② Sorisio, Carolyn. Fleshing out America: Race, Gender, and the Politics of the Body in American Literature, 1833-1879 [M]. Athens, Georgia: University of Georgia Press, 2002: 81.

③ Collins, Suzanne. Catching Fire [M]. New York: Scholastic Press, 2009: 67-68.

④ Hopkinson, Deborah. Up Before Daybreak: Cotton and People in America [M]. New York: Scholastic, 2006: 22.

⑤ ［美］苏珊·柯林斯. 饥饿游戏Ⅰ：饥饿游戏［M］. 耿芳译. 北京：作家出版社，2010：177.

⑥ ［美］苏珊·柯林斯. 饥饿游戏Ⅰ：饥饿游戏［M］. 耿芳译. 北京：作家出版社，2010：15.

⑦ Collins, Suzanne. The Hunger Games [M]. New York: Scholastic Press, 2008: 202.

别就是不存在对工人的残暴惩罚，与露露所在区相比，凯特尼斯甚至把她自己的家乡描述为“安全的港湾”[①]。而相比而言，在第11区治安警甚至可以随意残杀人民，例如，露露对凯特尼斯讲述了第11区一个“脑子不正常”的“像一个三岁的孩子”的马丁（Martin），因为想要夜视镜，“就把它藏在兜里，他当场就被打死了”[②]。又例如对于凯特尼斯在巡演中的感激和友好行为，第11区的一个老人因为吹口哨而被残忍枪杀，两个治安警将老人拽上台，让老人当众下跪，而且“一枪打穿了他的脑袋”[③]。第11区的监视与惩罚呼应了福柯式的惩罚制度，这种敞式主义监视和纪律与美国的种族制惩罚有关。第11区让人想起种族主义深深扎根的美国，黑人被鞭打和杀害的画面，作为对被奴役者建立权力和纪律的一种手段，这种暴力事件对于第11区的人们来说十分普遍。“公共鞭打”和“处决”行为，展现了三部曲对权力和暴力的讨伐，正视了社会的不平等、不公正和种族主义现象，引发了人们的讨论和批评。公然描述对黑人的公共暴力行为呼应了美国奴隶制度的遗留问题，这不仅是仪式上的贬低，也是一种诽谤的惩罚。

美国黑人深受种族主义的残害，19世纪末20世纪初，“黑人的政治权利及就业机会经常被无端剥夺，社会上的种族隔离愈演愈烈”[④]。二战后，虽然美国经济腾飞，但黑人待遇堪忧，有些方面条件甚至还不如二战时。美国黑人的历史就是一部血淋淋的种族创伤史。柯林斯的三部曲正视了美国历史的遗留问题，呼吁了人们对黑人的关爱和亲善，虽然露露和萨里什在三部曲中不是主角，这沿袭了白人作家群体的一贯创作风格，但柯林斯对他们和第11区的描写活灵活现，对黑人充满了同情和怜悯。

第三，黑人的奴役身份还表现为第11区黑人儿童的被戕害。

长期以来黑人在美国一直处于社会最底层，地位低下，处境艰难，毫

① Collins, Suzanne. The Hunger Games [M]. New York: Scholastic Press, 2008: 203.

② ［美］苏珊·柯林斯. 饥饿游戏Ⅰ：饥饿游戏［M］. 耿芳译. 北京：作家出版社，2010：179.

③ ［美］苏珊·柯林斯. 饥饿游戏Ⅱ：燃烧的女孩［M］. 耿芳译. 北京：作家出版社，2011：56.

④ 薛玉凤. 美国文学的精神创伤学研究［M］. 北京：科学出版社，2014：82.

无人权可言；就如小说中第11区是帕纳姆国的“私有财产”一般，奴隶主和治安警可以随心所欲地打骂、惩罚和买卖奴隶和黑人，尤其是美国历史上无数黑人儿童被当作牲口一样被奴隶主贩卖。在帕纳姆国以斯诺总统为首的凯匹特当局每年举办的饥饿游戏无情地拆散了无数的家庭，儿童无辜遭到戕害，却依然撼动不了凯匹特的铁血政策。黑人儿童对于《饥饿游戏》三部曲的叙事特别重要，而这也是凯匹特强硬的政治控制手段。凯匹特通过胁持黑人儿童来维持对第11区公民的权力，这种动态反映了南方奴隶家庭之间的关系。玛丽·詹金斯·施瓦茨（Marie Jenkins Schwartz）研究了南北战争前南方儿童出生和家庭之间的关系，描述了奴隶制下儿童出生的必要性（特别是在1808年停止奴隶进口后），以及母亲、孩子和白人奴隶主之间的权力关系。黑人儿童具有一定程度的劳动力，他们“可以捕鱼、诱捕动物、采集水果和坚果，或者以其他方式获得食物”①，这既可以为奴隶主提供食物，也可以作为分配给奴隶家庭的食物的补充。而露露也反映出了这样的特性，虽然是最小的贡品，但她赛前却获得了7分的高分，凯特尼斯猜想露露“小小的个头，肯定表现不俗”②。而事实证明，露露的野外生存能力确实很强，竞赛中露露的草药拯救了凯特尼斯的毒蜂蜇伤，和凯特尼斯合作之后，“她采了很多植物根茎、坚果、野菜，甚至还有些浆果”③，解决了她们的饥饿问题，而露露的侦查能力也十分强，这些都有利于凯特尼斯了解其他贡品情况，对他们进行攻击，并取得最终胜利。施瓦茨还描述了美国内战前南方被奴役儿童的典型任务：“孩子们可以帮着做些清洁、做饭和照顾弟弟妹妹的活儿。他们收集木片和木头做燃料，采集草药制药。有时，他们也帮助父母完成主人交代的家务。”④ 露露同样为

① Schwartz, Marie Jenkins. Birthing a Slave: Motherhood and Medicine in the Antebellum South [M]. Cambridge, Massachusetts: Harvard University Press, 2006: 11.

② ［美］苏珊·柯林斯. 饥饿游戏Ⅰ：饥饿游戏［M］. 耿芳译. 北京：作家出版社，2010：94.

③ ［美］苏珊·柯林斯. 饥饿游戏Ⅰ：饥饿游戏［M］. 耿芳译. 北京：作家出版社，2010：178.

④ Schwartz, Marie Jenkins. Birthing a Slave: Motherhood and Medicine in the Antebellum South [M]. Cambridge, Massachusetts: Harvard University Press, 2006: 11.

她的弟弟妹妹们寻找食物，“把自己的口粮给他们吃，她到草地挖野菜吃”①，同时还描述了在第 11 区果园里工作的孩子们。在帕纳姆国和内战前的南方，被奴役的儿童都扮演着养家糊口的角色。

维萨姆（Varsam）特别描述了儿童如何被奴隶主利用的，因为“奴隶制的暴行使得儿童被卖掉，远离他们的母亲，奴隶家庭分崩离析”②。奴隶主通过胁持黑人儿童作为一种政治控制手段，将儿童视为商品，并将他们从原生家庭中带走。在帕纳姆国，凯匹特也把这些青少年贡品当作商品来对待，把它们运送到凯匹特，就像在南方运送奴隶一样。苏珊·肖·明·谭（Susan Shau Ming Tan）探讨了柯林斯三部曲中牺牲儿童的比喻：“儿童在《饥饿游戏》中的商品化是福柯式惩罚仪式的一部分，这一仪式代表着‘犯罪’，政府有权在惩罚本身的范围内观察和惩罚犯罪”③，并强调了治安警是制造恐惧和政治控制的手段。由于凯匹特强迫孩子们为娱乐凯匹特公众而互相争斗致死，帕纳姆国被管辖区的公民经历了长期和持续的恐怖和恐惧，致使他们屈服于凯匹特的武力之下。奥多诺凡（O' Donovan）同样将奴役儿童描述为“土生土长意味着是削弱集体和令人不安的长辈力量”④。正如福柯的“全景敞视建筑”⑤ 和“监狱”⑥ 一样，帕纳姆国被统治区的人民尤其是黑人儿童被更残酷地虐待，儿童商品化加强了政治统治，呼应了美国奴隶制的遗留问题。对被奴役儿童的描绘、鞭打等公共惩

① ［美］苏珊·柯林斯. 饥饿游戏 I：饥饿游戏［M］. 耿芳译. 北京：作家出版社，2010：185.

② Varsam, M. Concrete Dystopia: Slavery and Its Others［A］. Ed. Raffaella Baccolini and Tom Moylan. Dark Horizons: Science Fiction and the Dystopian Imagination［C］. New York: Routledge, 2003: 212.

③ Tan, Susan Shau Ming. Burn With Us: Sacrificing Childhood in *The Hunger Games*［J］. The Lion and the Unicorn, 2013, 37（1）: 60.

④ O' Donovan, S. E. Traded Babies: Enslaved Children in America' s Domestic Migration, 1820-1860［A］. Ed. G. Campbell & S. Miers & J. C. Miller. Children in Slavery Through the Ages［C］. Athens: Ohio University Press, 2009: 89.

⑤ ［法］米歇尔·福柯. 规训与惩罚：监狱的诞生（修订译本）［M］. 刘北成，杨远婴译. 北京：生活·读书·新知三联书店，2019：219.

⑥ ［法］米歇尔·福柯. 规训与惩罚：监狱的诞生（修订译本）［M］. 刘北成，杨远婴译. 北京：生活·读书·新知三联书店，2019：257.

罚，以及第 11 区黑人农业社区中白人治安警的存在，都是内战前南方的表现。这些战前奴隶制的标志强化了历史上的权力关系和种族主义，这些都被移植到帕纳姆国中的人物经历当中。

第 11 区黑人的身份特征反映出了美国历史上对黑人的压迫和剥削，对黑人不公平的对待。帕纳姆的被控制辖区经历了后殖民的种种创伤，而黑人在凯匹特的统治之下，丧失了主体性，被边缘化被奴役，虽然他们在艰难中苦苦挣扎生存下来，但被种族隔离和疏远，被凯匹特压榨和迫害，沦为凯匹特的物化奴仆，黑人儿童也时刻遭受着戕害。第 11 区黑人在凯匹特的霸权文化统治之下，处于边缘地位的少数族裔的文化身份呈现破碎性和否定性。小说中露露和萨里什黑人身份的塑造使美国黑人身份在通俗的青少年文学作品中更加明显。小说没有维护种族主义和非人性化的传统，而是通过塑造复杂、多方面的黑人角色，赞扬黑人儿童，抨击了殖民统治和霸权主义。正如苏珊·柯林斯自己所说："有一段时间，消除美国的奴隶市场似乎非常遥远。"①

① Hoover, Elizabeth. Suzanne Collins [M]. Farmingtong Hills: Lucent Books, 2012: 73.

第三章
柯林斯科幻小说文化身份形成的缘由

苏珊·柯林斯（Suzanne Collins）作为一名畅销书作家，创作目标十分明确。她的作品内涵丰富，创作主题多样，写作风格多元。柯林斯关注社会底层大众的生存状况，注重家庭人际关系和身份认同感，关注人与自然和科技的发展问题，她的文学创作蕴含了美国历史和古希腊神话的底蕴和生活实践，体现了“文学与人类实践活动具有紧密的联系，它产生于人类的实践活动，并随着人类的实践活动进程而发生改变”[①]。文学是造福于社会的实用性工具。对她而言，她希望淡化自己的名人身份，而专注于对她来说最重要的事情：“为年轻人和孩子写作，让他们更好地了解周围世界的暴力。她的希望是，如果儿童接触到战争的道德和复杂性，他们将成长为渴望找到冲突的非暴力解决方案的成年人。”[②] 柯林斯出生在一个高级知识分子的军人家庭，柯林斯成长的年代美国正与越南发生战争，侵略战争结束之后美国国内爆发了较大规模的经济危机，南方黑人虽然参加了海外战争，但社会地位在战后并没有提升，反而比战前更受歧视，“过去和现在美国黑人作为整体在经济上都是处于社会底层”[③]。柯林斯从小的生活经历使她对战争中儿童和青少年的生存情况十分同情，同时出于人道主义的立场对社会底层的黑人表示关心，质疑战争和暴力的本质。柯林斯的成

---

① 季水河. 文学理论导引［M］. 湘潭：湘潭大学出版社，2009：25.

② Hoover, Elizabeth. Suzanne Collins［M］. Farmingtong Hills：Lucent Books，2012：10.

③ 顾兴斌. 二战后美国黑人的社会地位研究［M］. 南昌：江西人民出版社，2003：4.

长，伴随着女权运动两次浪潮此起彼伏冲击着父权制文化、黑人民权运动风起云涌争取着黑人各方面的地位、战后美国经济的腾飞、科学技术的迅猛发展、传媒革命的异军突起、环境保护迎来新的课题等等，一系列的社会变革引起了柯林斯的关注。

柯林斯对文化身份的关注既来自她从小在军事基地生活的特殊成长经历，也来自她对政治和时事的关注以及对青少年等弱势群体的关怀，具体而言，体现在这几个方面：一是柯林斯个人经历的影响，包括她的家庭背景、实用伦理观和反乌托邦情结；二是社会文化的印记，包括当代美国女权运动、当代美国民权运动、当代美国反战运动和当代美国科技革命；三是当代理论的渗入，包括女性主义理论、后殖民理论和心理创伤理论。文学是时代社会生活的反映，也是作家个人经历的真实写照，而这些都是柯林斯的创作动力。因此，只有追溯柯林斯所处时代背景和人生经历，我们才能探寻到《饥饿游戏》三部曲中作者创作的各种文化身份问题，并且发现作品的价值和意义。

第一节　独特个人经历的影响

苏珊·柯林斯作为当代美国文学界的著名作家，其小说具有鲜明的反战创作主题和批判现实主义风格。柯林斯文学成就的取得离不开她独特的个人成长经历。她从小就接触到不同的文化，看到身处战争边缘中的弱势群体，对他们给予了普遍的同情关怀。她的个人经历使得她关注女性、青少年和黑人的生存境遇，并将新与旧、公共与个人相互杂糅融合，将古希腊神话和罗马时代的环境与传统拼贴进现代的高科技，一起运送到了一个未来的反乌托邦世界，并借此机会对现代社会发表评论。柯林斯所处的时代，各种社会思潮泛滥，科技发展日新月异，全球经济发展极不平衡、生态遭受破坏等，美国境内发生的黑人民权运动、妇女女权运动和全国反战运动等，一系列的社会变革引起了柯林斯的极大关注，这些社会文化像印记一般深深地印刻在柯林斯的记忆深处。而女权主义思想、后殖民主义思想和大众文化理论等也对柯林斯的创作产生了深远的影响。柯林斯这种审视多元的文化特色，对她个人的文学创作影响颇大。

一、柯林斯的家庭背景

1962年8月11日，柯林斯出生在美国康涅狄格州哈特福德市的一个军人家里，柯林斯的父亲是迈克尔·柯林斯，母亲是简·柯林斯（Jane Collins），她在家中排行第四，还有另外三位年长的兄姐：凯西·柯林斯（Kathy Collins）、珍妮·柯林斯（Jeanie Collins）和德鲁·柯林斯（Drew Collins）。因迈克尔·柯林斯是一名职业军人，他们一家居住在美国和欧洲的各军事基地。迈克尔·柯林斯是政治学博士，在西点军校教历史，1968年迈克尔·柯林斯奔赴越南作战，一年后虽然他活着回到了美国，但是“由于经历了强烈的创伤，精神极度焦虑甚至出现了某些焦虑障碍，就像从战场归来的士兵中很常见的创伤后应激障碍（PTSD）”[①]。迈克尔的余生都沉浸在这场噩梦中。有时，苏珊·柯林斯在晚上醒来时，可以听到她父亲在睡梦中大声喊叫。迈克尔的创伤经历，他的梦魇以及“他对战争历史的痴迷也会影响到他们的家庭生活”[②]。柯林斯的祖父在第一次世界大战中因毒气而亡。她的伯父在第二次世界大战中，虽在炮弹下幸免于难，但一直深受战争创伤。虽然柯林斯的母亲简·柯林斯试图阻止她的孩子们从电视和报纸上看到越南战争的图像，但是苏珊·柯林斯还是偶尔会看到这些战争画面。柯林斯记得一些晚间新闻报道，评论道：“我会听到他们说‘越南’，我知道我父亲在那里，这非常可怕。”[③] 她知道她的父亲在电视报道里参加一场残酷的战争，这也让年幼的柯林斯担心他父亲的处境。她接着观察到，由于阿富汗和伊拉克的持续战斗，许多美国儿童今天正在经历类似的事情[④]。苏珊·柯林斯在接受《纽约时报》（*The New York Times*）采

① Llanas, Sheila Griffin. How to Analyze the Works of Suzanne Collins [M]. North Mankato: ABDO Publishing Company, 2013: 14.

② Lusted, Marcia Amidon. Suzanne Collins: Words on Fire [M]. Minneapolis: Twenty-First Century Books, 2013: 16-17.

③ Henthorne, Tom. Approaching *The Hunger Games* Trilogy: A Literary and Cultural Analysis [M]. Jefferson, North Carolina, and London: McFarland & Company, Inc. Publishers, 2012: 13.

④ Henthorne, Tom. Approaching *The Hunger Games* Trilogy: A Literary and Cultural Analysis [M]. Jefferson, North Carolina, and London: McFarland & Company, Inc. Publishers, 2012: 13.

访时说过："如果你的父母已经被安排，而你如此年幼，那么你总是想知道他们在哪里，并等待他们回家。"① 随着时间的推移，离开时间越长，家人也会变得越来越担心，因此年幼的柯林斯在父亲离开的那段日子里，充满着焦虑、担心和想念。柯林斯作为家里四个孩子中最小的一个，她记得在电视上看到的战争新闻片段。尽管这些画面很吓人，但柯林斯的父母后来通过公开交流战争的背景，帮助她减轻一些恐惧。迈克尔·柯林斯也并没有因战争创伤而挫伤他对军事史的热情，回国5年之后，已经是副上校的他接受了北大西洋公约组织（North Atlantic Treaty Organization）的职位，一家人搬到了比利时的布鲁塞尔居住。"迈克尔喜欢带着11岁的柯林斯和她的兄姐去参观历史战场、古老的堡垒和雄伟的城堡，同时欣赏比利时各地的战争故事"②，他认为有责任教孩子们历史和战争的相关知识。柯林斯曾回忆道："访问一个战场还不够，我们需要知道为什么会发生这场战斗，战斗如何结束，以及后果"，"幸运的是，他有天赋把历史作为一个引人入胜的故事来呈现。他有很好的判断力"③。而对于苏珊·柯林斯的父亲来说，仅仅将事实、日期和数字教给他的孩子们还是不够的，他还要求孩子们思考围绕战争的伦理问题，考虑战争的真实成本问题，例如，"所有这一切的核心是什么使得战争成为必然——在什么点上是合理的或不可避免的"④。柯林斯在采访中回忆，她的父亲"会在他认为我们可以接受的程度上讨论这些事情，这在我们这个年龄是可以接受的。但是，事实上，他认为我们这个年龄阶段可以接受很多东西，而我也以同样的方式处理我的书"⑤。

柯林斯在她还只有6岁时，他们一家就因战争搬到了印第安纳。当她

---

① Hoover, Elizabeth. Suzanne Collins [M]. Farmingtong Hills: Lucent Books, 2012: 14.

② Hoover, Elizabeth. Suzanne Collins [M]. Farmingtong Hills: Lucent Books, 2012: 16.

③ Hoover, Elizabeth. Suzanne Collins [M]. Farmingtong Hills: Lucent Books, 2012: 16.

④ Margolis, Rick. The Last Battle: With "*Mockingjay*" on Its Way, Suzanne Collins Weighs in on Katniss and the Capitol. School Library Journal (August 2010) [EB/OL]. Http: //www. School library-journal. com/slj/home/885800-312/ the_ last_ battle_ with_ *Mockingjay*. html. csp.

⑤ Wiener, Gary. The Life of Suzanne Collins [A]. Ed. Gary Wiener. Social Issues in Literature: Violence in Suzanne Collins' s *The Hunger Games* Trilogy [C]. Farmington Hills: Greenhaven Press, 2015: 25.

还是孩子的时候，她努力处理她父亲对暴力的记忆。战争是她家的亲身经历，而不仅仅是她在新闻上看到的或在历史书上读到的。她父亲需要了解战争和军事史，这意味着他的孩子们也会学到同样的东西。事实上，柯林斯从对暴力的可怕记忆中复原，带着失去父母的悲伤生活，作为一名在越南服役的职业军人的女儿，从小就了解战争和暴力的本质。尽管许多父母都想让孩子们远离这些主题，柯林斯却把战争作为《地下城》五部曲和《饥饿游戏》系列不可或缺的一部分。她这 9 本主要著作都得到了评论家们的积极评价。《饥饿游戏》系列更因其对暴力的无情描述和引人入胜的故事叙述而备受赞誉。柯林斯特别自豪的是，她的书甚至让那些不情愿阅读书的读者也参与其中。

柯林斯的父亲对她的影响是巨大的，不仅仅因为他为柯林斯提供了军事史上的非正式教学，还因为他拥有着户外生存技能。迈克尔·柯林斯成长时赶上了美国的大萧条时期，因此学会了诸多野外求生技能，如猎杀野生动物和寻找可食用的植物，作为补充家庭微薄食物的另一种来源。对于迈克尔·柯林斯的家庭来说，狩猎已经不是一项运动，而是获得食物不可或缺的一种方法。迈克尔经常以游戏的方式教会孩子们找寻食物的技能，而苏珊·柯林斯的母亲则教会了孩子们如何仔细分辨野外食物，不让孩子们在不了解的情况下食用这些植物。父母除了教会苏珊·柯林斯成长过程中的野外生存技能之外，还为她打开了通过阅读书籍找寻知识的殿堂。苏珊·柯林斯的父母鼓励他们从小热爱阅读书籍。年幼的苏珊·柯林斯，从小就喜欢阅读。柯林斯的母亲对她阅读兴趣的培养影响也是颇大的。她从小就从母亲简·柯林斯那里了解了古希腊神话和科幻小说。柯林斯从小就喜欢阅读这一类型的书籍，是一位狂热的读者。她多次回到玛格丽特·埃文斯·普莱斯（Margaret Evans Price）的《神话和魔法的故事》（*Myths and Enchantment Tales*）以及《多莱尔的希腊神话书》（*D' Aulaires' Book of Greek Myths*）中，这两者都被认为是《饥饿游戏》三部曲的来源。当她八岁时，就阅读了关于忒休斯和牛头怪的神话故事。她认为“忒休斯和牛头怪的神话是一种特别重要的影响，将凯特尼斯描述为未来主义的忒休斯"[1]，此外，苏珊·柯林斯文学阅读兴趣的养成还得益于她的英语老师万斯太太（Mrs. Vance）。"在五、六年级时，她的英语老师万斯太太会在雨天给学生们朗诵美国小说家埃德加·爱伦·坡（Edgar Allan Poe）的作品。"[2] 柯林斯年轻时就接触到了各类文学作品。她曾回忆道，她最喜欢的小说包括马德琳·英格（Madeleine L' Engle）的《时间的折皱》（*A Wrinkle in Time*）、诺顿·贾斯特（Norton Juster）和朱尔斯·费弗（Jules Feiffer）合著的《神奇的收费亭》（*The Phantom Tollbooth*）。她还喜欢阅读贝蒂·史密斯（Betty Smith）的《布鲁克林有棵树》（*A Tree Grows in Brooklyn*）和乔治·奥威尔（George Orwell）的《一九八四》（*1984*）[3]。俄国小说家列夫·托尔斯泰（Leo Tolstoy）的《安娜·卡列尼娜》（*Anna Karenina*）和美国小说家卡森·麦卡勒斯（Carson McCullers）的《心是孤独的猎手》（*The Heart Is a Lonely Hunter*），这些小说里描述了艰苦和恶劣环境对人们的影响，英国小说家乔治·奥威尔的《一九八四》深刻地描绘了人性如何产生压迫问题，英国小说家威廉·戈尔丁的《蝇王》（*Lord of the Flies*）向几代年轻读者介绍了儿童暴力问题，这些作品通过虚构的人物视角来探索贫穷、压迫、战争、种族歧视问题，它们都是柯林斯所喜爱的作品。苏珊·柯林斯一遍又一遍地通读了这些小说，作为一名青少年文学爱好者，她喜欢的这些书籍反映了她对社会问题探索的热情。所有这些书籍都影响了苏珊·柯林斯的成长，也对她以后的创作和她要讲述的故事启发颇深。

苏珊·柯林斯有着一位从小喜欢给孩子们讲故事的父亲，她本人也热爱阅读，成为一名作家似乎是一个自然的选择；然而，在12岁的时候，苏

---

① Henthorne, Tom. Approaching *The Hunger Games* Trilogy: A Literary and Cultural Analysis [M]. Jefferson, North Carolina, and London: McFarland & Company, Inc. Publishers, 2012: 14.

② Wiener, Gary. The Life of Suzanne Collins [A]. Ed. Gary Wiener. Social Issues in Literature: Violence in Suzanne Collins' s *The Hunger Games* Trilogy [C]. Farmington Hills: Greenhaven Press, 2015: 25.

③ Llanas, Sheila Griffin. How to Analyze the Works of Suzanne Collins [M]. North Mankato: ABDO Publishing Company, 2013: 14-15.

珊·柯林斯宣布了她如何想成为一名演员，而她的父母亲鼓励她的这一决定。“我的父母很棒，”她说道，“他们总是支持我从事艺术，这是一件大事。”[①] 苏珊·柯林斯在校读书时就热衷于戏剧表演。除了表演，苏珊·柯林斯还喜欢学习语言。柯林斯跟随家人居住在比利时布鲁塞尔郊外三年，她在美国空军基地的一所美国学校上学，虽然教学主要是英语，但住在一个双语国家，她开始学习法语，因当地人讲法语和佛兰芒语（Flemish），她也学了佛兰芒语。她和哥哥一起练习法语，经常一起表演对话。苏珊·柯林斯在高中的最后两年回到了美国。毕业后，她就读于印第安纳州布卢明顿的印第安纳大学。在这里，她直接跳上了表演的舞台。在印第安纳大学她邂逅了她未来的丈夫——来自印第安纳州北韦伯斯特的年轻人卡普·普莱厄（Cap Pryor），后者分享了她对表演的热情。在印第安纳大学，苏珊·柯林斯还接触了一系列的戏剧。在她大三的时候，她和卡普·普莱厄一起出演了一部名叫《森林游戏》的暴力惊悚剧，该剧由一名研究生撰写。在大二时，柯林斯发现了她的另一个兴趣：写作。她解释说：“我不仅想在舞台上说这些话，我还想把它们写下来。”[②] 20 岁时，她写了第一部独幕剧，并从此爱上了写作。她和卡普·普莱厄都获得了戏剧和电讯双学士学位，并为他们以后在电视上的工作做好了准备。苏珊·柯林斯为年轻观众写作的事业就是始于电视。她为尼科罗登（Nickelodeon）的几部电影写了剧本，比如《谢尔比·吴的神秘档案》（*The Mystery Files of Shelby Woo*）和艾美奖提名的《克拉丽莎都知道》（*Clarissa Explains It All*），她还续写了圣诞特别节目《圣诞老人，宝贝！》（*Santa, Baby!*）等。而她在工作过程中遇到了一位对她写作影响很大的作家和朋友詹姆斯·帕玛士（James Proimos），他建议柯林斯尝试写作儿童读物，他回忆道：“她也有小说家的风格和思想。我告诉她不能永远做电视，这是一个年轻人的事。

① Scholastic videos. Author interviews. Suzanne Collins, Interview 2. http: // www. scholastic. com/browse/video. jsp? pID = 1640183585&bcpid = 1640183585&bclid = 1745181007&bctid = 1840656769.

② Scholastic videos. Author interviews. Suzanne Collins, Interview 2. http: // www. scholastic. com/browse/video. jsp? pID = 1640183585&bcpid = 1640183585&bclid = 1745181007&bctid = 1840656769.

有了书，在最糟糕的情况下，你开始慢，但你可以在你的余生中做到这一点。"[①] 苏珊·柯林斯对学术出版社（Scholastic）的采访者回忆道："我发现无论你在多大的年龄段，你处理一个故事的方式在技术上没有太大的差别"，"我最初是为成人观众创作的剧作家。当电视工作开始时，主要是为孩子们做的。但是无论你写作的年龄是多少，同样的情节、性格和主题规则都适用。你只是建立了一个世界，并努力保持真实"[②]。

根据苏珊·柯林斯的说法，她作为剧作家的训练和作为编剧的经历极大地影响了她写作《地下城》五部曲和《饥饿游戏》三部曲的方式："我的书基本上就像三幕剧一样。我非常清楚节奏，因为你在电视上的停机时间很短。你必须将故事向前推进并同时发展角色。"[③] 苏珊·柯林斯作为一名电视编剧的经历帮助她学会了如何通过一系列相关而又相互独立的叙事来讲述一个复杂的故事。在柯林斯的写作过程中，她父亲对她创作的《地下城》五部曲尤其是《地下城Ⅰ：光明勇士》（*Gregor The Overlander*）有着重大影响。柯林斯经常向她父亲咨询有关各种角色所采用的军事策略和战术，而且因为迈克尔·柯林斯曾参加过战争，所以她从父亲身上学到了如何教会孩子们质疑什么导致了战争。因此"他会在他认为我们能够理解并且适合我们这个年龄的水平上讨论这些事情。但是，实际上，他认为我们这个时代可以接受很多东西，而且我也以同样的方式书写我的书"[④]。美国在2001年9月11日遭受了恐怖袭击事件，有关战争的必要性问题迫在眉睫，就像迈克尔·柯林斯强烈反对伊拉克战争一样，苏珊·柯林斯从她父亲身上了解到了战争中生命的痛苦和巨大的人力成本，并和她父亲一样一致反对战争。这也成了她创作的永恒主题。苏珊·柯林斯的成长和成才

① Hoover, Elizabeth. Suzanne Collins [M]. Farmingtong Hills: Lucent Books, 2012: 31.

② Wiener, Gary. The Life of Suzanne Collins [A]. Ed. Gary Wiener. Social Issues in Literature: Violence in Suzanne Collins' s *The Hunger Games* Trilogy [C]. Farmington Hills: Greenhaven Press, 2015: 26.

③ Henthorne, Tom. Approaching *The Hunger Games* Trilogy: A Literary and Cultural Analysis [M]. Jefferson, North Carolina, and London: McFarland & Company, Inc. Publishers, 2012: 16.

④ Henthorne, Tom. Approaching *The Hunger Games* Trilogy: A Literary and Cultural Analysis [M]. Jefferson, North Carolina, and London: McFarland & Company, Inc. Publishers, 2012: 16.

离不开她自身的兴趣爱好，离不开家庭对她的影响，尤其离不开她父亲对她诸多方面的影响。

二、柯林斯的实用伦理观

“实用主义”是现代西方哲学派别中十分重要的一个流派。“实用主义”一词，1901 年由美国哲学家皮尔斯（Charles S. Peirce）首次提出，他认为只有通过观察实用主义对现实世界的影响，人们才能清楚地理解某些东西。而美国心理学之父、著名的哲学家威廉·詹姆斯（William James）认为，“所谓实用主义，就是通过成功的实际应用来评估一个理论或信仰背后的真正含义的哲学方法”①。实用主义哲学在 20 世纪 40 年代之前占据着美国哲学领域的主导地位，继而盛行于西方各国。二战后，实用主义思想开始与逻辑实证主义和语义哲学合流。中国在 1949 年以前，胡适等学者曾传播过实用主义思想。但是，“无论在哪一个国家中实用主义也没有能够获得像在美国那样的成功”②。而在伦理观上，邹建军认为文学伦理学批评的方法就是文学伦理学批评的实用性问题，也就是在文学伦理学批评中理论性与实践性的统一问题③，可见，文学的实用伦理观是讨论文学作品的一个重要伦理学批评方法，文学作品应具有一定的实践意义。

苏珊·柯林斯从小受到越南战争的影响，不得不跟随担任军事要职的父亲辗转颠沛于美国各大军事基地，这促使实用主义哲学成为她的生存哲学和伦理道德思想。她自己也曾在詹姆斯·布拉辛基（James Blasingame）的采访中说过：“事实上，我在世界各地长大……父亲还在北约、五角大楼、空军司令部、参谋部和空战学院担任教师和讲师，每一份工作都意味着举家搬迁。”④ 战争的残酷，父亲对孩子们求生技能和知识的培养，都使

① ［美］威廉·詹姆斯. 实用主义：一些旧思想方法的新名称［M］. 王怡然，陈鋆译. 北京：北京理工大学出版社，2019：序言 4.

② ［苏］康·梅里维尔. 美国的实用主义［M］. 郭立军译. 上海：上海人民出版社，1958：1.

③ 邹建军. 文学伦理学批评的实用性与有效性问题［A］. 聂珍钊，邹建军. 文学伦理学批评：文学研究方法新探讨［C］. 武汉：华中师范大学出版社，2006：30.

④ Blasingame, James & Suzanne Collins. An Interview with Suzanne Collins［J］. Journal of Adolescent & Adult Literacy, 2009, 52（8）: 726.

苏珊·柯林斯从骨子里意识到如何运用她的所学所思帮助年轻人和孩子们深刻认识到现实和战争的重要性，她“鼓励年轻读者批判性地看待他们周围的世界，并询问他们如何为更加和平的明天做出贡献”[①]。在接受《纽约时报》（*The New York Times*）的采访时，苏珊·柯林斯申明：“我不写关于青春期的事情……我写的是战争。对于青少年。”[②] 而她所著的《地下城》系列和《饥饿游戏》系列都反映了战争的残酷性和青少年为了寻求和平付出的艰辛和努力，和《饥饿游戏》中的女主角凯特尼斯·伊夫狄恩一样，苏珊·柯林斯也希望看到一个更加美好的世界，就像她小说中塑造的“嘲笑鸟”一样，能表现出独特的适应环境和生存能力。正如苏珊·柯林斯在她的代表作《饥饿游戏》中所写的，“不管真相是什么，它都不会帮助我获得餐桌上的食物”[③]，这句话经典地诠释了苏珊·柯林斯的实用伦理哲学态度。

在动荡中成长起来的苏珊·柯林斯十分明白食物对青少年的紧要性。食物在《饥饿游戏》中是一种隐喻，食物象征着一种生存的必要条件。小说的主线之一就是青少年如何在恶劣的环境中找寻到食物并且生存下去。找寻食物的过程就是一趟生命和道德的实践过程。《饥饿游戏》开篇作者就描写了一副柯林斯去丛林狩猎和采集食物的图景，接着在游戏开始时，凯特尼斯又讲述了她父亲因矿难去世，当她饥肠辘辘地为家庭寻找食物时，路过面包店，皮塔的母亲把她从面包店附近的垃圾桶赶走的景象，她陷入了绝望，失去了行动能力。然而，由于皮塔偷偷给她烧焦的面包，让她恢复了继续生存下去的力量，第二天上学时，她与皮塔目光相遇的那一刻，“凯特尼斯看到了春天的第一朵蒲公英”[④]，她追忆起和父亲一起在丛林狩猎的往事，并意识到可以拯救自己和家人，找寻到食物。蒲公英不仅仅是食物，还是一种生存希望。凯特尼斯因蒲公英而开辟了一条崭新的生活方式——主动的生存方式。实际上，凯特尼斯成为了苏珊·柯林斯的代

① Hoover, Elizabeth. Suzanne Collins [M]. Farmingtong Hills: Lucent Books, 2012: 12.

② Bailey, Diane. Suzanne Collins [M]. New York: The Rosen Publishing Group, Inc., 2013: 79.

③ Collins, Suzanne. The Hunger Games [M]. New York: Scholastic Press, 2008: 42.

④ Collins, Suzanne. The Hunger Games [M]. New York: Scholastic Press, 2008: 32.

言人，她变成了一位实用主义者，利用手头的信息来行动（即使这些信息可能不完整或者不可靠），从而得到令人满意的结果。随着三部曲的推进，凯特尼斯也变得越来越明智，并且最终能主动采取行动，不仅改善了她自身的处境，而且改变了整个社会的处境。特别是她意识到报仇行为只会延续暴力循环，所以她摒弃了她的情绪，保持了她正确的世界观和道德观，做到了斯宾诺莎（Benedictus Spinoza）所说的“正确观念”，即“具有真观念的一切特性及内在标志的一种观念”[①]，实现了“人的本质的选择”[②]。

苏珊·柯林斯的实用伦理哲学观在小说中具体来说，体现在凯特尼斯的智能实践行动和蒙昧实践行为两个方面。首先在智能实践行为方面，苏珊·柯林斯推崇积极主动的实践活动。小说中女主角凯特尼斯在父亲去世后，化被动为主动，这对她和她家庭的生存来说至关重要。而且她很快意识到，光有行动本身还是远远不够的，她必须学会明智地行动，将理论付诸实践，并利用结果来完善她最初的计划。正如美国哲学家约翰·杜威（John Dewey）所称的“智能实践”，即摒弃“猜测和意见”，而代之以“探究所授权的信念”，从而“参与知识的创造”[③]。凯特尼斯和父亲一起狩猎和采集食物后，她知道森林里有她和家人赖以生存的基本资源。虽然她才 11 岁，没有获取这些资源的知识和技能，然而，她设法系统地获得了必要的技能，每天深入森林，发现新的食物来源，包括“偷鸟蛋，用网子捕鱼，有时打松鼠和兔子，什么都干，我还挖遍地都是的各种野菜”[④]。她最大的优点之一就是认识到自己的无知和不足并努力去深入实践，当她对某样东西不确定时，她会尽自己最大的能力去研究，反复阅读一本载有可食用植物的家庭医书，然而她又并不完全依赖于所获得的知识，相反，她敢于挑战自己，不断学习，甚至在交易和诱捕方面“开发了一些新技巧”[⑤]。凯特尼斯一旦进入这个领域，就发现掌握新技能的能力是所有能力

① ［荷兰］斯宾诺莎. 伦理学［M］. 贺麟译. 北京：商务印书馆，1997：44.

② 聂珍钊. 文学伦理学批评导论［M］. 北京：北京大学出版社，2014：35.

③ Dewey, John. The Middle Works, 1899-1924［M］. Ed. Jo Ann Boydston. Carbondale and Edwardsville: Southern Illinois University Press, 1976: 75.

④ ［美］苏珊·柯林斯. 饥饿游戏 I：饥饿游戏［M］. 耿芳译. 北京：作家出版社，2010：44.

⑤ Collins, Suzanne. The Hunger Games［M］. New York: Scholastic Press, 2008: 52.

中最有价值的，因为她可以很容易地适应新环境[1]。作为一名实用主义者，她通过智能技巧处理和解决问题，并且进一步分析结果、实施策略，达到了她所预期的效果。例如饥饿游戏竞赛中，当皮塔帮助她脱困，使她免受职业贡品的围剿后，她凭借自己的分析和判断找到了躲在泥浆中奄奄一息的皮塔，并通过假装与皮塔恋爱来获得赞助商的支持，她也精准地猜想到了黑密斯对她提供帮助时需要她所做的恋爱行为——"你们在相爱，亲爱的，他就快死了，给我一个可操作的理由!"[2]在比赛接近尾声时，凯特尼斯的实用主义甚至帮助她想出与皮塔一起死亡的计划，以此胁迫凯匹特游戏制造者改变规则，最终让她和皮塔都成为了胜利者。而在《燃烧的女孩》中，凯特尼斯谦逊的学习态度，善于观察和行动的能力，使她在参加世纪极限赛前跟着来自第3区像她妈妈般年纪的韦莉丝（Wiress）和比特（Beetee）询问学习到了电磁力场的相关知识，并在世纪极限赛竞技场智能地推断出了电磁力场的所在位置："吸引闪电的那棵树是不会找错的……有一个波动的方块。"[3]

而且她接替了受伤失去了意识的比特完成了他未完成的任务——"要将闪电的能量导入电磁力场"[4]，推断出了"电磁力场肯定也是能量"[5]，比特的计划是对竞技场进行破坏。在危险一触即发的关键时刻，她牢记导师黑密斯给她的最后忠告"你要记住谁是你的敌人"[6]，正确智能地判断出了她真正的敌人，推测出比特打算把刀子扔到电磁力场的薄弱点——那条

---

① Rees, Elizabeth. Smoke and Mirrors [A]. Ed. Leah Wilson. The Girl Who Was on Fire: Your Favorite Authors on Suzanne Collins' s *Hunger Games* Trilogy [C]. Dallas, TX: An Imprint Of Benbella Books, Inc., 2010: 48.

② [美] 苏珊·柯林斯. 饥饿游戏Ⅰ：饥饿游戏 [M]. 耿芳译. 北京：作家出版社，2010：227.

③ [美] 苏珊·柯林斯. 饥饿游戏Ⅱ：燃烧的女孩 [M]. 耿芳译. 北京：作家出版社，2011：320.

④ [美] 苏珊·柯林斯. 饥饿游戏Ⅱ：燃烧的女孩 [M]. 耿芳译. 北京：作家出版社，2011：331.

⑤ [美] 苏珊·柯林斯. 饥饿游戏Ⅱ：燃烧的女孩 [M]. 耿芳译. 北京：作家出版社，2011：331.

⑥ [美] 苏珊·柯林斯. 饥饿游戏Ⅱ：燃烧的女孩 [M]. 耿芳译. 北京：作家出版社，2011：333.

缝，她果断地将金属线缠绕在箭尾，射箭击破了电磁力场的防护罩，从而等到了第 13 区的救援，挽救了她和众多贡品的生命。

其次，苏珊·柯林斯的实用伦理观还体现在《饥饿游戏》三部曲中蒙昧的实践行为中，而这种蒙昧的实践又分为无知的正当实用伦理实践行为和无知的非正当实用伦理行为两种方式。无知的正当实用伦理行为在《嘲笑鸟》中表现得非常明显，当凯特尼斯被救安置到第 13 区后，她因为被归类为"精神失常"[①]，一度靠服用强效药物来维持几近崩溃的精神，而她所吃的止痛抑制药片也让她出现了幻觉[②]，由于她所经历的恐怖和所受的创伤，她不再能"分辨出什么是真的，什么是假的"[③]。她开始按照医生的建议，由简到繁重新思考问题，"让一连串的事件在自己的头脑里展开"[④]，譬如她的名字、年龄、家乡、饥饿游戏等，然而这种治疗收效甚微，她对自己的身份表达出了不确定性。随着治疗时间的推移，虽然凯特尼斯的头脑慢慢开始变得清晰起来，但在她主动成为反叛象征的"嘲笑鸟"后，大部分时间里她仍然无法进行明智的训练，表现十分冲动，没有思考如何才能最好地实现自己想要的结果，无法随着信息的变化调整自己的策略。例如当她前往第 8 区进行拍摄慰问伤员时遇到了凯匹特的突袭，她不顾黑密斯的警告，不顾拍摄人员即将面临的危险，冲动鲁莽地用"火焰箭"和"炸药箭"射击飞机[⑤]，虽然她的这一英勇举动拍摄到了大量具有震撼力和号召力的宣传片，但这样无知的行为有时候会带来意想不到的负面后果，皮塔就因此在凯匹特遭受了更多的摧残，凯特尼斯事后知道此事，她也意识到她扮演嘲笑鸟只会给皮塔带来更大的痛苦，她有一次陷入了瘫痪的精神危机，她无法在不伤害皮塔的情况下制定新的策略来帮助反抗军。即使皮塔被成功营救出来之后，凯特尼斯仍然表现出反应迟钝，无法智能地思考反抗计划，无法根据新信息及时调整自己的行为，因她的注意力都集中

---

① Collins, Suzanne. Mockingjay [M]. New York: Scholastic Press, 2010: 19.

② [美] 苏珊·柯林斯. 饥饿游戏Ⅲ: 嘲笑鸟 [M]. 耿芳译. 北京: 作家出版社, 2011: 4.

③ Collins, Suzanne. Mockingjay [M]. New York: Scholastic Press, 2010: 4.

④ [美] 苏珊·柯林斯. 饥饿游戏Ⅲ: 嘲笑鸟 [M]. 耿芳译. 北京: 作家出版社, 2011: 4.

⑤ [美] 苏珊·柯林斯. 饥饿游戏Ⅲ: 嘲笑鸟 [M]. 耿芳译. 北京: 作家出版社, 2011: 88-89.

在皮塔的病情上。皮塔因精神崩溃，“他不仅恨我，还想杀我，而且已经不相信我是人类。这比掐死我的滋味还难受”①，她情绪受到波及，不堪面对皮塔，因此，她主动提出去第2区进行拍摄，将她自己置于危险的境地。面对第2区“硬骨头”军事堡垒里的反抗②，她亦失去理智的判断，又一次冲动的行为脱离了黑密斯的计划，导致她腹部中枪造成重伤，而她还坚持投入对斯诺总统的刺杀行动中。凯特尼斯在刺杀斯诺时所面临的个人困境也可以从正当实用伦理的角度来理解，因为这给了她向斯诺复仇的一个机会。

除了考虑各种正当实用伦理含义之外，苏珊·柯林斯还探讨了不正当的实用伦理，认为它们同样重要。威廉·詹姆斯在《信仰的意志》（*The Will to Believe*）一文中指出，“道德问题会立即将他们自己呈现出来，作为一个问题，其解决方案不能等待合理的证明”③。虽然皮塔出现在刺杀的451战斗特别小分队中并威胁到了其他成员的安全，但是凯特尼斯还是容忍皮塔在队伍中的存在，因为这有利于她帮助他康复，而皮塔“对我们正在执行的这项任务是有帮助的”④，即使皮塔发病不信任凯特尼斯，处于“劫持状态的黑暗世界”⑤，他甚至想用枪砸碎凯特尼斯的头，而导致压制他的米切尔（Mitchell）被害死，触发了堡德，他们不得不给皮塔戴上手铐。凯特尼斯对皮塔的帮助和行为似乎合乎伦理道德，却又体现了凯特尼斯的不正当实用伦理观，因为刺杀的重要性，小分队成员本身也处于危险之中，凯特尼斯不杀皮塔也是不想斯诺总统称心如意。而凯特尼斯有些行为也被怀疑是否正当，例如小分队突袭凯匹特都城时，一间公寓里的一位手无寸铁的妇女发现并认出了凯特尼斯，虽然这位凯匹特妇女并不构成任何威胁，她因恐惧而张开嘴准备喊人，但是凯特尼斯“二话没说，一箭射

① ［美］苏珊·柯林斯. 饥饿游戏Ⅲ：嘲笑鸟［M］. 耿芳译. 北京：作家出版社，2011：172.

② ［美］苏珊·柯林斯. 饥饿游戏Ⅲ：嘲笑鸟［M］. 耿芳译. 北京：作家出版社，2011：174.

③ James, William. The Will To Believe［A］. Ed. William James. The Will To Believe and Other Essays in Popular Philosophy and Human Immortality［C］. New York：Dover Publications，1956：1-31.

④ ［美］苏珊·柯林斯. 饥饿游戏Ⅲ：嘲笑鸟［M］. 耿芳译. 北京：作家出版社，2011：264.

⑤ ［美］苏珊·柯林斯. 饥饿游戏Ⅲ：嘲笑鸟［M］. 耿芳译. 北京：作家出版社，2011：252.

穿了她的心脏”[①]，凯特尼斯的这一行为也很难被认为是正当的。而她率领451特别小分队向斯诺总统官邸推进的过程中进行的不分青红皂白的杀戮就更存在不正当实用伦理的道德问题。她执迷于杀死斯诺，“为了复仇把所有人都置于危险境地”，让小分队成员在“二十四小时里死了八个人”[②]，这种行为是否正当也是值得推敲的，因为这场刺杀任务并不一定能取得成功。而最明显的例子就是当她和盖尔看到一个男孩和一个女孩在第12区外的林子里狂奔逃命时，她和盖尔惊呆了，“可那时我们只是看着，没动”[③]，没有试图帮助他们，而是眼睁睁地看着男孩被杀，女孩被抓。后来凯特尼斯在遇到这个变成了艾瓦克丝的女孩时，她“为在林子里没有帮她感到羞愧”[④]，为自己的无知和不作为承担了道德责任，内心充满了道德的谴责，并向这个女孩表达歉意，后来她得知这个女孩名叫拉威尼亚（Lavinia），凯特尼斯告诉她，自己应该试着去救她[⑤]。苏珊·柯林斯在此处对于凯特尼斯未能果断采取营救行为抱有疑虑，这引发了一个重要的实用伦理问题：在什么情况下，一个人必须代表他人承担风险。尽管拉威尼亚向凯特尼斯发出了求救信号，而救她的任何尝试都有可能导致凯特尼斯自己被捕或死亡，但凯特尼斯还是对自己的不作为行为感到内疚。在小说的结尾，凯特尼斯对科恩的射杀也引发了不小的实用伦理争议：从务实的角度来看，处决斯诺总统才能使凯特尼斯的长期心理压力得到解脱，但斯诺总统已经失去了权力，而科恩总统取而代之想以新的统治取代斯诺的暴政。然而，因为凯特尼斯的“个人的影响力可是比别人都大”[⑥]，对于科恩来说是妨碍她独裁的一种政治障碍，而凯特尼斯刚到第13区就认识到科恩和斯诺是一样的专制统治者，“又一种需要与之抗争的力量，又一个将我玩弄于股掌之上的当权势力”[⑦]，因此，凯特尼斯意识到如果想实现共和国，共同

① ［美］苏珊·柯林斯. 饥饿游戏Ⅲ：嘲笑鸟［M］. 耿芳译. 北京：作家出版社，2011：284.
② ［美］苏珊·柯林斯. 饥饿游戏Ⅲ：嘲笑鸟［M］. 耿芳译. 北京：作家出版社，2011：293.
③ ［美］苏珊·柯林斯. 饥饿游戏Ⅰ：饥饿游戏［M］. 耿芳译. 北京：作家出版社，2010：72.
④ ［美］苏珊·柯林斯. 饥饿游戏Ⅰ：饥饿游戏［M］. 耿芳译. 北京：作家出版社，2010：75.
⑤ Collins，Suzanne. The Hunger Games［M］. New York：Scholastic Press，2008：119.
⑥ ［美］苏珊·柯林斯. 饥饿游戏Ⅲ：嘲笑鸟［M］. 耿芳译. 北京：作家出版社，2011：240.
⑦ ［美］苏珊·柯林斯. 饥饿游戏Ⅲ：嘲笑鸟［M］. 耿芳译. 北京：作家出版社，2011：55.

治理国家她就必须主动采取行动，她有道德责任尽一切努力结束帕纳姆国75年的暴力循环，她出乎意料地改变了射杀的目标，结束了这场暴力统治，也不再成为任何人游戏中的一颗棋子，从这一点上，她的蒙昧的不正当行为具有决定性的作用。

综上可知，苏珊·柯林斯是一位实用主义者，她的实用伦理观在《饥饿游戏》三部曲中通过凯特尼斯淋漓尽致地表现了出来，为了实现自己的目标，虽然只有17岁的年纪，她从事着智慧的实践。当涉及认识论和伦理学时，她似乎又成为了一个实用主义者，她拒绝绝对的真理和道德，而倾向于特定的信仰和价值观。这也许正是苏珊·柯林斯希望她的读者去做的：思考他们所处的环境，决定事情的对与错；如果是错的，决定好他们在改变事物的过程中将会扮演的角色。正如澳大利亚学者约翰·L. 麦凯所言："一个道德陈述或伦理陈述可能会主张某个特定的行为是正确的或错误的；或者，它可能会主张某些种类的行为是正确的或错误的。"[①] 苏珊·柯林斯通过凯特尼斯试图告诉读者们，实用伦理观不仅告诉读者什么是正确的和道德的，还包括需要去做合乎实用伦理的事情。

三、柯林斯的反乌托邦情结

苏珊·柯林斯在接受汉娜·特里尔韦勒·哈德逊（Hannah Trierweiler Hudson）的采访时曾解释过她所想象的未来世界："讲述一个未来世界的故事可以让你自由地探索当代困扰你的事情。"对于她来说，这些问题包括"巨大的财富差异、电视的力量以及电视如何影响我们的生活、政府可能将饥饿作为武器，以及……战争问题"[②]。她在《饥饿游戏》三部曲中创造了一个令人不安的世界，这个世界与当今的世界有着诸多丑陋的相似之处：儿童挨饿、政府监视公民及改写电视上播放的历史等。就像许多伟大的反乌托邦作家一样，当凯特尼斯发现反叛革命带来的徒劳和希望渺茫

① ［澳］约翰·L. 麦凯. 伦理学：发明对与错［M］. 丁三东译. 上海：上海译文出版社，2007：前言1.

② Hudson, Hannah Trierweiler. Sit Down with Suzanne Collins［J］. Instructor, 2010, 120（2）: 51-53.

时，苏珊·柯林斯揭露了未来反乌托邦的帕纳姆国中当权者的不公正和残忍，以及对管辖区的残酷剥削和压迫。当代反乌托邦科幻题材的盛行，反映了人类的科技梦魇，对科学、技术和理性等所创造的乌托邦世界的失望和看法，科技没办法让人类获得真正的解放，反而凌驾于人类之上，甚至压制和毁灭了人类，理性没有矫正人性中的劣根性，反而扼杀了人之所以为人的本性和本真。反乌托邦（Dystopia）是失败的乌托邦（Utopia）。而人类理想中的乌托邦，是假设未来的科学、技术和理性可以创造更美好的世界，其中最美好、最完美的世界即所谓的乌托邦。美国加州大学教授拉塞尔·雅各比（Russell Jacoby）认为“我们可以将反乌托邦主义追溯到托马斯·莫尔——‘乌托邦’这一术语的原创者”①。乌托邦一词源于托马斯·莫尔（Thomas More）1516年所写的小说《乌托邦》。莫尔设想的这个“乌托邦”里，“财产公有、人人劳动、按需分配、人人平等、助人为乐”②。“乌托邦”意指一个想象中和谐完美的理想世界。科学、技术、理性为我们带来光明和幸福的看法可以追溯到16、17世纪的科学革命发轫时代。当时在科学家们的眼中，科学是一个工具，可以挑战传统的迷信、信仰和偏见，提供更为理性的思考和行为方式。传统乌托邦的想象，随着机械的发明，被拓展更宽更广，死亡、灾难、疾病都有了可望解决的希冀，科技发展都是为了建构一个乌托邦世界。而反乌托邦却是相反的，它揭露乌托邦的负面影响。譬如科技虽带给人类富足生活，却使人异化，也给人类带来巨大的毁灭力量。

首先，苏珊·柯林斯从小生活在战争的恐怖年代里，同时她生活的时代还出现了许多令人不安的景象，诸如全球气候变暖、恐怖主义、核试验、全球经济危机以及阿富汗和伊拉克战争等常常出现在各大新闻头条，尤其在美国经受了“9·11”事件之后，社会存在着不稳定本质和不安全性。正如西方评论家布莱恩·白求恩（Brian Bethune）在他的评论文章

---

① ［美］拉塞尔·雅各比. 不完美的图像：反乌托邦时代的乌托邦思想［M］. 姚建彬等译. 北京：新星出版社，2007：6.

② ［英］托马斯·莫尔. 乌托邦（英汉对照）［M］. 王金编译．西安：陕西人民出版社，2007：3.

《现今反乌托邦》(*Dystopia Now*) 里所写:“西方文明过去常常产生文学乌托邦,但在过去的一个世纪里,世界大战、金融恐慌、残暴的极权主义政权和核威胁,反乌托邦的数量已经超过了乐观预测的几个数量级。”① 苏珊·柯林斯的创作深受她的经历和时代的影响。苏珊·柯林斯创造的帕纳姆国不是我们的现实世界,而是一个可能的未来、后启示录或者后民主国家。在帕纳姆国里,被统治区第12区的人们在公共场合被鞭打,在危险的矿井里工作,孩子们经常处于饥饿和死亡的边缘等现象都是司空见惯的。而在第11区,一个弱智的孩子就因为玩了一会儿治安警的夜视镜而被处死,人们被困在高高的铁丝网后面。工人们被禁止保留自己所种的粮食和开采的煤等。然而,最令人不安的是这些事情仍在今天的地球上发生。对此,苏珊·柯林斯在采访中解释道:“专制政府还利用地理上某些遏制人口的技术,以及几乎完全消除个人权利的技术。在这本书中,一年一度的饥饿游戏本身就是一个强有力的工具,用来提醒谁才是掌权者,不屈服的公民将会发生什么。”②

与大规模的区域压迫相比,饥饿游戏就像是一个规模较小的集中营。人们在这里为他们祖先的反叛而承受现在的痛苦,面对凯匹特的剥削和压榨、治安警的野蛮暴力,带电的隔离网、不足的食物、疾病等,人们极度无助。文学史上有无数经典的反乌托邦文学作品,对于当代文学作品为什么喜欢描述反乌托邦,凯伦·施普林格(Karen Springen)在《出版人周刊》(*The Publishers Weekly*)上发表了一篇关于反乌托邦的《现代启示录》(“Apocalypse Now”)文章,她评论道:“我们倾向于害怕不真实的东西。我们正在观看或阅读完全古怪、不可能或可怕的东西,这种想法帮助我们应对现实。”③ 我们感觉到安全,因为这是虚构的,我们的世界没有小说里的世界恐怖。通过阅读,我们可以面对暴力、迫害和虐待的恐惧,并通过它们与主角并肩作战。苏珊·柯林斯的三部曲也承载着对这一现状的强烈

① Betheune, Brian. Dystopia Now [J]. Maclean' s 125, 2012, 13 (14): 84-88.

② Blasingame, James & Suzanne Collins. An Interview with Suzanne Collins [J]. Journal of Adolescent & Adult Literacy, 2009, 52 (8): 726.

③ Springen, Karen. Apocalypse Now [J]. Publishers Weekly, 2010, 257 (7): 21-24.

同情以及对破碎世界的修复。

其次，苏珊·柯林斯喜欢为青少年写具有残酷现实主题的小说，尤其是反乌托邦小说。这与她从小喜欢阅读的兴趣爱好是分不开的。她最喜欢的小说包括威廉·戈尔丁（William Golding）的《蝇王》、乔治·奥威尔的《一九八四》等反乌托邦文学作品，这些作品或多或少对她科幻小说的创作产生了影响。首先是世界不朽名著《一九八四》为《饥饿游戏》三部曲提供了一个恐怖的未来世界蓝本，在这个未来社会里充满着福柯式全景敞视主义监狱般的监视、终极权力的追逐、强权对人性的扼杀、自由的禁锢、被压迫人民的极度贫困等。《一九八四》里神秘的老大哥作为党的领导人统治着市民的方方面面，甚至通过电视和摄像机监视着每一个房间，时刻监视着每个人的一举一动，“除非你处在黑暗中，否则你发出的每个声音都会被偷听，每个举动都会被细察”①。就像老大哥一样，《饥饿游戏》里的斯诺总统则通过政府控制着媒体，散布不实的信息来掌控人民的思想，政府还通过高科技窃听电话、间谍式的摄像头，基因改造后“叽喳鸟”对人民进行间谍控制。《一九八四》的主人公温斯顿·史密斯（Winston Smith）为老大哥工作，重写报纸上的旧文章以反映新版本的历史，每一刻他都要保持自己的表情，宣誓对老大哥的忠诚，控制自己的思想，最后有一天他实在受不了了，想写日记舒缓心情，但写日记是被禁止的，一旦被查出将“会是死刑，或者至少二十五年劳改”②，但是他却在日记里，下意识地独立写下了“打倒老大哥……一遍又一遍，写满了半张纸”③。而凯特尼斯在《嘲笑鸟》中也是无法忍受第13区的严格规则和命令，无法忍受生活中各方面的限制，譬如印在手臂上的各种时间限制，像洗澡的时间、吃饭的时间、工作的时间、思考的时间，锻炼的时间等，小说对此描述十分生动：“这个时间表是：7：00——早餐，7：30——厨房职责，8：30——教育中心17室，等等。”④

① ［英］乔治·奥威尔. 一九八四［M］. 孙仲旭译. 南京：译林出版社，2019：14.
② ［英］乔治·奥威尔. 一九八四［M］. 孙仲旭译. 南京：译林出版社，2019：16.
③ ［英］乔治·奥威尔. 一九八四［M］. 孙仲旭译. 南京：译林出版社，2019：24.
④ Collins, Suzanne. Mockingjay［M］. New York: Scholastic Press, 2010: 17-18.

然而，由于没有她自己的意愿，她面对科恩总统最后无意识、不由自主地写下要求："我亲手杀死斯诺。"[1] 凯特尼斯在第13区的大部分时间也被剥夺了，但她发现自己内心的复仇情绪仍然存在。因此压抑和被限制的环境让凯特尼斯找到了原始的自然森林这个避难所，然而在这个避难所里甚至还有凯匹特监视的飞机（hovercraft）和摄像机在那里运行。而在《一九八四》里，温斯顿·史密斯也找到了类似的避难所，在那里他不会被人发现。当诱人的茱莉娅给他一张写着"我爱你"[2] 的纸条后，他们从镜头前跑开，一起逃到了森林，跑到了一间"废弃教堂的钟楼"[3] 里见面，而这个房子与凯特尼斯在森林湖边废弃的房子遥相呼应。《一九八四》对苏珊·柯林斯的影响还有许多，还有着继续深入研究的空间，这里因篇幅所限，不再赘述。

最后，苏珊·柯林斯经常阅读威廉·戈尔丁的《蝇王》一书，这对苏珊·柯林斯写作《饥饿游戏》三部曲提供了不小的参考价值。一是，《蝇王》里故事描述的是一次想象中的儿童之间的战争，而《饥饿游戏》三部曲的战争故事也发生在未来的反乌托邦国家帕纳姆，两者都是一种虚拟假想的科幻战争故事。二是，《蝇王》一书讲述的是一群6岁至12岁的男孩因飞机失事被困于太平洋的一个荒岛上，为了生存陷入野蛮的相互残杀的悲剧故事。该书主要讨论了独立封闭环境下关于人性的哲理问题。戈尔丁通过《蝇王》"揭示他的道德主题——人性'恶'"[4]。而《饥饿游戏》三部曲主要是凯匹特统治者人为地制定"新法律创立了'饥饿游戏'"[5]，导致被统治区里12岁到16岁之间被挑中的儿童贡品们，被迫流放到人造危险的封闭竞赛场里，进而互相残杀的悲剧故事。两部小说都是从青少年和儿童出发，探讨人性的弱点。正如英国哲学家托马斯·霍布斯（Thomas

① ［美］苏珊·柯林斯. 饥饿游戏Ⅲ：嘲笑鸟［M］. 耿芳译. 北京：作家出版社，2011：36.
② ［英］乔治·奥威尔. 一九八四［M］. 孙仲旭译. 南京：译林出版社，2019：87.
③ ［英］乔治·奥威尔. 一九八四［M］. 孙仲旭译. 南京：译林出版社，2019：101.
④ ［英］威廉·戈尔丁. 蝇王［M］. 龚志成译. 上海：上海译文出版社，2009：译本序8.
⑤ ［美］苏珊·柯林斯. 饥饿游戏Ⅰ：饥饿游戏［M］. 耿芳译. 北京：作家出版社，2010：16.

Hobbes）告诉我们的，生活是“孤独、贫穷、肮脏、野蛮和短暂的”①，霍布斯进一步论述人类具有动物性和残忍性，能够在没有强有力的统治者的情况下相互攻击并陷入混乱。因此，必须为“人民的安全”② 牺牲自由，使人民受到保护，而这又致使极权主义者找到了借口争夺控制权和领导权。苏珊·柯林斯也和威廉·戈尔丁一样在人性中看到了霍布斯哲学的痕迹，这正好吻合了托马斯·哈珀（Thomas Halper）和道格拉斯·穆齐奥（Douglas Muzzio）所表明的观点：“正是霍布斯式的破坏自由的解决方案，使几乎所有的反乌托邦人都活跃起来。它坚定不移的逻辑将我们拖到一个我们会避免的目的地——如果它不是唯一的出路的话。”③

拉法埃拉·巴科利尼（Raffaella Baccolini）和汤姆·莫伊伦（Tom Moylan）对于反乌托邦传统评论道：反乌托邦是“一种预言性的载体……关注道德和政治的作家用来警告我们可怕的社会政治倾向”④。而当代的很多年轻作家也正在用反乌托邦的体裁解决当今所面临的一些问题。的确，柯林斯希望读者能够提出问题，即使这些问题的解决需要时间来检验。诚如苏珊·柯林斯在接受美联社（Associated Press）的采访时所说：“反乌托邦的故事可以让你在脑海中描绘出各种场景——你的焦虑——看看会发生什么。作为一个年轻人，随着未来的可能性在等着你，你正在考虑如何阻止这些事情发生。”⑤柯林斯认识到战争不可能在这一生中结束，但这并不意味着阻止战争进展的努力不可能实现。

① Hobbes, Thomas. The Leviathan [M]. Ed. A. R. Waller. Cambridge: Cambridge University Press, 1904: 84.

② Hobbes, Thomas. The Leviathan [M]. Ed. A. R. Waller. Cambridge: Cambridge University Press, 1904: 242.

③ Halper, Thomas & Douglas Muzzio. Hobbes in the City: Urban Dystopias in American Movies [J]. The Journal of American Culture, 2007, 30 (4): 382 - 383.

④ Baccolini, Raffaella and Tom Moylan. Introduction: Dystopia and Histories [A]. Ed. Raffaella Baccolini and Tom Moylan. Dark Horizons: Science Fiction and the Dystopian Imagination [C]. New York and London: Routledge, 2003: 1-2.

⑤ Bailey, Diane. Suzanne Collins [M]. New York: The Rosen Publishing Group, Inc., 2013: 75-76.

第二节　多种社会文化的印记

文学源自生活，经作家在头脑中反映和加工出来，用来表达作家对社会的观察和所思、所感。文学也随着时代的变化而不断发展。刘勰在《文心雕龙·时序》里从时代的变化和推进，提出了文学的继承和发展问题，“故知文变染乎世情，兴废系乎时序，原始以要终，虽百世可知也”①，即作家的情志随着时代而变化，文学根据现实生活的改变，发生着或继承或革新的历史推进变化。阎国忠认为柏拉图重视理性的作用，“只有通过理性，通过所谓回忆，才可以获得先天地存在于灵魂中的各种知识”②。毛泽东在《在延安文艺座谈会上的讲话》中指出：“人民生活中本来存在着文学艺术原料的矿藏。”③ 作家创作的作品取材于现实生活，却又高于现实生活，是作家对现实的体验、感悟和升华。作为美国当代著名的反战作家，苏珊·柯林斯的科幻小说创作深受战后美国的社会文化和各种社会思潮的影响。21 世纪最初的十年是柯林斯创作的高峰期，在柯林斯成长的关键时期，美国女权运动、美国黑人民权运动、美国国内的反战运动都继续发挥着余热，同时美国的高科技革命日新月异，这些都引起了苏珊·柯林斯对女性文化身份、青少年文化身份、后殖民身份和黑人文化身份的反思，从而激发了她创作的激情和动力。

一、美国女权运动的投影

国际女权运动史上曾出现过两次较大规模的妇女运动。第一次大约从 19 世纪中期持续发展到 20 世纪 20 年代末。女权主义思想产生于 18 世纪末期，并伴随着工业革命的发生、社会主义运动的蓬勃发展，斗争矛头直指资本主义。1789 年法国大革命爆发，中产阶级知识妇女积极参与革命，建立妇女的组织，其中法国女权运动先驱奥琳波·德·古日（Olympe de

① ［梁］刘勰. 文心雕龙［M］. 郭晋稀注释. 长沙：岳麓书社，2004：35.
② 阎国忠. 古希腊罗马美学［M］. 北京：商务印书馆，2015：56.
③ 毛泽东. 毛泽东选集：第三卷［M］. 北京：人民出版社，1991：860.

Gouges）针对法国议会通过的《人权宣言》中对妇女权利的忽视问题，于1791年发表了人类历史上第一部完整的要求男女平等的《女权宣言》，这标志着世界妇女运动开始正式登上了历史的舞台。而美国在独立战争期间（1775年—1783年），总统夫人阿比盖尔·亚当斯（Abigail Adams）就曾向她丈夫约翰·亚当斯建议，“在当时正在起草的美国‘新法规’中应让妇女拥有一定的‘发言权，或代表权’”[①]。但是，宣称“人生来平等”的《独立宣言》只是为白人男性的自由、平等、独立而辩护，美国独立革命成功之后，所颁布的宪法并没有提及妇女和黑人的权利。因此，19世纪中叶，美国爆发了第一次妇女运动，而这反映了“美国中上层白人妇女运用自由主义理论争取妇女个人权利的一次斗争”[②]。最终，通过宪法批准的形式，“这一次轰轰烈烈的妇女运动为欧美妇女赢得了选举权、财产继承权、受教育权和劳动权”[③]。随着第二次世界大战的结束，以美国为首的西方国家实行冷战政策，国际女权运动和工人运动都遭遇了打压而偃旗息鼓。第二次女权运动兴起于20世纪60年代。随着都市化进程的发展和工业化步伐的加快，二战期间美国妇女为了支持战争，越来越多的妇女涌入劳动力市场，二战结束后的15年间，为了安置大批从战场退役归来的士兵，美国主流社会号召战时被动员出来工作的妇女们让出工作岗位回归家庭，因此妇女问题在美国社会日益突出。美国妇女虽然在第一次妇女运动中获得了选举权、劳动权等，但她们就业时仍然在雇佣、加薪和工作条件等方面遭到性别歧视，并没有受到平等对待。第二次女权运动始于北美，在法国著名女作家西蒙娜·德·波伏瓦1949年出版的《第二性》和美国现代女权运动之母贝蒂·弗里丹（Betty Friedan，1921—2006）1963年出版的《女性的奥秘》（*The Feminine Mystique*）的推动作用下，第二次女权运动浪潮开始了。波伏瓦提出，“‘女性实在’是怎样形成的，为什么女人

① ［美］约瑟芬·多诺万. 女权主义的知识分子传统［M］. 赵育春译. 南京：江苏人民出版社，2002：2.

② 王政. 女性的崛起：当代美国的女权运动［M］. 北京：当代中国出版社，1995：4.

③ 和平，王军. 世界青年运动史论［M］. 北京：中央编译出版社，2008：227.

被界定为他者”[①]。而贝蒂·弗里丹用大量的调查和自身的体验驳斥了当时报纸、电视和媒体所大力鼓吹的社会对女性的定位和期待，以及专家们对妇女的忠告——“专家们告诫妇女说，她们的本分就是要努力成为贤妻良母”[②]，号召女性尤其是家庭主妇们从男性所制造的传统女性形象的种种奥秘中解放出来，去寻求家庭生活之外的意义。另外，因为美国妇女在民权运动中受到男性的歧视，对民权运动表示失望，许多女性纷纷退出民权运动而转向独立的妇女运动，从而揭开了第二次妇女运动的序曲，之后就席卷了世界各地，发展为一场震惊世界的妇女运动。美国第二次女权运动成功地让行政部门成立了一个妇女地位问题委员会，任命已故罗斯福总统的遗孀埃莉诺·罗斯福（Eleanor Roosevelt）担任调查团主席。该调查团于1963年递交给政府一份报告，要求修改有关法律条文，并得到了肯尼迪总统的明确指示：“美国国内的任何企业和组织对雇员要不分性别一律平等对待。”[③] 在1963年美国国会通过了《同酬条例》，在1964年国会批准了《民权条例》，第二次美国女权运动为女性赢得了真正平等的就业权。进入20世纪70年代，随着更多女性边缘群体加入，女权运动更加声势浩大，涉及诸多领域，如生育权、消除家庭暴力、解决儿童虐待等。但进入20世纪80年代，里根总统采取一系列措施反对女权主义，美国女权运动逐渐式微，甚至沦为保守派攻击许多社会问题的替罪羊。20世纪90年代女权运动更多地关注生态学，集中在生态女权主义，即男性统治与当代社会对大自然的掠夺之间的关系。20世纪末叶女权运动逐渐将抵制暴政作为关注的中心，女权理论也开始具体关注不同妇女之间的差别，诸如种族、阶级、民族 、性等方面。

苏珊·柯林斯虽没有在公开的场合表明是女权主义作家，但身处美国当代文坛的她同样意识到美国社会女性的权利和权力问题，如就业权、生育权、男女真正的平等、选举权等。《饥饿游戏》三部曲鲜明地体现了后

---

① ［法］西蒙娜·德·波伏瓦. 第二性 I ［M］. 郑克鲁译. 上海：上海译文出版社，2011：24.

② ［美］贝蒂·弗里丹. 女性的奥秘［M］. 程锡麟，朱徽，王晓路译. 成都：四川人民出版社，1988：2.

③ 和平，王军. 世界青年运动史论［M］. 北京：中央编译出版社，2008：232.

现代女权主义的一些特点，苏珊·柯林斯在小说中，喜欢描写性别歧视的消除、改变妇女在政治和社会上的不利地位，致力于为妇女争取与男性平等的各种权利、实现妇女的共同解放，使妇女都像凯特尼斯一样可以自由思考，全面发展。当代女权主义受后现代主义影响，呈现出“尊重性别、文化、伦理、种族、宗教、精神的多元性”① 趋势。柯林斯在《饥饿游戏》三部曲中通过凯特尼斯的反抗，打破了凯匹特对帕纳姆的独裁统治和凯匹特的霸权文化，也打破了第 13 区科恩总统企图建立的另一种独裁统治，建立了一个民主的社会，使妇女可以走出家庭自由地从政、从商或者从事自己想做的其他职业，充分尊重妇女的自主选择权。

柯林斯的小说中，女性已经脱离了 17 世纪到 18 世纪的传统观念——“认为女人作为妻子和母亲应待在家中”②，女性已经走向了解放、独立和自主，充分享有自主择业权、生育权、选举权等。妇女获得的就业权方面体现最突出的例子就是凯特尼斯的母亲。柯林斯在《饥饿游戏》中首先将凯特尼斯的母亲塑造成父权制统治下的一个婚后安于家庭主妇的命运、软弱毫无主见、完全依附于男性的女性。虽然她经历过失去丈夫的痛苦、从精神受创中恢复回归正常、再到勇敢投入革命担任第 13 区护士，即使不能发挥她的所有才能（即使“她有多年的行医经验，可在这里大家都把她看成护士而不是医生”③ ），但是革命胜利之后，她去第 4 区援建一家医院开始新的工作，勇敢地面对她的新生活，自由地走出她自己的道路。在生育权方面，凯特尼斯成了苏珊·柯林斯女权主义思想的代言人，从凯特尼斯意识到自己处于凯匹特父权制的统治之下，她生的孩子有可能成为饥饿游戏里的贡品后，她就不想生孩子，虽然她和盖尔互相欣赏爱慕，却克制自己对他的感情；革命胜利之后，她和皮塔组建了新的家庭，但她没有立刻同意皮塔的要求生孩子，而是“花上五年、十年、十五年的时间才最终同

---

① 张广利，杨明光. 后现代女权理论与女性发展［M］. 天津：天津人民出版社，2005：74.

② ［美］约瑟芬·多诺万. 女权主义的知识分子传统［M］. 赵育春译. 南京：江苏人民出版社，2002：5.

③ ［美］苏珊·柯林斯. 饥饿游戏Ⅲ：嘲笑鸟［M］. 耿芳译. 北京：作家出版社，2011：46.

意”①，她主动地掌握了自己的生育权。而在选举权方面，苏珊·柯林斯在小说中所表现出的女权主义思想更加明显。在《嘲笑鸟》中，苏珊·柯林斯有意地让科恩总统统治着第13区，革命胜利之后又设置了第8区总指挥“佩拉当选了新总统”②，而对革命作出巨大贡献又有着领导才能的普鲁塔什只是“被任命为宣传部长，负责广播电视领域的相关事务”③，柯林斯在小说中让女性在各个部门担任要职，而凯特尼斯推翻斯诺总统的暴政以及射杀科恩总统结束专制政府的举动都符合20世纪末女权主义理论所围绕的中心议题，也体现了20世纪60至70年代纽约激进女权主义所强调的“性别歧视的根源在于父权制的社会结构和家庭结构，妇女解放运动的关键在于粉碎父权制”④。在柯林斯的眼中，父权制社会充满了暴力、剥削和性别歧视等，而由女性担任管理要职和以女性价值观为准则的社会，充满了和平民主、互助协作、安定和谐，这些深深地体现了女权主义所暗藏的母权制幻想，也体现了柯林斯的创作深受美国当代女权运动的影响。

二、美国民权运动的印记

马歇尔（T. H. Marshall）认为，“民权”（Civil Rights）是指“与个人自由相关的一些基本的权利”⑤。自1619年黑人被贩卖到美洲大陆开始被奴役、被盘剥的日子之后，黑人就失去了民权，失去了自由。1865年，虽然美国结束了内战，但是黑人实际上没有真正解放，还是生活在种族隔离制度之下，生活没有保障，尤其生活在美国南方的黑人生活困苦，处境没有大的改善。当第二次世界大战在欧亚战场打响，美国作为世界的兵工厂开始大量生产武器弹药，美国北方工厂的生产急剧扩大，白人工人无法满足生产需要，出现严重的劳动力匮乏现象，不得不让大批的黑人从贫困的南方种植园加入北方的产业大军。虽然美国在二战中标榜民主和自由，以

① ［美］苏珊·柯林斯. 饥饿游戏Ⅲ：嘲笑鸟［M］. 耿芳译. 北京：作家出版社，2011：353.
② ［美］苏珊·柯林斯. 饥饿游戏Ⅲ：嘲笑鸟［M］. 耿芳译. 北京：作家出版社，2011：343.
③ ［美］苏珊·柯林斯. 饥饿游戏Ⅲ：嘲笑鸟［M］. 耿芳译. 北京：作家出版社，2011：343.
④ 和平，王军. 世界青年运动史论［M］. 北京：中央编译出版社，2008：239.
⑤ 谢国荣. 美国民权运动史新探［M］. 北京：商务印书馆，2016：60.

反法西斯为斗争的焦点，罗斯福总统更是在1941年根据当时国情提出了“四大自由”的主张，“即言论自由、信仰自由、免于匮乏的自由和免于恐惧的自由”①，但是在美国国内却实行着种族隔离政策，如在美国国内的教育领域，中小学等公共学校歧视黑人孩子并对他们实行了种族隔离。战争期间，伴随大量黑人进入城市从事工业生产，城市黑人贫民区拥挤不堪、黑人生存环境恶劣、对政府承诺的改善希望破灭、种族暴力事件层出不穷，再加上美国战时对黑人的虚假宣传和伪民主，这些都激起了黑人争取种族平等的斗志。他们也积极地采取了一些行动，如1941年从事国防工业的黑人正准备组织工人向首都华盛顿进军，这次未开始的运动以罗斯福总统为避免冲突发布的8802号总统令，明确提出了“禁止国防工业中的种族歧视”② 而宣告成功。1942年黑人组织成立了种族平等大会，提出废除种族隔离，实现种族平等的要求。1944年，亚拉巴马州蒙哥马利市750名黑人集体去最高法院请愿要求选举权，这次行动以最高法院最后宣判“白人至上”违反了宪法而取得小范围的成功。

二战结束之后，经历过反法西斯战争洗礼的黑人士兵返回了种族歧视猖獗的美国。而已经成为工人大军一员的黑人和用生命保卫过民主的黑人士兵都不可能再接受任凭美国白人宰割的命运了。然而，种族隔离在人们的生活中无处不在，在城市“不仅存在黑白隔离的学校、餐馆、电影院、公共水设施，甚至城市公车的座位都是隔离的”③。对此现象，黑人社会学家E. 富兰克林·弗雷泽（E. Franklin Frazier）说道：“第二次世界大战标志着黑人不再愿意接受就业和住房中的歧视而没有抗议。”④ 黑人通过参加反法西斯的斗争，种族意识开始觉醒，斗争精神大大加强。另外，二战结束之后，许多非洲殖民地国家纷纷独立，黑人翻身做自己的主人，白人至上的神话被击破了，这也纷纷鼓舞着美国的黑人。再加上二战后“黑人失

---

① 谢国荣. 美国民权运动史新探［M］. 北京：商务印书馆，2016：71.

② 王家湘. 黑色火焰：20世纪美国黑人小说史［M］. 杭州：浙江文艺出版社，2017：124.

③ 于展. 非暴力直接行动与美国民权运动［M］. 北京：社会科学文献出版社，2015：19.

④ Dalfiume, Richard M. The “Forgotten Years” of the Negro Revolution［J］. The Journal of American History, 1968, 55 (1): 90.

业率的不断增长和南方农业佃租制的衰落加剧了美国的种族问题”①，二战期间因进入工厂工作分享过战争经济繁荣的黑人，地位和生活水平已经得到了极大的提高，黑人在美国社会和政治生活中扮演着越来越重要的角色，他们积极争取黑人种族的民权，不愿意倒退到战前低下的社会地位和状态，民权运动在战后的美国呼声越来越高，黑人开始酝酿和兴起一场大规模的民权运动。越来越多的工人和黑人学生开始成为运动的主力，20世纪初成长起来的黑人知识分子开始成为整个运动取胜的关键力量，如杰出的黑人民权运动领袖马丁·路德·金（Martin Luther King）。

在美国民权运动史上运动繁多，但有几次收效特别显著的事件让民权运动为黑人获得了不少的权利。民权运动的导火线就是公车抵制运动。1955年12月1日，蒙哥马利城黑人抵制公共汽车运动爆发，这成为非暴力直接运动的开端。43岁的女裁缝、全国有色人种协会蒙哥马利分支的前秘书罗莎·帕克斯，因下班太累在半空的公交车靠近白人区的座位坐下，随着乘客增多，后来一名白人没有座位，司机让中间位置的黑人让座，而帕克斯拒绝让座给白人，因违反隔离法而被捕，这件事激发了黑人的愤怒，在蒙哥马利地方黑人社会的基础组织活动下，26岁的黑人牧师马丁·路德·金博士担任了蒙哥马利改进协会的领导人，使这场抵制事件迅速发展成为一场黑人集体的公车抵制运动，在这场运动中，很多以前乘坐公车的黑人罢乘公交车，他们或走路，或坐马车，或骑驴等表达他们坚决抵制的决心，这场运动导致大多数的公车无人乘坐，持续381天之后，最终以最高法院判决要求公车隔离的地方法律违反宪法而宣告蒙哥马利公车抵制运动的成功。蒙哥马利市和汽车公司接受了蒙哥马利改进协会提出的三点要求，保障了黑人司机、黑人乘客的座位，尊重黑人。受到此次事件的鼓舞，以黑人学生为主的民权运动日益活跃，到了20世纪60年代将非暴力直接行动的民权运动推向高潮，其特色就是马丁·路德·金领导的非暴力方式民权运动。

第二次在美国民权史上反响巨大、影响深远的事件就是废除学校种族

① 王家湘. 黑色火焰：20世纪美国黑人小说史［M］. 杭州：浙江文艺出版社，2017：125.

隔离。教育领域一直是黑人最受歧视的领域，尤其在南方，黑人学生只能入读条件差的学校。而全国有色人种协会为消除种族歧视，发起了一系列呼吁修改种族歧视的行动，并向最高法院提交了堪萨斯州奥利弗·布朗夫妇的诉讼教育案件，迫使最高法院在 1954 年决议废除教育歧视和学校里的种族隔离政策。然而在南方却遭到了白人种族主义的疯狂反扑，甚至在 1957 年总统艾森豪威尔不得不派遣联邦军队到阿肯色州小石城去保护当地黑人的孩子免受白人种族主义的暴力袭击。小石城事件的轰动影响迫使同年 8 月美国国会参议院和众议院通过了民权法案，这是 82 年来国会通过的第一个民权法案。

第三次黑人民权史上意义重大的实践就是黑人的选举权。虽然黑人早在 1870 年就获得了选举权，但在之后漫长的岁月里，大部分黑人都没有真正行使这项权利。1957 年至 1962 年，马丁·路德·金领导下的南方基督教领袖会议就是将非暴力运动的重心集中到了选民登记运动上。在全国黑人多方斗争之下，斗争终于以国会通过《投票权利法》，保障了美国各州对黑人的选举权。此后，越来越多的黑人竞选上了国会议员、州议员和政府机关人员。

20 世纪 60 年代中期民权运动开始采取暴力方式取代了非暴力的沉默反抗手段，斗争中心从南方转移到了北方各大城市。造反运动显示出黑人民权意识的进一步觉醒。然而 1968 年 4 月 4 日马丁·路德·金被暗杀，进一步引发美国大部分城市黑人以暴抗暴斗争的风起云涌。斗争的最终结果，为黑人赢得了更彻底全面的民权立法，如 1964 年美国国会通过了美国历史上最健全的民权法，取消了各种公共场所的种族隔离，1965 年国会通过了《选举权法》，1968 年通过了《开放住房法》等。面对黑人斗争的持续高涨，1967 年美国政府开始制定遏制黑人城市造反的强硬政策，而垄断资本试图将黑人纳入美国经济的主流软化他们斗志，再加上黑人运动本身缺乏科学的行动指导，60 年代末黑人运动逐渐失势，到了 70 年代进入低谷期。然而，自 2008 年 11 月 4 日奥巴马正式当选美国第 44 任总统，他也成为了有史以来第一位非洲裔黑人美国总统，2009 年他的努力更是为世界和平做出了突出的贡献，因而获得诺贝尔和平奖，2012 年 11 月 6 日，他的政绩赢得美国民众的认同，成功连任，成为了美国现代选举权历史上的一座里程碑。“奥巴马总统的当选使美国公众更加关注民权时代的后种族社会。”[①] 而传统民权运动到了21世纪也呈现出了国际化的潮流，早就超出了美国地理范畴，具有更广泛的全球意义。总而言之，黑人经过一系列的民权运动的斗争，社会、经济和政治地位发生了翻天覆地的变化，黑人在民权斗争中体现出来的团结和斗争精神载入史册。

美国民权运动发生时，苏珊·柯林斯虽然年幼，民权运动进入低谷时，她甚至跟随父亲去了比利时生活，但是，她后来回到美国生活和工作，目睹社会对黑人的不公正行为，她肯定了黑人的才华和劳动，也同情黑人，这可以从《饥饿游戏》三部曲小说和电影描述的4个黑人形象体现出来。小说和电影中，这4位塑造非常出彩的黑人分别是西纳、露露、萨里什和第8区总指挥佩拉。西纳作为凯特尼斯参加两次饥饿游戏时的造型师，在《饥饿游戏》三部曲中塑造得十分有战斗精神和才华。西纳的角色在《饥饿游戏》电影中也由美国纽约实力派黑人歌手蓝尼·克罗维兹（Lenny Kravitz）饰演。借由凯特尼斯的描写，作者从正面赞扬了西纳这一角色。西纳被认为是正义的、道德的、聪明的、值得信赖的黑人化身。西纳一出场就赢得了凯特尼斯的好感，而与此相对的是，凯特尼斯却对凯匹特其他人充满着排斥性。对于西纳的第一印象，小说通过凯特尼斯的口吻描述道：“尽管我讨厌凯匹特和他们的恶俗，我还是不禁觉得他很吸引人呢。”[②] 西纳的外貌没有凯匹特的浮夸，他相对简朴：全身黑色衣物，棕色头发、绿色眼睛，而全身唯一的修饰就只剩下了“轻描的亮金色眼线”[③]。通过电视报道的景象，凯特尼斯原本排斥凯匹特设计师，认为他们华而不实，“一个把我当成餐盘里的肉的人”[④]，凯特尼斯从西纳这里看到的却是对她的理解、欣赏和同情，西纳也给凯特尼斯平易近人的感觉。而西纳更

① Moore, Ellen E. & Catherine Coleman. Starving for Diversity: Ideological Implications of Race Representations in *The Hunger Games* [J]. The Journal of Popular Culture, 2015, 48 (5): 955.

② [美] 苏珊·柯林斯. 饥饿游戏Ⅰ：饥饿游戏 [M]. 耿芳译. 北京：作家出版社，2010：55.

③ [美] 苏珊·柯林斯. 饥饿游戏Ⅰ：饥饿游戏 [M]. 耿芳译. 北京：作家出版社，2010：55.

④ [美] 苏珊·柯林斯. 饥饿游戏Ⅰ：饥饿游戏 [M]. 耿芳译. 北京：作家出版社，2010：56.

是在第二部《燃烧的女孩》中用行动表明了他对凯匹特的反叛和战斗精神，虽然斯诺总统警告了西纳，让凯特尼斯在参加世纪极限赛的赛前表演时就穿“拍婚纱照时所穿的婚纱”[①]，但是西纳却大胆地将这套婚纱进行了改动，加入了火焰设计，而且婚纱里另外设计了一套黑色带羽毛的嘲笑鸟服饰，“西纳把凯特尼斯变成了一只嘲笑鸟”[②]。西纳甚至在知道自己会被害前夕，日以继夜地为凯特尼斯绘制象征反叛者的嘲笑鸟制服图稿，而他在设计时还尊重着凯特尼斯自己的意愿，“他要我保证在你自愿成为嘲笑鸟后再把这个本子给你”[③]。这些细节都体现出了西纳作为民权运动中充满智慧和才能的黑人知识分子的民族意识的觉醒、自我牺牲和斗争精神。

第 8 区佩拉（Paylor）的塑造是民权运动中具有斗争精神的另一位杰出的女性代表。佩拉大概三十多岁，有着深棕色眼睛。她在小说中首次亮相，就在战火纷飞的第 8 区带伤指挥战斗，她身上有着凝聚力。在战斗中，她的作战能力十分突出，众人“完全听从她的指挥”[④]。在电影中，佩拉的扮演者也是一位黑人。在革命胜利之后，斯诺总统被囚禁在玻璃玫瑰园温室里，由反抗军士兵看守，当第 13 区科恩总统让士兵阻止凯特尼斯进入时，佩拉却在这时出现，让凯特尼斯进入了玫瑰花园，见到了斯诺总统并进行了最后一次谈话，也了解到了科恩总统指挥反抗军冒用标有凯匹特的直升机轰炸逃往斯诺总统府的平民和儿童这一真相，而凯特尼斯的妹妹波丽姆也因抢救儿童而失去了生命。对于此事佩拉似乎已经知晓，甚至她认为凯特尼斯也不应该被蒙蔽：“她有权知道那扇门背后的一切。”[⑤] 科恩死后，佩拉也凭借自己的威望，当选了新一届的总统，开启了一个真正的和平时期。由此可见，苏珊·柯林斯表现出了对民权运动中黑人获得选举权的认可，认识到了民权运动中以暴制暴的正义性，意识到只有打破种族隔离和偏见才有可能迎来真正和平的时代，而这也体现了对于奥巴马总统任

① ［美］苏珊·柯林斯. 饥饿游戏Ⅱ：燃烧的女孩［M］. 耿芳译. 北京：作家出版社，2011：217.

② Collins, Suzanne. Catching Fire［M］. New York：Scholastic Press, 2009：252.

③ ［美］苏珊·柯林斯. 饥饿游戏Ⅲ：嘲笑鸟［M］. 耿芳译. 北京：作家出版社，2011：40.

④ ［美］苏珊·柯林斯. 饥饿游戏Ⅲ：嘲笑鸟［M］. 耿芳译. 北京：作家出版社，2011：79.

⑤ ［美］苏珊·柯林斯. 饥饿游戏Ⅲ：嘲笑鸟［M］. 耿芳译. 北京：作家出版社，2011：321.

期内黑人民权时代后种族政策的拥护和支持。

三、美国反战运动的反映

人类历史上曾经历过两次血腥的世界大战，而第二次世界大战是人类有史以来规模最大，辐射最广的一次大战。战争中军人和平民的直接伤亡和间接伤亡十分惨痛，有数据显示：“军人死亡人数在第一次和第二次世界大战中大致相等（每次大战约1700万人），但第二次世界大战中的平民死亡人数（约3500万）是第一次世界大战的7倍。”[①]这是因为人类将世界上最先进的科技和发明全部投入了二战，把整个国家和民族甚至全世界的全部人力和物力资源投入了战争当中，从而给人类带来了史无前例的巨大破坏和创伤。二战中出现的核武器造成的毁灭性破坏，至今都让人类惊惧和后怕，这也是推动战后和平和反战运动的一个主要原因。从二战结束至20世纪90年代，世界上就发生过4次大规模的反战和平运动。

第一次和平运动发生在20世纪40年代末至50年代初，主要因美国在日本广岛和长崎投放原子弹造成的灾难以及随后美苏冷战开始、柏林危机、1950年朝鲜战争的爆发、1952年美国成功研制氢弹等接连不断的美国战争的叫嚣，使才经历战争创伤的各国人民担心第三次世界大战的爆发。1949年4月20日、1950年11月16日、1952年12月12日分别在法国巴黎、波兰华沙、奥地利维也纳召开了世界和平大会，世界上陆陆续续多达85个国家强烈反对美国的战争叫嚣，主张结束朝鲜战争，陆续通过了《世界保卫和平大会宣言》和《告世界人民书》等多项文件，反对德日的重新军事化，强烈呼吁五大国缔结和平条约，并“发起了有18亿人参加的和平签名活动”[②]，要求各国停止制造并销毁核武器。然而第一次和平运动浪潮所发挥的作用十分有限。

第二次和平反战运动兴起于20世纪50年代中期至60年代初期，随着美苏大规模核军备竞赛和在欧亚的核武器部署，1955年7月，57位诺贝尔

① ［美］大卫·巴拉什，查尔斯·韦伯. 积极和平——和平与冲突研究［M］. 刘成等译. 南京：南京出版社，2007：61.

② 和平，王军. 世界青年运动史论［M］. 北京：中央编译出版社，2008：241.

奖获得者联名签署了《麦瑙宣言》，呼吁结束以武力的方式解决国家之间的纠纷；另外包括爱因斯坦在内的 10 位世界顶尖科学家签名发表了《罗素-爱因斯坦宣言》，呼吁消除核武器对世界的毁灭性影响，结束世界大战，以和平方式解决国际争端问题。1957 年 7 月又有 10 个国家的 22 位著名科学家在加拿大的帕格沃什（Pugwash）召开了国际科学家和平反战会议。美国科学家努斯·鲍林发动 2000 名美国科学家联名向美国国会和艾森豪威尔总统递交了《美国科学家向世界各国政府和人民呼吁》请愿书，进而引起全球科学家的一致联合签名请愿反战运动。随后美国和英国都成立了相关的反核武器和平组织，它们举行了多次反美核试验行动，最大的一次是 60 年代初由 8 国代表参加的旧金山-莫斯科和平进军，最后在莫斯科红场散发了多达 8 万份的反战宣传单并举行了游行运动。日本从 1955 年起每年召开禁止核武器的世界大会，这次以反核武器为主的世界和平运动浪潮，以第三次由科学家们发起的进而影响世界各国的反核武器和平运动在英美等国家逐渐走向低谷。

越南战争可以追溯到第二次世界大战。二战结束后，越南虽从日本和法国的殖民统治中解放出来，但美国却乘法国撤军之际企图填补法国人的殖民空缺侵占越南。1964 年，美国政府以北越巡逻艇在东京湾炮击两艘美国驱逐舰为借口，制造了东京湾事件，开始大举对北越进行大规模军事轰炸，越南人民英勇无畏并没屈服，开始了一场抗击美帝国主义的战争。20 世纪 60 年代末，随着越南战争的升温，美国陷入越南战争的泥淖，付出了惨痛的代价，有统计数据报道伤亡的损失："越战中有 47205 个美国士兵阵亡，其他原因导致死亡的有 10420 人，受伤的有 153312 人，其中有 6655 人至少有身体残疾。很多人经受着慢性精神创伤的煎熬，一个内科医生确定有 25 万的老兵在忍受着精神折磨。"[①] 有关越战新闻的真实报道让大众意识到战争的残酷性，美国公民逐渐意识到亲人被送往东南亚丛林的可怕，认识到美国战略的无用；随着参战士兵返乡后的意识觉醒，人们对美

① ［美］德瑞克·李波厄特. 50 年伤痕：美国的冷战历史观与世界（下）［M］. 郭学堂，潘忠岐，孙小林译. 上海：上海三联书店，2012：530.

国发起的战争提出道德和战争合法性的质疑；美国国内涌现了上百万人参加的反战示威游行，而“示威或示威的威胁可以作为干预和约束美国在世界其他地方进行的军事活动的政府决策”①，以反对美国侵略越南为主的第三次世界和平运动掀起。这次反越战争主要以美国青年学生为中坚力量，美国大多数高校成了反战中心。“1969—1970 年，以反战为主题的校园造反运动达到了顶点……美国 79 所大学的校长向新上任的尼克松总统要求加速从越南撤军”②，但反战运动却遭受了政府的血腥镇压，美国国内 750 多所大学和学院学生举行了史无前例的超大规模罢课行动。这次由学生发起的运动迅速席卷美国各阶层，美国历史上爆发了最大规模的反战浪潮，反战运动以静坐、游行示威和学校讲坛等形式在美国白宫、国会大厦、五角大楼、司法部门前、城镇、乡村绿地等各地进行。美国这场声势浩大的反战运动得到了全世界爱好和平人士的广泛支持和声援。20 世纪 60 年代末到 70 年代初，全世界发起了抗美援越的反战浪潮，反战和平运动达到顶峰。1973 年 1 月 27 日美国宣布从越南撤军，越南战争结束，第三次反战和平运动结束。反对越南战争的一系列运动浪潮可以说是美国国内发生的有史以来最大规模的反战运动。

20 世纪 70 年代末 80 年代初，因美苏开展核武器军备竞赛，一场以西欧为主战场的反热核导弹武器为主的第四次和平运动兴起。1978 年英国和平组织发起核裁军请愿，多达 25 万人在请愿书上签名。1981 年反核和平运动达到第一次高潮。1982 年北欧妇女和平组织发起和平运动声援欧洲人民的反战和平行动。与此同时，美国各地 70 多万群众在纽约集会游行反对核武器军备竞赛，日本也进行了声援，发动了空前的反核运动。之后，因 1983 年美国“星球大战计划”的制定，欧洲各国、澳大利亚等众多国家组织开展了世界和平运动，1985 年联合国更是通过了《国际和平年宣言》，将 1986 年定为“国际和平年”。随着苏联领导人戈尔巴乔夫采取新政策缓和与美国的关系，苏联主动从东欧、蒙古和阿富汗撤军，与欧洲积极发展

① Schreiber, E. M. Anti-War Demonstrations and American Public Opinion on the War in Vietnam [J]. The British Journal of Sociology, 1976, 27 (2): 226.

② 和平，王军. 世界青年运动史论 [M]. 北京：中央编译出版社，2008：247.

合作，第四次世界反战运动慢慢结束。

21 世纪初美英发起的持续近 8 年的伊拉克战争也造成了人类的苦难，交战方都付出了惨痛的战争真实成本。萨达姆·侯赛因（Saddam Hussein）的统治让伊拉克人民生活凄惨，现在依然没有改善。美国为此次伊拉克战争付出的成本十分高昂，据统计，美军“轻重伤员及重病患者超过 5.8 万人……有 10 万名自战区返乡的军人患有心理健康紊乱症”[①]。而电视频道上播出的伊拉克战争的残酷画面也触动了苏珊·柯林斯创作《饥饿游戏》三部曲，苏珊·柯林斯在谈到她的创作原始灵感时说过：“我坐在那里翻来覆去，在一个频道里，一群年轻人在竞争，我不知道，也许是为了钱？接下来，一群年轻人正在打一场真正的战争。我累了，台词开始模糊（在真人秀和现实战争之间），以这种令人不安的方式，我想到了这个故事。”[②]

这四次反战和平运动，尤其是越南战争，影响着苏珊·柯林斯的一生。柯林斯在与詹姆斯·布拉辛基的谈话中就说过：“当我们的父亲在越南的时候，我们的母亲非常努力地保护我们不受电视新闻的影响，那时的电视新闻更生动地描述了美国士兵的命运。然而，有一天我看到它，当我把我的父亲和这个地方、这场战争联系起来时，我又害怕又震惊，在这场战争中，这么多的美国人正在死去。”[③]伊丽莎白·胡佛在《苏珊·柯林斯》里也谈道：“柯林斯本人期待没有战争那一天，尽管她承认那一天还有很长的路要走。她告诉马格利斯（Margolis），她希望受她书籍启发的对话能够带来和平的未来。”[④]

《饥饿游戏》三部曲中常常可见战争的阴影和苏珊·柯林斯对战争的反思。而在《饥饿游戏》的开场，作者就通过凯特尼斯用第一人称的口吻讲述了第 12 区战后重建的状况，描述了这场“生灵涂炭的残酷战争”[⑤] 的

① ［美］约瑟夫·E. 斯蒂格利茨，［美］琳达·J. 比尔米斯. 三万亿美元的战争：伊拉克战争的真实成本［M］. 卢昌崇，孟韬，李浩译. 北京：中国人民大学出版社，2013：前言 1.

② Lusted, Marcia Amidon. Suzanne Collins: Words on Fire [M]. Minneapolis: Twenty-First Century Books, 2013: 37.

③ Blasingame, James & Suzanne Collins. An Interview with Suzanne Collins [J]. Journal of Adolescent & Adult Literacy, 2009, 52 (8): 727.

④ Hoover, Elizabeth. Suzanne Collins [M]. Farmingtong Hills: Lucent Books, 2012: 73.

⑤ ［美］苏珊·柯林斯. 饥饿游戏 I：饥饿游戏［M］. 耿芳译. 北京：作家出版社，2010：16.

影响：人们生活困苦不堪，经济贫乏，与此同时各区还忍受着凯匹特的压迫和战后的欺凌。希拉·格里芬·拉纳斯（Sheila Griffin Llanas）就分析过战争对柯林斯的影响："20 世纪 60 年代，也就是柯林斯成长的十年，是美国混乱和变化的时期之一。许多人对越南战争感到愤怒，对美国政府越来越失望和不信任。在《嘲笑鸟》中，任何政府都不值得信赖。反叛分子和凯匹特都渴望权力，愿意屠杀无辜者以保持控制。"① 因此，柯林斯通过凯特尼斯表达她的观点：对权威人物和美国政府不信任。这也反映了 20 世纪 60 年代，许多美国人梦想破灭，而这也是苏珊·柯林斯成长的关键时期。对于二战和之后反战运动的再现，在《嘲笑鸟》里表现特别突出的例子就是凯匹特和第 13 区签订的秘密条约事件："凯匹特接受了十三区的条件，将地面的一切都摧毁了，并切断了外界与之的一切联系。"②

这一协议的签订体现了第一次和第三次和平反战运动中禁止以核武器为主要战争斗争方式、停止核军备竞赛的反战和平内容。此外，对于曾经参与饥饿游戏的贡品们而言，他们中大部分人都是反对用暴力形式来解决问题，而主张和平解决争端。当科恩总统召集活着的贡品们临时召开圆桌会议投票决定是否再次从凯匹特孩子们中选人参加饥饿游戏时，实际上，7 个幸存者中皮塔、安妮、比特立刻表态反对以暴制暴，而凯特尼斯和黑密斯聪明地选择以首先蒙蔽科恩总统的方式，但最终目的却是要结束专制暴力统治，以最后的行动表明了对战争和暴力的反对，以及对和平安定生活的向往。《饥饿游戏》三部曲的反战思想和主题，无疑也迎合了美国和世界人民对战争的排斥和厌恶倾向，柯林斯在小说中也借由皮塔这位和平爱好者表达了对战争的反抗态度：战争只会将战士们变成"摧毁人类的武器和工具"③，在"一切还不算太晚之前"④，就需要尽可能阻止战争的发生。

---

① Llanas, Sheila Griffin. How to Analyze the Works of Suzanne Collins [M]. North Mankato: ABDO Publishing Company, 2013: 94.

② ［美］苏珊·柯林斯. 饥饿游戏Ⅲ：嘲笑鸟［M］. 耿芳译. 北京：作家出版社，2011：16.

③ ［美］苏珊·柯林斯. 饥饿游戏Ⅲ：嘲笑鸟［M］. 耿芳译. 北京：作家出版社，2011：103.

④ ［美］苏珊·柯林斯. 饥饿游戏Ⅲ：嘲笑鸟［M］. 耿芳译. 北京：作家出版社，2011：103.

第三节　不同当代理论的渗入

文学是一门想象性的艺术，它以语言为载体，与人类的社会生活和实践活动息息相关，天然地具有着一种审美属性。韦勒克（Rene Wellek）在谈到文学的本质时，认为："一部文学作品……是交织着多层意义和关系的一个极其复杂的组合体。"①季水河教授也认为："文学作品又是作家审美意识的结晶，其中包含了作家对社会、历史、人生的审美思考和评价。"②作为接受主体的读者和评论家们对文学作品的科学评价离不开文学批评，而文学批评的"指导思想是文学理论、美学理论、哲学以及其他一切人文社会科学"③。苏珊·柯林斯的《饥饿游戏》三部曲涉及哲学、历史、法律、教育学、医学等领域，它们共同组成了柯林斯科幻小说中的神奇世界。在她的小说中，充斥着对弱势和边缘群体的关注、对死亡和暴力的思考、对公平和正义的呼唤、对事实与虚构的重置，以及"价值判断本身与种种社会意识形态的密切关系"④。柯林斯的创作深深地影响着后"9·11"文学的创作，对世界文学和文化的影响是巨大的。但柯林斯的作品并不是孤立存在的，当代的女性主义理论、后殖民理论、大众文化理论等对柯林斯创作的影响不言而喻。玛丽·F. 法尔和雷萨·A. 克拉克在评价柯林斯的作品时，就说道："因为所有年龄和背景的读者都能够同情凯特尼斯的个人痛苦，所以她的故事含义超过了学术上的讨论。诸如国际幻想艺术会议（International Conference on the Fantastic in the Arts）和大众文化协会年会（Annual Meeting of the Popular Culture Association）等会议都已经举办了

① ［美］雷·韦勒克，奥·沃伦. 文学理论［M］. 刘象愚，邢培明，陈圣升，李哲明译. 北京：生活·读书·新知三联书店，1984：16.

② 季水河. 文学理论导引［M］. 湘潭：湘潭大学出版社，2009：237.

③ 刘安海，孙文宪. 文学理论［M］. 武汉：华中师范大学出版社，1999：3.

④ ［英］特雷·伊格尔顿. 二十世纪西方文学理论［M］. 伍晓明译. 北京：北京大学出版社，2007：15.

以《饥饿游戏》三部曲为主题的会议。"①

一、柯林斯与女性主义理论

苏珊·柯林斯对女性主义的关注不仅仅受到个人成长经历的影响，而且深受20世纪女性主义理论的影响。其中波伏瓦对柯林斯的科幻小说创作就产生了极其重要的影响。波伏瓦生身于一个落魄的贵族家庭，母亲弗朗索瓦兹·布拉瑟虽是银行家的女儿，但波伏瓦出生没多久外祖父就破产了，甚至无法兑现给女儿一笔可观的嫁妆，而她的父亲虽然出身于贵族官宦之家，博学多才，但从事着他不感兴趣的法律工作，郁郁不得志。第一次世界大战期间，波伏瓦一家虽然生活困顿，父亲因病退役，但家中依然充满着欢快的氛围，这与她的父亲乔治有关，"他那与生俱有的富于幻想、乐观、通达的性格深深地感染着家庭中的每一位成员"。② 而波伏瓦的母亲将自己少女时代的梦想和希望寄托在波伏瓦身上，注重对波伏瓦的教育和培养。波伏瓦从小天赋异禀，加上家庭氛围的影响，使她养成了重视读书、热爱读书的良好习惯。另外，她的好友兼恋人——萨特对她一生的创作影响深远。波伏瓦的主要作品都是思考女性的相关问题，如女性主义经典作品之一《第二性》就从女性命运、历史、神话、成长、处境、辩解和走向解放这几方面谈论女性。玛莉·G. 迪茨（Mary G. Dietz）在《简介：与西蒙娜·德·波伏瓦辩论》一文中谈到美国当代女权主义运动家"贝蒂·弗里丹实际上也认为波伏瓦是'我们历史上的知识分子女英雄'，而且给予了她在过去提及的'女性主义神话'。波伏瓦显然对弗里丹的边际影响具有指导意义，不仅揭示了法国女权主义宣言对其美国同行的影响，还从更大的意义上表明了波伏瓦的重要性"③。

柯林斯像波伏瓦一样反思了女性的性别形成和身份问题。波伏瓦采用

① Pharr, Mary F., Clark, Leisa A. Introduction [A]. Ed. Mary F. Pharr & Leisa A. Clark. Of Bread, Blood and *The Hunger Games*: Critical Essays on the Suzanne Collins Trilogy [C]. Jefferson: McFarland & Company, Inc., Publisher, 2012: 13-14.

② 吴康茹. 西蒙娜·德·波伏瓦 [M]. 海口：海南出版社，1997：6.

③ Dietz, Mary G. Introduction: Debating Simone de Beauvoir [J]. Signs, 1992, 18 (1): 78.

存在主义的本体论和伦理学语言，指出："男人将'男人'（man）命名为自我，而把'女人'命名为他者（other）。如果说他者对自我是威胁的话，那么女人对男人也是威胁。"① 女性"他者"的建构也"暗示了边缘、属下、低级、被压迫、被排挤的状况"②，因此波伏瓦对女人所受压迫的特征做了独特的理论阐述，一生都在思考女人是如何成为他者的，从生物学、精神分析学和历史唯物主义三个维度阐发了她的女性观。波伏瓦要求研究父权制结构如何利用性别差异压迫女性，剥夺她们行使其能力的自由。她拒绝接受性别命运。有鉴于此，她曾有段经典的表达："女人不是天生的，而是后天形成的。"③性的产生，即波伏瓦所认为的生理性别，指的是区分男性不可改变的生物或生理特征。然而，"社会性别是社会认为男女适当或'正常'的可变角色、行为、活动和人格特质"④。在《饥饿游戏》中，传统父权制女性性别特征表现十分明显的是凯匹特的妇女，例如埃菲·特林西，而在第 12 区波丽姆·伊夫狄恩也是最明显的例子。埃菲·特林西无论何时都十分女性化，在饥饿游戏、世纪极限赛和审判斯诺总统之前，她都在对凯特尼斯的整体形象和礼仪进行指导。埃菲·特林西对她的女性礼仪和形象指导能力曾夸张地表示："你要是给煤炭足够的压力，它就会变成珍珠。"⑤埃菲·特林西在这里俨然成为了塑造父权制女性形象的代言人。而波丽姆在小说中一出场就描绘了她女性的柔美外貌："波丽姆的脸像雨点儿那么新鲜，像报春花那么漂亮，跟她的名字一样。"⑥而波丽姆的声音也呈现出十分传统的女性化特征：说话轻声、咯咯笑⑦。她的模样和行为也表现出女性的娇美和柔弱感："波丽姆是那样的娇小而乖巧，只要我哭，

---

① ［美］罗斯玛丽·帕特南·童. 女性主义思潮导论［M］. 艾晓明等译. 武汉：华中师范大学出版社，2002：263.

② 金莉，李铁. 西方文论关键词（第二卷）［M］. 北京：外语教学与研究出版社，2017：572.

③ ［法］西蒙娜·德·波伏瓦. 第二性Ⅱ［M］. 郑克鲁译. 上海：上海译文出版社，2011：9.

④ Miller, Jessica. "She Has No Idea. The Effect She Can Have."：Katniss and the Politics of Gender［A］. Ed. George A. Dunn & Nicolas Michaud. *The Hunger Games* and Philosophy：A Critique of Pure Treason［C］. Hoboken：John Wiley & Sons, Inc., 2012：150.

⑤ ［美］苏珊·柯林斯. 饥饿游戏Ⅰ：饥饿游戏［M］. 耿芳译. 北京：作家出版社，2010：65.

⑥ ［美］苏珊·柯林斯. 饥饿游戏Ⅰ：饥饿游戏［M］. 耿芳译. 北京：作家出版社，2010：3.

⑦ ［美］苏珊·柯林斯. 饥饿游戏Ⅰ：饥饿游戏［M］. 耿芳译. 北京：作家出版社，2010：14.

她也会不明不白地跟着哭起来；我们上学前，她总会给妈妈梳好头、编好辫子；她还常去擦干净爸爸的刮胡镜。"[①] 波丽姆的女性特质还延伸到了对动物和病人的爱心上。在《嘲笑鸟》中，她甚至表现出为了救治伤者自我牺牲的女性气质。柯林斯反思了传统的女性性别，因此借助凯特尼斯塑造了她理想中具有男性气质、坚强独特的女性性别身份。凯特尼斯自 11 岁父亲矿难死后，就代替了父亲的养家责任，穿着十分男性化，冒着"偷盗者会被处死"[②] 的规定，带着非法武器到有大型肉食动物出没的危险森林里去非法狩猎，到废弃的储煤仓库黑市去交易猎物。凯特尼斯不顾一切违反传统的社会性别特征，这正如波伏瓦所认为的，"女性必须停止女性化才能过上真正充实的生活"[③]。

柯林斯和波伏瓦一样认为母女关系是复杂的。波伏瓦强调，怀孕使妇女对自我产生疏离，怀疑怀孕会阻碍妇女自己的命运，也担心母亲与子女的关系容易扭曲。在《第二性》中，对于母女关系，波伏瓦认为："母亲对女儿既过分疼爱，又怀有敌意。"[④]波伏瓦因从小家境日益衰败，外祖父生意破产，父亲对法律事务工作不上心，波伏瓦两姐妹面临着没有嫁妆的窘况，这也意味着两姐妹要么自己努力改变命运，要么只能贫困一生。因此，波伏瓦的父母从小就告诉波伏瓦必须努力学习，谋求一份能够自立的体面工作。母亲对波伏瓦严格管束和要求，培养她广泛的兴趣爱好，从而使波伏瓦从小流露出众的才华。但母亲的严厉，也让年幼的波伏瓦感觉到加在自己身上的精神控制，而这也造成她与母亲的对抗关系。波伏瓦在《第二性》中描述了一个无比专横的母亲，这也许影射了她自己的真实人生体验。为了摆脱母亲的权威，波伏瓦与妹妹结盟、结识人生导师扎扎和认识终身伴侣萨特。柯林斯虽然从小跟随母亲颠沛流离，但母亲对她的教

---

① ［美］苏珊·柯林斯. 饥饿游戏Ⅰ：饥饿游戏［M］. 耿芳译. 北京：作家出版社，2010：25.

② ［美］苏珊·柯林斯. 饥饿游戏Ⅰ：饥饿游戏［M］. 耿芳译. 北京：作家出版社，2010：26.

③ Miller, Jessica. "She Has No Idea. The Effect She Can Have."：Katniss and the Politics of Gender［A］. Ed. Dunn, George A. & Nicolas Michaud. *The Hunger Games* and Philosophy：A Critique of Pure Treason［C］. Hoboken：John Wiley & Sons, Inc., 2012：151.

④ ［法］西蒙娜·德·波伏娃. 第二性（全译本）［M］. 陶铁柱译. 北京：中国书籍出版社，1998：325.

育相对民主和宽松，从这一点上来分析，波伏瓦和柯林斯是不同的。在《饥饿游戏》中，柯林斯并没有让凯特尼斯处于母亲的权力压制之下，而是反过来，弱化了母亲的权力，父亲的死亡就让母亲悲伤崩溃，无法养家和养育孩子，甚至让母亲处于两个女儿的保护之下。这致使凯特尼斯和母亲关系日益疏离。当两个女儿面临饥饿游戏的抽签死亡游戏之时，她也只能含泪给女儿梳妆打扮；而当大女儿凯特尼斯被饥饿游戏选中即将奔赴屠场时，凯特尼斯“嘱咐她们要牢记哪些事情，那些事情我已不再能够为她们做了”①，为母亲和妹妹安排好了以后的生活。后来，凯特尼斯从竞技场胜利归来，切身体会到了创伤和精神失常的痛楚，理解了母亲，她和母亲的关系才得以缓和。甚至在治安警突然到访她家突击检查凯特尼斯时，母亲还主动承担了保护凯尼特斯的责任，替去森林里狩猎的凯特尼斯打掩护。小说中母亲对女儿的保护，兴许与柯林斯从小受到母亲保护有着一定渊源。然而，在《嘲笑鸟》中，妹妹波丽姆去世，凯特尼斯受到重度创伤，精神恍惚回到第 12 区，母亲却没有陪伴在凯特尼斯身边守护她，但这次凯特尼斯没有责怪母亲，她理解母亲的痛苦和创伤。凯特尼斯和母亲的关系从疏离到亲近再到疏远，呈现出复杂性。

苏珊·柯林斯所期望的女性解放以西蒙娜·德·波伏瓦所论及的妇女解放为蓝本，甚至超出更远，是女性真正的完全意义上的解放。波伏瓦在《第二性Ⅱ》最后一章“独立的女人”中，重点讲到女性的独立和工作的意义，提出了“女人正是通过工作跨越了与男性隔开的大部分距离”②。同时，她也表明女性虽然在自己的职业中获得了前所未有的社会地位和经济独立，但是“在道德、社会、心理状况中并没有达到与男人一模一样的处境”③。女性自弗吉尼亚·伍尔夫（Virginia Woolf）时代开始虽然大部分获得了经济的独立，参加了工作，为了拥有一间属于自己的房子而奋斗，但

① ［美］苏珊·柯林斯. 饥饿游戏Ⅰ：饥饿游戏［M］. 耿芳译. 北京：作家出版社，2010：30-31.

② ［法］西蒙娜·德·波伏瓦. 第二性Ⅱ［M］. 郑克鲁译. 上海：上海译文出版社，2011：543.

③ ［法］西蒙娜·德·波伏瓦. 第二性Ⅱ［M］. 郑克鲁译. 上海：上海译文出版社，2011：545.

是到了波伏瓦时代，女性的独立仍然只是在半路上。然而，苏珊·柯林斯在《饥饿游戏》三部曲的未来帕纳姆国里，让女性在经济、政治、文化等方面都获得了真正的独立自主，女性拥有和男性完全平等的各项权利，甚至还有超越男性的趋势。从推翻斯诺总统的父权制社会开始，就赋予了帕纳姆国女性各方面的权利和权力，如继任的两位总统科恩和佩拉都是女性，而在反抗军中和科恩总统一起统筹反战全局的普鲁塔什·海文斯比只"被任命为宣传部长"①；在战略和战备中出谋划策的黑密斯、盖尔和比特在战争胜利之后并没有担任要职，黑密斯回到第 12 区养鹅，盖尔到了第 2 区工作，比特回到第 3 区继续负责广播系统技术事宜。反而，战争爆发之前，一直沉默温顺具有典型女性柔弱气质的凯特尼斯的母亲却变得完全独立，甚至能独当一面，奔赴第 4 区筹建医院。在柯林斯看来，帕纳姆国反抗战争胜利之后的女性解放态势才让女性真正进入权力的平等时代。

二、柯林斯与后殖民主义理论

后殖民主义起源于 20 世纪五六十年代的反殖民主义，自 20 世纪 70 年代末以来，后殖民主义这一学术思潮就广为传布，发展十分强劲，"并一度成为西方文学和文化理论批评界的关注热点"②，走到 21 世纪的今天，作为学术研究中的一个重要领域，其探索和发展历程可谓辉煌一时，不同凡响。后殖民主义是文学和文化批评中常见的一种重要方法。比尔·阿希克洛夫特、格瑞斯·格里菲斯、海伦·蒂芬出版的《逆写帝国：后殖民文学的理论与实践》一书，首次将二战以来的"后殖民"一词挪用进文学，并重新对后殖民进行了定义，"认为从殖民化开始直至今天都属于后殖民时期"③。后殖民主义，顾名思义，出现在殖民主义之后，从殖民主义开始出现，后殖民主义作为对立面这个概念就开始孕育了，后殖民主义的概念

① ［美］苏珊·柯林斯. 饥饿游戏Ⅲ：嘲笑鸟［M］. 耿芳译. 北京：作家出版社，2011：343.

② 王宁，生安锋，赵建红. 又见东方——后殖民主义理论与思潮［M］. 重庆：重庆大学出版社，2011：1.

③ ［印］阿吉兹·阿罕默德. 在理论内部：阶级、民族与文学［M］. 易晖译. 北京：北京大学出版社，2014：前言 2.

模棱两可，在西方学术界尚存争议。近代西方科技飞速发展，西方经济发达，西方文化和思想一直被认为是世界文化的主流，第三世界和东方的文化长期被排斥在外，“或不时地扮演一种充当点缀物的西方的‘他者’（other）的角色”①。后殖民主义作为21世纪初后现代社会中的一种多元文化主义理论，研究的主要议题是殖民之后的“文化话语权力关系”和“文化身份等一系列新问题”②。“后殖民研究在全球化文学概念中的制度性成功，意味着特定的后殖民文学概念需要在与更大的世界文学的关联中重新界定。”③后殖民主义思潮中公认最著名的三位代表人物分别是赛义德、斯皮瓦克、霍米·巴巴，其中霍米·巴巴任教于美国哈佛大学，赛义德和斯皮瓦克任教于美国哥伦比亚大学；此外，还有后起之秀从英国牛津大学转入美国纽约大学任教的罗伯特·扬（Robert Young），美国实际上成为了后殖民研究的大本营。赛义德在西方正统理论领域之外建构东方主义，奠定了他在后殖民领域的奠基者地位，使学术界开始关注“边缘化”的东方和第三世界，他的代表作《东方学》（*Orientalism*，1979）一书开始了后殖民理论的滥觞。斯皮瓦克从解构主义出发，深入考察了女权主义、马克思主义，“再到对帝国主义和殖民话语的批判”和“种族的批判”等④。罗伯特·扬则“首次系统深入地讨论了萨义德和后来的斯皮瓦克和霍米·巴巴这‘神圣三剑客’的思想”⑤，确定了后殖民主义的理论框架，并试图建构他独特的“三大洲主义”（Tricontinentalism），但大部分学者认为罗伯特·扬对于三大洲反殖实践的介绍主要侧重于政治思想，而非文学。

霍米·巴巴的兴趣在不同阶段有不同的侧重点。第一阶段，霍米·巴巴主要关注殖民话语分析。第二阶段，霍米·巴巴致力于研究殖民地历史

---

① 王宁，生安锋，赵建红. 又见东方——后殖民主义理论与思潮［M］. 重庆：重庆大学出版社，2011：3.

② 生安锋. 霍米·巴巴的后殖民理论研究［M］. 北京：北京大学出版社，2011：1.

③ ［英］罗伯特·扬. 白色神话：书写历史与西方［M］. 赵稀方译. 北京：北京大学出版社，2014：3.

④ 王宁，生安锋，赵建红. 又见东方——后殖民主义理论与思潮［M］. 重庆：重庆大学出版社，2011：110.

⑤ ［英］罗伯特·扬. 白色神话：书写历史与西方［M］. 赵稀方译. 北京：北京大学出版社，2014：总序8.

遗留问题，“以弗洛伊德、拉康的精神分析概念，深入分析殖民者与被殖民者之间的互动关系”①，尤其体现在后殖民文化、话语权力、国家、区域、种族的矛盾和冲突。霍米·巴巴认为民族不仅仅是一个“想象性的叙事”，还具有训导性和超演性，如果过于强调民族话语、文化认同、场域归属等问题，就会转变成具有强烈限制性的民族主义。霍米·巴巴强调：“在这幅我一开始就想到的民族巨大的、具有阈限的图像中，存在着一种特殊的矛盾心理，这种矛盾心理萦绕在这个民族的思想，萦绕在那些书写这个民族的人的语言，萦绕在那些生活在这个民族的人的生活中。”②巴巴意识到民族作为一种固定的结构和观念，是无法抹去的，具有一定的时代局限性，人们不应该盲目地崇尚民族主义，而是应该谴责以一种完全不恰当的方式强加于人民头上的国家地位和民族主义③。

柯林斯的《饥饿游戏》三部曲在对待民族主义问题上，所采用的方式和所持观点与霍米·巴巴有着异曲同工之妙。帕纳姆发生暴动之前，斯诺领导的凯匹特政府特别推崇民族主义和地区特点。在整个系列中，所有角色常常表现出受到民族主义影响，并通常以地区独特性的形式呈现出来。饥饿游戏的赛前开幕式和电视访谈上，各区选手都必须在形象设计中心经由设计师们设计出代表各区特色的服饰和造型。例如“露露穿着蜘蛛网状的长裙，身上还有两只翅膀”④，使人一眼看出她来自第11区农业区。凯特尼斯就回忆起往年第12区的贡品们服饰十分糟糕，“我们的选手常代之以较合身的工作服和戴有头灯的安全帽。有一年，我们的‘贡品’浑身赤裸，全身涂满代表煤炭的黑色粉末”⑤，但凯匹特当局却认为十分必要，这代表了各地区特色。又譬如，在世纪极限赛的开幕式上，“来自以畜牧业

① ［澳］比尔·阿希克洛夫特，格瑞斯·格里菲斯，海伦·蒂芬. 逆写帝国：后殖民文学的理论与实践［M］. 任一鸣译. 北京：北京大学出版社，2014：总序10.

② Bhabha, Homi K. Nation and Narration［M］. London and New York: Routledge, 1990: 1.

③ 王宁，生安锋，赵建红. 又见东方——后殖民主义理论与思潮［M］. 重庆：重庆大学出版社，2011：172.

④ ［美］苏珊·柯林斯. 饥饿游戏Ⅰ：饥饿游戏［M］. 耿芳译. 北京：作家出版社，2010：110.

⑤ ［美］苏珊·柯林斯. 饥饿游戏Ⅰ：饥饿游戏［M］. 耿芳译. 北京：作家出版社，2010：57.

为主的十区的选手，穿着奶牛造型的服装，却配着一条燃烧的腰带"①，虽然奶牛服饰显示了凯匹特对地区的控制，但是凯特尼斯认为"燃烧的腰带"这种笨拙的模仿毫无意义。来自第7区伐木区的约翰娜·梅森退场等电梯时立刻当着众人的面，"拉开她的大树造型衣服拉链，直接把它脱在地上，然后无比厌恶地一脚把它踢开"②，身上除了绿色拖鞋，完全一丝不挂，表达了她对凯匹特强制贡品们表现地区民族主义的厌恶和反抗。巴巴认为"人类历史的现状是一种破坏民族文化一贯原则的做法"③。凯匹特鼓励这种地区自豪感的行为其实质是帝国主义对地区的控制结果，而当个人选择以自己的地区为自豪感行事之时，对于民族主义，他们其实是抵抗的。而斯诺对于这种限制的民族主义其实也是一种伪装，他自己承认，如果凯匹特"释放其对地区的控制权，整个社会体系就会崩溃"④，因此不允许跨地区的通信和旅行。柯林斯通过《饥饿游戏》三部曲表明对霍米·巴巴后殖民主义观点的认可，她同样批判民族的异质问题，解构了凯匹特推崇的民族主义，以反抗胜利后建立的混杂景观代替了父权制推崇的民族文化。斯诺统治的凯匹特政治帝国架构中心已经瓦解，科恩进而期望逆写帕纳姆帝国；这其实还是一种霸权政治，而凯特尼斯最后终结了这场霸权争夺战。帝国势力被新崛起的各区民主势力所取代，这其实是对中心意识的否定和质疑，对一种本质主义的民族性的批判。按照柯林斯的设想，霍米·巴巴的"混杂性"应该体现在人种方面的混杂上，因此反抗胜利之后，她安排了盖尔去第2区，"他在那有份挺露脸的工作"⑤，可以经常在电视上看到他；她安排了凯特尼斯妈妈去第4区工作，各民族在战后相互混杂，从事共同的民族生产，混杂性使得身份被协商、被解构，因而使能动性成为可能。

---

① ［美］苏珊·柯林斯. 饥饿游戏Ⅱ：燃烧的女孩［M］. 耿芳译. 北京：作家出版社，2011：188.

② ［美］苏珊·柯林斯. 饥饿游戏Ⅱ：燃烧的女孩［M］. 耿芳译. 北京：作家出版社，2011：190.

③ Bhabha，Homi K. Nation and Narration［M］. London and New York：Routledge，1990：303.

④ Collins，Suzanne. Catching Fire［M］. New York：Scholastic Press，2009：21.

⑤ ［美］苏珊·柯林斯. 饥饿游戏Ⅲ：嘲笑鸟［M］. 耿芳译. 北京：作家出版社，2011：348.

霍米·巴巴认为，文化的多样性和差异性有赖于“认可事先给定的文化内容和风俗习惯”①。巴巴在《文化的定位》中提出：“从授权的权力和特权的边缘表示的权利并不取决于传统的持久性。它是由传统的力量资源化的，通过偶然性和矛盾性的条件重新加入，这些条件参与了‘少数人’的生活。传统赋予的认识是部分形式的认同。在重新认识的过程中，它将其他不可比较的‘文化时空’引入传统的发明中。这个过程疏远了对原始身份或传统的直接影响。文化差异的边界参与可能经常是冲突的共识。”②巴巴在这里强调了后殖民文化与主流文化并非长久的对抗关系，而是呈现多样化趋势，这一过程使得原始身份的固定性产生了疏离，而在文化的冲突和融合之中，需要不断进行协商和交流。柯林斯在三部曲中也多次体现了巴巴的这一观点。例如在整个系列中，第 12 区虽然是最小的辖区，却时刻体现着地区的自豪感。在世纪极限赛的赛前采访中，皮塔向众人宣布他和凯特尼斯已经结婚了，“举行吃烤面包的仪式”③。而根据凯特尼斯的说法，第 12 区的婚俗民族传统就是去法院填个表，得到一套房，仪式十分简单，如果经济宽裕，还可以邀请亲人朋友们吃顿饭，“买个蛋糕……唱一种传统歌谣……烤一点面包，然后大家分享”④，而在第 12 区没吃烤面包，也就意味着没有完成传统意义上的婚礼。

斯诺总统虽然给他们安排了结婚的准备事宜，让西纳设计好了华贵的婚纱，但在皮塔和凯特尼斯的心中，文化的差异性立刻凸显出来，第 12 区的传统结婚仪式已经在他们的文化观念中固定化了。虽然他们是享受了特权不用再挨饿的胜利者，可以去凯匹特等不同的地区，但是他们的话语表现了一种“模糊性”，一种属于他们的“混杂的身份认同”⑤，而这超越了凯匹特与第 12 区之间身份的简单二分法。

---

① 生安锋. 霍米·巴巴的后殖民理论研究［M］. 北京：北京大学出版社，2011：76.

② Bhabha, Homi K.. The Location of Culture［M］. London and New York：Routledge，1994：2.

③［美］苏珊·柯林斯. 饥饿游戏Ⅱ：燃烧的女孩［M］. 耿芳译. 北京：作家出版社，2011：225.

④［美］苏珊·柯林斯. 饥饿游戏Ⅱ：燃烧的女孩［M］. 耿芳译. 北京：作家出版社，2011：219.

⑤ Bhabha, Homi K.. The Location of Culture［M］. London and New York：Routledge，1994：38.

巴巴认为："在文化翻译的过程中，会打开一片'间隙性空间'。"[①]巴巴在这里讨论的其实就是"第三空间"，一种混杂而又居于间隙的空间。巴巴在这个间隙空间里看到了微妙的颠覆性干预，而这种干预与那种试图获得主导性权威的主流批评非常不同。而柯林斯为《饥饿游戏》三部曲设立了一个清晰的结局，凯特尼斯被解构，她为之努力奋斗的妹妹被杀，而她杀了科恩总统，幸福、和平的结局前景似乎变得黯淡无光。然而，小说的结尾却安排了一个田园牧歌式的家庭场景：凯特尼斯看着她的孩子们在牧场玩耍，他们有着她曾经被剥夺的快乐和天真。他们的创伤依然存在，但也似乎得到了解决。凯特尼斯过去经历了失去亲人的痛苦和战争的暴力创伤，更确切地说她经历了权力。用解构主义剖析三部曲，可以让我们看到凯特尼斯所蕴含着的巨大不稳定性力量，会质疑自己世界的固定边界，一种将颠覆性延伸到新生和混合着权力的空间，即孩子们以后可能经历的微妙的第三空间。正如小说所描述的那样，虽然饥饿游戏已经结束了，纪念碑建立了起来，但孩子们依然还是可以在学校的学习中，了解到饥饿游戏，知道凯特尼斯和皮塔在饥饿游戏中担任了重要的角色。凯特尼斯和皮塔该怎样告诉孩子们而"不吓到他们"[②]，而他们的孩子长大入学之后，"会承认歌词中发生的一切"[③]。柯林斯在梦想与现实、过去与现在、生存与死亡、儿童与成人之间架构了一个在二元对立的间隙中微妙的第三空间。

总而言之，《饥饿游戏》系列呈现出复杂且矛盾的社会观、民族观和文化观。尽管柯林斯的小说确实对我们文化中的某些方面提出了批评，但不是完全女性主义或者反压迫的。该系列小说的中心主题十分复杂。柯林斯的小说中很好地体现了霍米·巴巴的后殖民主义观点。无论是对民族主义的批判，还是对混杂性和差异性的认同，都是柯林斯对后殖民主义很好

① Bhabha, Homi K.. Unpacking My Library… Again [A]. Ed. Iain Chambers and Linda Curti. The Post-colonial Question: Common Skies, Divided Horizons [C]. London and New York: Routledge, 1996: 204.

② [美] 苏珊·柯林斯. 饥饿游戏Ⅲ：嘲笑鸟 [M]. 耿芳译. 北京：作家出版社，2011：353.

③ Collins, Suzanne. Mockingjay [M]. New York: Scholastic Press, 2010: 389.

的诠释。

三、柯林斯与大众文化理论

20世纪50年代起英国文学领域兴起了一股文化研究热潮，“逐渐颠覆了英国传统文学学科中的‘精英文学’”[①]，并逐渐开启了大众文化研究的新时代。而1964年在英国伯明翰大学由理查德·霍加特（Richard Hoggart）和斯图亚特·霍尔共同创建的伯明翰当代文化研究中心（CCCS）[②]，则标志着将工人阶级的“大众文化”从“精英文学”中解放出来，使其获得独立和自主的能动话语空间的大众文化研究拉开了序幕。伴随着文化研究的蓬勃发展，“大众文化成为社会的主要文化形态”[③]。而斯图亚特·霍尔作为一名英属殖民地非洲黑人后裔学者对于大众文化理论的产生和兴起功不可没。大众文化虽然兴起于英国，但不可避免地凭借着传媒技术不断向全世界散播，受到各国众多学者的追捧。而苏珊·柯林斯也因时代和传媒技术的影响，虽然她和霍尔生活在不同的国家、生活在不同的年代、从事不同的专业领域，但他们却有着共同的创作旨趣，即对大众文化的追捧。和斯图亚特·霍尔一样，苏珊·柯林斯也关注文化霸权、青少年亚文化、大众媒介等问题，她的《饥饿游戏》三部曲都对大众文化进行了相应的诠释。例如，《饥饿游戏》三部曲中对文化霸权入木三分的批判、对大众传媒的深度刻画，以及对战后青少年群体的密切关注。

大众文化的创立者之一斯图亚特·霍尔始终坚持建构一种“差异共存”的多元文化社会景观，他的文化研究理论关注的主要问题有媒体、多元文化和文化身份问题、社会与权力之间的关系、战后青年亚文化问题，还涉及民族、种族、性别等问题。“抵抗”、“开放性”和“接合”这三个关键词对于理解霍尔的多元文化身份和相关文化理论至关重要[④]。霍尔并

---

① 邹威华. 斯图亚特·霍尔的文化理论研究［M］. 北京：中国社会科学出版社，2014：1.

② 伯明翰当代文化研究中心，英文名为 Centre for Contemporary Cultural Studies at the University of Birmingham，简称 CCCS。

③ 姜华. 大众文化理论的后现代转向［M］. 北京：人民出版社，2006：2.

④ 张亮，李媛媛. 理解斯图亚特·霍尔［M］. 北京：北京师范大学出版社，2016：6-8.

非传统意义上的知识分子，他的论点政治立场十分鲜明，也许是他自身的多重文化身份影响使然。霍尔始终保持着自己的开放性进行着文化实践，像一名游击战士，哪里存在抵抗，需要斗争和实践，他就奔赴哪个阵地。霍尔根据不同的具体实践需要，采取最恰当的理论方法来剖析和解决问题，有着开放性的理论视野，善于将各种方法和理论结合起来，构建一个暂时的整体。虽然这种方法有时不可避免出现错误或者偏差，但霍尔的研究成效所产生的作用是有目共睹的。正如安吉拉·麦克罗比（Angela McRobbie）所指出的，霍尔的这种兼容并包的宏大理论视野，为后继者“提供了广阔的理论可能空间”[①]，而这也正是霍尔思想和学术的魅力所在。

斯图亚特·霍尔作为一位清醒的马克思主义者，特别关注媒体，保持着反霸权的政治立场，他认为媒体是“占主导地位的政治意识形态”[②]，这也意味着占据主导地位的政治对媒体的严密控制。霍尔认为电视不只传达一个意义，还提供了一个指导观众的意义范围。由此可见，霍尔的论著激发了学者们积极入世，努力参与社会改革，“让知识造福于现实社会”[③]，促进了社会的发展与完善。受霍尔反霸权、关心政治和开放性的文化理论影响，苏珊·柯林斯在三部曲小说中也谈到媒体对社会的影响。小说中设计了两场残酷的饥饿游戏，并通过媒体向大众传播了当权者控制的主流文化意识。女主角凯特尼斯展示了丰富的媒体素养和信息，擅长利用媒体和信息，不仅让她自己和皮塔获胜存活下来，还击败了凯匹特的游戏制作者，破坏了凯匹特的集权控制和霸权文化，并引发了一场革命。在饥饿游戏竞赛即将结束和诞生获胜者的最后关键时刻，柯林斯用细腻的笔触描写了凯特尼斯对媒体素养，以及媒体对国家和政治的干预作用。她在《饥饿游戏》中，在凯特尼斯和皮塔生死存亡的关键时刻写道，因为饥饿游戏是一场电视直播节目，没有胜利者就会令凯匹特人失望，因此，每场饥饿游

① McRobbie, Angela. The Uses of Cultural Studies, A Textbook [M]. London: Sage Publications Ltd., 2003: 28.

② Hall, Stuart & Tony Jefferson. Resistance Through Rituals: Youth Subcultures in Post-War Britain [M]. London: Routledge, 1976: 60.

③ 武桂杰. 霍尔与文化研究 [M]. 北京：中央编译出版社，2008：序 2.

戏都有一名胜利者诞生，而“他们必须要有一个胜利者，否则，大赛组织者就会当众挨一记耳光”①，等待组织者的有可能是残酷的惩罚。苏珊·柯林斯评价了凯特尼斯所生活的帕纳姆社会的信息和媒体实践，而这也反映了柯林斯借由她的书籍表明媒体的工具性作用，以及媒体对政府和政治的极大影响力；这一点正好反映了霍尔所说观众在电视的解码立场和传播范式中的主动地位，也反映了霍尔对“文化霸权”和“接合理论”的结合运用。

斯图亚特·霍尔作为伯明翰文化学派的领军人物，继承了雷蒙·威廉斯（Raymond Williams）关于文化与社会的相关理论和知识，密切关注着战后青年文化这一独特现象的表现，并进一步认为“文化”概念有更明确的物质和实践指向。20 世纪 50 年代包括霍尔在内的一批伯明翰学派学者，广泛地关注着对社会产生重要影响的青年亚文化现象。20 世纪 70 年代中后期是霍尔领导下的伯明翰学术成就最突出的时期，这段时期霍尔等人合编的最成功的作品是《通过仪式抵抗》（1976）和《控制危机》（1978），它们是“霍尔他们在自觉应用‘文化霸权’去建构其文化理论最深刻的案例和实践批评”②。霍尔认为青年文化是一种与文化-阶级结构相关的亚文化附属系统；而“‘青年亚文化群体’形成于社会和文化生活领域。有些青年亚文化群体显现‘父辈’阶级-文化中某些固定的、持久的特征”③。霍尔提出的包含着符号化表现方式的文化，与青少年亚文化群体夸张化、仪式化的行为举止表现更为贴切。

霍尔的青年亚文化理论对柯林斯的创作主题和思想产生了极大影响。柯林斯的小说在青少年中非常受欢迎，这在一定程度上是因为反乌托邦小说对年轻人的长期吸引力。作为越战后成长起来的新一代作家，“苏珊·

---

① ［美］苏珊·柯林斯. 饥饿游戏 I：饥饿游戏［M］. 耿芳译. 北京：作家出版社，2010：298.

② 邹威华. 斯图亚特·霍尔的文化理论研究［M］. 北京：中国社会科学出版社，2014：159.

③ ［英］斯图亚特·霍尔，托尼·杰斐逊. 通过仪式抵抗：战后英国的青年亚文化［C］. 孟登迎，胡疆锋，王蕙译. 北京：中国青年出版社，2015：84.

柯林斯宣称她的明确目标是教育孩子们关于战争方面的知识”①。在《纽约时报书评》（*The New York Times Book Review*）中，加布里埃尔·泽文（Gabrielle Zevin）赞扬了柯林斯是“一位真正懂得为年轻人写作的作家”②，而柯林斯的创作对象主要也是针对战后青少年亚文化群体，为了激励年轻读者们思考世界的正义、暴力、战争和和平等问题。柯林斯的叙述提供了青少年亚文化群体对压迫的反抗和对暴力的抵抗形式，青少年主角对战争等暴力的否定和抗争，也在一定程度上干预了政治。和三部曲小说中的女主角凯特尼斯一样，苏珊·柯林斯也希望看到一个更美好的世界，所以就像嘲笑鸟一样，表现出独特的适应能力，她“采用了苦难的主题并将其带给年轻的成人观众”③，让他们思考复杂的社会实践、女孩在青年亚文化中的缺位、青年文化在斗争中的政治含义等问题。

① McEvoy-Levy, Siobhan. Peace and Resistance in Youth Cultures: Reading the Politics of Peacebuilding from *Harry Potter* to *The Hunger Games* [M]. London: Palgrave Macmillan Publishers Ltd., 2018: 185.

② Hoover, Elizabeth. Suzanne Collins [M]. Farmingtong Hills: Lucent Books, 2012: 44.

③ Bailey, Diane. Suzanne Collins [M]. New York: The Rosen Publishing Group, Inc., 2013: 81.

第四章
柯林斯科幻小说文化身份的表征

表征，英语为“representation”或者“represent”，本身经历过几个世纪的演变过程，在当代文化与文学研究中是关键词之一。雷蒙·威廉斯提出：“representation 即是一个符号、象征（symbol），或是一个意象、图像（image），或是呈现在眼前或心上的一种过程。”[①]雷蒙·威廉斯指出“represent”出现在 14 世纪的英文里，但是到了 17 世纪，它出现了一个重要的延伸用法——“代表他者”。自 18 世纪起，“represent”出现了同源词“representative”用来代表事物的性质或状况。19 世纪中叶起，这个词逐渐成为分辨自然主义和现实主义的一个要素，后来该词的一个旧意涵——从视觉上强调对某物精准的具体化再现，被用于独特的“具象派艺术”（representational art）。20 世纪 60 年代以后，“表征”的意涵有着符号学和结构主义语言学的烙印。“表征”意涵为将抽象的概念转为具体能指的实践过程，也是运用符号或语言生产变化着的意义的行为，表征与权力系统密切相关。

斯图亚特·霍尔通过分析文化的循环进一步指出：在文化的核心意义中，“存在着两个相关的‘表征系统’……第一个系统使我们能赋予世界

① ［英］雷蒙·威廉斯. 关键词：文化与社会的词汇［M］. 刘建基译. 北京：生活·读书·新知三联书店，2005：409.

以意义”[①]，而第二个表征系统试图将事物与符号、概念相结合，用来表示需要表征的意指。约翰·费斯克（John Fiske）认为“representation”是指“制造符号以代表其意义的过程与产物”[②]。王晓路在《文化批评：关键词研究》一书中认为：“表征建构的功能显然交织在社会学、知识学、文化与权力的关系之中。在全球化的历史语境中，表征更是一种复杂意识形态关系的最集中的再现。”[③]

苏珊·柯林斯的《饥饿游戏》三部曲在女性文化身份、青少年文化身份和后殖民文化身份的维度上对帕纳姆国的女性、青少年和被压迫边缘群体各方面的表征，蕴含着她对美国亚群体和边缘群体的主体性的多重探索。苏珊·柯林斯曾在《饥饿游戏》中借凯特尼斯的口不停地追问文化身份，对青少年贡品们的主体性表示质疑与否定，作家在《嘲笑鸟》里多次通过凯特尼斯的话语表达已失去的身份：“我叫凯特尼斯·伊夫狄恩。我今年十七岁，我家住十二区，我参加了饥饿游戏，我幸免于难。”[④] 这其实也是作家对当代美国亚群体身份的一种反思。柯林斯观察到，美国的女性、青少年、黑人等边缘性群体，尤其是青少年群体，遭受着暴力的侵扰和潜在的安全威胁，受到战后美国主流话语的忽视和父权制文化传统的制约。在美国边缘性群体的主体性和文化身份的建构中，话语、暴力、食物、身体等表征都是十分重要的因素。它们与美国亚群体的社会存在和文化存在紧密相连。这些表征因素与美国亚文化之间存在着复杂关系，也启发了柯林斯对美国社会和文化的大胆创新设想，她构建了一个反乌托邦的未来理性社会蓝图，为美国反乌托邦青少年小说奠定了一定基础。

---

① ［英］斯图尔特·霍尔. 表征：文化表象与意指实践［M］. 徐亮，陆兴华译. 北京：商务印书馆，2003：19.

② ［美］约翰·费斯克. 关键概念：传播与文化研究辞典（第二版）［M］. 李彬译. 北京：新华出版社，2004：241.

③ 王晓路等. 文化批评关键词研究［M］. 北京：北京大学出版社，2007：176.

④ ［美］苏珊·柯林斯. 饥饿游戏Ⅲ：嘲笑鸟［M］. 耿芳译. 北京：作家出版社，2011：4.

第一节　女性文化身份的表征

文化身份通过差异与区别“被构成在表现的内部”[①]，“每一个身份都有它的‘边缘’、剩余量或更多其他的东西”[②]。女性主义认为女性处于一个不平等的两性基本关系之中，实现女性的自我价值就是女性文化身份构建的重要缘由。正如乔治·拉伦（Jorge Larrain）所提出的：“只要不同文化的碰撞中存在着冲突和不对称，文化身份的问题就会出现。”[③]苏珊·柯林斯观察到在男权文化中，女性话语长期受到忽视。因此，她在《饥饿游戏》三部曲中，借助凯特尼斯的“嘲笑鸟”话语表征着柯林斯所思考的女性文化身份。同时，学术界有许多学者从社会学的角度解释暴力，认为暴力是社会上广泛存在的一种现象，而人类“本能在其受到威胁或残害时，能够自然爆发”[④]。攻击性不仅在男性身上表现明显，随着社会对男女平等呼声的日益高涨，女性也展示出用暴力反抗不公的倾向。这在苏珊·柯林斯的三部曲小说中有充分的体现。

一、“嘲笑鸟”的话语表征

“话语”，英文为“discourse”，是“逐渐从拉丁语、古英语和古法语的 discursus、dis-cours 等词演变而来的”[⑤]。话语原先多用于语言学领域。相对于“话语”而言，“语言”是个抽象概念，并不能表征某些历史、文化和社会的意义再生过程。斯图亚特·霍尔认为，话语强调的是“特殊的

① ［英］斯图亚特·霍尔，保罗·杜盖伊．文化身份问题研究［M］．庞璃译．开封：河南大学出版社，2010：4.

② ［英］斯图亚特·霍尔，保罗·杜盖伊．文化身份问题研究［M］．庞璃译．开封：河南大学出版社，2010：5.

③ ［英］乔治·拉伦．意识形态与文化身份：现代性和第三世界的在场［M］．戴从容译．上海：上海教育出版社，2005：194.

④ 汪献平．暴力电影：表达与意义［M］．北京：中国传媒大学出版社，2008：6.

⑤ 王晓路．话语理论与文学研究［J］．四川外语学院学报，2008，24（3）：1.

语言或意义”[①]。在谈到表征和语言的关系时，他进一步提到：“表征是经由语言对意义的生产。”[②] 安德鲁·埃德加（Andrew Edgar）认为，“话语是用语言系统构建人类体验社会生活的能指方式”[③]。话语先于个体而存在，影响着人们思考文学和社会文本，也决定了人们的行动，话语与知识和权力密切相关。爱德华·赛义德从对话语运作方式的理解出发，提出：“话语通常把对话者的一方置于另一方之上。”[④] 在于连·沃尔夫莱看来，“（福柯）认为人的主体性和身份本身是不同话语构型的产物”[⑤]。福柯承认自己扩展了“话语”的三种意义：分别是“陈述的整体范围”“个体化的陈述群”“陈述的被调节的实践”[⑥]。权力话语无疑是福柯的核心哲学观点之一。王晓路意识到：话语进入中国视域已多年，“话语在中国学界亦成为高频率运用的中心概念”[⑦]。

苏珊·柯林斯对话语作为女性生存和实践工具的体会十分深刻。话语在帮助柯林斯塑造和修正小说中女性文化身份方面有着重要的意义。柯林斯的小说结合了真人秀、古希腊神话和战争的一些话语、场景和图画，塑造了许多生动的女性形象，她们丰富地表现了父权制文化压迫下的边缘化女性群像特征：“一些简单、生动、令人难忘、易于掌握和被广泛认可的刻板人物形象特征。”[⑧] 柯林斯立场鲜明地表达着女性的话语权力，将凯特

---

① ［英］斯图尔特·霍尔. 表征：文化表象与意指实践［M］. 徐亮，陆兴华译. 北京：商务印书馆，2003：6.

② ［英］斯图尔特·霍尔. 表征：文化表象与意指实践［M］. 徐亮，陆兴华译. 北京：商务印书馆，2003：28.

③ Edgar, Andrew & Peter Sedgwick. Key Concepts in Cultural Theory［M］. London and New York: Routledge, 1999: 117.

④ Said, Edward W. The World, the Text, and the Critic［M］. Cambridge, MA: Harvard University Press, 1983: 48-49.

⑤ ［美］于连·沃尔夫莱. 批评关键词：文学与文化理论［M］. 陈永国译. 北京：北京大学出版社，2015：84.

⑥ ［法］米歇尔·福柯. 知识考古学［M］. 谢强，马月译. 北京：生活·读书·新知三联书店，1998：98.

⑦ 王晓路. 话语理论与文学研究［J］. 四川外语学院学报，2008，24（3）：5.

⑧ Hall, Stuart. The Spectcle of the “other”［A］. Stuart Hall. Representation: Cultural Representations and Signifying Practices［C］. London, Thousand Oaks and New Delhi: SAGE Publications Ltd., 1997: 258.

尼斯逐渐变为“嘲笑鸟”，成为一个符号，而这个符号最终成就了一个女权的神话，表征着女性与文化、社会、权力的紧密关系。

在《饥饿游戏》的开场，没有举行饥饿游戏抽签之前，女主角凯特尼斯只是一个挑起了家庭重担以偷猎为生的16岁女孩。在小说中当她被选中成为贡品时，市长的女儿马奇在送别凯特尼斯时，将戴在自己裙子上的圆形嘲笑鸟金胸针送给凯特尼斯，好让她在竞技场戴上一件，可以让她“想起家乡的东西”①，嘲笑鸟胸针只是一件女孩佩戴的普通饰品。在改编的《饥饿游戏》电影中嘲笑鸟胸针只是凯特尼斯在霍伯黑市用黑莓交换过来的附带赠品，售货的老妇送给她时表情悲伤，而凯特尼斯把这枚嘲笑鸟胸针送给妹妹波丽姆，希望它可以保护她，为她辟除灾祸。最后，波丽姆在姐姐凯特尼斯代替她参加饥饿游戏时，又将其送回给了凯特尼斯，希望这个胸针庇佑姐姐平安。嘲笑鸟胸针成为了保护他人的象征。苏珊·柯林斯对嘲笑鸟金胸针赠予情节的改写，也表明了她决心将凯特尼斯塑造成为革命代言人。凯特尼斯保护妹妹体现出的自我牺牲精神，得到了第12区公民的认可，他们以左手的“三指敬礼”表达了同区人对她发自内心的崇敬，而同样被选中的皮塔·麦拉克却没有得到这样的礼遇。凯特尼斯被送到凯匹特成为贡品之后，被剥夺了和家庭的联系，成为电视前展示给观众欣赏的游戏贡品，逐渐被客体化，设计师西纳为她用心设计的服饰让她获得好评、赢得观众的目光。只有当她真正进入竞技场，和露露结为同盟，凯特尼斯为露露的死举办隆重的葬礼时，凯特尼斯的人性才熠熠生辉，而当她在竞赛最后和皮塔一起准备赴死时，她给皮塔毒浆果的行为让她被解读为“蔑视凯匹特”②，她的行为使她成为了保护和反抗的象征；又因嘲笑鸟是“对凯匹特的一种嘲讽”③——凯匹特用转基因技术制造出监听各区的转基因“杂种鸟”或“叽喳鸟”，而它们反被各区人民利用来谎报假信息愚弄凯匹特，由此，这些鸟被遗弃，但在野外雄性“‘叽喳鸟’和雌‘嘲鸟’

① ［美］苏珊·柯林斯. 饥饿游戏Ⅰ：饥饿游戏［M］. 耿芳译. 北京：作家出版社，2010：33.

② ［美］苏珊·柯林斯. 饥饿游戏Ⅱ：燃烧的女孩［M］. 耿芳译. 北京：作家出版社，2011：104.

③ ［美］苏珊·柯林斯. 饥饿游戏Ⅰ：饥饿游戏［M］. 耿芳译. 北京：作家出版社，2010：37.

交配，育出了一个全新品种，它能学所有的鸟叫，也可以模仿人类的歌声”①，即嘲笑鸟，所以她佩戴的嘲笑鸟胸针可以表征她的这种反叛性和保护性功能，她也逐渐成为了嘲笑鸟的象征。凯匹特的斯诺总统已经意识到了这点，因此，他警告凯特尼斯，试图将她女性柔弱、恐惧的一面展现出来，让她回归为一个易受伤害的女孩形象。

在《燃烧的女孩》里，凯特尼斯穿上西纳为她设计的着火的婚纱变成一只嘲笑鸟，世纪极限赛的主持人凯撒·弗里克曼也发现了嘲笑鸟的象征意义：“在凯匹特被视作华而不实的服饰配件的胸针，正以一种完全不同的方式在各个地区引起共鸣。”②显然，斯诺总统也发现了凯特尼斯在火中嬗变的意义。斯诺总统曾在胜利巡演开始前警告凯特尼斯，对她说：“凯特尼斯·伊夫狄恩，燃烧的女孩，你点燃了一颗火星，任其蔓延，也许这颗火星会变成地狱之火，将整个帕纳姆国摧毁。”③在世纪极限赛的电视访谈最后，各区贡品联合起来牵手的行为表达了团结反抗的星星之火已经点燃，在这里凯特尼斯已经开始向嘲笑鸟符号转变。

在《嘲笑鸟》中，凯特尼斯最后穿上了西纳为她设计的嘲笑鸟制服，真正成为了科恩控制的用来反抗凯匹特的一个符号和工具。对于凯特尼斯作为嘲笑鸟的这种表征意义，普鲁塔什·海文斯比在451特别小分队刚组建时就清楚地表明了他们在战争中的作用，只要小分队直播在凯匹特的作战情况，就能让凯特尼斯“调动所有积极的力量，参加到反抗运动中来。”④第13区的科恩总统和凯匹特的斯诺总统一样明白凯特尼斯的这种力量和象征性，她消除了凯特尼斯性格上的缺陷，发掘出她的个性，将她的形象提升为一个斗士和圣徒的形象。这种对比、表征和反表征可以从《嘲笑鸟》中，凯特尼斯带领的451战斗特别小分队（Squad 451）突击凯匹特时，斯诺和科恩都表现出期盼凯特尼斯消失，针对她的死分别作了电视发言。斯诺首先向帕纳姆国发表电视讲话，他说凯特尼斯并不是一个革命的

---

① ［美］苏珊·柯林斯. 饥饿游戏Ⅰ：饥饿游戏［M］. 耿芳译. 北京：作家出版社，2010：38.
② Collins，Suzanne. Catching Fire［M］. New York：Scholastic Press，2009：253.
③ ［美］苏珊·柯林斯. 饥饿游戏Ⅲ：嘲笑鸟［M］. 耿芳译. 北京：作家出版社，2011：6.
④ ［美］苏珊·柯林斯. 饥饿游戏Ⅲ：嘲笑鸟［M］. 耿芳译. 北京：作家出版社，2011：232.

领导人："她不过是一个贫穷的、反复无常擅长箭术的小丫头。她并不是一位伟大的思想家，根本没有策划反叛的能力。"① 而科恩总统紧接着发表了电视讲话插入了斯诺总统的电视紧急直播，将她自己作为反叛领袖介绍给了帕纳姆人民，并大力颂扬和称赞了凯特尼斯，表征了凯特尼斯的号召和领导力量："在她的感召下，帕纳姆国的奴隶变成了自由的斗士。"② 帕纳姆国的内战虽然是一场实体之战，但也演变成了以凯特尼斯为中心的意识形态之战。虽然凯特尼斯本人并没发出口号和话语，但是她勇敢地直面自己本心的行为，蔑视死亡的气度，进一步增加了她的传奇色彩和神话气质。

在《嘲笑鸟》中，凯特尼斯主动地挑起了自己的责任，接受了嘲笑鸟这个领导角色，建构了一个关于嘲笑鸟的神话，突显了大众在共同愿景下团结起来颠覆压迫和霸权的重要性。在柯林斯看来，通过凯特尼斯的话语塑造帕纳姆和当下女性文化身份十分必要。凯特尼斯的话语的移情力量、号召力量和团结力量十分突出，嘲笑鸟的口号和歌声就是话语的活力之源。凯特尼斯作为嘲笑鸟，按照科恩总统的拍摄要求一遍又一遍地录制口号："帕纳姆的人民，我们要勇敢，我们要战斗，我们要为了正义而结束饥饿！"③然而，这句口号却毫无感召力。只有当凯特尼斯被送往第 8 区亲自参加战斗抗击凯匹特轰炸机时，当她看到战争带给第 8 区的惨状之后，她痛心疾首地呐喊，才产生了广泛的号召和团结力量，点燃了革命的燎原之火："熊熊火焰已经点燃，如果我们被点燃，你们也会和我们一样葬身火海！"④ 这段感人肺腑的话，激励着各区的反抗大军前赴后继、不断勇往直前，将革命推向高潮。在小说中这段话出现了两次。凯特尼斯的口号意指扩展了小说叙事的文本界限。柯林斯在创作《饥饿游戏》三部曲时，电

---

① Collins, Suzanne. Mockingjay [M]. New York: Scholastic Press, 2010: 294.

② [美] 苏珊·柯林斯. 饥饿游戏Ⅲ：嘲笑鸟 [M]. 耿芳译. 北京：作家出版社，2011：266.

③ [美] 苏珊·柯林斯. 饥饿游戏Ⅲ：嘲笑鸟 [M]. 耿芳译. 北京：作家出版社，2011：65-66.

④ [美] 苏珊·柯林斯. 饥饿游戏Ⅲ：嘲笑鸟 [M]. 耿芳译. 北京：作家出版社，2011：91，96-97.

视上正在播出真人秀节目和“伊拉克和阿富汗战争的报道”①，这些都给予了她灵感，也触动了她对儿时父亲参加越南战争的创伤记忆。因此，柯林斯也从侧面对美国发起的伊拉克和阿富汗战争进行了批判。

此外，柯林斯的小说和电影作品中多次描述了凯特尼斯的歌声和歌曲。她在露露死时，通过唱摇篮曲来抚慰她，她在第 12 区拍摄时“不假思索地唱起了露露的四个音符的小调”②，这是第 11 区收工时常哼唱的小曲，凯特尼斯还唱了一首催人泪下的《上吊树》悲歌：“你是否，是否，会来到这棵树旁，在这棵树上，吊死了一个夺去三条命的人。在这里发生了奇怪的事啊，可更奇怪的是，我们午夜在这棵上吊树下相会……”③ 在小说中，拍摄团队捕捉到了凯特尼斯无意识下的歌曲力量并将这首歌用于鼓动各区反叛的宣传视频中。《上吊树》悲歌体现的不仅仅是被压迫人群的文化适应，更倾注了移情的特质，死亡胜过苟延残喘，许多人为了自由献出了生命。在《嘲笑鸟》影片中，第 5 区的反叛人士一边唱着这首歌去摧毁向凯匹特供电的水电大坝，一边随时准备自杀赴死。苏珊·柯林斯颂扬了这些反叛歌曲的移情力量和号召力量。小说也详细地讲述了这首歌曲的起源和意义。这首歌是凯特尼斯小时候爸爸所教，那时她并不知道歌曲的真正含义，长大后感受了凯匹特的压迫，经历了几次残酷的饥饿游戏幸存下来之后，这首歌曲给她新的意义和感受。这些歌曲都是苏珊·柯林斯对美国音乐和文学的重要创造。这些歌曲和小调都是语言的意指，在柯林斯创造的虚拟空间中观察它们，让我们看到了话语的力量。无论是歌声还是文字，都能塑造柯林斯想要的女性文化身份，也体现了美国人民和处于战火下的世界人民的精神需要，就像和平反战运动和民权运动中所创造的众多反抗歌曲，这些歌曲和符号发挥了重要的作用。

---

① Llanas, Sheila Griffin. How to Analyze the Works of Suzanne Collins [M]. North Mankato: ABDO Publishing Company, 2013: 19.

② [美] 苏珊·柯林斯. 饥饿游戏Ⅲ：嘲笑鸟 [M]. 耿芳译. 北京：作家出版社，2011：111.

③ [美] 苏珊·柯林斯. 饥饿游戏Ⅲ：嘲笑鸟 [M]. 耿芳译. 北京：作家出版社，2011：112-113.

二、法律与反抗的暴力表征

暴力是一个非常复杂的概念，“自 18 世纪中叶以来，这个术语自身经历了明确的‘民主化’的进程”①。约翰·基恩（John Keane）认为暴力是一种“对他人身体进行侵犯”并导致一系列严重身体和心理“后果的行为”②。兰德尔·柯林斯（Randall Collins）从微观社会学的角度解读暴力，认为暴力的表现“方式往往与正常情境中的传统道德背道而驰”③。苏珊·柯林斯的《饥饿游戏》三部曲小说故事，毫无疑问，承认了暴力的重要性。三部曲中的暴力表现为凯匹特处于主导地位控制的暴力世界和为抵制凯匹特主导性暴力的神圣暴力。小说也通过暴力表征着人类战争的残酷性和复杂性，少数特权等级的压迫和人民的解放斗争，对暴力的根源的控诉，对和平美好世界的推崇。凯匹特在“黑暗时期”的动乱之后，建立了主权统治，完善了一系列的法律和暴力规范系统，但这种法律和暴力以及破坏法律的暴力之间关系如何？暴力公平与否？暴力在工人阶级的斗争和革命中所起的作用怎样？纵观瓦尔特·本雅明（Walter Banjamin）、斯拉沃热·齐泽克（Slavoj Žižek）、卡尔·海因里希·马克思（Karl Heinrich Marx）和弗拉基米尔·伊里奇·列宁（Vladimir Ilyich Lenin）的著述，再联系并整体分析柯林斯的科幻小说，我们可以从中找到相关问题的答案。

瓦尔特·本雅明审视了暴力与法律的问题，特别推崇法律保护人们免受暴力侵害，但本雅明也认为，即使是立法过程和宪法也涉及了暴力问题，“暴力在法律制定中的作用是双重的……它以暴力为目的，以暴力为手段，以将要确立的法律为依据，追求其目的并且明确地确立了法律，不是以暴力为手段，而是一个在权力的名义下必然和密切相关的法律”④。在

① ［英］约翰·基恩. 暴力与民主［M］. 易承志，荣启涵，黄振乾，魏巍，张春满译. 北京：中央编译出版社，2014：19.

② ［英］约翰·基恩. 暴力与民主［M］. 易承志，荣启涵，黄振乾，魏巍，张春满译. 北京：中央编译出版社，2014：23.

③ ［美］兰德尔·柯林斯. 暴力：一种微观社会学理论［M］. 刘冉译. 北京：北京大学出版社，2016：5.

④ Benjamin, Walter. Critique of Violence［A］. Ed. Marcus Bullock & Michael W. Jennings. Walter Benjamin: Selected Writings Volume 1［C］. Cambridge: Harvard University Press, 1996: 248.

本雅明的观念里，为了维护权力和法律，保护法律的暴力是必要的，这包括警察和暴力。因此，本雅明认为“暴力的第一个功能被称为立法功能”，而且他进一步提出暴力的“第二个功能将被称为维护法律功能”[①]。可见，本雅明将立法和法律的保护都视为暴力。本雅明还区分了第三种暴力，即破坏法律的暴力，并将其视为神圣的暴力。对于三种暴力，他总结道：“神圣的暴力可能在真正的战争中表现出来，就像人群对罪犯的神圣判断一样。但是，我们称之为‘行政’的所有神话，立法暴力都是有害的。法律保护也是有害的，‘行政’服务于它的暴力。神圣的暴力，这是标志和印章，但绝不是神圣派遣的手段，可以称为‘主权’的暴力。”[②]

显然，在柯林斯的小说中，凯匹特建立了法律，不同地区民众拥有不同的权力，凯匹特以明显的和微妙的方式执行着暴力统治，而神圣的暴力最终为各区人民提供了解决方案，让他们摆脱了凯匹特的压迫和统治。

斯拉沃热·齐泽克扩展了本雅明对于神圣暴力的定义。为了维护正义的目的，暴力袭击似乎无处不在。齐泽克认为，当人们在他们深受压迫的历史中达到一个临界点或突破点时，人们会奋起反击，不管他们的生命要冒多大风险，他们都会拒绝继续忍受。齐泽克进一步提出：主观性暴力（subjective violence）（犯罪、恐怖）、客观性暴力（objective violence）（种族主义、仇恨演讲，歧视）、象征性暴力（symbolic violence）（语言、形式）和系统性暴力（systemic violence）（经济和政治制度的灾难性影响）。“‘主观性’暴力是……最明显的部分”[③]，而象征性暴力体现在语言和形式中（*Six Sideways Reflections* 1），“系统性”暴力，我们可以说是经济和政治体系平稳运行所带来的灾难性后果（*Six Sideways Reflections* 2）。客观暴力是最普遍的，是看不见的，是我们对现状的接受，例如警察的存在使我们安全，监控和摄像机的存在旨在维护社会的和平与系统的正常。齐泽

① Benjamin, Walter. Critique of Violence [A]. Ed. Marcus Bullock & Michael W. Jennings. Walter Benjamin: Selected Writings Volume 1 [C]. Cambridge: Harvard University Press, 1996: 241.

② Benjamin, Walter. Critique of Violence [A]. Ed. Marcus Bullock & Michael W. Jennings. Walter Benjamin: Selected Writings Volume 1 [C]. Cambridge: Harvard University Press, 1996: 252.

③ Žižek, Slavoj. Violence: Six Sideways Reflections [M]. New York: Picador, 2008: 1.

克认为系统性暴力造成的伤害是最大的。在柯林斯的三部曲中，我们看到了这些暴力在运作。在黑暗时期结束之后，第13区名义上被消灭，但是为了警醒世人，维护和平，凯匹特在“惩处叛逆的条约中制定了新的法律”[①]，新法律制定之后，凯匹特通过治安警强制执行，采取任何必要手段来使各区遵守法律，包括公共鞭打、持续监视、每年举办饥饿游戏等，让各区明白凯匹特可以随时带走各区的孩子，如果反抗，“就像我们灭掉第十三区一样”[②]，毁掉各区。在第三部《嘲笑鸟》故事后期，各区勇敢反抗暴政，凯匹特加强武力制止叛乱，如增派治安警、延长各区人民劳动时间、严密封锁各区食物和生活必需品的配给，任何胆敢试图挑战凯匹特权威的人都会迅速和严厉地遭受暴力惩罚，如第8区计划发生暴动时，“直升机投放炸弹，将暴动者占领的地点直接化为灰烬”[③]，凯匹特还将有反叛倾向的工人集中在上班的制服生产工厂，炸掉了工厂，“厂里所有人都命丧黄泉”[④]。凯匹特用暴力强制执行国家安全的法律，是齐泽克所谓的客观暴力的一部分。饥饿游戏也是凯匹特强制执行法律的客观暴力的一部分，然而一旦进入竞技场，贡品们之间的相互残杀却是主观暴力的一部分。各区民众被强制要求参与和观看饥饿游戏比赛，对于参加者和观众来说，这已经成了帕纳姆国固有的系统性暴力的一部分。

对于如何建立适合工人阶级的社会，列宁提出：当处于执政党的资产阶级对工人的压迫、残酷剥削达到一定界限时，革命才是解决问题的根本方案。工人们需要“被唤醒他们的阶级意识”，并且必须团结一致，才能获得“从资本家的枷锁中解放出来的自由”[⑤]。列宁认为：“如果不推翻资本家，就不可能建立真正的民主和平，而非暴力强加的和平，就不可能结

① ［美］苏珊·柯林斯. 饥饿游戏Ⅰ：饥饿游戏［M］. 耿芳译. 北京：作家出版社，2010：16.

② ［美］苏珊·柯林斯. 饥饿游戏Ⅰ：饥饿游戏［M］. 耿芳译. 北京：作家出版社，2010：17.

③ ［美］苏珊·柯林斯. 饥饿游戏Ⅱ：燃烧的女孩［M］. 耿芳译. 北京：作家出版社，2011：128.

④ ［美］苏珊·柯林斯. 饥饿游戏Ⅱ：燃烧的女孩［M］. 耿芳译. 北京：作家出版社，2011：129.

⑤ Lenin, Vladimir Ilyich. The Communist Manifesto and Other Revolutionary Writings［M］. Mineola: Dover, 2003: 203.

束战争。”[①] 在叛乱发生之前，帕纳姆国一直是一个充斥着暴力的世界。而作为第十二区贡品的凯特尼斯一直抵制这种暴力，拒绝接受现状，并反对不公正的法律。在妹妹被选做贡品时，她主动充当志愿者代替妹妹波丽姆赴死，体现了感人的亲情；在竞技场，她为同伴露露举行鲜花葬礼，做着最后的告别，体现了伙伴的友情；比赛即将结束时，她拒绝成为凯匹特所期待的非人化动物，与假装的恋人皮塔一起赴死，体现了感人的同区邻里之情，她拒绝接受凯匹特强加的比赛条款，播下了抵抗的种子，让神圣的暴力在各区扎根。系统性暴力在各区达到了临界点。各区工人和农民对生活环境的绝望情绪也达到了临界点，只需要催化就可爆发系统性暴力和反叛行为。赛后巡演前，斯诺总统从凯匹特来到凯特尼斯家里，并对凯特尼斯提出警告，因为他明白：凯特尼斯在游戏中最后拿出毒浆果的一幕，已经让几个区认为这个把戏“是对凯匹特的公然蔑视，而非爱情的表白”[②]。斯诺认识到凯特尼斯已经点燃了反叛的第一把火，所以要求她在巡演中“平息各区的反叛情绪”[③]，凯特尼斯在胜利巡演中，也发现了这点，譬如巡演区的人们欢呼凯特尼斯的名字时，不像欢呼更像“是复仇的呼唤”[④]。各区涌动着愤怒的狂潮，叛乱一触即发，凯特尼斯意识到无法控制工人的行动。柯林斯与马克思的观点一致，“马克思本人反对死板的教条、军事恐怖、政治压迫和独断专行的国家权力”[⑤]，凯特尼斯反抗恐怖政府死板教条和凯匹特压迫的行为成为了叛乱的动力，凯匹特与各区的暴力斗争迫在眉睫。

为了推翻凯匹特的权力，第13区反叛分子利用各区的反叛情绪和凯特

① Lenin, Vladimir Ilyich. The Communist Manifesto and Other Revolutionary Writings [M]. Mineola: Dover, 2003: 228.

② [美] 苏珊·柯林斯. 饥饿游戏Ⅱ：燃烧的女孩 [M]. 耿芳译. 北京：作家出版社，2011：19.

③ [美] 苏珊·柯林斯. 饥饿游戏Ⅱ：燃烧的女孩 [M]. 耿芳译. 北京：作家出版社，2011：72.

④ [美] 苏珊·柯林斯. 饥饿游戏Ⅱ：燃烧的女孩 [M]. 耿芳译. 北京：作家出版社，2011：64.

⑤ [英] 特里·伊格尔顿. 马克思为什么是对的 [M]. 李杨，任文科，郑义译. 北京：新星出版社，2011：33.

尼斯这一反叛象征引发了帕纳姆国的全国暴动和战争。第13区录制了凯特尼斯号召反叛的话语，使其变成了战斗的口号，煽动各区民众持续战斗的热情，使各区人民团结一致，从而取得了最后的胜利。正如中国无产阶级伟大领袖毛泽东（Chairman Mao Zedong）所言，“唤起民众……结成国内的统一战线”[①]，革命才能有望获得胜利。柯林斯在小说中，虚构了以第13区科恩总统和凯匹特第75届饥饿游戏世纪极限赛的赛组委主席普鲁塔什·海文斯比为首的工人阶级领导的政权，团结各辖区一切的和平和反抗力量，共同反抗凯匹特斯诺总统的斯诺独裁统治，这与毛泽东的主张颇有相似之处。

《饥饿游戏》三部曲提出了许多关于战争和暴力的原因、成本和后果问题。没有战争和暴力，变革会发生吗？什么时候需要战争？有没有正义战争或者是合理的战争？暴力游戏是否公平、是否应该遵守道德底线？在战争中，伤亡情形如何？毫无疑问，柯林斯关注战争中的青少年，她写战争故事就是为了青少年。她借助小说中凯特尼斯对妹妹波丽姆和同伴露露的记忆表达了她对战争的思考，“难道她们不正是我要去斗争的理由”[②]，虽然露露已经不幸去世，但对于被统治区那些“一张张小脸还不算晚”[③]。

在帕纳姆的恐怖窒息统治中，只有战争和暴力才能使各区摆脱奴役和压迫。凯特尼斯认为反击，甚至暴力和战争都是合理的，因为她认识到凯匹特及其治安警对他们的暴力压迫和不公平对待十分不合理。在我们今天的世界中，这些也是美国政府经常抛出的论调，在美国政府看来“9·11”恐怖袭击事件为他们的反恐战争提供了正义的辩护，但并非所有人都同意只有暴力和战争才是问题的答案。

朱迪斯·巴特勒认为，暴力是最糟糕的状态。作者生活的美国社会充斥着暴力，“我们准备发动更多的暴力，也许未来我们会以‘反恐战争’

---

① 毛泽东. 论人民民主专政——纪念中国共产党二十八周年［M］. 北京：新华书店，1949：5-6.

② ［美］苏珊·柯林斯. 饥饿游戏Ⅱ：燃烧的女孩［M］. 耿芳译. 北京：作家出版社，2011：108.

③ ［美］苏珊·柯林斯. 饥饿游戏Ⅱ：燃烧的女孩［M］. 耿芳译. 北京：作家出版社，2011：109.

为名发动永无止境的战争"[①]，巴特勒批判了这种人为的社会暴力，在暴力状态下人类易受霸权和强权的摆布和控制，生命脆弱不安。譬如反恐战争导致"20万伊拉克儿童死于海湾战争及其余波"[②]，他们并没有被媒体报道，也被遗忘了姓名。暴力面前女性群体尤其容易受到伤害，例如"全球范围内，在约50个有关针对妇女的躯体暴力的人群调查结果表明，10%~70%的妇女在她们的一生中都曾经遭受过暴力侵害，性别暴力行为是一种普遍存在的现象，并且广泛存在于各种人群中，而不随地区、种族、年龄、文化程度而变化……在美国，每年有将近4百万的妇女遭受身体虐待"[③]。在三部曲中，反对暴力和战争的和平主义就是在这种情况下的一种选择，皮塔就是这样一位清醒的和平主义者，在《嘲笑鸟》里，他在电视中呼吁双方停火，"仔细想想这场战争对人类意味着什么……彼此屠杀直至最终灭绝?"[④] 盖尔出色的军事策略导致更多人在战争中丧生，凯特尼斯认为这在道德上是错误的，所以凯特尼斯最终嫁给了和平爱好者皮塔。苏珊·柯林斯借由凯特尼斯给出了她的答案，揭示了暴力的意义：反对战争和暴力，坚决选择与和平主义者为伍。

第二节　青少年文化身份的表征

美国学者约翰·吉利斯（John R. Gillis）等人的研究表明，作为社会学和政治学意义上的"青年"一词大约在18世纪70年代以后才出现的[⑤]。20世纪20年代起，青年和青少年问题就受到了美国社会学界的密切关注和系统研究。自20世纪80年代以来，随着全球性的消费模式同质化的显

---

① ［美］朱迪斯·巴特勒. 脆弱不安的生命——哀悼与暴力的力量［M］. 何磊，赵英男译. 郑州：河南大学出版社，2013：23.

② ［美］朱迪斯·巴特勒. 脆弱不安的生命——哀悼与暴力的力量［M］. 何磊，赵英男译. 郑州：河南大学出版社，2013：28.

③ 郭素芳主编. 性别暴力的医疗干预——医务人员资源手册［M］. 北京：中国协和医科大学出版社，2006：5.

④ ［美］苏珊·柯林斯. 饥饿游戏Ⅲ：嘲笑鸟［M］. 耿芳译. 北京：作家出版社，2011：24.

⑤ Gillis, John R. Youth and History: Tradition and Change in European Age Relations 1770-Present［M］. New York: Academic Press, 1981: 38.

现，互联网消费和符号消费文化日渐兴盛，青少年亚文化身份呈现出多样化特色。到了20世纪末和21世纪初，西方学术界明确地出现了“后亚文化研究” （Post-subcultural Studies）[①] 或“后亚文化理论” （Post-subcultural Theory）[②] 的相关提法，“旨在阐释亚文化人群在多变繁复的新传媒时代和日益普泛的文化符号消费时代所产生的身份混杂现象”[③]。柯林斯借助食物在青少年生活中的表征和游戏在传播活动中的表征，来揭露和批判当代美国和世界青少年所面临的各种问题，关注因弱势身份归属被边缘化的青少年亚文化群体。正如斯图亚特·霍尔所言，“在虚拟化、碎片化的文化空间‘游走’的青年亚文化群体与自身真实的经济政治处境之间的复杂联系”。[④] 柯林斯呼吁政府和民众在政治、生活和文化中对他们的关心和帮助，引发读者反思和重新审视世界上对青少年群体的不公正对待，以及揭露社会对青少年群体的忽视现象，呼唤大众对青少年群体的关爱，提出对青少年边缘身份的认可和肯定。

一、食物在青少年生活中的表征

食物与社会文化、经济和政治结构息息相关。在人类的早期文明中，与食物相关的仪式和活动“普遍被用来界定并巩固精英阶层的特权地位”[⑤]，食物以各种方式从农民上缴到统治阶层，再被重新分配成为口粮，以支持统治阶层的统治地位，食物表征了权力的结构。尤金·N. 安德森（E. N. Anderson）写道：“作为社会地位、礼仪地位、特殊场合以及其他

① Muggleton, David & Rupert Weinzierl. The Post-subcultures Reader [M]. Oxford & New York: Berg Publishers, 2003: 3-9.

② Bennett, Andy., Kahn-Harris, Keith. After Subculture: Critical Studies in Contemporary Youth Culture [M]. New York: Palgrave Macmillan, 2004: 11.

③ [英] 斯图亚特·霍尔，托尼·杰斐逊. 通过仪式抵抗：战后英国的青年亚文化 [C]. 孟登迎，胡疆锋，王蕙译. 北京：中国青年出版社，2015: 18-19.

④ [英] 斯图亚特·霍尔，托尼·杰斐逊. 通过仪式抵抗：战后英国的青年亚文化 [C]. 孟登迎，胡疆锋，王蕙译. 北京：中国青年出版社，2015: 19.

⑤ [美] 汤姆·斯坦迪奇. 舌尖上的历史：食物、世界大事件与人类文明的发展 [M]. 杨雅婷译. 北京：中信出版社，2014: 43.

社会要素的标志，食物与其说是营养的来源，还不如说是一种交流手段。”[①]食物承载着多种文化形象的灵活媒介，勾连着社会的多个方面。食物已经不仅仅是一种生存所需，罗兰·巴特（Roland Barthes）在《迈向当代食品消费的社会心理学》一文中指出，食物“概括并传递了一种情况；构成一个信息；它表示……它是一个真实的符号，也许是一个通信系统的功能单元”[②]。食物的种类、食物的准备方法、食物的吃法都是反映人类文化的因素，也是社会和政治问题的反映元素。马西莫·蒙塔纳里（Massimo Montanari）认为食物表征着文化，食物是“表达和交流身份最有效的手段”[③] 之一。同样，唐娜·R. 加巴夏（Donna R. Gabaccia）坚持认为，为了“理解不断变化的美国身份，我们还必须探索食物的表征力量，以反映变化或过渡时期的文化或社会之间的亲密关系”[④]。在中国，“把食物用于道德教化是一个可上溯至《诗经》时代的传统”[⑤]。例如，在《诗经·棉蛮》就有“饮之食之，教之诲之”等表达说明了王政需要满足人民的物质需求，并能为人们提供道德指引。苏珊·柯林斯在《饥饿游戏》三部曲中将被管辖区食物的严重匮乏和都城凯匹特食物的极大浪费进行了鲜明对比，塑造了一个食物矛盾冲突的北美未来反乌托邦国家。柯林斯还通过被管辖区匮乏食物和凯匹特丰富食物对比，描绘了人们对权利的冲动以及对正义和爱的渴望。柯林斯不断揭示她对食物作为文化、社会、政治和个人渴望的隐喻的复杂理解，当她塑造一个反乌托邦的未来时，她通过饥饿最好地描绘了这场未来帕纳姆的叛乱，食物也表征着独立，诸如此类。

第 74 届饥饿游戏启动之前，帕纳姆国社会功能严重失调，食物分配的

---

① Anderson, E. N. The Food Of China [M]. New Haven and London: Yale University Press, 1988: 201.

② Barthes, Roland. Toward a Psychosociology of Contemporary Food Consumption [A]. Ed. C. Counihan and P. Van Esterik. Food and Culture: A Reader [C]. NY: Routledge, 1997: 21.

③ Montanari, Massimo. Food Is Culture [M]. Trans. Albert Sonnenfeld. New York: Columbia University Press, 2004: xi.

④ Gabaccia, Donna R. We Are What We Eat: Ethnic Food andd the Making of Americans [M]. Cambridge: Harvard University Press, 1998: 9.

⑤ 余文章，邓小虎. 臧否饕餮：中国古代文学中的饮食书写 [M]. 刘紫云，姚华等译. 北京：北京大学出版社，2018：9.

不平衡导致了权力失衡。在不公平的凯匹特法案中，凯匹特获得了十二个区的产品的所有好处，各辖区本身在近乎饥饿的情况下运作。这种不同寻常的文化根源于当代的美国社会，小说通过描述食物使用的社会习惯揭示这种文化的复杂性。通过马克思主义的视角考察《饥饿游戏》三部曲，我们不难看到帕纳姆与当代美国之间的相似之处。美国的贫富差距在持续扩大："从1979年到2010年，前1%最富家庭的平均收入增长率比60%中等收入家庭和50%的最低收入家庭增加了4到5倍。"[①]托马斯·皮凯蒂（Thomas Piketty）最近的著作《二十一世纪的资本论》（*Capital in the Twenty-First Century*）提出，21世纪的美国可能走向另一个镀金时代，在这个时代，不平等和经济差异可能威胁到"民主社会所依据的价值观和结构"[②]。尤金·N. 安德森认为文化规范、习俗和行为是相互产生的，并声称"食物在每个社会都用来传达信息，其中最突出的是传递群体团结的信息"[③]。他继续将文化定义为以实践为导向，"食物通道"表征着阶级、性别、种族和地区特征的结构[④]。安德森的想法与《饥饿游戏》三部曲相吻合。在《饥饿游戏》三部曲中，帕纳姆的每个辖区，甚至边远的第12区不仅形成了基于该地区所代表产品的身份表征，而且各地区公民还养成了应对食物匮乏的处理方式，以及生产地区特定产品的独特个性。每个被管辖区都必须向凯匹特都城运送不同的原材料，如第11区提供粮食、第4区提供鱼类。凯匹特政府虽然采用了带电栅栏隔离各区，禁止各区之间互动，以防各区团结和联合叛乱，但人们通过一年一度的饥饿游戏观看到了凯匹特都城的奢侈和闲适，反观各边远地区自身的饥饿现状，被统治区民众还是异常抵触凯匹特的暴政。未来帕纳姆国的构想根源于美国的现状，历史学家哈维·莱文斯坦（Harvey Levenstein）写道，"美国当前的文化已

---

① Baumbach, Teresa. *The Hunger Games*: 'CHE VUOI?', Divine Violence, and The Failure of Utopian Imagination [D]. Vermillion: The Univeristy of South Dakota, 2015: 11.

② Piketty, Thomas. Capital in the Twenty-First Century [M]. Trans. Arthur Goldhammer. Cambridge: Harvard University Press, 2014: 1.

③ Anderson, E. N. Everyone Eats: Understanding Food and Culture [M]. New York: New York University Press, 2005: 6.

④ Anderson, E. N. Everyone Eats: Understanding Food and Culture [M]. New York: New York University Press, 2005: 6.

经学会了如何确保丰富的食物供应，但这种能力很少让我们满意”[①]。哈维·莱文斯坦在一项关于世界许多国家对食物的态度的跨文化研究中进一步指出：“许多美国人都有这样的感觉……食物既是毒素又是营养物质。”[②]随着食物的表征从日常所需转向政治权力游戏，苏珊·柯林斯坚持小说中的自然食物、有毒食物、浪费食物这三个主题，特别是凯特尼斯巧妙地将反叛与有毒食物——毒浆果。在《饥饿游戏》三部曲中，食物表征形式多样，下文拟重点分析食物的自然表征、食物的毒素表征、食物的饕餮表征这三种方式。

在《饥饿游戏》三部曲中，食物的自然表征主要体现为凯特尼斯从小受她父亲的教导，为了补充家中的口粮，为了给家人进一步的生存保障，满足她们对营养的需求，她勇敢地走入森林，与盖尔一起合作采集、狩猎、去黑市非法买卖交换，有了更多的生存机会和独立思考与行动的空间。在此之前，凯特尼斯经历了失去父亲，母亲精神受创而麻木不理世事，她和妹妹无人照料，家庭生活无以为继，去翻找垃圾箱求取食物时，还遭到了皮塔母亲恶言恶语的驱赶，“她还说看到‘夹缝地带’的野孩子在她家的垃圾桶里乱扒真让她恶心。”[③]这些都致使她被迫承受了从第 12 区唯一的家园中被排挤出的危机感。在凯特尼斯被驱赶出家园之前，皮塔用烧焦的烤面包让凯特尼斯从绝望中获救，虽然在小说中对凯特尼斯和盖尔采集和狩猎的场景描写和二人收获的食物都强调了他俩的独立性和个性，但皮塔用面包拯救凯特尼斯，让他成为了名副其实的“拿面包给我的男孩”[④]，这也象征了农业生产和社区之间的关系。马西莫·蒙塔纳里说过：

---

① Levenstein, Harvey. Paradox of Plenty: A Social History of Eating in Modern America [M]. Berkeley: University of California Press, 2003: 256.

② Levenstein, Harvey. Paradox of Plenty: A Social History of Eating in Modern America [M]. Berkeley: University of California Press, 2003: 256.

③ [美] 苏珊·柯林斯. 饥饿游戏 I ：饥饿游戏 [M]. 耿芳译. 北京：作家出版社，2010：26-27.

④ [美] 苏珊·柯林斯. 饥饿游戏 I ：饥饿游戏 [M]. 耿芳译. 北京：作家出版社，2010：324.

"面包在自然界中不存在，只有人知道如何制作它。"① 扭曲和残酷的社会逼着凯特尼斯在面对死亡时从大自然中获取食物，直到她年满12岁可以领取"食品券换来的谷物烤制的粗糙面包"②。皮塔在凯特尼斯饥饿濒死的关键时刻伸出援助之手，帮助她的家人度过最黑暗、最饥饿的时刻，柯林斯利用这种独特的食品券面包文明和大自然中的食物表征了社会群体对食物来源的多方面控制方式，这种控制与政治和文化日益相互杂糅在一起。

此外，这种食物的自然表征，还体现在凯特尼斯的妹妹波丽姆饲养的羊产了羊奶上。辖区儿童为了生活，较早地开始探寻生存路径。如第11区的露露认识许多不知名的植物根茎、野菜和坚果等，虽然才12岁，又是最小的贡品，但与凯特尼斯联合时，她就救治了被追踪黄蜂（tracker jacker）蜇伤的凯特尼斯，为她"找来些根茎植物佐餐"③，为凯特尼斯找到一些治疗蜂毒的草药并嚼烂为她疗伤。由此可见，被管辖区儿童在小时候就为生活所迫，主动去野外寻求天然食物和养料补足所需。凯匹特用食物控制人民，让辖区人民处于饥饿边缘，但这也让各区人民从小锻炼出适应自然的能力，创造了属于各区的独特生活方式。

在《饥饿游戏》三部曲中，食物的毒素代表了食物对被压迫者的颠覆力量，主要体现为饥饿游戏中毒浆果的符号意义的生产。凯特尼斯在饥饿游戏的最后一刻拿出毒浆果给自己和皮塔，此举反而为她和皮塔求得一线生机，食物在这里已经超出了自然营养的表征意义，成为了弱势群体对抗霸权和规则的象征。拿出毒浆果的那一刻，凯特尼斯就借由有毒食物表达了她对凯匹特绝对权力的蔑视，这种反抗具有个人成长、独立思考、反抗压迫的意味。这也反映出苏珊·柯林斯对当今美国人"认为食物是毒药"④的认同态度。然而，小说中这种毒浆果的意义并没随着饥饿游戏凯特尼斯

---

① Montanari, Massimo. Food Is Culture [M]. Trans. Albert Sonnenfeld. New York: Columbia University Press, 2004: 6.

② ［美］苏珊·柯林斯. 饥饿游戏Ⅰ：饥饿游戏［M］. 耿芳译. 北京：作家出版社，2010：14

③ ［美］苏珊·柯林斯. 饥饿游戏Ⅰ：饥饿游戏［M］. 耿芳译. 北京：作家出版社，2010：176.

④ Levenstein, Harvey. Paradox of Plenty: A Social History of Eating in Modern America [M]. Berkeley: University of California Press, 2003: 256.

的获胜而结束。柯林斯延续了食物的毒素意义。当凯特尼斯被营救到第13区化身成革命象征的嘲笑鸟时，在视频拍摄和斗争过程中，她的嘲笑鸟制服左肩膀前侧小兜里会时刻装着一种深紫色的药片“索命果”[①]，确保反抗者被抓时，“可以把药粒安全地放进去，外面又看不见。即使我的手被绑住，我也能伸出嘴巴，把它咬住”[②]。这样反叛者就能自杀而不是揭露秘密。有毒食物已经成为了一种反叛的政治概念，已经成为保障战争获胜的一种工具和手段。与凯匹特通过扣留食物来证明其主导地位不同，虽然第13区食物质量品质不佳、口感差、比较难吃，但是科恩总统领导的政府提供了适量的食物以便其公民可以履行自身议程和扮演必需的角色。由于第13区的食物大多是在地下种植和生产的，这使人们甚至对自然是否能为他们提供所需食物仍存在着怀疑态度。凯特尼斯并没受凯匹特的浪费丰富食物和第13区的人为控制食物影响，她遵循着她父亲的建议走入自然，去寻找她生活的政治背景下的身份。当她找到自己是谁时，也明白了她的目标是保证所有帕纳姆国人民能永远免除饥饿，她渴望结束对食物的控制和人口的制约，期盼着真正的社会正义和民主公正，最后她杀死科恩总统结束了人们饥饿的历史。

在三部曲小说中，食物的饕餮表征主要表现为凯匹特对食物的浪费。“当人们不必为获得食物而努力争取时，食物会获得除营养之外的其他属性。”[③] 食物的饕餮一般与“暴饮暴食、极度饥饿和无法满足的食欲等负面特征”[④] 相关联。随着凯特尼斯离开第12区，贡品火车上丰富的菜肴、豪华的设施，让凯特尼斯认识到凯匹特将丰盛的食物视作理所当然，她在家乡就连橘汁都没尝过，“只在新年时尝过爸爸作为特殊礼物带回来的一只橘子”[⑤]；但是在凯匹特，设计师西纳只需按一下桌旁的一个按钮，餐桌就

---

① ［美］苏珊·柯林斯. 饥饿游戏Ⅲ：嘲笑鸟［M］. 耿芳译. 北京：作家出版社，2011：77.

② ［美］苏珊·柯林斯. 饥饿游戏Ⅲ：嘲笑鸟［M］. 耿芳译. 北京：作家出版社，2011：77.

③ Peksoy, Emrah. Food as Control in *The Hunger Games* Trilogy［J］. Procedia-Social and Behavioral Sciences, 2014, 158: 81.

④ 余文章，邓小虎. 臧否饕餮：中国古代文学中的饮食书写［M］. 刘紫云，姚华等译. 北京：北京大学出版社，2018：8.

⑤ ［美］苏珊·柯林斯. 饥饿游戏Ⅰ：饥饿游戏［M］. 耿芳译. 北京：作家出版社，2010：48.

会自动升起，“上面放着我们的午饭”①，就有便捷而丰盛的一餐。在第12区凯特尼斯需要去树林“打好多天猎，还得到处交换”②，而做出来的食物只能果腹，味道远不及凯匹特的美味。因为用“食品券换的米做熟以后是浅褐色碎粒”③，所以其无法与凯匹特的食物品质相媲美。

食物的丰盛和食物提供模式的独特就是凯匹特的政治和文化地位的象征。法比奥·帕拉塞科利（Fabio Parasecoli）在他的著作《咬我：大众文化中的食物》（*Bite Me: Food in Popular Culture*）中指出，“一般用来吃饭的桌子，表征了一种文化社会和政治斗争的舞台”④。食品的文化象征性质，在西方有着悠久的历史。饭菜不仅仅是食物，它更体现品质与奢华，象征着经济的繁荣和科技发达的程度。如在20世纪之交，法国厨师们专注的是食物的漂亮造型和外观而不是食物的口味。凯匹特的宴会不仅注重食物品味和外形，而且食物品种繁多，让宾客们应接不暇，就算每样只吃一口都会因吃饱而无法尝尽所有食物，凯匹特许多人在宴会上只尝一口食物就随手丢弃，甚至凯匹特通过高科技发明了一种催吐剂让宾客们吐了之后，能够继续大吃大喝。凯特尼斯指出，“这是欢宴的一部分”⑤。而在第12区儿童因饥饿而生病，瘦弱不堪，“有些孩子已经因过度饥馑而无药可救”⑥。凯特尼斯将凯匹特的饕餮盛宴和第12区的饥饿现状进行了鲜明对比，内心不断挣扎，也更清醒地意识到了这种差距形成的根源。

凯匹特的饕餮食物表征着丑恶的社会饮食习惯、腐败和堕落的社会制度。柯林斯借助塑造未来凯匹特的饕餮饮食习惯，揭露了当代美国的饮食现状和文化。当今美国人继续浪费大量食物，根据2012年8月的一篇题为

---

① ［美］苏珊·柯林斯. 饥饿游戏Ⅰ：饥饿游戏［M］. 耿芳译. 北京：作家出版社，2010：56.

② ［美］苏珊·柯林斯. 饥饿游戏Ⅰ：饥饿游戏［M］. 耿芳译. 北京：作家出版社，2010：57

③ ［美］苏珊·柯林斯. 饥饿游戏Ⅰ：饥饿游戏［M］. 耿芳译. 北京：作家出版社，2010：56-57.

④ Parasecoli, Fabio. Bite Me: Food in Popular Culture［M］. King' s Lynn: Berg Publishers, 2008: 63.

⑤ ［美］苏珊·柯林斯. 饥饿游戏Ⅱ：燃烧的女孩［M］. 耿芳译. 北京：作家出版社，2011：71.

⑥ ［美］苏珊·柯林斯. 饥饿游戏Ⅱ：燃烧的女孩［M］. 耿芳译. 北京：作家出版社，2011：71.

《浪费：美国从农场到餐叉到垃圾填埋场的食物损失高达40%》（*Wasted: How American Is Losing Up to 40 Percent of Its Food from Farm to Fork to Landfill*）的论文中说，在美国，40%的可食用食物被丢弃；而作为消费者，人们浪费了大约25%所购买的食物，这相当于700亿磅的食品浪费。与此同时，六分之一的美国人（近4900万人）经历了粮食不安全（NDRC[①]）[②]。许多美国人不仅消费了大量食物，而且还浪费了大量食物。柯林斯在故事中提出的问题与今天的我们息息相关，她的未来反乌托邦科幻故事恰如美国社会的一面镜子，美国恰似故事中的凯匹特，过度消耗世界资源，压迫他国和他国人民，如果我们不解决这些问题，就很可能会像帕纳姆国的各辖区地域一样陷入饥饿和被压迫。

二、游戏在传播活动中的表征

“游戏”是人类历史上最古老的活动之一，有着悠久的历史。从太古时代到现在的文明时代，游戏一直贯穿始终，渗透在社会文明的各个角落。荷兰著名学者约翰·赫伊津哈（Johan Huizinga）将游戏理论与一切制度发展相联系，他认为：“游戏无处不在，游戏是有别于‘平常’生活的、特色鲜明的一种行为……游戏是一种特殊的活动，一种‘意义隽永的形式’，一种社会功能。”[③] 20世纪加拿大著名传播学大师马歇尔·麦克卢汉（Marshall McLuhan）在《理解媒介——论人的延伸》（*Understanding Media -The Extensions of Man*）一书中，将游戏视为大众艺术，反映了社会和集体对文化的主要运用趋势。他提出：“游戏和技术都是抗刺激的媒介。”[④]

① NDRC是美国国家发展和改革委员会（National Development and Reform Commission）的缩写。

② Baumbach, Teresa. *The Hunger Games*: “CHE VUOI?”, Divine Violence, and The Failure of Utopian Imagination [D]. Vermillion: The Univeristy of South Dakota, 2015: 12. 转引自 National Resources Defense Council. “Wasted: How America Is Losing Up to 40 Percent of Its Food from Farm to Fork to Landfill.” NDRC. NDRC. 21 Aug. 2012. Web. 19 April 2015.

③ ［荷］约翰·赫伊津哈. 游戏的人：文化中游戏成分的研究［M］. 何道宽译. 广州：花城出版社，2017: 6-7.

④ ［加］马歇尔·麦克卢汉. 理解媒介——论人的延伸［M］. 何道宽译. 北京：商务印书馆，2000: 291.

中国学者宗争在《游戏学：符号叙述学研究》（*Ludology*：*A Semio-Narratological Study*）一书中，从符号学角度出发将游戏区分为内涵和外延。“对于游戏符号文本而言，它的‘外延’就是游戏符号文本的直接指称，是游戏活动的边界，是游戏与其他人类活动之间的界限。”① 游戏的内涵是无限的，但内涵的衍义有规律可循。宗争进一步认为：“游戏的内涵问题中最为重要的，是游戏符号文本的表意问题。”②

苏珊·柯林斯的小说创作引入了游戏的表征功能。她在谈到创作《饥饿游戏》三部曲时，“发现了一个现场录制的真人秀节目，让年轻人为了钱而相互竞争”③，电视真人秀节目对她的创作启发很大，加上她个人成长期间父亲对她的野外训练，苏珊·柯林斯从一个既看过又玩过游戏者的角度将她所见所玩的游戏写入小说之中，从而提供了一种对现实类型的内部观察，一种揭示社会和意识形态的特殊游戏表征。具体来说，《饥饿游戏》三部曲里的游戏表征体现为三个方面：媒介表征、交互性表征、结构和意识形态表征。

第一，游戏的媒介表征。

游戏是一种传播的媒介形式，而媒介更像一种隐喻，暗示着这个复杂的现实社会。游戏发展至今，其自身所承载的意义早已超出游戏自身。媒介表征通过电视等路径得以实现，尤其现今社会电视对观众产生了极大的影响。《饥饿游戏》三部曲中可以看到许多美国现实生活中的问题，诸如战争、暴力、饥饿、贫富不均等；但是小说里所写的帕纳姆社会和美国人民所处的真实社会还是很不同的。例如美国公民享有更多的自由、更多的媒体来源等。正如达伦·弗兰奇（Darren Franich）所言，《饥饿游戏》三部曲“对电视真人秀节目进行了深刻的讽刺”④，充当了一种媒介批评形式。在现实生活中，媒介主要在人们的信仰、观点、购物和政治等方面发

① 宗争. 游戏学：符号叙述学研究［M］. 成都：四川大学出版社，2014：84.

② 宗争. 游戏学：符号叙述学研究［M］. 成都：四川大学出版社，2014：99.

③ Blasingame, James & Suzanne Collins. An Interview with Suzanne Collins［J］. Journal of Adolescent & Adult Literacy, 2009, 52（8）：727.

④ Henthorne, Tom. Approaching *The Hunger Games* Trilogy：A Literary and Cultural Analysis［M］. Jefferson, North Carolina, and London：McFarland & Company, Inc. Publishers, 2012：106.

挥作用。《饥饿游戏》三部曲呈现出一个后现代化的媒体社会，人们受媒体的高度影响，这种影响主要体现在凯匹特当局通过媒体的控制和压迫方面。柯林斯主要通过女主角凯特尼斯探索了媒体对人们的影响，解读了凯特尼斯从一个被选贡品、胜利者，最后到领导者的媒介文化身份转变过程，阐释了凯特尼斯对媒体的认识、理解和操控，进而显示了媒体的真实力量。"《饥饿游戏》三部曲虽然并没有将这些媒介概念作为线性模块反映出来，但它们展示了一个人如何随着他们对事物的知识和意识的增长而流畅地和不同程度地交替通过所有这些阶段。"①

帕纳姆的媒体活动在凯匹特的控制之下，凯匹特通过每年举办的饥饿游戏活动，向普通大众传播和灌输着恐惧、害怕、毁灭、不安全等负面历史和意识，企图控制人们的感情和心弦。美国著名媒体批评家尼尔·波兹曼（Neil Postman）在《童年的消逝》（*The Disappearance Of Childhood*）一书中曾对电视的播放内容进行过批评："所有通过电视传播给儿童的成人秘密都是恐怖、肮脏或令人费解的。但事实上，电视并非如此一边倒。"②小说中凯匹特无情地剥削着各区，严格控制媒体，帕纳姆的媒体向儿童传播痛苦、暴力。正如凯伦·E. 迪尔（Karen E. Dill）在早年的著作《幻想如何成为现实：透视媒体影响力》（*How Fantasy Becomes Reality*：*Seeing Through Media Influence*）一书中所言："我们既没意识到我们受到了影响，也没有意识到我们受到了多大影响。最后，这使得我们很容易受媒体的影响。"③

第二，游戏的交互性表征。

克里斯·克劳福德（Chris Crawford）认为："交互性是一个循环过程，其中两个活动代理交替地倾听、思考和发言（比喻说法）。"④《饥饿游戏》和真人秀电视节目一样有一个显著特点就是允许观众参与其中。那些想方

---

① Matos, Mary A. Media in *The Hunger Games* [J]. JCCC Honors Journal, 2013, 4 (1): 2.

② [美] 尼尔·波兹曼. 童年的消逝 [M]. 吴燕莛译. 北京：中信出版集团，2015：130.

③ Dill, Karen E. How Fantasy Becomes Reality: Seeing Through Media Influence [M]. New York: Oxford University Press Inc., 2009: 87.

④ [美] Chris Crawford. 游戏设计理论 [M]. 李明，英宇译. 北京：中国科学技术出版社，2004: 37.

设法与观众建立联系的贡品往往会得到凯匹特观众更多的支持和赞助。事实上，凯特尼斯在第 74 届饥饿游戏中之所以能胜出，在很大程度上就是归功于她在赛前访谈仪式上吸引人的亮相和举止，以及与主持人凯撒·弗里克曼的互动访谈。在理论上，游戏的互动元素应该能够增强其意识形态的力量，因为玩家参与游戏越多，游戏里的教训就越有可能给他们留下深刻的印象。然而，正如塔尔顿·吉尔布西（Tarleton Gillepsie）所指出的那样，“制作人有权决定一个节目的‘意识形态特质’，但这并不意味着他们可以控制其‘意识形态效应’”①。制作人无法控制节目如何被观众感知和解读。例如凯特尼斯作为“嘲笑鸟”象征着革命和反叛就是一个很好的例子。第 12 区市长女儿马奇·安德塞送嘲笑鸟胸针给凯特尼斯最初并没有什么特殊意义，只是朋友的馈赠。在第 74 届饥饿游戏赛前，凯匹特也仅仅把嘲笑鸟胸针当作第 12 区的“象征物”②，让胸针通过了合法审查，才让西纳把嘲笑鸟胸针别在凯特尼斯的比赛服上。然而，观众却将嘲笑鸟胸针与凯特尼斯在饥饿游戏中的反叛举动相联系，赋予游戏一种新的意义，让凯特尼斯无意中成了革命的反叛象征“嘲笑鸟”。观众利用游戏的互动颠覆了游戏制作人的意识形态意图。对于各辖区观众来说，凯特尼斯就是反叛的希望，所以第 11 区民众将他们的面包赠予凯特尼斯，“这是第一次，第一次把礼物给了外区的选手”。③第 11 区的这一善举无疑是对凯匹特的一种挑衅行为，因为这与凯匹特阻隔各区相互联系的意图背道而驰。

在《燃烧的女孩》中，凯特尼斯也发现了自己从竞技场获胜归来之后发生的变化，她虽然只想生存下去，但她的身份已经发生变化，已经成为了反抗的象征。凯特尼斯在第 12 区郊外遇到了从第 8 区逃难出来的特瑞尔（Twill）和邦妮（Bonnie），特瑞尔“手里拿着嘲笑鸟标记的饼干”④，用以表明她们是反抗组织的一部分，对于凯特尼斯没有认出嘲笑鸟这个符号，

① Henthorne, Tom. Approaching *The Hunger Games* Trilogy: A Literary and Cultural Analysis [M]. Jefferson, North Carolina, and London: McFarland & Company, Inc. Publishers, 2012: 104.

② Collins, Suzanne. The Hunger Games [M]. New York: Scholastic Press, 2008: 144.

③ [美] 苏珊·柯林斯. 饥饿游戏 I：饥饿游戏 [M]. 耿芳译. 北京：作家出版社，2010：208.

④ Collins, Suzanne. Catching Fire [M]. New York: Scholastic Press, 2009: 140.

邦妮十分吃惊地说道："也许她什么都不知道。"[①] 邦妮和特瑞尔在第 12 区郊外树林中巧遇凯特尼斯，这让她们深受鼓舞，她们"不敢相信真能遇到你，大家一直在谈论你"[②]，她们的期望让凯特尼斯不再逃避，她勇敢承认在赛场"手持浆果的举动确是个导火索"[③]，她已经成为一个传奇人物可以影响他人，但是她并没有真正理解作为嘲笑鸟的象征意义。直到在《嘲笑鸟》中，凯特尼斯发现自己在第 75 届世纪极限赛上用箭射破竞赛电磁场的行为，使她成为了具有重要影响力的公众人物。虽然她不愿意接受第 13 区的安排成为嘲笑鸟的化身，但自从她去第 8 区慰问伤员，勇敢抗击凯匹特直升机对第 8 区医院的轰炸，她真正意识到她的出现给那些受苦受难的人们带来了安慰、希望、鼓舞，"在我没有接受自己成为嘲笑鸟以前，我早成为了他们心中的嘲笑鸟"[④]，她最终勇敢地肩负起这个重要角色赋予她的使命。

第三，游戏的结构和意识形态表征。

在讨论《饥饿游戏》三部曲的政治之前，有必要对游戏本身进行详细的研究，确定它们的结构和意识形态含义。在三部曲的第一部中，柯林斯指出，凯匹特设计饥饿游戏是在经历了 13 个区参与的各区暴动反抗凯匹特统治的叛乱之后。每年，从战争中幸存下来的 12 个区都要向游戏献上两份礼物——一名男孩和一名女孩，年龄都在十二岁到十八岁之间。这些孩子是抽签选出来的，他们被送到凯匹特，接受生存技能和武器训练，然后被送到一个精心设计的户外竞技场，被挑选的 24 位少男少女贡品彼此残杀直至剩下最后一名胜利者。他们事先没有被告知竞技场的性质，无论是"炎热的沙漠到寒冷的荒原等各种各样的地形地貌和气候条件"[⑤]，他们都必须

① ［美］苏珊·柯林斯. 饥饿游戏Ⅱ：燃烧的女孩［M］. 耿芳译. 北京：作家出版社，2011：124.

② ［美］苏珊·柯林斯. 饥饿游戏Ⅱ：燃烧的女孩［M］. 耿芳译. 北京：作家出版社，2011：132.

③ ［美］苏珊·柯林斯. 饥饿游戏Ⅱ：燃烧的女孩［M］. 耿芳译. 北京：作家出版社，2011：132.

④ ［美］苏珊·柯林斯. 饥饿游戏Ⅲ：嘲笑鸟［M］. 耿芳译. 北京：作家出版社，2011：83.

⑤ ［美］苏珊·柯林斯. 饥饿游戏Ⅰ：饥饿游戏［M］. 耿芳译. 北京：作家出版社，2010：16.

到竞技场为他们准备的“宙斯之角”去找到武器和其他补给[①]，而“宙斯之角的四周摆满了其他补给品，这些物品离宙斯之角越远，价值就越低”[②]。一旦游戏开始，贡品就会遭受饥饿、干渴和各种危险，如危险的食肉动物、洪水、火灾和地震等。然而，最大的危险通常来自其他贡品的袭击。贡品联盟是被允许的，但这种联盟一般心思各异，因为只有一个贡品可以存活下来。贡品一旦死去，大炮发出死亡信号，尸体会被迅速移走。在晚间，被杀者的图像被投射到天空中，以便剩下的人可以明确其他活着的贡品。在竞技场内，一些贡品会收到赞助商提供的食物、药品或其他物资，这些礼物会在他们家乡地区的一位导师的指导下通过降落伞送到。除此之外，游戏规则不允许外界介入，不过游戏制作者保留自行干预的权力，以迫使贡品之间发生冲突，或防止同类相食等行为。最后的胜利者会衣食无忧，住在凯匹特修建的胜利者村的漂亮的房子里，每年继续担任饥饿游戏导师指导本区贡品参赛的相关事宜。

饥饿游戏的功能是通过控制资源，确认凯匹特的绝对统治地位。顾名思义，饥饿游戏是以稀缺资源为中心，竞技场中的每一种资源都是由代表凯匹特的游戏制作者精心管理。游戏制作者也并非简单设定一些参数和规则让游戏发挥作用，而是不断地从管理食物、水、动植物到温度等竞技场内的一切资源，来证明他们的力量是绝对的。例如，为了让凯特尼斯去帮皮塔到宙斯之角取药，与其他贡品们发生厮杀，游戏制作者就切断了供水，迫使贡品们向“宙斯之角”（Cornucopia）[③] 靠拢并相互厮杀。游戏竞技场内凯匹特对资源的绝对控制，表征着凯匹特对帕纳姆的绝对控制权，而凯匹特借助媒体播出饥饿游戏加强了对这种控制和社会秩序的表征的功

---

① 苏珊·柯林斯在接受詹姆斯·布拉辛基（James Blasingame）的访谈时，谈到她在创作《饥饿游戏》时，受到了希腊神话中的雅典国王忒修斯（Theseus）的启发，他解开了米诺斯的迷宫，并杀死了困在迷宫中的可怕怪物米诺陶诺斯。她还借鉴了电影《斯巴达克斯》，以及这部电影中的历史人物。

② ［美］苏珊·柯林斯. 饥饿游戏Ⅰ：饥饿游戏［M］. 耿芳译. 北京：作家出版社，2010：132.

③ 宙斯之角是一个巨大的金色圆锥体建筑，尾端呈螺旋状，开口处至少有二十英尺高。它是饥饿游戏中为贡品们提供食物、盛水的器具、武器、药品、衣服等物品的地方，这些物品离宙斯之角越远，价值就越低。

能，向民众传达一种意识形态：反叛只会导致进一步的苦难而非社会变革，凯匹特绝对不能容忍任何形式的反抗，它必须行使绝对的权力。

综上可知，通过《饥饿游戏》三部曲的游戏的媒介表征、交互性表征、结构和意识形态表征，柯林斯展示了人们如何接受电视和游戏上看到的东西，从而容易受到媒介和游戏的操纵和控制，尤其对于青少年更是如此。柯林斯提出保护自己的唯一方法就是批判性地对待电视和游戏，认识到即使没有设计和剧本，基于现实的电视节目和游戏也都是一种符号和结构，它们都表征着制作人的信念和价值观。

第三节　后殖民边缘群体文化身份的表征

在当代的后殖民文化和文化身份研究当中，“他者”和“身体”被广泛地应用。对于“他者”的研究从古希腊至今一直是学术界讨论的热点之一，而关于“身体”的研究已经成为了学界关注的焦点之一。“他者”是相对于主体而言，斯图亚特·霍尔认为“身份从来不是统一的，在现代晚期，身份越来越碎片化和断裂；从来都不是单一的，而是在不同的、往往交叉和对立的话语、实践和立场之间多重建构起来的”[①]。在《饥饿游戏》三部曲里，他者主要表征为三种身份的建构：被统治区贡品被迫沦为统治者取乐和玩弄的他物、凯匹特都城公民被迫沦为艾瓦克丝的悲惨境况、被统治区生存环境和条件的恶劣。身体作为代替传统主体的一种书写历史的载体，在《饥饿游戏》三部曲中，它表征为贡品驯服化的维度和贡品动物化的形象特征。

一、他者的三重身份表征

“他者”，英语为“other”，法语为“auter”，德语为“ander”，拉丁文为“alter”。“‘他者’强调的正是差异性和多样性。”[②] 作为哲学范畴的

① Hall, Stuart. Introduction: Who Needs “Identity”? [A]. Ed. Stuart Hall and Paul du Gay. Questions of Cultural Identity [C]. London: Sage Publication, 1996: 4.

② 胡亚敏. 西方文论关键词与当代中国 [M]. 北京：中国社会科学出版社，2015: 460.

"他者"，最早出现于古希腊哲学中。黑格尔（Georg Wilhelm Friedrich Hegel）曾在《逻辑学》一书中明确地界定了"他者"范畴："假如我们称一实有为甲，另一实有为乙，那么乙就被规定为他物了。但是甲也同样是乙的他物。用同样的方式，两种都是他物。"① 海德格尔（Martin Heidegger）认为，"'他人'并不等于说在我之外的其余的全体余数"②。他试图从现象学出发来思考"人的存在"，将人这种特殊存在者称作"此在"（Dasein）与日常生活中的人相区别。萨特（Jean Paul Sartre）主要从存在主义视角重新阐释了黑格尔的主奴辩证法，他认为"别人和我本身一起显现，因为自我意识是通过排斥一切别人而与它本身同一的"③。在萨特的观念中，他人与自我意识处于互为对象化的矛盾和纠缠之中。列维纳斯（Emmanuel Levinas）在《总体与无限：论外在性》中从伦理的维度解释他者，他认为"自我是同一的"④，而"同一与他者之间的彻底的分离恰恰意味着不可能置身于同一与他者的相关性的外部来记录这种往与返的相符或不符"⑤，他人无法为我的思想所左右，处于我的理解之外。结构主义哲学家拉康（Jacques Lacan）从镜像阶段的后果出发，他在《著作集》中断言："大写他者（0）作为言语之操作的集中地（弗洛伊德在《梦的解释》中提及了它的另外一个场景）这一观念，必须这样假定：尽管它是拜语言所赐，是由一种动物制造出来的，人的欲望却是他者的欲望。"⑥ 因而，主体与处于差异状态下的"他者"的关系是根本的，但又具有不稳定性。福柯从权力、知识、话语体系关注处于社会边缘的"他者"群体，在《疯癫

① ［德］黑格尔. 逻辑学（下卷）［M］. 杨一之译. 北京：商务印书馆，1976：111.

② ［德］马丁·海德格尔. 存在与时间［M］. 陈嘉映，王庆节译. 北京：商务印书馆，2019：146.

③ ［法］让-保罗·萨特. 存在与虚无［M］. 陈宣良等译. 北京：生活·读书·新知三联书店，1987：315.

④ ［法］伊曼纽尔·列维纳斯. 总体与无限：论外在性［M］. 朱刚译. 北京：北京大学出版社，2016：7.

⑤ ［法］伊曼纽尔·列维纳斯. 总体与无限：论外在性［M］. 朱刚译. 北京：北京大学出版社，2016：6.

⑥ Lacan, Jacques. Écrits: A Selection［M］. trans. Alan Sheridan. London: Routledge, 2003: 292.

与文明》一书中提出，“疯癫史是‘异’（Autre）之历史”[①]，“通过幽闭，疯癫被公认为虚无”[②]。在福柯的观点中，权力和话语是凌驾于主体之上的他者，而疯癫是理性的“他者”。霍米·巴巴认为：“种族/殖民他者的这种可视性既具有身份的意义……总是有一个异化的他者（镜子）把影像回归给主体。”[③] 自我与他者的政治化叙述，他者的种族话语，是自我与他者相互疏离的表现。“他者”也是女性主义中的一个重要概念。波伏娃（即波伏瓦）就认为女性处于“他者”的位置，“她是附属的人，是同主要者（the essential）相对立的次要者（the innessential）”[④]，在男权社会中，相对于男性的绝对主体而言，女性处于“他者”地位。

正如胡亚敏所言：“他者具有非常丰富的内涵和太多的异质性，但它的基本特征是强调差异、多元，追求和谐、本真的状态，反对各种歧视和不平等。”[⑤] “他者”存在于关系之中。“他者”问题是21世纪文化分析领域中一个十分重要的问题。英国学者凯特·麦高恩（Kate McGowan）就认识到：“遍布欧洲的种族骚乱、公共场所的炸弹袭击，以及‘9·11’之后形成的灾难心态中对于他者之他性的关注，都让他者这一问题难以从文化分析中消失。”[⑥] “他者”理论对于当代的中国也非常具有借鉴意义和重要启示作用，日渐成为中国学界的研究热点。“他者”问题也是苏珊·柯林斯的科幻小说中重点描写的问题。《饥饿游戏》三部曲主要反映了处于男权社会边缘地位的女性“他者”、青少年“他者”、被殖民“他者”等问题。具体来说，小说中三种“他者”表征为：一是青少年贡品主体缺失的他者身份表征，二是都城艾瓦克丝（Avox）残疾身体的他者表征，三是凯

① ［法］米歇尔·福柯. 词与物——人文科学考古学［M］. 莫伟民译. 上海：上海三联书店，2001：13.

② ［法］米歇尔·福柯. 疯癫与文明：理性时代的疯癫史［M］. 刘北成，杨远婴译. 北京：生活·读书·新知三联书店，1999：105-106.

③ Bhabha, Homi K. The Location of Culture［M］. London：Routledge，1994：81.

④ ［法］西蒙娜·德·波伏娃. 第二性（全译本）［M］. 陶铁柱译. 北京：中国书籍出版社，1998：作者序 11.

⑤ 胡亚敏. 西方文论关键词与当代中国［M］. 北京：中国社会科学出版社，2015：469.

⑥ ［英］凯特·麦高恩. 批评与文化理论中的关键问题［M］. 赵秀福译. 北京：北京大学出版社，2012：97.

匹特凝视下的被殖民他者表征。

首先，青少年贡品主体缺失的他者身份表征为各辖区青少年贡品们失去作为人的主体性，被迫沦为了凯匹特统治者们取乐和控制的他物。被管辖区的青少年一旦被选中沦为比赛的贡品，就彻底失去了自主性，不得不泯灭人性，成为娱乐大众的棋子和工具，等待着杀人和被杀的结局。凯匹特通过控制食品券和饥饿游戏，操纵着帕纳姆地区公民的命运。饥饿游戏中的贡品受到严格监视、控制和惩罚。如在选定之初，他们就被迫与亲人和辖区隔离，收获节仪式中的“国歌一结束，我们就被监管起来”[①]，他们通过贡品列车被运送到凯匹特的贡品“训练中心”里，被迫训练各种逃生、野外求生和杀人技巧。贡品们一旦进入了竞技场，就要为了生存被迫相互残杀，这强化了贡品们失去主体性的他者身份。那些爱好和憧憬和平的人士，也深陷泥淖，被迫沦为他者，失去了人性。如在第三部《嘲笑鸟》小说中，即使身陷囹圄，却依然渴求和平的皮塔“用疲惫的声音呼吁停火”[②]，但在被选入饥饿游戏之初，皮塔也不得不表示：“到时候我会和其他人一样杀人，我不可能不战而退。”[③] 进入竞技场之后，他加入了最强的职业贡品联盟——“第一区、第二区和第四区的两男和三女”[④]，跟他们一起残杀了其他区的一位女孩，泯灭了良知，沦为了游戏里的工具性他者。对于在竞技场惨死的贡品，凯匹特依然对他们的肉身和精神进行残酷的盘剥，例如当竞技场只剩下皮塔、凯特尼斯和加图时，游戏制作者对死去的贡品进行了物种变异，将变异后的物种，如“野狗”（mutts），继续投入对活着的贡品们的围攻中，小说中对于这一幕刻画十分细腻：“野狗越聚越多，它们都用后腿站立，与人极为相似……项圈上用草编标着十一号的野狗，露出仇恨的利齿。露露……”[⑤] 这些死去贡品的肉身，“他们的

---

① ［美］苏珊·柯林斯．饥饿游戏Ⅰ：饥饿游戏［M］．耿芳译．北京：作家出版社，2010：30.

② ［美］苏珊·柯林斯．饥饿游戏Ⅲ：嘲笑鸟［M］．耿芳译．北京：作家出版社，2011：120.

③ ［美］苏珊·柯林斯．饥饿游戏Ⅰ：饥饿游戏［M］．耿芳译．北京：作家出版社，2010：127.

④ Collins，Suzanne. The Hunger Games［M］. New York：Scholastic Press，2008：159.

⑤ ［美］苏珊·柯林斯．饥饿游戏Ⅰ：饥饿游戏［M］．耿芳译．北京：作家出版社，2010：289－290.

大脑被植入特殊记忆”①，仇恨着其他活着的贡品们，为他们的肉身之死继续报仇，甚至就连与凯特尼斯交好的露露也被列入其中，仇恨着凯特尼斯和皮塔。对此，詹妮弗·波兰（Jennifer Polish）认为：“在《饥饿游戏》三部曲中，人类表现出动物性，彻底打破了人类和非人类之间严格的定义界限。”② 刘小枫在《沉重的肉身》（*The Unbearable Body*）一书中引用伊壁鸠鲁的哲理阐释卡吉娅式的幸福时说：“身体感觉是生命意义的基础。”③然而，对于获胜的贡品而言，虽然他们可以享受凯匹特给胜利者的丰富物质生活，但他们却依然遭受着凯匹特最严密的监视、控制，以及残酷的对待。譬如来自第四区的贡品芬尼克·奥迪尔因长得漂亮被斯诺总统多次出售身体，而他并“不是唯一被出卖的人”④，斯诺总统还把其他招人喜欢的胜利者贡品，当作礼物送人或者当作商品进行买卖，这些胜利者并没有真正的特权，只是凯匹特的奴隶。这也印证了苏珊·波尔多（Susan Bordo）在《难以承受之重：女权主义、西方文化和身体》（*Unbearable Weight: Feminism , Western Culture, and the Body*）一书中所言：“身体不仅仅是一种文化文本。它也是一个实用的，直接的社会控制场所。”⑤ 凯匹特借由饥饿游戏的娱乐性掩饰不了他们对贡品和辖区的管制和剥削，以及给贡品和辖区公民带来的苦难。贡品们在凯匹特的统治之下，生死无法自主，生存境况每况愈下，所受灾难都是他者身份危机的体现。

其次，都城艾瓦克丝（Avox）残疾身体的他者表征为犯了过错的凯匹特公民和治安警，其身体遭受迫害、人身权利受限并遭受官方遗弃沦为奴仆的悲惨处境。丹尼·卡瓦拉罗（Dani Cavallaro）在《文化理论关键词》（*Critical and Cultural Theory*）一书中指出，“西方文化也坚持把残疾人排斥

① ［美］苏珊·柯林斯. 饥饿游戏Ⅰ：饥饿游戏［M］. 耿芳译. 北京：作家出版社，2010：290－291.

② Polish, Jennifer. Rendering the Unthinkable: (UN) Knowable Animality, Compulsory Recovery, and Heterosexualized Trauma in *The Hunger Games* [D]. New York: The City University of New York, 2014: 26.

③ 刘小枫. 沉重的肉身［M］. 北京：华夏出版社，2017：101.

④ ［美］苏珊·柯林斯. 饥饿游戏Ⅲ：嘲笑鸟［M］. 耿芳译. 北京：作家出版社，2011：154.

⑤ Bordo, Susan. Unbearable Weight: Feminism, Western Culture, and the Body [M]. Berkeley and Los Angeles: University of California Press, 1993: 165.

为他者”[1]。莱恩·伯顿（L. Barton）也就身体问题指出西方文化和历史对残疾人存在偏见，都是“围绕着‘完美的身体’的神话”[2]。在《饥饿游戏》三部曲中，凯匹特拥有着高超的医疗技术，例如在饥饿游戏竞赛中，凯特尼斯左耳听力受损、浑身多处烧伤，但胜利归来后，她被凯匹特的先进医疗技术治愈，“受伤的皮肤光滑亮洁，不但伤疤没了，就连打猎时留下的伤痕也无影无踪”[3]，甚至连左耳也恢复了听力，凯特尼斯一度难以相信这个事实——“这不是幻觉，我又能听见了”[4]。凯匹特的先进医疗科技和美容化妆技术，以及追求美和爱美的风尚，都从侧面反映了西方传统文化的审美要求，以及对残疾的贬斥态度。

然而，就是拥有如此高超医疗科技的凯匹特都城，却通过残忍地拒绝用他们的技术治疗艾瓦克丝来维持他们的统治地位，而这也进一步体现了都城残疾人艾瓦克丝的他者表征。凯匹特通过使人残疾，而后又通过医疗技术使人从残疾状态得到复原，以此来表明其绝对控制权。艾瓦克丝就是他们拥有权力的象征，统治者将伤害和痛苦作为控制人民的武器，拒绝将艾瓦克丝纳入强制恢复的范围以彰显凯匹特对叛乱的惩治力度，凯匹特借此提醒该地区居民，他们对人身权利的控制。凯匹特公民一旦对统治有异议，就被施以酷刑割去舌头沦为艾瓦克丝。凯特尼斯的设计团队监督人埃菲·特林西评论了艾瓦克丝在凯匹特的处境：“即使你以前认识，除了给他们下命令，不要跟他们说话。”[5] 埃菲的言语，从侧面剥去了艾瓦克丝的人格特征，把他们沉默的身体视作一种基于审美的商品。苏珊·柯林斯在小说中着重描述了三位艾瓦克丝：红发拉威尼亚、红发大流士、“嘲笑鸟”摄制组成员波洛斯（Pollux）。其中，柯林斯对于波洛斯描述最为细腻，他

---

① ［英］丹尼·卡瓦拉罗. 文化理论关键词［M］. 张卫东，张生，赵顺宏译. 南京：江苏人民出版社，2006：119.

② Barton, Len. Disability and Society: Emerging Issues and Insights［M］. New York: Longman, 1996: 1.

③ ［美］苏珊·柯林斯. 饥饿游戏Ⅰ：饥饿游戏［M］. 耿芳译. 北京：作家出版社，2010：304.

④ Collins, Suzanne. The Hunger Games［M］. New York: Scholastic Press, 2008: 349.

⑤ ［美］苏珊·柯林斯. 饥饿游戏Ⅰ：饥饿游戏［M］. 耿芳译. 北京：作家出版社，2010：68.

在451战斗特别小分队中不仅仅是一名摄影人员，更是一位向导，因为他的指引，引导小分队成员穿过复杂的凯匹特地下通道，才最终让凯特尼斯和小分队成员走出困境，而这完全归因于他被迫成为了艾瓦克丝在终日不见阳光的地下辛苦工作了5年。他的兄弟卡斯特（Castor）的言语从侧面反映出了艾瓦克丝的他者表征："除了艾瓦克丝，谁会来这霉臭、潮湿、到处是堡德的地方干活。"[①] 人们通过波洛斯了解了残疾的艾瓦克丝在叛乱中的重要地位。

最后，凯匹特凝视下的被殖民他者表征为被统治各区生存环境和条件的艰难和恶化。苏珊·柯林斯的科幻小说《饥饿游戏》系列，主要信息之一就涉及环境。汤姆·亨索恩在《接近〈饥饿游戏〉三部曲：文学和文化分析》（*Approaching* The Hunger Games *Trilogy*: *A Literary and Cultural Analysis*）一书中认为，小说里虚构的帕纳姆国"环境已受到污染和战争的严重破坏"[②]。相对于帕纳姆国统治区凯匹特城的奢华，小说中着重描绘了环境恶化之后被统治区居民生活的艰苦与困顿不堪。女主角凯特尼斯生活在第12区"夹缝地带"（the Seam）这样困顿的环境之下，这里的居民"弯腰驼背，累得膝关节肿大，因长期不清洗，脸上和指甲里渍满了煤污"[③]，第12区的煤矿工人住着"灰突突的矮房子"[④]，道路上满是煤渣；被统治区第11区农业区的居民住在散落的小棚屋中，居住环境和条件比第12区贫困地带的居民更艰苦；第8区工业区"冒着难闻的工业废气……人们住在破旧的房屋里……放眼望去，连一个草叶都看不到"[⑤]，为了给凯匹特提供物资，过度生产导致生存的自然条件遭受严重破坏。反抗凯匹特的战争就像一个屠场，不仅使各被统治区满目疮痍，众多平民生活在水深火热之中，资源遭到严重破坏，更甚者致使人们战后精神极度麻木，信念泯灭，

---

① ［美］苏珊·柯林斯. 饥饿游戏Ⅲ：嘲笑鸟［M］. 耿芳译. 北京：作家出版社，2011：270.

② Henthorne, Tom. Approaching *The Hunger Games* Trilogy: A Literary and Cultural Analysis［M］. Jefferson, North Carolina, and London: McFarland & Company, Inc. Publishers, 2012: 112.

③ ［美］苏珊·柯林斯. 饥饿游戏Ⅰ：饥饿游戏［M］. 耿芳译. 北京：作家出版社，2010：4.

④ ［美］苏珊·柯林斯. 饥饿游戏Ⅰ：饥饿游戏［M］. 耿芳译. 北京：作家出版社，2010：4.

⑤ ［美］苏珊·柯林斯. 饥饿游戏Ⅱ：燃烧的女孩［M］. 耿芳译. 北京：作家出版社，2011：126.

社会分裂，文明沦落。例如《饥饿游戏》中，盖尔就因市长的女儿马奇在比赛前穿了一条漂亮的昂贵裙子对她进行了挖苦，他自己也清醒地认识到“把我们分裂开来，凯匹特人就可以坐收渔翁之利”①。在改编的《饥饿游戏》电影的开场中，当凯特尼斯走过她生活的“夹缝地带”去林子里打猎时，女人和孩子们隔着窗户茫然地望着外面，老人瘫坐地上专心地啃吃树干的场景，电影把文明的沦落表现得淋漓尽致。显然，生活的困顿，处境的艰难，使被统治区的集体和个人身份危机重重。

战争和饥荒更是加剧了反抗区第13区居民的生存困境和身份危机。“黑暗时期”的反抗导致第13区遭受毁灭性打击，第13区司法大楼成了一片废墟，地面其他地方满是深坑。人们只能不停地往地下深入挖掘，转入地下洞穴生存。地下的生活环境虽然经过高科技的设计，条件日渐完善，但食物和物资并不充足，第13区对于食物的配给十分严格：“第13区有严格而科学的营养配比，摄入的卡路里足够支撑到下一餐，不多，也不少。配餐的规模是按照每个人的年龄、身高、体型、健康状况和按时间表安排所需付出的体力劳动来决定的。”② 第13区的生活物资也十分匮乏，凯特尼斯到第13区后，穿的都是别人穿过的鞋子：“反正我的鞋不太合脚，因本着‘不要浪费，不要违反’第13区规则的精神，我被发了一双别人穿不下的鞋。”③ 地下环境也充满了压抑，这种窒息感从凯特尼斯走出第13区地下来到地面时的感受可以看出，“第一次允许自己把对地下洞穴的厌恶感宣泄出来”④。第13区人口因核战争和地下生存原因而遭受重创，人口锐减，活着的部分人遭受着核辐射的后续影响，例如“一些人的身上有疤痕，还有一些孩子身体略微畸形”⑤，加上地下的缺氧环境，导致一场“瘟疫大暴发”⑥。战争导致第13区居民生存在恶劣的地底艰难环境之中，生命时刻处于危险之下，其文化身份呈现破碎性、边缘性和他者特性。

① ［美］苏珊·柯林斯. 饥饿游戏Ⅰ：饥饿游戏［M］. 耿芳译. 北京：作家出版社，2010：13.
② Collins, Suzanne. Mockingjay［M］. New York：Scholastic Press, 2010：35.
③ Collins, Suzanne. Mockingjay［M］. New York：Scholastic Press, 2010：52.
④ ［美］苏珊·柯林斯. 饥饿游戏Ⅲ：嘲笑鸟［M］. 耿芳译. 北京：作家出版社，2011：144.
⑤ ［美］苏珊·柯林斯. 饥饿游戏Ⅲ：嘲笑鸟［M］. 耿芳译. 北京：作家出版社，2011：52.
⑥ ［美］苏珊·柯林斯. 饥饿游戏Ⅲ：嘲笑鸟［M］. 耿芳译. 北京：作家出版社，2011：52.

二、身体驯服化与动物化表征

身体，现代英文为“body”，最初起源目前无从考证。身体不仅仅指人和动物的物质性“躯体”，它还表征为与精神、欲望、情感联系起来的“肉体”。到了公元13世纪晚期，身体的意指范围更大，既指代肉体又包含了灵魂，既指代客体又兼容主体。身体，就像杰里米·霍索恩（Jeremy Hawthorn）说的那样：“身体也是一个概念或一套思想，这些观念或思想被认为与非物质有关，并且已经部分地由其构成：例如，意识形态和历史。”[①]随着灵肉二元对立传统观念的逐渐式微，身体作为一个重要概念进入了学术思想领域。自20世纪下半叶以来，身体已经逐渐成为众多学科和媒体关注的热点话题之一。而近年来，哲学和科学更对身体做了根本性的重估。米歇尔·福柯对身体理论的发展功不可没，福柯将身体视为讨论权力、主体、知识、话语、性等基本问题的理论支点，深深影响了身体理论知识系统的建构。福柯认为身体谱系学的任务“是完全揭示承载着历史印记的身体以及历史毁灭身体的过程”[②]。黄华认为福柯式“身体蕴含着标记，它的表面有历史经验的烙印”[③]。胡亚敏认为：“福柯用身体代替传统的主体作为书写历史的载体，因而这一概念在不同研究领域和不同时期呈现出不同的含义。”[④]

身体在文学批评领域受到重视，也得益于女性主义和后现代主义理论的发展，以及其对传统思想和观念发起的挑战。“在西欧和美国文化中，女性身体作为欲望和厌恶的符号具有悠久的传统。”[⑤] 20世纪80年代，朱迪斯·巴特勒的观点打破了福柯和其他学者所持的先在被动的物质性身体观，否定了福柯所认为的“性别和性的去自然化和物质化使身体成为文化

① Hawthorn, Jeremy. A Glossary of Contemporary Literary Theory ［M］. New York: Oxford University Press Inc., 2000: 30.

② Paul, Rabinow. The Foucault Reader ［M］. New York: Pantheon, 1984: 83.

③ 黄华. 权力，身体与自我：福柯与女性主义文学批评［M］. 北京：北京大学出版社，2005: 87.

④ 胡亚敏. 西方文论关键词与当代中国［M］. 北京：中国社会科学出版社，2015: 426.

⑤ Parks, Lori L. & Jennifer P. Yamashiro. Consumed: Food in *The Hunger Games* ［J］. European Journal of American Culture, 2015, 34 (2): 146.

被动的客体"①。她将研究点聚焦于身体的物质性（materiality）和"性属述行性"（gender performativity）②。巴特勒考察了霸权话语如何形构了身体、性别和性属，提出了"'性'不过是一种理想的建构物，它随着时间而被强制性地物质化"③。斯特维·杰克逊（Stevi Jackson）和苏·斯科特（Sue Scott）也提出，女权主义者目前正在应对的挑战是，"发展一种身体理论，认为身体本身是由社会建构的，同时又是作为物质和身体存在来体验的"④。

对于身体的思考，也是20世纪美学和文化研究领域的一个重要课题。马克思将文明视为人类劳动把自然转为身体的延伸，将身体纳入了美学和文化的审美视域。特里·伊格尔顿是当今西方马克思主义理论界中十分推崇身体学的理论家之一，他认为美学最初就是以身体的话语诞生的，"是身体对理论专制的长期而无言的反叛的结果"⑤，身体不仅仅是历史的一种产物，还是社会和技术的延伸部分，"马克思通过劳动的身体，尼采通过作为权力的身体，弗洛伊德通过欲望的身体来从事这项工程"⑥。伊格尔顿进一步提出"人们可以预料一种新身体学的崛起"⑦。英国学者丹尼·卡瓦拉罗（Dani Cavallaro）从文化的角度重新界定了身体，他认为："身体的形式不仅是一个自然的实体，也是一个文化的概念。"⑧

苏珊·柯林斯在《饥饿游戏》三部曲中所阐述的身体是构成矛盾的物

① 胡亚敏. 西方文论关键词与当代中国［M］. 北京：中国社会科学出版社，2015：433.

② ［美］朱迪斯·巴特勒. 身体之重：论"性别"的话语界限［M］. 李钧鹏译. 上海：上海三联书店，2011：2.

③ Butler, Judith. Bodies That Matter: On the Discursive Limits of "Sex" [M]. London: Routledge, 1993: 1-2.

④ Jackson, Stevi & Sue Scott. Feminism and Sexuality: A Reader [M]. Edinburgh: Edinburgh University Press, 1996: 11.

⑤ ［英］特里·伊格尔顿. 美学意识形态［M］. 王杰，傅德根，麦永雄译. 北京：中央编译出版社，2013：1.

⑥ ［英］特里·伊格尔顿. 美学意识形态［M］. 王杰，傅德根，麦永雄译. 北京：中央编译出版社，2013：178.

⑦ ［英］特里·伊格尔顿. 后现代主义的幻象［M］. 华明译. 北京：商务印书馆，2014：17.

⑧ ［英］丹尼·卡瓦拉罗. 文化理论关键词［M］. 张卫东，张生，赵顺宏译. 南京：江苏人民出版社，2006：104.

质场所，承载着符号的意指表征功能。小说通过展示和贩卖贡品的身体、改造贡品支离破碎的身体、杀戮数以百万计的身体、折磨被迫残疾的身体，使得身体升华为精神的身体和身体符号，突出了身体的物质性和述行性。三部曲小说中呈现的诸多身体符号之中，着重被突出的是被迫献祭的贡品的身体。"'献祭'表示身体向极限的过渡……是物质象征。"[①] 每一位被献祭的贡品都会被安排一群凯匹特化妆师和设计师，这些人给他们化妆，塑造代表各区的造型。在书本和改编的《饥饿游戏》电影中，化妆就是一个擦洗和美化的过程，对身体的外表进行严格的审查。凯匹特使用怪诞的装饰，如假发、鲜艳的颜色、对比鲜明的纹理和图案等，这些都表明了对身体表面的关注，以及如何将身体和文化习俗联系在一起。具体来说，《饥饿游戏》三部曲中身体的符号化主要体现在两个维度：一是主体消解驯服化，二是黑人男性动物化。

首先，主体消解驯服化主要体现在贡品身上，尤其是女主角凯特尼斯主体消解驯服化和服饰化的身体表征过程。凯特尼斯不管是作为第 12 区的贡品，还是作为反抗象征的"嘲笑鸟"，西纳设计的服饰塑造了凯特尼斯的社会形象，并因她的身体产生了一个代表性排斥的场所，其身体表征了政治、权力和意义之间的关系。凯特尼斯的身体成为了福柯所强调的对单个身体和总体性人口的技术性控制的权力身体符号和游戏符号，"基本上是被动的，它听凭权力的锻造，它是权力在其上运作的支点和中转站"[②]。

在过去几年出现的反乌托邦小说和电影作品中，如《饥饿游戏》、《微光城市》（*City of Ember*）、《分歧者》（*Divergent*）、《传奇》（*Legend*）都是最畅销的青少年文学作品。"青少年文学，尤其是反乌托邦文学作品，夸大并引起人们对政府和社会试图控制女性身体方式的注意力，并把它变成某种特定目的的塑造养料。这些小说中的年轻女性常常被迫处理外貌问题，

---

① 汪民安，陈永国. 后身体：文化、权力和生命政治学［M］. 长春：吉林人民出版社，2003：95-96.

② 汪民安. 身体、空间与后现代性［M］. 南京：江苏人民出版社，2006：24.

试图在一个发现自己身体特殊的世界中找到自己的位置。”[①] 在凯特尼斯的身体和身份问题上，凯匹特和第13区统治者们最具影响力和决定权。导师黑密斯在凯特尼斯参加第75届饥饿游戏世纪极限赛前警告她：“凯特尼斯，当你在竞技场时……你要记住你的敌人是谁。”[②] 虽然黑密斯认为凯匹特是敌人，但凯特尼斯最终意识到凯匹特并非唯一的敌人，还有许多的权力压迫着众人。在身体的框架之中，服饰包裹的身体被社会面具框定。吉奥乔·阿甘本（Giorgio Agamben）也注意到了身体作为政治支点发挥作用的历程，他认为，“人物本来是‘面具’的意思，通过面具，个人获得了一个角色和一个社会身份……因此，争取认可的斗争就是争取面具的斗争”[③]。身体被服饰遮盖，服饰在主体和社会面具之间制造了一道障碍，一个意义的边缘，主体已消解但并未完全融入其中。通过凯匹特和第13区反抗军统治者他们的操纵，凯特尼斯的身体被服装所规范、编码，表现出文化上的正确举止。不管是凯匹特设计的“造型简单的黑色紧身服”[④]、第74届饥饿游戏电视访谈中光彩夺目的火焰服饰、胜利巡演中的各种表演服饰、世纪极限赛前访谈中所穿婚纱，还是在第75届饥饿游戏“世纪极限赛”所穿的“蓝色连衫裤”[⑤]，这些服饰正如福柯评价惩戒社会规范、探讨驯顺的肉体时所言，是一种“新的权力‘微观物理学’”[⑥]。

其次，主体消解驯服化还体现为贡品们动物化的形象特征。“动物化通俗来讲一般针对的是非人类，以促进假定的人类优越性；动物化也是一种常见的策略，可以从种族主义、体能歧视、异性恋主义和古典主义中分

① Denison, Kathleen. “More Than Just a Piece in Their Games”: Agency and the Docile Body in *The Hunger Games* and Reality Televison [D]. Arlington: The University of Texas at Arlington, 2014: 4.

② Collins, Suzanne. Catching Fire [M]. New York: Scholastic Press, 2009: 260.

③ Agamben, Giorgio. Nudities [M]. Stanford: Stanford University Press, 2011: 46.

④ [美] 苏珊·柯林斯. 饥饿游戏Ⅰ：饥饿游戏 [M]. 耿芳译. 北京：作家出版社，2010：58.

⑤ [美] 苏珊·柯林斯. 饥饿游戏Ⅱ：燃烧的女孩 [M]. 耿芳译. 北京：作家出版社，2011：230.

⑥ [法] 米歇尔·福柯. 规训与惩罚：监狱的诞生（修订译本）[M]. 刘北成，杨远婴译. 北京：生活·读书·新知三联书店，2019：149.

离人类的主体性。"[1] 在《饥饿游戏》三部曲中，人类表现出动物性，彻底打破了人类和非人类之间严格的定义界限。年仅 12 岁的露露作为凯特尼斯的盟友和第 74 饥饿游戏中最小的选手，她的样貌一贯被人"不由得联想到一只展翅的鸟儿"[2]，露露不仅通过竞赛中在林间跳跃，仿佛一只鸟儿隐匿在丛林间，而且通过她对凯特尼斯的默默关心和忠诚友谊，对野外植物的识别能力，以及与嘲笑鸟的交流能力，展示出一种动物性。第 74 届饥饿游戏中和露露一样来自第 11 区的萨里什"身材高大，足有六英尺半高，像牛犊一样结实"[3]，在竞技场上对野外植物的识别和食用能力，在竞技场上的暴力格斗能力都显示出一种动物性。摩尔（Moore）和科尔曼（Coleman）指出，"柯林斯将萨里什与动物相提并论的场景，强化了萨里什的刻板印象：'在游戏期间，萨里什将自己隐藏在高高的草丛中，攻击并杀害进入他领地的人，这进一步加强了他作为动物性身份的认同'。"[4] 同样的，第 74 届饥饿游戏中，来自第 5 区的"狐狸脸"（Foxface）也展现出了动物般的特质。"狐狸脸"虽然是凯特尼斯对选手取的昵称，但是把她描绘成与狐狸相似，这不仅仅因为其身体，更是因为第 5 区女孩都似狐狸般狡猾。"狐狸脸"没有选择主动进攻和战斗，而是利用自己的智慧从其他贡品那里偷取一点点食物而不被发现，但"狐狸脸"最终也因其动物性特点，偷食了皮塔误摘的索命果而死亡。凯特尼斯虽然敬重这位选手，但对动物化的选手没有太多感情。

凯特尼斯从小进入深林狩猎，使得她具有动物性的本能，这让她"可以在漆黑的夜晚一箭射中猎物"[5]，虽然她也同情动物，当在林中狩猎时，

---

① Polish, Jennifer. Rendering the Unthinkable: (UN) Knowable Animality, Compulsory Recovery, and Heterosexualized Trauma in *The Hunger Games* [D]. New York: The City University of New York, 2014: 26.

② ［美］苏珊·柯林斯. 饥饿游戏 I：饥饿游戏［M］. 耿芳译. 北京：作家出版社，2010：87.

③ ［美］苏珊·柯林斯. 饥饿游戏 I：饥饿游戏［M］. 耿芳译. 北京：作家出版社，2010：110.

④ Moore, Ellen E. & Catherine Coleman. Starving for Diversity: Ideological Implications of Race Representations in *The Hunger Games* [J]. The Journal of Popular Culture, 2015, 48 (5): 958.

⑤ Collins, Suzanne. Catching Fire [M]. New York: Scholastic Press, 2009: 6.

“一个发疯的山猫到处跟着我讨要施舍的食物”①，但凯特尼斯最后还是为了家人的生存忍痛杀害了这个动物，即使她认为山猫是一个很好的伙伴。没有入选比赛前，她并不认可自身的动物性，觉得动物和人之间还是有着明显的边界。当凯特尼斯被选入贡品之列时，她被凯匹特改造，除去一身的汗毛，被按照凯匹特理念中人的形象进行了美化，只有这样她才被暂时认可了人类的身份，这可从她的化妆师弗莱维（Flavius）的感叹中看出——“你现在看起来基本有个人样了”②。由此可见，“贡品的改头换面相当于强化了这样一个概念：这些地区的人口是血统较低的人类，他们可能更接近动物，而不是人类”③。帕纳姆统治者给凯匹特公民灌输的生活方式和游戏消费方式表明，民众并没有把被统治区的儿童视作人类。不管是凯匹特的斯诺总统，还是第13区的科恩总统，都将凯特尼斯视为游戏棋子和各自政府所掌控的一种权力下的物品和牺牲品。“我不再对这些被称为人类的怪物有任何忠诚，尽管我也是其中一员。”④ 在杀死科恩总统回到第12区之后，凯特尼斯封闭了自我，而这时妹妹波丽姆的猫——毛莨花，回到了第12区胜利者村的家中，凯特尼斯和毛莨花一起共同缅怀波丽姆，毛莨花对凯特尼斯不离不弃进行守护，“它卧在我身边，眼神很警惕，在这漆黑的夜里它守在我身边，保护着我”⑤。毛莨花打开了她的心结。毛莨花的陪伴就好像波丽姆对自己的爱护一般，让凯特尼斯重新感受到了亲情和关怀。因此，凯特尼斯认可了毛莨花的存在和友谊，两者的相互依存打破了人和动物之间的界限。凯特尼斯意识到了人类的兽性和人性的矛盾，对于兽性，她在否认与承认、厌恶与同情、排斥与认同之间徘徊。

凯匹特对变种动物和人的改造，彻底打破了人和动物之间的边界。这

① ［美］苏珊·柯林斯. 饥饿游戏Ⅰ：饥饿游戏［M］. 耿芳译. 北京：作家出版社，2010：6.

② ［美］苏珊·柯林斯. 饥饿游戏Ⅱ：燃烧的女孩［M］. 耿芳译. 北京：作家出版社，2011：54.

③ Polish, Jennifer. Rendering the Unthinkable：(UN) Knowable Animality, Compulsory Recovery, and Heterosexualized Trauma in *The Hunger Games* [D]. New York：The City University of New York, 2014：29.

④ Collins, Suzanne. Mockingjay [M]. New York：Scholastic Press, 2010：377.

⑤ ［美］苏珊·柯林斯. 饥饿游戏Ⅲ：嘲笑鸟［M］. 耿芳译. 北京：作家出版社，2011：350.

些被改造的变种动物，如凯匹特城地底下进攻451小分队的变种动物，“它们是人和蜥蜴，谁知道还有什么动物的混合体”[①]，因无法杀死凯特尼斯，它们就“挥动利爪，用吐着白沫的嘴巴咬掉自己或同伴的大块肉”[②]，这些变种生物已经完全丧失了人性与道德。柯林斯对人类高科技改造的变种动物也是十分贬斥的，尤其对有可能出现的杂糅了人类和动物基因的这类变种动物充满了担忧，她在小说中就写道，“变种动物都是邪恶的，所有的变种都想杀死你”[③]。正如莎伦·D. 金（Sharon D. King）所强调的，杂交生物的突变和“人与动物之间日益主观的道德分离”[④]，为反乌托邦三部曲创造了一个突兀的背景。通过人类与非人类动物的混杂和相互交流，人类和动物之间的边界被打破和重构，对文化身份的认同超越了历史和现实，受到了权力游戏的制约。

---

① ［美］苏珊·柯林斯. 饥饿游戏Ⅲ：嘲笑鸟［M］. 耿芳译. 北京：作家出版社，2011：281.

② ［美］苏珊·柯林斯. 饥饿游戏Ⅲ：嘲笑鸟［M］. 耿芳译. 北京：作家出版社，2011：281.

③ ［美］苏珊·柯林斯. 饥饿游戏Ⅲ：嘲笑鸟［M］. 耿芳译. 北京：作家出版社，2011：282.

④ King, Sharon D.（Im）Mutable Natures：Animal, Human and Hybrid Horror［A］. Ed. Mary F. Pharr & Leisa A. Clark. Of Bread, Blood and *The Hunger Games*：Critical Essays on the Suzanne Collins Trilogy［C］. Jefferson：McFarland & Company, Inc., Publisher, 2012：108.

第五章
柯林斯科幻小说中文化身份的意义

柯林斯的科幻小说不仅探讨当代和历史问题，并且质疑霸权主义和男权社会文化，关注边缘群体（尤其是女性和青少年亚群体）的生存境遇和价值追求。柯林斯的《饥饿游戏》三部曲反映了未来人类社会的救赎和生存之道，折射了人们对战争和暴力的厌恶，折射了社会的不平衡现状，反思了科技的滥用，“体现了她对人类社会的人文关怀和焦虑”①，还关注社会的权力话语、文化身份、创伤记忆、战争遗留等问题，反映了美国当代的社会现状和大众精神困惑，折射了当代人的生存图景和社会危机。在《饥饿游戏》三部曲中，柯林斯把人类的战争暴力、不公正的极权控制、资源分配不均衡等问题置于未来反乌托邦的帕纳姆国发展过程中来考察，呼吁社会的和平发展和繁荣富强，探索当代美国社会的边缘化群体文化身份，思考人类共同的集体命运。正如伊丽莎白·胡佛所写：“柯林斯专注于作为作家最重要的事情：探索当代社会主题，创造引人注目的行动，并要求年轻读者思考复杂的道德问题。”② 尽管国内外文学评论界对柯林斯的科幻小说研究视角不同，但毋庸置疑，其科幻小说作品对文化身份的书写，具有深刻的价值，在认识现实、继承与创新文学传统、艺术审美等方面意义突出。

---

① 贺丽，季水河. 苏珊·柯林斯科幻小说在中国的传播与研究［J］. 湘潭大学学报（哲学社会科学版），2019，43（1）：150.

② Hoover，Elizabeth. Suzanne Collins［M］. Farmingtong Hills：Lucent Books，2012：59.

第一节 反映与折射美国的现实生活

“在过去的十年里，青少年反乌托邦文学越来越受欢迎，其文化关联性也越来越强。”[①]《饥饿游戏》三部曲反乌托邦小说深刻地反映了身份、身体、社会变革、极权主义和国家控制之间的相互关系。2012 年，伊丽莎白·胡佛评价道：“柯林斯设置的反乌托邦世界里的居民被迫送他们的孩子在政府创造的虐待游戏中战斗到死。这本书探讨了丰富的主题：战争的影响，流行文化中偷窥的危险，政府如何利用饥饿和暴力威胁来控制人口。”[②] 正如柯林斯在接受《学术研究》杂志（*Scholastic Instructor*）采访时所说：“小说书写了一个在未来世界中发生的故事，让你有机会自由地探索当代困扰你的事物。”[③] 本节着重从对社会变革的畅想、对极权主义的理解、对现实社会的另类批评三个维度阐述《饥饿游戏》三部曲反乌托邦的现实意义。另外，本节从政治、经济和文化三个角度分析柯林斯塑造的帕纳姆具有的现实意义，即从政治上探索特定的社会问题、从经济上表现社会的经济不平等和阶级分化问题、从文化上展示了一幅当代人娱乐至死的生存图景。柯林斯在三部曲中对这些问题的思考，能够让我们更清楚地意识到当代社会中那些令人不安的现象，其突出的现实意义不容忽视。

一、反乌托邦的现实意义

许多反乌托邦小说通过所建构的未来反乌托邦社会，探讨了当代社会存在的难题，这本身具有一定的政治讽谏性。正如弗雷德里克·詹姆逊（Fredric Jameson）所暗示的那样：“它们可能具有挑衅性，甚至引人注目，但很少涉及情感层面，更多地受到情节而非人物塑造的驱使。”[④]《饥饿游

① Haynes, Ashley. The technology question: Adolescent Identities of Home in Dystopic Young Adult Literature Post-*Hunger Games* [D]. Ames: Iowa State University, 2014: iv.

② Hoover, Elizabeth. Suzanne Collins [M]. Farmingtong Hills: Lucent Books, 2012: 8.

③ Hoover, Elizabeth. Suzanne Collins [M]. Farmingtong Hills: Lucent Books, 2012: 53.

④ Jameson, Fredric. Then You Are Them [J]. London Review of Books, 2009, (9): 7-8.

戏》三部曲代表了一种不同类型的反乌托邦，它是一种文学而非论战。柯林斯将小说的反乌托邦内容嵌入一个引人注目的第一人称叙事中，使帕纳姆国成为其背景而非其主题。从这个意义上说，《饥饿游戏》三部曲类似于安东尼·伯吉斯（Anthony Burgess）的《发条橙》（*A Clockwork Orange*）或玛格丽特·阿特伍德（Margaret Atwood）的《羚羊与秧鸡》（*Oryx and Crake*），而不是阿道斯·赫胥黎（Aldous Leonard Huxley）的《美丽新世界》（*Brave New World*）或乔治·奥威尔的（George Orwell）《一九八四》（1984），后两部小说“具有明显的迂腐和尖锐的寓意”[①]。三部曲也不同于更具争议性的反乌托邦小说，该系列小说呈现出一个意识虚构的世界，这使凯特尼斯和她居住的世界看起来更有活力、更加真实。第一人称视角为读者提供了像凯特尼斯那样体验帕纳姆国的机会，可以增强其思想影响力。实际上，我们也借此确切地了解了凯特尼斯在其所生活的未来反乌托邦世界中的感受。柯林斯科幻小说三部曲明显地反映了反乌托邦的现实意义，这主要体现在三个方面：

第一，反乌托邦寄托了对社会变革的畅想。《饥饿游戏》三部曲提供的不仅仅是关于全球变暖，大众媒体和政治压迫的高度引人入胜的未来警示故事，除了认识到这些问题之外，三部曲还考虑了解决方案，尤其是《燃烧的女孩》和《嘲笑鸟》两部小说特别帮助读者想象了社会变革的可能性，以及如何通过合理的暴力和反抗实现这种变革。如前所述，在《饥饿游戏》中，凯特尼斯几乎没有政治意识，事实上，她似乎对盖尔分析饥饿游戏的意识形态功能没什么耐心，凯特尼斯还认为盖尔是在大声抱怨，“尽管我从来没对他说过，可在我看来，他的气愤毫无意义”[②]。在《燃烧的女孩》中，只是在与总统斯诺相遇之后，凯特尼斯才开始充分认识到饥饿游戏如何作为一种意识形态的控制手段，以及她如何抵制这种控制，只要凯匹特稍微放松这种控制，“整个的社会体系就会土崩瓦解”[③]。虽然她

① Jameson, Fredric. Then You Are Them［J］. London Review of Books, 2009,（9）: 7-8.

② ［美］苏珊·柯林斯. 饥饿游戏Ⅰ：饥饿游戏［M］. 耿芳译. 北京：作家出版社，2010：13.

③ ［美］苏珊·柯林斯. 饥饿游戏Ⅱ：燃烧的女孩［M］. 耿芳译. 北京：作家出版社，2011：19.

早期的许多行为都具有政治含义，特别是用鲜花装饰露露的身体，并使用有毒的浆果改变了她在第74届饥饿游戏中的命运，但它们并不是出于政治原因。在《燃烧的女孩》中，当她看到帕纳姆国暴动的社会状况时，她的政治意识迅速发展，进而她看到了不同的地区和它们的人民如何和凯匹特相互影响。她第一次有意识的政治行为发生在她与游戏制作者的私人会谈中，在准备第75届世纪极限赛时，凯特尼斯"吊起了一个假人，在他身上写上了塞内卡·克林的名字"[①]，克林是前游戏赛组委主席，他因更改比赛规则已被秘密处决。随后她向皮塔解释说，她的行为有一个特定的目的——"也许想让他们知道我不是游戏中一颗任人摆布的棋子吧"[②]。

凯特尼斯很快就知道，不仅仅是游戏制作者和凯匹特想要利用她。在第二部《燃烧的女孩》结束时，她意识到自己不过是反叛军"在这个复杂的计划中"的"一颗棋子"[③]。在《嘲笑鸟》的开篇，她认识到科恩总统是"又一个将我玩弄于股掌之上的当权势力"[④]。她意识到，当科恩强迫她和其他幸存的胜利者投票决定是否举办另一场饥饿游戏时，科恩再次利用她。这些最终导致凯特尼斯采取行动，而她的行动证实了她是一个主体而不是一个对象，她自己有自己的社会道德和价值标准，不期待被约定俗成并被告知要做什么。她没有像预期的那样射杀斯诺，而是射杀了科恩，结束了至少75年来主导帕纳姆国的暴力和报复的循环。柯林斯在这里似乎希望她的读者"全面了解政府和局势，并怀疑他们是不是道德的"[⑤]。不仅如此，她希望读者们采取行动："你必须拥有它。在你生命的某个时刻，你必须开始质疑环境，你周围的政治局势，并决定它是否正确，如果不是，你将在那个角色扮演什么角色。"[⑥]

---

① ［美］苏珊·柯林斯. 饥饿游戏Ⅱ：燃烧的女孩［M］. 耿芳译. 北京：作家出版社，2011：211.

② ［美］苏珊·柯林斯. 饥饿游戏Ⅱ：燃烧的女孩［M］. 耿芳译. 北京：作家出版社，2011：213.

③ ［美］苏珊·柯林斯. 饥饿游戏Ⅱ：燃烧的女孩［M］. 耿芳译. 北京：作家出版社，2011：339.

④ ［美］苏珊·柯林斯. 饥饿游戏Ⅲ：嘲笑鸟［M］. 耿芳译. 北京：作家出版社，2011：55.

⑤ Neary, Lynn. Edgy, Violent Thrillers for the Teen-Age Set. NPR Books. Web. 1 September 2009.

⑥ Neary, Lynn. Edgy, Violent Thrillers for the Teen-Age Set. NPR Books. Web. 1 September 2009.

第二，反乌托邦反映了对极权主义的理解。苏珊·柯林斯受到福柯的影响，她的《饥饿游戏》三部曲中体现了福柯的多重权力模式[①]，这一点很明显。需要明确的一点是，凯匹特的主权权力并不是绝对的，但权力总是在任何关系中起作用。小说中的人物使用和运用他们自己的权力形式，利用凯匹特的制度漏洞，获取了自己的利益和生存空间。反乌托邦文本很难直接被定义为极权主义文本形式。极权描述了一种政治体系，其中管理机构（例如第13区，凯匹特等）对其公民实施了完全的权力和控制。柯林斯科幻小说《饥饿游戏》中的多种权力形式允许角色选择一个很好的模式。他们能够为自己的目的行使权力，并且他们经常这样做来设法削弱凯匹特的权力。

事实上，大多数反乌托邦小说都是英雄或反叛人物拯救社会或引发政治体制的垮台的故事。反乌托邦小说的英雄人物，就像有时被评论者和学者所定位的那样，是一个终极英雄或救世主，天生就是领导对抗极权系统的。然而，当我们考虑多重权力模式时，我们看到的不仅仅是英雄或者英雄的天生品质导致了一场革命或导致政权垮台，还因为英雄利用了社会秩序中绝对权力的缝隙。[②] 因此，虽然女主角凯特尼斯具有强大的英雄品质，但不难想象其他角色，如皮塔、盖尔、露露甚至波丽姆，也可能像凯特尼斯那样利用了权力缝隙。

有鉴于此，反乌托邦在一个虚假的极权主义政权下运作，而主角通常只是凡人而不是超人英雄，反乌托邦中的政府体系总有可能失败，革命在小说中一直存在。虽然反乌托邦小说通常会出现一些未来的最坏情况，或者夸大我们当代社会的缺陷，但凯特尼斯在饥饿游戏中利用多重权力模式的能力给了我们一个重要的教训，即自由和解放的可能性始终存在。尽管这种可能性令人难以置信，但勇敢的人总是有可能利用存在的多重权力模

---

① 福柯在权力分析中，认为在我们的世界中至少有三种权力形式在起作用：规训权力（disciplinary power）、生命权力（biopower）和牧养权力（pastoral power）。这在本书第三章“女性的权力制约”中已经介绍。所以福柯的多重权力模式大体为这三种。而权力的效果也是多重的，不纯粹是消极或积极的，而是生产性的。

② 因此有人认为反乌托邦小说中的英雄不主要依靠超人的力量或品质，而主要是能够识别和利用政权控制中的弱点。

式并找到一种方法来击败极权系统。柯林斯的《饥饿游戏》提醒我们，改善我们的目前的状况，需要去寻找问题所在。

第三，反乌托邦体现了对现实社会的另类批评。创作青少年文学作品的人希望青少年能积极参与民主社会建设，挑战时代和社会给他们的一系列问题，成为社会的正能量。这种寄托，尤其体现在反乌托邦文学作品之中。根据布莱恩·麦克唐纳（Brain McDonald）的观点，反乌托邦小说抓住了“消极的文化趋势，想象了一个未来或另类的世界，在这个世界中，这种趋势主导着生活的方方面面”①。在深入社会批判时，反乌托邦文学的作者旨在通过夸大其缺陷并想象其给人类带来的极端后果，来建立对人类状况的更深层次理解。通过这种方式，在反乌托邦设置的未来类型故事里，读者被邀请对当代问题进行审视和评论。正如桑贝尔（Sambell）所说：“反乌托邦展望未来的痛苦，迫使读者仔细思考所谓的‘理想’可能真正引导的地方，强调这些非常不受欢迎的社会可以而且将要发生的重点，除非我们学会质疑当权者的权威，然而，他们似乎是良性的。通过这种方式，反乌托邦文本主要强调社会问题。”②

在《饥饿游戏》中，柯林斯就向读者展示了一个未来主义的社会，其中科学和技术的误用模糊了公共和私人之间的界限。与奥威尔一样，她也描绘了一个世界，在这个世界中，公民处在国家无所不在的凝视之下，被要求遵守秩序。最重要的是，柯林斯批评了一种压迫性的父权制政治社会，该政治社会将边缘化的人类群体（包括女性）视为可以为自身利益而重建的原材料。在小说中，那些在社会的下层占据一席之地的人，面对其他更强大的人物对他们施加的定义，他们很难自己定义自己。这包括性别霸权的定义。正如凯伦·J. 沃伦（Karen J. Warren）所言，“即使是在男性占主导的社会权力和特权地位的西方女性……似乎也经常被描绘成模棱

① McDonald, Brian. “The Final Word on Entertainment”: Mimetic and Monstrous Art in *The Hunger Games* [A]. Ed. George A. Dunn & Nicolas Michaud. *The Hunger Games* and Philosophy: A Critique of Pure Treason [C]. Hoboken: John Wiley & Sons, Inc., 2012: 9.

② Sambell, K. Carnivalizing the Future: A New Approach to Theorizing Childhood and Adulthood in Science Fiction for Young Readers [J]. The Lion and the Unicorn, 2004, 28 (2), 247-267.

两可的性别术语：她们往往被视为不是真正的女人……或者被视为地位或价值高于其他女性，但地位或价值依然低于占主导地位的男性”。[①]

由此可见，《饥饿游戏》三部曲，作为反乌托邦小说，其对社会制度、极权主义、未来社会构想的批评，对极权和绝对权威的质疑，对人性黑暗面的探索，使年轻人看到了社会真实的一面，因此，阅读反乌托邦小说对所有年龄段的读者来说都是一种有价值的学习。从这个意义上讲，青少年反乌托邦小说提供了“一个让学生意识到其可操作的世界观的环境，并审视批判性地替代理解世界和社会关系的方式”[②]。

二、帕纳姆的现实意义

习近平曾在文艺工作座谈会上强调：“一部好的作品，应该是把社会效益放在首位，同时也应该是社会效益和经济效益相统一的作品。”[③] 好的作品是能够反映时代脉搏、启迪民主思想、反映人民心声、引领人们追求真善美的优秀作品。美国当代著名作家苏珊·柯林斯的代表作《饥饿游戏》三部曲，就是这样优秀的作品。三部曲以当今社会问题为蓝本，利用夸大手法，描绘出一个在北美废墟上重建的、虚构的帕纳姆，描写了政治、经济和文化在各区的不平等，社会的贫富差距，以及人民被严密监控与惩罚的压抑生活。

“‘帕纳姆’在拉丁语中意为‘面包’。”[④] 在《饥饿游戏》三部曲中，“帕纳姆事实上并不是一个国家，而是由一个自治和孤立的民族组成”[⑤]。在小说中，帕纳姆通过女主角凯特尼斯见识的增长而生动地展现在读者面前，随着凯特尼斯观点的成熟，柯林斯的文学声音也随之成熟。与任何其

---

① Warren, Karen J. Ecofeminist Philosophy: A Western Perspective on What It Is and Why It Matters [M]. Lanham: Rowman & Littlefield Publishers, Inc., 2000: 15.

② Glasgow, J. N. Teaching Social Justice Through Young Adult Literature [J]. The English Journal, 2001, 90 (6): 54.

③ 习近平. 习近平在文艺座谈会上讲话全文 [R]. 2014 年 10 月 15 日.

④ Henthorne, Tom. Approaching *The Hunger Games* Trilogy: A Literary and Cultural Analysis [M]. Jefferson, North Carolina, and London: McFarland & Company, Inc. Publishers, 2012: 115.

⑤ Arrow, V. The Panem Companion - An Unofficial Guide To Suzanne Collins' *Hunger Games*, Form Mellark Bakery to *Mockingjays* [M]. Dallas: BenBella Books, 2012: 1.

他文化一样，帕纳姆有它自己的历史、民族、经济、地理。帕纳姆的现实意义，主要体现在政治、经济、文化意义三个方面：

第一，从政治意义来看，反乌托邦小说本质上具有政治性，三部曲通过建立一个虚构的恐怖的帕纳姆来探索特定的社会问题，而在现实世界中，这些问题在很大程度上具有重要意义。正如弗雷德里克·詹姆逊所说，这种反乌托邦经常被誉为“布道”（sermons），因为它们“公开地教诲主义和慷慨激昂地传递信息”[①]。

一方面，帕纳姆利用食物分配进行有效的社会控制，采用了稀缺性政治控制。当有任何起义征兆时，政府就可以通过切断食物供应，来控制人民，“更多的人遭到惩治，或者慢慢等着饿死”[②]。只有凯匹特都城才能享有食物权，其他各地被迫将该区生产的物资运送到都城供剥削阶级享用，被剥削区的人民无法自给自足。另一方面，帕纳姆逼迫除凯匹特外的其他各区每年抽选青少年贡品强行参加惨无人道的饥饿游戏，饥饿游戏抽签前“官员会挨家查看，如果无故不到，就会被投入监狱”[③]。“饥饿游戏成为人们日常生活的一部分，政府能够不断提醒人们，对他们拥有绝对的权力。”[④] 在饥饿游戏竞技场里，政府控制着里面的一切，包括食物、水和空气，帕纳姆的人民被强制观看饥饿游戏全程，观看自己的孩子相互残杀，这是一种奇观。柯林斯的小说反映了当今世界的霸权主义和强权政治。小说通过女主角凯特尼斯的反叛过程，揭示了人们对当代全球霸权主义和强权政治的不满和可能后果。

第二，从经济意义来看，帕纳姆通过经济分区化和怪诞的消费经济来表现反乌托邦社会的经济不平等和阶级分化。列斐伏尔在《空间与政治》中提到，“经济的分区化，或者更准确地说，由此而建立起来的实践……的分区化，是奇特而有趣的”[⑤]。而鲍德里亚在《消费社会》中说过，“消

① Jameson, Fredric. Then You Are Them [J]. London Review of Books, 2009, (9): 7-8.

② Collins, Suzanne. Catching Fire [M]. New York: Scholastic Press, 2009: 164.

③ Collins, Suzanne. The Hunger Games [M]. New York: Scholastic Press, 2008: 15.

④ Henthorne, Tom. Approaching *The Hunger Games* Trilogy: A Literary and Cultural Analysis [M]. Jefferson, North Carolina, and London: McFarland & Company, Inc. Publishers, 2012: 116.

⑤ [法] 亨利·列斐伏尔. 空间与政治 [M]. 李春译. 上海：上海人民出版社，2015：77.

费并没有使整个社会更加趋于一致……它甚至加剧了其分化”①。

一方面，帕纳姆被分为 13 个区，各区之间被隔离，人民无法相互联系。虽有铁路和空中运输，但只有政府和凯匹特统治阶层才能使用，同时各区还处于都城高度发达的传媒系统的严密监视之下。各区经济结构单一独特，发展极度不平衡。如第 1 区是奢侈品区，盛产钻石等，第 2 区是武器和治安警输出区，第 4 区是渔业区，第 11 区是农业区，第 12 区是煤矿区等。为了获得各区资源，凯匹特都城严密监控各区人民，掠夺各区人民的劳动成果。如嘲笑鸟就是凯匹特改造的一种用于监听各区情况的杂种鸟。另一方面，都城和各区的消费经济两极分化十分严重。都城凯匹特极尽奢华，食物过剩，为了追求时尚，消费夸张而怪诞，如凯匹特制作出一种催吐剂，进行宴会时，“人们仅仅为了吃得高兴而一次次地呕吐”②。为了追求时尚，衣食无忧的凯匹特人“着装奇特、发型古怪、脸涂彩妆”③。而其他各区的人民虽然终日劳作却瘦弱不堪，没有获得足够的食物，为了不挨饿，孩子们只能出卖自己的生命来换取食品券。柯林斯的小说折射出当今全球经济发展不平衡和地区经济不协调的社会现实，对于未来经济社会发展具有重要的参考价值。

第三，从文化意义来看，柯林斯虚构了一个福柯全景式监狱监视下的反乌托邦社会——这个社会倡导扭曲的娱乐文化，展示了一幅当代人娱乐至死的生存图景。批评界人士已经关注和记录了“美国公众话语的解体及其向娱乐艺术的转变”④。柯林斯曾说过《饥饿游戏》三部曲的最初灵感是来自现实的真人秀节目和电视上对战争的新闻报道。

柯林斯《饥饿游戏》里的帕纳姆充斥着西方社会对暴力文化的普遍接受和渴望。正如小说中普鲁塔什·海文斯比对凯特尼斯解释的那样，凯匹特人已经放弃了他们的权力，被“饱腹和娱乐”所安抚⑤。饥饿游戏本身

---

① ［法］让·鲍德里亚. 消费社会［M］. 刘成富，全志钢译. 南京：南京大学出版社，2014：39.

② Collins, Suzanne. Catching Fire［M］. New York：Scholastic Press, 2009：80.

③ Collins, Suzanne. The Hunger Games［M］. New York：Scholastic Press, 2008：59.

④ ［美］尼尔·波兹曼. 娱乐至死［M］. 章艳译. 北京：中信出版社，2015：6.

⑤ Collins, Suzanne. Mockingjay［M］. New York：Scholastic Press, 2010：223.

是为了满足凯匹特无知人士而精心策划的一场媒体娱乐活动，但贡品家乡人民也竭力筹资赞助他们的选手。媒体将游戏变成商品的同时，游戏和娱乐也成为了剥削手段。小说批判了现实社会中的宗教、政治、体育、教育和商业等一切都通过电视和网络媒介以娱乐的方式呈现出来的新闻对象，都已成为了娱乐的附庸这一现象。

当今，经济和文化的变迁引发了发达国家的制度重构。强权政治和霸权主义、全球区域发展不平衡、崇尚暴力文化、娱乐至死等问题日益凸显。如何解决这些问题，是时代留给我们的历史任务。柯林斯的小说强调对美好生活的向往，要求人们不断保持警惕，小说中凯特尼斯对这些问题的思考和探索，为现实世界这些问题的解决提供了参考。

第二节　传承与创新西方科幻小说

科幻小说是伴随19世纪欧洲工业文明崛起的文化产物，在西方文学史上已经历经数次高峰，深受大众的喜爱，尤其是深深地吸引了青少年群体，对青少年群体以及后继不断增加的读者群产生了深远的影响。在过去十年里，科幻小说出现了新的反乌托邦和后世末日主题。玛丽·F. 法尔和雷萨·A. 克拉克认为“除了对技术灾难的恐惧之外，反乌托邦和后世末日小说的兴起可能与美国对2001年9月11日的恐怖事件的反应有关”①。随着五角大楼和世界贸易中心的被毁，美国许多人感到恐惧、孤立和焦虑。幸运的是，科幻小说在这个焦虑的时代幸存了下来。反乌托邦小说作为科幻文学中的一种流派，继承了乌托邦小说的想象和虚构手法，揭示了乌托邦所希冀的科技是如何走向悲剧结局的。正如埃罗尔·威斯（Errol Vieth）所言，“科幻小说是一种具有可塑性的类型，其叙事‘像黏土碎片’，‘可

① Pharr, M. F. & Clark, L. A. Introduction [A]. Ed. Mary F. Pharr & Leisa A. Clark. Of Bread, Blood and *The Hunger Games*: Critical Essays on the Suzanne Collins Trilogy [C]. Jefferson: McFarland & Company, Inc., Publisher, 2012: 8.

以重新加工成不同的形状和尺寸’，从而使读者有各种各样的视角和观点”①。方凡也认为，美国后现代科幻小说“无论在小说创作理念上，还是创作技巧上都有着强烈的后现代性”②，这种创作技巧拓宽了想象空间，给读者带来了对高科技发展的社会反思。

苏珊·柯林斯与当代美国许多杰出儿童文学小说作家一样，对小说的主题、艺术风格、表现形式进行了不断的探索和创新。柯林斯一直酷爱希腊神话故事、科幻小说等文学作品，战争痛苦、科技反思、人类焦虑、社会危机、末世发展等一直是柯林斯关注和探索的题材。柯林斯的创作沿袭了西方文学和美国科幻小说传统，又增添了作家自身的生活体验和感悟，使作品引起社会共鸣。柯林斯的《饥饿游戏》三部曲就像一部史诗，生动地描绘了一幕幕英雄主义绝望救赎的悲剧情景，给不同年龄阶段的读者带来了丰富的想象空间。一方面，柯林斯的科幻小说引导读者重新审视和挑战当代社会现实问题，发起关于种族、性别、文化身份认同、权力、青少年边缘化群体的批判性对话。另一方面柯林斯的科幻小说在深度和广度上，对传统科幻小说都有所突破，涉及人类命运共同体话题，涵盖了集体和个人、国家和地区各个层面，揭示了全球化背景下文化身份的形成是一种历史的必然，肯定了边缘化群体试图挑战主流文化的努力，打破了二元对立的结构和视角，描绘了多元化和去中心化的文化景观，推动了美国文学和世界文学的发展。此外，作为一位来自美国军人家庭的白人作家，柯林斯的科幻小说浸透了和平主义与平等思想，关爱未成年人群体，尊重地区差异，这些在当今多元文化共生的后现代社会具有一定的现实意义。

一、柯林斯对西方科幻小说和传统小说的继承

美国的科幻小说继承了西方科幻小说的浪漫主义和现实主义传统，又融进了大胆的想象和新的高科技的内容，拓宽了思维和虚拟的空间，使读

① Pharr, M. F. & Clark, L. A. Introduction [A]. Ed. Mary F. Pharr & Leisa A. Clark. Of Bread, Blood and *The Hunger Games*: Critical Essays on the Suzanne Collins Trilogy [C]. Jefferson: McFarland & Company, Inc., Publisher, 2012: 6.

② 方凡. 美国后现代科幻小说 [M]. 杭州: 浙江大学出版社, 2012: 2.

者感同身受。苏珊·柯林斯的科幻小说继承和发展了西方传统小说和科幻小说中和平、社会公平正义、困境生存、末世幻想等一系列经典主题。柯林斯自2003年创作小说以来，成绩斐然，而《饥饿游戏》三部曲就是柯林斯最有代表性的科幻小说作品，柯林斯描绘了因各种灾难和战争成了一片废墟的“帕纳姆国”，分析了帕纳姆各区的资源分布不均、人民的艰难生存处境以及精神困境。《饥饿游戏》三部曲融合了现代科技、影视、传媒、希腊神话故事等因子于一体，折射了21世纪初人类社会面临的矛盾和冲突等现实问题，密切关注女性、青少年和社会边缘群体的文化身份认同，将读者的视线引向所处时代的具体历史和文化语境，分析在这些语境下意识形态的相互影响和相互作用，探寻具体文化身份内涵。具体来说，这种继承主要体现在以下三个方面，即社会公平正义主题的继承、孤儿型女主人公的继承、和平主题的继承。

首先，从社会公平正义主题的继承来看，苏珊·柯林斯的《饥饿游戏》三部曲与反乌托邦风格的其他作品一样，反映了现实世界中的问题，诸如战争、暴力和经济差异等，旨在帮助读者探索自己的身份，发现社会的不公正现象，成为更具社会责任感和道德意识的人。反乌托邦作品深受青少年读者的追捧，好的作品可以让年轻的读者在阅读文字的过程中提高对世界和生活中的公平正义的认识。熟悉《饥饿游戏》三部曲的读者都知道，帕纳姆被统治区的公民被剥夺了基本的权利，如言论自由、行动自由、劳动自由、保障家庭幸福和安全的自由等。凯匹特利用饥饿游戏来惩罚那些敢于挑战凯匹特权威的人，通过各种策略，如利用娱乐活动麻痹公众，让他们看不清社会的不公正本质。女主角凯特尼斯是一个有着同情心和社会责任感的英雄人物，她有着清醒的头脑，看到了社会问题的实质，她更是敢于挑战权威，自觉地抵抗，以激励他人团结起来为改变现状而努力。柯林斯通过凯特尼斯这一英雄人物形象传达的信息很明确：不论是执政当局还是普通大众，都应具有公平正义的品格和意识，国家和社会才会维持长久的稳定和安全。系列小说中，在凯匹特的高压政策统治之下，许多人已经十分麻木，而在这样压抑的氛围和恶劣条件之下成长起来的凯特尼斯，却没有屈服于这种绝望的困境，敢于打破成规，从小承担养家重任。尽管她看似完全不关心政治，但生活的压力使她十分清楚自己的身份，以及斯诺和科恩总统的实质："后来我终于明白了这么说只能给我们招惹麻烦。所以我学会管住自己的嘴，并装出一副事事都无所谓的样子，对我所想，无人知晓。"① 苏珊·柯林斯似乎表明：挑战和担当是一种可贵的品格，只有能够批判性思考的公众，才能真正参与到民主的建设与维护社会公平当中来。柯林斯借由凯匹特的智者普鲁塔什·海文斯比的话——"我们要建立一个共和国，在这个共和国里，每个地区和凯匹特的人民都可以选举他们自己的代表，代表他们在中央政府中发声"②，表达出在社会正义面前，各地区应该抛弃分歧，团结一心，友好协商，维护公平正义，为实现共同利益和富强而努力。

其次，从和平主题的继承来看，战争与和平问题是三部曲集中讨论的焦点。柯林斯通过三部曲让读者们直接参加了暴力、战争、和平的研讨会。柯林斯在小说中提出了关于战争中杀戮是否正义和道德的问题。在小说中战争的正义和道德问题主要体现在反叛战争之中。对于凯匹特利用儿童充当人体盾牌以及反叛军利用凯匹特直升机大规模对儿童无情杀戮，毫无疑问，柯林斯是极力批判的。柯林斯的叙述里并没有将士兵妖魔化，而是用凯特尼斯妹妹波丽姆因参加救援工作死于战争这一事件来说明战争的不道德性，战争只是统治者们利益的角逐，牺牲的都是普通的民众和弱势的儿童们。虽然盖尔因为正义和对战争的热情，出于战争战略的需要设置了炸弹陷阱，但他的这一战略手段却导致了大批像波丽姆那样无辜的医疗工作人员和儿童的惨死。柯林斯通过凯特尼斯这一人物的行为表明她的态度，她十分反对以任何缘由挑起战争。柯林斯在三部曲中还强调了战争的代价与和平的重要意义。虽然《嘲笑鸟》最后是一个和平结局，但战争的结束也意味着令人心碎的损失，万物的凋敝，生存环境的日益艰难，无辜之人的惨死，战斗人员付出的惨痛代价。柯林斯不仅在三部曲中倡导没有战争、没有暴力的民主和平生存环境，在《地下城》系列中和平主题也十

① ［美］苏珊·柯林斯. 饥饿游戏Ⅰ：饥饿游戏［M］. 耿芳译. 北京：作家出版社，2010：6.

② Collins, Suzanne. Mockingjay［M］. New York: Scholastic Press, 2010: 83-84.

分突出。正如她在《地下城：利爪密则》(*Gregor and the Code of Claw*) 中所写："人们也需要这样，要一起反对战争。光是一两个人还不够，所有人都必须加入进来，告诉那些不理智的人，战争不是解决分歧的唯一方法。从以往的情况来看，人类在战争爆发之前，可做的还有很多，只是没到最后时刻，一切都有可能。"① 柯林斯在《饥饿游戏》系列和《地下城》系列中，提供了一个和平的思考空间，用于反映我们为什么战斗，谁才是真正的敌人，战争谁受益。更为重要的一点是，柯林斯认为将敌方的儿童视作战斗的牺牲品是不道德的。

最后，从孤儿型女主人公的继承来看，柯林斯的创作延续了传统文学的孤儿型主角，也承袭了后启示录反乌托邦科幻小说。在 18 世纪的传统文学作品中，孤儿一般指失去以血缘关系为纽带的家庭的儿童。男性孤儿一般具有独立自主、决断力、竞争力、控制领导力，而女性孤儿一般体现出柔弱、易受伤害、易妥协等特征。在童话故事中，女性孤儿一般都被描述成失去之前优越的身份、地位、父母亲的保护，她们处于被伤害边缘，被动地等待着新的保护者出现，通过婚姻改变命运。在《饥饿游戏》三部曲中，虽然凯特尼斯的母亲健在，但由于母亲在她父亲去世时，失去抚养子女的能力和自理能力，凯特尼斯和妹妹已经像孤儿一般生活。尤其当凯特尼斯自愿代替妹妹参赛，被迫融入一个新的大家庭，这里只有导师黑密斯、同伴皮塔以及参赛设计团队，由于她具有孤儿般的经历，她更容易适应这个新的临时"大家庭"。凯特尼斯在三部曲中与皮塔和盖尔的三角恋情表明，她也有过被动等待时刻，战争结束后，凯特尼斯的幸福生活也可以归因于皮塔的拯救。可见，凯特尼斯体现了传统孤儿特征。许多学者认为在反乌托邦小说中出现了一种新型的女主人公，即孤儿型女主角。凯特尼斯杂糅了女性和男性的能力，具有"雌雄同体"特性。凯瑟琳·布罗德 (Katherine Broad) 就特别指出，《饥饿游戏》三部曲"因塑造了一位意志坚强的年轻女性而广受好评，她通过进取心和运气的结合，挑战权威，成

① Collins, Suzanne. The Underland Chronicles Book Five: Gregor and the Code of Claw [M]. Scholastic Paperbacks, 2008: 411.

为了反对暴力反乌托邦政权的大规模革命的核心人物”①。艾莉森·L. 布雷（Alison L. Bewley）认为：“凯特尼斯和她的姐妹们似乎引领了一个新的时代，成为孤儿的女英雄们比传统的女英雄们更强大。现在的女英雄不再渴望爱人把她们从危险或单身中拯救出来，也不再依赖父母的保护。”② 柯林斯小说中的女英雄凯特尼斯已经成长为自给自足、冷静睿智、独立坚强、运动能力和自我保护能力突出的新女性。凯特尼斯这一新的孤儿型女性形象的塑造反映了美国后“9·11”时代成长起来的青少年现状，对读者具有激励作用。

二、柯林斯对科幻小说的创新与发展

当代美国著名的文学理论家和文化批评家弗雷德里克·詹姆逊曾提出：对于科幻小说而言，不管是什么类型的新式科幻小说，“都有一个‘坚硬的核心’：即对老式的‘科学’科幻小说的忠诚，目的就是为了保持其科幻小说的身份，而不至于使其消解在文学、幻想或其他问题之中”③。柯林斯的《饥饿游戏》三部曲已经成为当代美国科幻小说界不可或缺的一部分。三部曲在继承优秀经典文学和科幻小说经典主题的同时，作品内容还涉及真人秀、生物科技、符号活动、大屠杀等主题，并且丰富了对未来数字空间和异化空间的想象，作品给读者带来了更广阔的科幻意识和对未来科技世界的反思。

首先，柯林斯的科幻小说结合了真人秀和当代美国电视黄金时代的元素，体现了后现代主义科幻小说作品技术和文化价值结合的审美特点。《饥饿游戏》三部曲通过贡品们的真人秀直播，游戏鼓励观众为某些贡品

---

① Broad, Katherine R. The Dandelion in the Spring: Utopia as Romance in Suzanne Collins' s *The Hunger Games* Trilogy [A]. Ed. Balaka Basu & Katherine R. Broad& Carrie Hintz. Contemporary Dystopian Fiction for Young Adults: Brave New Teenagers [C]. New York: Routledge, 2013: 117.

② Bewley, Alison L. Literary Traditons on Fire: Mimetic Desire and the Role of the Orphaned Heroine in Suzanne Collins' s *Hunger Games* Trilogy [J]. Children' s Literature Association Quarterly, 2015, 40 (4): 371.

③ Jameson, Fredric. Shifting Contexts of Science Fiction Theory [J]. Science Fiction Studies, 1987, 14 (2): 244.

的表演而欢呼，而表演的成功与否决定了贡品们获得的赞助数额的多与少，决定着贡品在竞技场的生与死，游戏制作者通过真人秀来影响人们的感受，唤起凯匹特所期望达到的集体情绪反应。苏珊·柯林斯在接受《教师》的采访时承认，饥饿游戏被描述为“一个电视真人秀节目”，这是对当今社会流行电视文化的极端解读，她指出：二十一世纪的观众喜欢“偷窥式刺激，观看人们在电视节目中的表现，被羞辱或是痛哭流涕或是身体上遭受痛苦”①，这种刺激无疑令人感到不安。正如阿曼达·洛茨（Amanda Lotz）所说：“当代电视功能作为一个空间，通过这个空间可以调节和重新利用受众和市场的情绪反应。”② 柯林斯《饥饿游戏》三部曲小说对真人秀和文学相结合的探索，“讥讽了当前流行的电视真人秀节目”③。柯林斯通过以时尚为主题的真人秀强调了三部曲中所表达的时尚产业，“最终表明它对人们的思维和行为方式有着强大的影响”④。凯匹特对贡品真人秀节目进行剪辑和编排，加入了主持人凯撒·弗里克曼等人的采访互动和评论，融合了各区的传统元素，加入了政治的干预，增加了与观众的一种娱乐性互动，将媒体事件塑造成为审美参与的一种场所。

其次，柯林斯的科幻小说继承了一种将符号与文本相结合的创作方式。柯林斯在《饥饿游戏》三部曲中，多次将手势符号、音符符号、动物有机体符号、植物符号等融入科幻文本之中，传递作者所望表达的身份、性别、空间、场域等多方面信息。没有言论自由的帕纳姆人民，各辖区利用嘲笑鸟传达各种信息。譬如露露所唱的“一个四音符小曲”代表着第 11 区收工的信号，“嘲笑鸟把小曲传遍整个果林，这样大家就都知道该歇工

① Hudson, Hannah Trierweiler. Sit Down With Suzanne Collins [J]. Instructor, 2010, 120 (2): 51-53.

② Lotz, Amanda. The Television Will Be Revolutionized [M]. New York: New York University Press, 2007: 181.

③ 黄曼. 人性因子与兽性因子的交锋——《饥饿游戏》中的伦理选择及其启示 [J]. 外国文学研究, 2014, 36 (4): 135.

④ Henthorne, Tom. Approaching *The Hunger Games* Trilogy: A Literary and Cultural Analysis [M]. Jefferson, North Carolina, and London: McFarland & Company, Inc. Publishers, 2012: 100.

了"[①]，在饥饿游戏竞技场她再次采用嘲笑鸟的收工信号作为和凯特尼斯保持联系、传递平安的信号。失去言论和人身自由的各辖区人民，同样还用古老的左手"三指敬礼"符号表达着他们的团结和反抗之心。凯特尼斯抱着赴死决心自愿代替妹妹波丽姆参赛时，第12区的人们对她竖起了在葬礼上表示告别和崇敬之意的"三指敬礼"手势表达对凯特尼斯的爱护和敬重以及对凯匹特的蔑视和反抗。在竞技场凯特尼斯用这个"三指敬礼"和她的小盟友露露做了最后的告白，表达了她对露露的爱和友谊，这一行为逃过了凯匹特的监控，通过媒体传达到了各区。在凯特尼斯的胜利巡演之旅中，第11区人民用这一手势强化了反抗和团结一体的决心。在这里符号获得了无法消除的附加价值和意义。"嘲笑鸟"和"三指敬礼"成了反叛的象征，代表包容性和集体的抵抗。公民成了符号联系下跨越空间的联合体。正如美国符号学家莫利斯曾下过的定义，"只要某物起到指代他物的功用，就构成符号意指活动"[②]。凯特尼斯在《嘲笑鸟》中成为一种反叛符号，号召各区人民团结一心，共同战胜不平等。凯特尼斯在反叛动员录像中所唱的歌曲成为了革命的号角，凯特尼斯在反叛摄制中所说的口号成为了革命的口号，话语的符号象征了一场集体的革命呐喊。柯林斯通过各种符号的交叉和频繁使用，强调了符号在整体文化和学术结构中发挥的重要作用，反映了人们因生存环境、意识形态、学术结构等各种文化和社会因素对符号的需求越来越强烈。

最后，《饥饿游戏》三部曲扩展了大屠杀文学的创伤空间。《饥饿游戏》三部曲不仅仅表达了作者的反战思想，而且很明显引入了复杂的大屠杀创伤焦虑。如果说前两部《饥饿游戏》和《燃烧的女孩》体现了一种反战情绪，那么第三部《嘲笑鸟》揭示了反叛战争的必然性，展开了一种大屠杀式的另类想象，表达了大众对和平正义和公正的渴求。大屠杀文学一般有共同的核心问题，即创伤的定义和表达问题。正如大卫·罗斯基斯（David G. Roskies）所说的那样："大屠杀文学包括所有形式的写作，包括

① ［美］苏珊·柯林斯. 饥饿游戏Ⅰ：饥饿游戏［M］. 耿芳译. 北京：作家出版社，2010：186.

② 丁尔苏. 符号学与跨文化研究［M］. 上海：复旦大学出版社，2011：14.

纪录片和散文诗，以及任何一种语言的作品，它们塑造了公众对大屠杀的记忆，并被其影响。”① 大屠杀文学通过幸存的受害者展开对历史的叙事，使读者了解和掌握大屠杀的真实情境，以及大屠杀历史事件对人们现在生活的影响。人类历史上充满各种战争和大屠杀。柯林斯有着敏锐的意识，她试图通过《饥饿游戏》三部曲和《地下城》五部曲反映出战争和大屠杀的残酷，缅怀历史记忆的创伤。如何让青少年、儿童等年轻的读者们理解复杂、真实和残忍的战争和大屠杀历史，这是时代留给人们的难题。一方面成人不期望儿童和青少年过早地面对残酷的暴力，另一方面成人又盼望着和平在未来的延续，让年轻读者了解战争并反对暴力，是时代对有历史使命感和道德感作家的要求。柯林斯《饥饿游戏》三部曲和《地下城》五部曲中对战争和大屠杀的描述是科幻文学的一次勇敢挑战和尝试，正如亚当·莱文（Adam Levin）博士在《重建大屠杀：青少年反乌托邦和青年犹太读者》（*Recreating the Holocaust YA Dystopia and the Young Jewish Reader*）一文中所说的那样：“这样的文本可以为年轻读者（尤其是年轻的犹太读者）创造一个探索和质疑大屠杀创伤的性质及其影响的替代空间。《饥饿游戏》三部曲就是这样一个具有前瞻性的系列，它打开了这个替代空间。”②

综上所述，柯林斯的《饥饿游戏》、《燃烧的女孩》和《嘲笑鸟》三部科幻小说将符号融入文本创作之中，同时还发展了一种另类的大屠杀叙事科幻作品风格。苏珊·柯林斯的创作一贯贴近生活和实际，弘扬道德和友爱文化精神，彰显人类共同体的平等、宽容和团结，对美国后现代文学和科幻小说的创新和发展都具有重要意义和价值。

---

① Roskies, David G. & Naomi Diamant. *Holocaust Literature*: *A History and Guide* [M]. Brandeis: Brandeis University Press, 2012: 2.

② Levin, Adam. Recreating the Holocaust: YA Dystopia and the Young Jewish Reader [A]. Ed. Deidre Anne Evans Garriott & Whitney Elaine Jones & Julie Elizabeth Tyler. Space and Place in *The Hunger Games*: New Readings of the Novels [C]. Jefferson: McFarland & Company, Inc., Publishers, 2014: 129.

第三节 回归自然与批判暴力的审美指向

苏珊·柯林斯既深受古典主义、自然主义、启蒙主义、现实主义和后现代主义等各种文学思潮影响，又受到黑格尔、弗洛伊德、荣格、朱迪思·赫尔曼等人的思想熏陶。她的作品题材新颖、主题鲜明、思想深邃、内容丰富。柯林斯的代表作《饥饿游戏》三部曲向读者展示的是未来可能发生的事，书写了在北美洲废墟上重建的帕纳姆国的人的生存境况，探寻了帕纳姆国边缘群体的文化身份，继承和发扬了传统文学和科幻小说的经典主题，又添加了后现代科技和文化元素，体现了她对宇宙人生的哲学思考。柯林斯借助小说中女主角凯特尼斯的苦难寻求，向读者传递了崇尚自然之美的审美旨趣，主张主体与客体相契合的和谐之美，探寻“一种愉快的动人的外在和谐”①，维护人类的安宁和秩序，反对非正义暴力，坚持“一种精神力量与政治的合流”②，崇尚一种人与自然的契合之美。具体来说，柯林斯的代表作《饥饿游戏》三部曲的审美意义主要体现在两个方面：回归自然的审美期待和批判暴力的审美意指。正如柯林斯在《嘲笑鸟》中所写，虽然人民身处困境，“战争频仍，山河破碎”③，人民食不果腹，但是大家依然崇尚自然，向往和平。

一、回归自然的审美期待

自然，英文为“nature”，该词最初来源于罗马人用“natura”一词对希腊语词“physis”的翻译，从拉丁语词“nascor”演绎而来。拉丁词“nascor”表示诞生或来源之意，继承了希腊语“physis”的本义。从词源来看，英文的“自然兼有事物的本源、事物的自我生成和自我涌现的意义”④。西方的自然美从提出到成熟经历了一个长期的争议过程。雅克·卢

① ［德］黑格尔. 美学（第1卷）［M］. 朱光潜译. 北京：商务印书馆，1996：170.
② 阎国忠. 古希腊罗马美学［M］. 北京：商务印书馆，2015：6.
③ ［美］苏珊·柯林斯. 饥饿游戏Ⅲ：嘲笑鸟［M］. 耿芳译. 北京：作家出版社，2011：77.
④ 刘成纪. 自然美的哲学基础［M］. 武汉：武汉大学出版社，2008：13-14.

梭和狄德罗对自然美的呼声比较早也比较高，他们号召“回到自然”中去，狄德罗还认为“美在于关系”，并“坚信艺术要摹仿自然”[①]。康德对自然美概念的讨论也可以从《判断力批判》一书中看出来，但康德所谈的自然美落脚点在于人性自由，正如他在书中所言：“离开那间布满虚浮的，为了社交消遣安排的美丽事物房屋而转向大自然的美，以便在这里，在永远发展不尽的思想的络绎中，见到精神的极大的欢快。”[②] 格奥尔格·威廉·弗里德里希·黑格尔也意识到自然美，他认为“自然美只是为其它对象而美……为审美的意识而美”。[③] 列宁对自然美的观点可以从《哲学笔记》中找到：“在人面前是自然现象之网。”[④] 能够区分自然的只有自觉之人。随着工业革命的发展，全球环境问题的突出，西方对环境美学的论争，对工具理性的价值观和技术观的反思，使西方关于自然美的研究方兴未艾。马丁·海德格尔将对自然美的认识提到了一个新的高度，将自然看作一个存在的统一体，他提出：“自然源出于神圣的混沌，重新感受澎湃激情，那创造一切者”。[⑤] 自然美在现代西方美学中是薄弱的，西奥多·阿多诺就认为自然美的消失，是“人类自由与尊严观念至上的不断扩展所致”[⑥]。什么是自然美？对自然美的回答仍然是现当代西方美学领域中的一个难点问题。

相对于西方，中国哲学历来推崇“自然”的审美态度。薛富兴认为：“崇尚自然审美是中华审美传统最显著的特征。”[⑦] 尽管20世纪中国美学受到近现代西方美学影响，整体上持艺术中心论。但20世纪五六十年代，自然美的探讨也曾是中国美学理论的一大热点，其中最典型的代表就是蔡仪的客观美学论。但是由于受到李泽厚的实践美学和朱光潜的艺术美学影

---

① 朱光潜. 西方美学史（上卷）. 北京：商务印书馆，2017：295.

② ［德］康德. 判断力批判（上卷）（审美判断力的批判）［M］. 宗白华译. 北京：商务印书馆，2009：144.

③ ［德］黑格尔. 美学（第1卷）［M］. 朱光潜译. 北京：商务印书馆，1996：160.

④ ［苏］列宁. 哲学笔记［M］. 中共中央马克思恩格斯列宁斯大林著作编译局译. 北京：人民出版社，1993：78.

⑤ ［德］海德格尔. 荷尔德林诗的阐释［M］. 孙周兴译. 北京：商务印书馆，2014：68.

⑥ ［德］阿多诺. 美学理论［M］. 王柯平译. 成都：四川人民出版社，1998：110.

⑦ 薛富兴. 文化转型与当代审美［M］. 北京：人民文学出版社，2010：394.

响，以及因为当时人的觉醒和解放已经成为中国美学关注的核心问题，蔡仪的客观美学论遭到冷遇。20 世纪末随着全球生态危机的进一步加剧，生态环境的被破坏，生态美学研究兴起。越来越多的学者开始进行自然美和生态美的研究，自然美的边界得到了拓展，内容更加丰富。叶朗教授认为："自然美也是情景交融、物我同一而产生的审美意象，是人与世界的沟通和契合。"①季水河教授认为："自然美，作为自然物的人化结果，是一种具体的存在，具有客观实在性；它也总是以自己的形态、状貌、声音、色彩吸引审美主体。"②

自然界是人类的摇篮，没有自然界就不可能有人类。自然物具有客观物质属性，构成了自然美的必要条件，自然只有与人发生关系，才具有审美属性。"文学是人学，所以文学的审美价值必然会在人与自然的关系中显示出来。"③柯林斯从小深受西方哲学思想熏陶，当今世界各地环境的恶化深深地触动了她的思想精神，在"人与自然"这个世界性主题话语面前，她试图通过她的小说寻找一种人类生存的途径，期待人类自然审美的回归。《饥饿游戏》三部曲里，从第 12 区栅栏外的荒野空间到饥饿游戏竞技场上人为的自然空间，再到凯匹特和第 13 区人为的自然空间，到处都有人与自然的密切联系，人们以此寻求着与自然的真实联系。柯林斯小说中对自然美的审美期待表现在以下几个方面：

其一，真实自然的主客统一属性表现。在《饥饿游戏》三部曲中，凯特尼斯作为猎人的身份至关重要。在亲近自然的过程中，凯特尼斯在第 12 区荒野以及无边的自然空间寄托了对自然的审美期待。凯特尼斯对自然的认同，使得她在竞技场里成为有力的竞争者，正如她所知道的那样，虽然她个子不高，但是因为"常年以丛林里野生动植物为食"④，打猎的辛劳锻炼了她的体魄，改变了她的生活方式和对自我的认知。对自然的探索和描述是小说作品的核心之一。在深林里，凯特尼斯的父亲教会了她狩猎和辨

① 叶朗. 美学原理［M］. 北京：北京大学出版社，2009：181.

② 季水河. 美学理论纲要［M］. 长沙：湖南人民出版社，2011：149.

③ 吴舜立. 川端康成：文学的自然审美［M］. 北京：中国社会科学出版社，2011：2.

④ ［美］苏珊·柯林斯. 饥饿游戏Ⅰ：饥饿游戏［M］. 耿芳译. 北京：作家出版社，2010：83.

别植物，野外的大自然也教会了凯特尼斯生存之道。“自然”还是维系着伊夫狄恩家族的纽带，凯特尼斯的父母因自然界的草药而结缘，凯特尼斯也因想到春天里的蒲公英，想起与父亲在森林一起共度的美好时光，有了和家人继续活下去的勇气。由于她对野外浆果的熟悉，客观的“自然”还使她可以在游戏的关键时刻挑战凯匹特规则的权威，她拿出毒浆果让自然的客观物体为她所用，让可怕的和丑陋的客观物转化为有利于人类的自然物。这些例子恰好也体现了蒋孔阳先生在自然美的观点上对朱光潜提出的美是主客统一观点的认同，即“美是客观方面某些事物、性质和形状适合主观方面意识形态，可以交融在一起而成为一个完整形象的那种特质”①。

除了以上方面之外，自然在三部曲中还代表着安全。第 12 区栅栏之外，荒野的自然，是凯特尼斯和盖尔的心灵栖息之所和安全的港湾。只有在野外的树林里他们才能畅所欲言，表达自己的思想和感情。而看似安全的有着治安警保护的栅栏内的第 12 区城市却是不安全的，凯特尼斯就认为，第 12 区是“能把人安全地饿死的地方”②。当第 12 区遭到凯匹特直升机的轰炸时，盖尔引领众人来到了这个自然的安全空间，“来到林子里，把他们带到他所知道的唯一的藏身之所”③。即使到了第 13 区，凯特尼斯也要求和盖尔去树林中狩猎，因为她认为“在林子里，那样我们就享有自由”④。正如格雷琴·凯尼格（Gretchen Koenig）在《共同景观：通过暴力重塑的历史和记忆》一文中所言：“于是，凯特尼斯逃到栅栏外那片开阔的荒野之中，在一块岩石上找到了一种自主和自由的感觉，让她看到了整个山谷：一个属于自己的地方。”⑤ 荒野的树林在这里不仅仅是一个客观的自然和物理空间，而且是一个有利于独立的象征性空间。盖尔在荒野中学到狩猎本领，将这种技能用于军事作战策略。文化与自然这对二元矛盾在

① 蒋孔阳. 美和美的创造［M］. 南京：江苏人民出版社，1981：70.

② ［美］苏珊·柯林斯. 饥饿游戏Ⅰ：饥饿游戏［M］. 耿芳译. 北京：作家出版社，2010：6.

③ ［美］苏珊·柯林斯. 饥饿游戏Ⅲ：嘲笑鸟［M］. 耿芳译. 北京：作家出版社，2011：7.

④ ［美］苏珊·柯林斯. 饥饿游戏Ⅲ：嘲笑鸟［M］. 耿芳译. 北京：作家出版社，2011：34.

⑤ Koenig，Gretchen. Communal Spectacle：Reshaping History and Memory through Violence［A］. Ed. Mary F. Pharr & Leisa A. Clark. Of Bread，Blood and *The Hunger Games*：Critical Essays on the Suzanne Collins Trilogy［C］. Jefferson：McFarland & Company，Inc.，Publisher，2012：39.

这里呈现出了统一关系。凯特尼斯和盖尔等人大胆利用荒野，自然的力量得到发挥，自然才具有了审美属性，才成为人的物质和精神食粮。

其二，改造自然的主观属性表现。凯匹特人工取代自然的空间特别明显。凯匹特将各区人民圈禁在固定区域之内，阻止各辖区居民走入森林获取食物，凯特尼斯就因为打猎担心“每天都可能被处死”①，盖尔就因为偷猎被施以残酷的鞭刑，差点死去。凯匹特本身不生产商品，只消费各辖区运送来的物资。凯匹特公民与大自然的联系被切断。凯匹特的生存环境空间处处都彰显着改造自然的人工痕迹，如凯匹特的建筑物和整个城市“颜色都是那么虚幻，粉色太深，绿色太艳，黄色亮得刺眼”②。凯匹特人对待他们自己的身体的方式、饮食习惯以及对生活空间的使用，都体现着人对自然的改造和人化自然的特征。斯诺总统“呼出的气体里”③，都有一股血腥味。人们穿着奇装异服，打扮怪诞，甚至在宴席上备有催吐剂让人们违背自然规律可以吃个不停。事实上，凯匹特完全就是一个文化和人工取代自然的空间。凯特尼斯在描述凯匹特时直接把凯匹特比作第 12 区糖果铺“看到的却永远买不起的扁圆糖果”④。在凯特尼斯的眼中，凯匹特的景观华而不实，和自然脱节。不管在电影还是小说原著中，柯林斯借凯特尼斯对凯匹特的态度表达出对这种工业文明和人为自然的厌恶之情。

在凯匹特设计的竞技场里，人类控制、改造、模拟和扭曲自然。蒂娜·L. 汉隆（Tina L. Hanlon）在《煤尘和民谣：阿巴拉契亚和第 12 区》（*Coal Dust and Ballads: Appalachia and District* 12）一文中说道：“广阔的饥饿游戏竞技场中的人工荒野环境旨在造成伤害和死亡，展示了残酷的人类如何利用技术来扭曲自然。”⑤ 在第 74 届饥饿游戏中，游戏制作者为了让凯特尼斯和其他贡品们在丛林里拉近距离，随意发射火球驱赶凯特尼斯，

① ［美］苏珊·柯林斯. 饥饿游戏Ⅰ：饥饿游戏［M］. 耿芳译. 北京：作家出版社，2010：15.

② ［美］苏珊·柯林斯. 饥饿游戏Ⅰ：饥饿游戏［M］. 耿芳译. 北京：作家出版社，2010：52.

③ ［美］苏珊·柯林斯. 饥饿游戏Ⅱ：燃烧的女孩［M］. 耿芳译. 北京：作家出版社，2011：27.

④ ［美］苏珊·柯林斯. 饥饿游戏Ⅰ：饥饿游戏［M］. 耿芳译. 北京：作家出版社，2010：52.

⑤ Hanlon, Tina L. Coal Dust and Ballads: Appalachia and District 12［A］. Ed. Mary F. Pharr & Leisa A. Clark. Of Bread, Blood and *The Hunger Games*: Critical Essays on the Suzanne Collins Trilogy［C］. Jefferson: McFarland & Company, Inc., Publisher, 2012: 64.

这些火球从凯特尼斯的头上“掉落下来的火焰那么高，是非自然的，火势分布均匀像是人为的”[①]。在第 75 届饥饿游戏中，这种人为的虚拟自然空间特点展现得淋漓尽致，如人工控制的“以一条直线向前移动”[②] 的毒雾墙、攻击力强和移动速度特别快的“变种猴子”[③] 等等。但这种自然是不完善的，第 75 届饥饿游戏竞技场里的电磁力场就有瑕疵，“正如韦莉丝和比特所说的那种‘被罩子隐蔽起来的裂缝’。这些防护罩是为了隐藏电磁力场，却暴露了它的位置，这恰恰是它的弱点所在”[④]。凯特尼斯聪明地看到了这一点，最后关键时刻“举起弓箭，对准那个闪动的方块，那道缝”[⑤]，射穿了电磁场防护罩，使她和其他几位竞赛者获救。柯林斯认为创造的自然是有瑕疵和不完美的，是丑陋和可怕的，也是不安全的。人对自然的单一改造使得自然美被破坏，模仿的自然是用技术扭曲的自然，真实的自然才是安全的生存空间。创造的自然强化了一种权力、意识和痛苦，使得人类和真实自然相分离，人与自然相冲突和矛盾。

其三，混合自然对政治和技术的依附表现。阎国忠认为，“政治斗争成熟与否表现在它是否自觉地利用哲学、道德、艺术以及美学等的成果，从而形成一个与一定阶级的实在相适应的统一的精神力量”[⑥]。随着工业的膨胀，战争的破坏，自然与人的冲突和矛盾日益加剧。很明显，凯匹特的政治统治与自然发生冲突。在斯诺总统的决策中，自然成为了被人类征服、改造、奴役、统治和控制的对象，自然物可以任由人类拆解和重组。第 13 区是与凯匹特相对的，被凯特尼斯肯定的模仿自然。正如柯林斯在接受访问时所说：“第 13 区基本上是一片荒地，因为那里的人曾试图反抗凯

① ［美］苏珊·柯林斯. 饥饿游戏Ⅰ：饥饿游戏［M］. 耿芳译. 北京：作家出版社，2010：153.

② ［美］苏珊·柯林斯. 饥饿游戏Ⅱ：燃烧的女孩［M］. 耿芳译. 北京：作家出版社，2011：262.

③ ［美］苏珊·柯林斯. 饥饿游戏Ⅱ：燃烧的女孩［M］. 耿芳译. 北京：作家出版社，2011：271.

④ ［美］苏珊·柯林斯. 饥饿游戏Ⅱ：燃烧的女孩［M］. 耿芳译. 北京：作家出版社，2011：252.

⑤ ［美］苏珊·柯林斯. 饥饿游戏Ⅱ：燃烧的女孩［M］. 耿芳译. 北京：作家出版社，2011：333.

⑥ 阎国忠. 古希腊罗马美学［M］. 北京：商务印书馆，2015：7.

匹特并遭受了可怕的后果。”① 第 13 区的起义导致土地贫瘠和伤痕累累，“从空中俯瞰……地面上几乎没有生命迹象”②。自然环境无疑受到政治事件的影响，尤其与执政政府的保护和监管政策息息相关。第 13 区管理者们和该地居民，合理利用有限的自然资源，在地下开拓出一片充满生命力的空间，合乎人民的利益和自然的规律。如第 13 区最美的景色就是特防部里开满鲜花，甚至有“蜂鸟在花丛里飞舞”，还有“生长着真正的树木”的“大草坪”③，对此景观，凯特尼斯是肯定的，她甚至“想知道究竟靠什么技术才创造出如此可爱的地方”④。科技成为了为人类谋福利的工具，技术成为了“人与自然对话的工具，人与自然和解的媒介”⑤，自然美的回归得益于人类对自然规律的遵循。这里的生态自然是技术和审美的自然。科技与自然的有机协调发展成为了人类生存延续下去的根本原因。

柯林斯的《饥饿游戏》三部曲和《地下城》五部曲都提出了一个自然和人类的和谐连续统一体问题，一方面是自然，另一方面是人类。作者不仅通过小说表达了对一个未来可能失去自然共享资源国家的悲伤，更是借此呼吁人与自然的和谐发展，科技的发展要避开片面工具性的误区，既要满足人类的需求还要遵循自然界的规律。柯林斯提醒年轻的读者们在现实世界中重视生态环保问题。玛丽·F. 法尔和雷萨·A. 克拉克认为：反乌托邦的未来帕纳姆国“其可居住的土地通过一连串的自然灾害和人文灾害而大幅减少”⑥。人类和自然不是对立和矛盾的，不是统治和被统治的，更不是奴役和被奴役的二元对立关系，人与自然必须有机和谐发展。人类的生存和延续有赖于人与自然的统一平衡。

---

① Blasingame, James & Suzanne Collins. An Interview with Suzanne Collins [J]. Journal of Adolescent & Adult Literacy, 2009, 52 (8): 727.

② Collins, Suzanne. Mockingjay [M]. New York: Scholastic Press, 2010: 17.

③ [美] 苏珊·柯林斯. 饥饿游戏Ⅲ：嘲笑鸟 [M]. 耿芳译. 北京：作家出版社，2011：60.

④ [美] 苏珊·柯林斯. 饥饿游戏Ⅲ：嘲笑鸟 [M]. 耿芳译. 北京：作家出版社，2011：60.

⑤ 季水河. 美学理论纲要 [M]. 长沙：湖南人民出版社，2011：161.

⑥ Pharr, M. F. & L. A. Clark. Introduction [A]. Ed. Mary F. Pharr & Leisa A. Clark. Of Bread, Blood and *The Hunger Games*: Critical Essays on the Suzanne Collins Trilogy [C]. Jefferson: McFarland & Company, Inc., Publisher, 2012: 9.

二、批判暴力的审美意指

人类的历史，是一部充斥着各种暴力和血腥的历史。“在绝对意义上——也可能是平均数——20 世纪发生的集体暴力比过去 1 万年中的任何一个世纪发生的都要多。”① 当今社会，随着科技的迅速发展和现代传媒技术水平的提高，不管是文学作品，还是电视、新闻、电影等，暴力内容一直是众人关注和讨论的焦点问题。如何看待暴力问题？一种观点认为，暴力现象作为一种被观看和被评论的对象，已经进入审美的视域，因此就应该将暴力问题作为一种审美问题对待。另一种观点认为，暴力对社会造成了不可估量的负面影响，对暴力问题应该进行谴责和反思，并应该采取相应措施预防和阻止暴力的发生。

暴力审美问题，也一直是柯林斯小说研究中的热点问题。丽贝卡·基冈指出，《饥饿游戏》继承了文学中的残忍传统，小说中的暴力是我们现实世界的反映，暴力也是提高故事强度的一种手段，“《饥饿游戏》等故事可以起到宣泄作用，成年人和年轻人都可以在这些文学作品中找到精神上有用的联系。”② 马蒂·特洛耶（Marty Troyer）从和平主义的角度审视了《饥饿游戏》三部曲，认为“苏珊·柯林斯对暴力的描写是对这种行为的控诉，暴力在小说中有两种主要形式：第一种是占主导地位的暴力，凯匹特用以控制各辖区。第二种形式是抵抗暴力，描述的是各辖区和‘嘲笑鸟’反抗的斗争”③。帕特里克·欧·汉尼根（Patrick O’Hannigan）指出，“对于儿童杀害儿童这一令人不安的事实的争议，一直困扰着柯林斯的书籍。但小说符合传统的艺术标准，读者必须从中获得启发……柯林斯

① ［美］查尔斯·蒂利. 集体暴力的政治［M］. 谢岳译. 上海：上海人民出版社，2011：59.

② Keegan, Rebecca. Violence in *The Hunger Games* Is a Reflection of Our Own Wold［A］. Ed. Gary Wiener. Social Issues in Literature：Violence in Suzanne Collins’s *The Hunger Games* Trilogy［C］. Farmington Hills：Greenhaven Press, 2015：71.

③ Troyer, Marty. Indicting Violence：A Pacifist Review of *The Hunger Games* Trilogy［A］. Ed. Gary Wiener. Social Issues in Literature：Violence in Suzanne Collins’s *The Hunger Games* Trilogy［C］. Farmington Hills：Greenhaven Press, 2015：98.

不主张暴力，但以一种微妙而有见地的方式批判了她所创造的野蛮暴力社会”①。玛格丽特·斯金纳（Margaret Skinner）和凯琳·麦考德（Kailyn Mccord）认为“虽然对儿童的暴力在主流媒体中相当普遍，但来自儿童的暴力并不常见……而柯林斯把暴力交到了孩子们的手中”②，《饥饿游戏》反映的世界是“我们现实和历史的共振”③。伊娃·迪·斯隆（Eva Dee Sloan）等人认为，“《饥饿游戏》讽刺地反映了当今对暴力、死亡、破坏、屠杀和灾难的痴迷”④。王影君认为《饥饿游戏》的各个封闭空间弥漫着暴力政治，“凝缩了从‘主观暴力’到‘客观暴力’的双重维度”⑤，《饥饿游戏》影片充满张力，营造的氛围十分紧张，“独具暴力审美的形象感”⑥。纵观中外学术界对柯林斯《饥饿游戏》中暴力审美的观点，可见，《饥饿游戏》对暴力问题的反映是多方面的，学者和读者们对《饥饿游戏》中体现的暴力审美态度大体上分为两种，而三部曲中的暴力审美意义主要体现在形式和内容两个维度。

其一，从形式的审美维度来看，《饥饿游戏》三部曲小说，尤其是翻拍的四部电影《饥饿游戏》（2012 年）、《星火燎原》（2013 年）、《嘲笑鸟》（2014 年）、《嘲笑鸟》（2015 年）运用了多种后现代表现手法，将暴力和极权统治消解为了娱乐性的游戏形式，使暴力形式符号化。《饥饿游

① O’Hannigan, Patrick. Glamour of Evil or Glimmer of Hope? [A]. Ed. Gary Wiener. Social Issues in Literature: Violence in Suzanne Collins’s *The Hunger Games* Trilogy [C]. Farmington Hills: Greenhaven Press, 2015: 105.

② Skinner, Margaret & Kailyn Mccord. *The Hunger Games*: A Conversation- Jungian and Literary Perspectives on Violence, Gender, and Character Development [J]. Jung Journal: Culture & Psyche, 2012, 6 (4): 107.

③ Skinner, Margaret & Kailyn Mccord. *The Hunger Games*: A Conversation- Jungian and Literary Perspectives on Violence, Gender, and Character Development [J]. Jung Journal: Culture & Psyche, 2012, 6 (4): 109.

④ Sloan, Eva Dee & Cheryl Sawyer & Tara D. Warner & Lisa A. Jones. Creativity in the Cinema: Adolescent Entertainment or Violence Training? *The Hunger Games* [J]. Journal of Creativity in Mental Health, 2014, 9 (427): 430.

⑤ 王影君.《饥饿游戏》中的空间暴力审美批判［J］. 北京第二外国语学院学报，2016，(5): 92.

⑥ 王影君.《饥饿游戏》中的空间暴力审美批判［J］. 北京第二外国语学院学报，2016，(5): 91.

戏》三部曲的发行运用了大众传媒这一物质媒介和多种审美表现手段和技巧，构筑了能激起大众情绪的暴力审美形象形式，促进了对各种物质文化和流行文化的审美批判，使暴力审美产生独特的审美效应，满足了大众对暴力审美的期待。

首先，三部曲采用哥特式风格，将小说中青少年的绝望、痛苦、恐惧、爱的挣扎和意识的清醒表现得淋漓尽致。在《饥饿游戏》中，柯林斯详细描述了这场由技术控制的战斗，使其充斥着哥特式的残忍和恐怖。在饥饿游戏这个公共的场景之中，来自被统治区的孩子们在充满了陷阱、磨难的竞技场为生存而战。小说和电影中，焦虑、压抑、令人毛骨悚然的死亡阴影，怪诞和陌生化的暴力审美无处不在，例如夜晚第 8 区女孩被猎杀时的“苦苦哀求”和“凄厉的呼喊”①，又譬如夜晚黑暗天空中展示死亡贡品的巨大屏幕，这些都令人不寒而栗。

其次，游戏为暴力政府提供了一种手段，加强他们对民众行使绝对权力。对于物质富足的凯匹特人来说，游戏是消遣的一种形式，他们被游戏的戏剧性效果深深吸引，从而忽视了游戏的暴力面，忽视了他们的斯诺总统通过暴力获取权力，以其他地区的极度贫困作为代价的事实；而对于处于游戏中饥寒交迫、生命垂危的各区参赛者而言，游戏就是暴力、恐怖、终结和死亡的代名词，是造成黑暗和内心孤苦的源头，也是被统治区人民心头挥之不去的阴影。

最后，《饥饿游戏》三部曲创新了一种空间封闭式的集体暴力处理方式，表现为凯匹特对各被统治区的区域空间全景控制、游戏的暴力仪式、第 13 区为反抗凯匹特的统治的高压监管。凯匹特采用边沁式的圆形监狱模式管理各辖区，实行严密的空间隔离，通过饥饿游戏的暴力仪式不断监视被管辖区人民，引导人们的审美意识，强化暴力的集权统治。各区域空间被割裂和封闭，凯匹特利用强大的技术和媒体监控各区，利用暴力手段镇压地区内的任何分歧。第 13 区在地下这个封闭的空间更是受到严格监控，

---

① ［美］苏珊·柯林斯. 饥饿游戏 I：饥饿游戏［M］. 耿芳译. 北京：作家出版社，2010：141.

从限制食物分配、对个人宿舍的严格管理，到对人们的日常安排都以每日右臂文身印刻形式进行管理，全民进行军事管理训练，统治者通过严密监控调节资源和行为。科恩总统更是一位战争领导人和变相的独裁者。《饥饿游戏》的故事，既是对未来的幻想，也是对当下社会情况的反映。第13区的管理类似于美国的“9·11”事件之后，美国政府对待持续危机的应对策略，如“非法逮捕和扣押、残酷和不寻常的惩罚、对平民死亡的漠不关心，因政治原因对事件操作”[①]，反映了恐怖战争对美国社会和政府的影响。虽然，凯特尼斯认识到了第13区暴力政策让该区生存下来的事实，但是很显然，不管是凯匹特式的封闭统治，抑或是第13区的高压严密监管，这两种暴力形式都遭到了凯特尼斯和人民的否定。

其二，从内容的审美维度来看，《饥饿游戏》三部曲从人类学和历史学的高度，体现了人类对崇高暴力的审美价值追求，运用了丰富的后现代表现手法去反映了当代的社会和生活内容。小说正确地分析了暴力产生的原因、暴力实施的经过、暴力的影响和社会意义，反映了柯林斯对当代社会和暴力现象的深刻反思，以及对暴力审美的独特见解。

首先，《饥饿游戏》三部曲把凯特尼斯·伊夫狄恩的形象刻画得生动、逼真、有血有肉、性格丰满、鲜明。凯特尼斯因生活和现实所迫，她以猎人的身份杀害动物，她也杀过人，有着暴力的一面。但是，凯特尼斯又以她的爱和善良品格，以一种充满魄力和力量的形象，引领着众人勇敢反抗暴政。“她的存在可以把噩梦、竞技场以及反乌托邦的创伤恐惧释放到真实的清醒世界。”[②] 她经历的创伤和暴力，她的成长经历，她的年龄和成就，她对自己孩子的希望，显示了青少年的不安定力量，可以赋予青少年一种社会责任和使命。凯特尼斯形象的塑造隐含着作者对善的暴力审美感情的肯定，正如王世德教授所言，“影视艺术的根本任务，就是要为人们

---

① Henthorne, Tom. Approaching *The Hunger Games* Trilogy: A Literary and Cultural Analysis [M]. Jefferson, North Carolina, and London: McFarland & Company, Inc. Publishers, 2012: 121.

② Tan, Susan S. M. Worse Games to Play? Deconstructing Resolution in *The Hunger Games* [A]. Ed. Sean P. Connors. The Politics of Panem: Challenging Genres [C]. Boston: Sense Publishers, 2014: 39.

提供一种值得追求的信仰，提供一种有意义的审美精神价值”[①]。

其次，柯林斯借助其小说表达了对合理崇高暴力的肯定，以及对不合理恶丑暴力的否定的审美态度。正如美国现代美学家乔治·桑塔耶纳（George Santayana，1863-1952）所言：“审美的善的缺失就是一种道德的恶：审美的恶只是相对的，它意味着这种审美的善比我们在当下预想的要弱许多。”[②] 作者在《饥饿游戏》三部曲中对于恶丑是贬斥的，“它的基本性质是残害人性”[③]。小说中这样的例子不胜枚举，如凯匹特治安警对第 11 区弱智儿童马丁的暴力残杀，凯匹特泯灭人性用技术制造的变种动物对凯匹特人和反抗军的恐怖杀害，第 13 区出于军事目的暴力杀死无辜儿童、平民和医护人员等。然而，对于凯特尼斯合理的暴力反抗，作者却是赞同和支持的，并且认为凯特尼斯牺牲自我，勇救世人，激起被压迫民众的暴力反抗的行为是崇高的。

崇高的审美是时代的主旋律。柯林斯的《饥饿游戏》三部曲显示了人类与客观世界的艰辛斗争历程，彰显了人类的创造力和生命力。

① 王世德. 影视审美学［M］. 北京：北京广播学院出版社，1999：20.
② ［美］乔治·桑塔耶纳. 美感［M］. 杨向荣译. 北京：人民出版社，2013：37.
③ 陈望衡. 当代美学原理［M］. 武汉：武汉大学出版社，2007：207.

结　语

苏珊·柯林斯作为后“9·11”时代文学界一位杰出的作家，从2004年写作第一部小说至今，已经过去了20年，她的代表作《饥饿游戏》出版以来一直好评如潮，柯林斯本人也荣登《时代》（*Times*）畅销书排行榜前列。《饥饿游戏》、《燃烧的女孩》、《嘲笑鸟》历经多年的传播，也已发展成了一种更大的文化潮流。从全球8700万册的销量就可以看出，《饥饿游戏》系列书籍十分畅销，深受各阶段年龄读者的喜爱，就像1997年至2007年出版的《哈利·波特》系列（*Harry Potter*）和2005年至2020年出版的《暮光之城》系列（*The Twilight Saga*）一样。但是《饥饿游戏》系列小说在其吸引力的性质上与其他两个系列明显不同，苏珊·柯林斯的作品相比《哈利·波特》与《暮光之城》而言，更加具有愤世嫉俗的讽刺意味。正如丽贝卡·库西（Rebecca Cusey）在《每日来电者》（*The Daily Caller*）中指出的那样，罗琳的系列节目基本上是保守的，肯定了传统价值观，“相信正义、自由和基本的正派，确定可信赖的人，并在他的时代承担起与邪恶斗争的责任”①。《暮光之城》系列对权威的态度以及对传统美国价值观的崇拜更为保守，甚至可能是反动的。相比之下，柯林斯的三部曲最终以“心理上和情感上的消耗，走向彻底失望”②，对于凯特尼斯·伊

---

① Cusey, Rebecca. *The Hunger Games* Is a Blue-State *Harry Potter*. The Daily Caller. 29 August 2011. Web.

② Cusey, Rebecca. *The Hunger Games* Is a Blue-State *Harry Potter*. The Daily Caller. 29 August 2011. Web.

夫狄恩来说，“正义不存在，自由是一种幻觉”①。柯林斯科幻小说作品主题的多样性和艺术手法的多元性，使得她的作品在世界文坛上别具风格，十分有特色。柯林斯以大众喜闻乐见的轻松游戏题材和青少年题材为基础引入复杂和真实的社会内容，体现作家对青少年一代的忧思和对未来的畅想，作家重视社会的道德和责任，关注社会的公平公正，小说体现了一位伟大作家的人文关怀。毋庸置疑，对柯林斯展开细致深入和全面的了解与研究，对于理解 20 世纪末和 21 世纪初的美国社会和西方社会，以及美国文学、文化、政治、历史等都有意义，对中国文化建设和当代科幻小说的创作都具有重要的价值和启示。

本书融合文化批评方法、伦理批评、作家生平研究、符号学、游戏学等方法于一体，重点围绕柯林斯科幻小说中的文化身份问题进行研究，从女性文化身份、青少年文化身份、边缘群体的后殖民文化身份三个方面进行深入诠释。同时，本书还注重对三部曲的整体把握，系统分析柯林斯科幻小说文化身份的形成缘由、身份表征形式和写作意义。

纵观柯林斯的科幻小说，不难发现，柯林斯始终将自己的创作初衷和激情融入写作之中，展现自身对生活和社会的感悟。越战后成长起来的美国当代杰出女作家苏珊·柯林斯见证了美国经济大萧条和社会的动荡。曾居美国各军事要地和在比利时的所见所闻，让她目睹了战争的残酷，人民的困顿生活，尤其是青少年儿童、女性群体等边缘化群体的他者生活困境，她将自己置身于当代边缘化群体的语境之中，探寻其文化身份的建构和认同。毫无疑问，文化身份是柯林斯科幻小说的核心议题。早期的青少年反乌托邦作品往往描述世界末日，无论是对抗外星人还是反抗外在压迫，都是一心一意地解决人类未来的生存困境。而后“9·11”时代反乌托邦青少年科幻小说作品呈现出不同的关注点，更多地关注个人和社会的变化，关注与极权政府的斗争。柯林斯的科幻小说作品既继承和发展了传统的科幻小说特色，又带有后现代主义的担忧。《饥饿游戏》三部曲既是

① Cusey, Rebecca. *The Hunger Games* Is a Blue-State *Harry Potter*. The Daily Caller. 29 August 2011. Web.

战争的史诗故事，又是反战的檄文；既充满了科幻的冒险，又包含了严肃的社会讽喻。苏珊·柯林斯通过创造一个末世女性救世英雄来为人类的未来提供希望的可能性，描述了人类对英雄的需要，也让人看到了可怕的绝望和悲剧的代价。《饥饿游戏》系列内涵深厚、思想有益，具有史诗般的力量。

《饥饿游戏》三部曲的创作与作家自身经历密切相关。《饥饿游戏》三部曲的基本灵感来自柯林斯看电视频道里播放的伊拉克和阿富汗战争，柯林斯在现实电视竞赛和现实战争报道中发现了一个反暴力故事的雏形。她对希腊神话中的忒修斯与牛头怪，以及电影《斯巴达克斯》的反叛主题的兴趣，很快就填充了故事的细节。从《饥饿游戏》到《嘲笑鸟》，柯林斯成功地通过当代科幻小说表达了她对后现代中固有危险的焦虑，让数百万读者产生了思想的共鸣。

对于任何一部科幻小说而言，这种沉思都是非常显著的成就，更不用说针对青少年群体的儿童文学了。《饥饿游戏》从一开始就描述了席卷人类未来世界的大灾难、幸存下来的人类，以及他们重建的帕纳姆国，并将帕纳姆国的地理位置定位在未来北美洲。在主题上，该系列小说包含当前美国文化中一些最具争议性的方面，尤其是包含着混合“面包和鲜血”的基本人类需求的更大社会认知中。无论是向内还是向外的探索，该系列都涉及历史和文化，身份和性别，道德和美学等相关问题，以及对日益普遍的高科技监视和控制氛围的抵制。最重要的是，《饥饿游戏》三部曲触及了人类在任何年龄都很常见的根本恐惧，而这对于年轻人来说尤其可怕，即对于未知世界的害怕，对于该做什么又不该做什么的犹疑徘徊。

正如所有关注三部曲的评论家都注意到的那样，凯特尼斯本人首先吸引了读者的注意力。她既是科幻小说中的一位经典英雄，又是一位有着孤儿般气质的女主角，在一个不确定的世界中努力寻求独立。就像《星球大战》（*Star Wars*）中的汉·索罗（Han Solo）和《X 战警》系列中的金刚狼（Wolverine）一样，凯特尼斯几乎没有兴趣扮演由凯匹特和反叛军强迫她扮演的英雄角色。凯特尼斯生于极度贫困的第 12 区，却拥有天生的猎人本能，当她被安置在饥饿游戏的舞台上时，像所有科幻小说中的主角一样，她一直生活在平凡和异域之间的空间中，当她选择代替妹妹波丽姆参赛时，她进入了另一个地狱空间。在竞技场中，在所有帕纳姆国人的无情凝视下，凯特尼斯找到了她与区域合作伙伴皮塔的他者身份。虽然她厌恶这个他者身份，但是唯有合作共赢、假扮情侣的战斗生存模式让他们能够幸存下来。然而，凯特尼斯对于她作为幸存者而非英雄的角色更为自在。她知道如何采取行动，但从来没有人们所期望的英雄的确定性。即使在扮演最重要的嘲笑鸟时，即使在与凯匹特的战争结束时，她仍然受到怀疑。至关重要的是，她的生存确保了她之后为帕纳姆带来希望的可能性，历史让她成了史诗般的嘲笑鸟英雄。

在一个与我们自己有着惊人相似之处的世界里，凯特尼斯是一个反乌托邦、反父权制文化的颠覆性女性英雄。从历史重演的可怕趋势来看，《饥饿游戏》三部曲可以被看作是一个充满着政治性和警示性的反乌托邦故事。帕纳姆国是腐败的，它的文明是如此不平衡，以至于面临崩溃的危险。柯林斯创造了一个颓废的未来科幻世界，它以人类苦难和社会不公平的框架为支撑，构成了对乌托邦的解构。历史证明了政权的衰落，有时甚至是国家的衰落，皆源于当时政府对人性的漠视。帕纳姆国有着罗马帝国、法国波旁王朝、苏联的影子，在这个不同的未来时空，这个国家的政府认可不平等使大多数人民过着绝望的贫困生活，幸运的少数人没有什么比浪费资源更好的选择了，他们最可能过着枯燥无味的生活。虽然凯特尼斯知道帕纳姆国有些问题，但她并不清楚如何处理，没有全面的计划来拯救这个世界。

概而言之，柯林斯用自己独特的视角阐发了关于人类个体和群体的文化身份的思考与焦虑，作者努力探寻身份的归属感和认同感，寻找生命的意义和真谛。《饥饿游戏》三部曲在文学史、审美、现实等方面都具有深刻的意义。三部曲被描述为一个具有挑战性的空间思维范本，在这个异化空间之中，三部曲打开了性别角色和主题的新思路。柯林斯利用游戏空间突破了传统思维方式，她的科幻小说对极权统治的否定，对丑陋暴力和不合理权力的痛斥，对人类的关怀，对种族偏见的批判，对社会正义和善良的推崇，都让我们看到了作家的责任与担当。她的作品传达的是逆境中的生存之道，社会的公平，经济的平衡发展，垄断的打破，边缘群体走出困境对文化身份的追寻。读者可以通过帕纳姆这个反乌托邦国家来深刻了解现实社会，也可以关注公众的性别、种族、权力和政治。

鉴于柯林斯研究在国外和国内时间不长，对柯林斯的作品挖掘力度还远远不够，国外的资料收集有一定难度，而且笔者对英语之外的其他语种涉猎甚少，所查国外资料局限于英文文献，在全面整理柯林斯相关资料时，难免遗漏。柯林斯的作品融现实和历史、神话和反乌托邦、虚幻和真实于一体，三部曲将哥特和幻想，反讽和互文等相结合，采用后现代手法对未来虚拟的帕纳姆社会进行深度剖析，折射出当代人的精神困惑和身份危机。笔者从文化身份这一个角度进行切入，着重从文化身份的构成、文化身份形成缘由和文化身份的表征进行了详细的阐述，而对其他方面，如种族文化身份、军事文化身份认同等还没有展开研究。另外，柯林斯科幻小说中的空间问题、女性政治问题、宗教问题等都是可以深入的研究方向。柯林斯科幻小说研究是一个宏大而开放的重要课题，柯林斯的作品还有更大的价值挖掘空间。

参考文献

一、中文文献

（一）苏珊·柯林斯作品中译本

[1]［美］苏珊·柯林斯. 饥饿游戏Ⅰ：饥饿游戏［M］. 耿芳译. 北京：作家出版社，2010.

[2]［美］苏珊·柯林斯. 饥饿游戏Ⅱ：燃烧的女孩［M］. 耿芳译. 北京：作家出版社，2011.

[3]［美］苏珊·柯林斯. 饥饿游戏Ⅲ：嘲笑鸟［M］. 耿芳译. 北京：作家出版社，2011.

[4]［美］苏珊·柯林斯. 饥饿游戏前传：鸣鸟与蛇之歌［M］. 耿芳译. 北京：作家出版社，2022.

[5]［美］苏珊. 柯林斯. 饥饿游戏三部曲套书（共三册）［M］. 邓嘉宛译. 台北：大块文化出版股份有限公司，2011.

[6]［美］苏珊·柯林斯. 地下城Ⅰ：光明勇士［M］. 黄静雅译. 北京：新世界出版社，2013.

[7]［美］苏珊·柯林斯. 地下城Ⅱ：灾星预言［M］. 黄静雅译. 北京：新世界出版社，2013.

[8]［美］苏珊·柯林斯. 地下城Ⅲ：温血诅咒［M］. 黄静雅译. 北京：新世界出版社，2013.

[9]［美］苏珊·柯林斯. 地下城Ⅳ：神秘印记［M］. 黄静雅译. 北京：

新世界出版社，2013.

［10］［美］苏珊·柯林斯. 地下城V：利爪密则［M］. 黄静雅译. 北京：新世界出版社，2013.

（二）其他中文著作

［11］包亚明主编. 权力的眼睛——福柯访谈录［M］. 严锋译. 上海：上海人民出版社，1997.

［12］陈望衡. 当代美学原理［M］. 武汉：武汉大学出版社，2007.

［13］丁尔苏. 符号学与跨文化研究［M］. 上海：复旦大学出版社，2011.

［14］方凡. 美国后现代科幻小说［M］. 杭州：浙江大学出版社，2012.

［15］顾兴斌. 二战后美国黑人的社会地位研究［M］. 南昌：江西人民出版社，2003.

［16］郭素芳主编. 性别暴力的医疗干预——医务人员资源手册［M］. 北京：中国协和医科大学出版社，2006.

［17］何成洲. 跨学科视野下的文化身份认同：批评与探索［M］. 北京：北京大学出版社，2011.

［18］和平，王军. 世界青年运动史论［M］. 北京：中央编译出版社，2008.

［19］胡亚敏. 西方文论关键词与当代中国［M］. 北京：中国社会科学出版社，2015.

［20］黄华. 权力，身体与自我：福柯与女性主义文学批评［M］. 北京：北京大学出版社，2005.

［21］季水河. 多维视野中的文学与美学［M］. 北京：东方出版社，2002.

［22］季水河. 回顾与前瞻：论新中国马克思文艺理论研究及其未来走向［M］. 北京：中国社会科学出版社，2009.

［23］季水河. 美学理论纲要［M］. 长沙：湖南人民出版社，2011.

［24］季水河. 文学理论导引［M］. 湘潭：湘潭大学出版社，2009.

［25］姜华. 大众文化理论的后现代转向［M］. 北京：人民出版

社，2006.

［26］蒋孔阳. 美和美的创造［M］. 南京：江苏人民出版社，1981.

［27］江玉琴. 书写政治：后殖民文学形态概观［M］. 南昌：江西人民出版社，2013.

［28］金莉，李铁. 西方文论关键词（第二卷）［M］. 北京：外语教学与研究出版社，2017.

［29］李公昭. 美国战争小说史论［M］. 北京：北京大学出版社，2012.

［30］刘成纪. 自然美的哲学基础［M］. 武汉：武汉大学出版社，2008.

［31］［梁］刘勰. 文心雕龙. 郭晋稀注释. 长沙：岳麓书社，2004.

［32］刘岩等. 后现代语境中的文化身份研究［M］. 南京：凤凰出版社，2008.

［33］陆梅林，程代熙. 异化问题（下）［M］. 北京：文化艺术出版社，1986.

［34］陆杨. 文化研究导论［M］. 北京：高等教育出版社，2012.

［35］毛泽东. 论人民民主专政——纪念中国共产党二十八周年［M］. 北京：新华书店，1949.

［36］毛泽东. 毛泽东选集（第3卷）［M］. 北京：人民出版社，1991.

［37］聂珍钊. 文学伦理学批评导论［M］. 北京：北京大学出版社，2014.

［38］聂珍钊，邹建军. 文学伦理学批评：文学研究方法新探讨［C］. 武汉：华中师范大学出版社，2006.

［39］生安锋. 霍米·巴巴的后殖民理论研究［M］. 北京：北京大学出版社，2011.

［40］施琪嘉. 创伤心理学［M］. 北京：中国医药科技出版社，2006.

［41］王家湘. 黑色火焰：20世纪美国黑人小说史［M］. 杭州：浙江文艺出版社，2017.

［42］汪民安. 身体、空间与后现代性［M］. 南京：江苏人民出版社，2006.

［43］汪民安. 文化研究关键词［M］. 南京：江苏人民出版社，2007.

[44] 汪民安，陈永国. 后身体：文化、权力和生命政治学［M］. 长春：吉林人民出版社，2003.

[45] 王宁，生安锋，赵建红. 又见东方——后殖民主义理论与思潮［M］. 重庆：重庆大学出版社，2011.

[46] 王世德. 影视审美学［M］. 北京：北京广播学院出版社，1999.

[47] 王守仁，吴新云. 性别·种族·文化：托妮·莫里森与二十世纪美国黑人文学［M］. 北京：北京大学出版社，1999.

[48] 汪献平. 暴力电影：表达与意义［M］. 北京：中国传媒大学出版社，2008.

[49] 王晓路等. 文化批评关键词研究［M］. 北京：北京大学出版社，2007.

[50] 王政. 女性的崛起：当代美国的女权运动［M］. 北京：当代中国出版社，1995.

[51] 武桂杰. 霍尔与文化研究［M］. 北京：中央编译出版社，2008.

[52] 吴康茹. 西蒙娜·德·波伏瓦［M］. 海口：海南出版社，1997.

[53] 伍蠡甫. 西方文论选［M］. 北京：人民文学出版社，1964.

[54] 吴舜立. 川端康成：文学的自然审美［M］. 北京：中国社会科学出版社，2011.

[55] 谢国荣. 美国民权运动史新探［M］. 北京：商务印书馆，2016.

[56] 薛富兴. 文化转型与当代审美［M］. 北京：人民文学出版社，2010.

[57] 薛玉凤. 美国文学的精神创伤学研究［M］. 北京：科学出版社，2014.

[58] 阎国忠. 古希腊罗马美学［M］. 北京：商务印书馆，2015.

[59] 叶朗. 美学原理［M］. 北京：北京大学出版社，2009.

[60] 余文章，邓小虎. 臧否饕餮：中国古代文学中的饮食书写［M］. 刘紫云，姚华等译. 北京：北京大学出版社，2018.

[61] 于展. 非暴力直接行动与美国民权运动［M］. 北京：社会科学文献出版社，2015.

［62］张广利，杨明光. 后现代女权理论与女性发展［M］. 天津：天津人民出版社，2005.

［63］张京媛. 后殖民理论与文化批评［C］. 北京：北京大学出版社，1999.

［64］张亮，李媛媛. 理解斯图亚特·霍尔［M］. 北京：北京师范大学出版社，2016.

［65］张亚婷. 中世纪英国文学中的母性研究［M］. 北京：中央编译出版社，2014.

［66］赵静蓉. 文化记忆与身份认同［M］. 北京：生活·读书·新知三联书店，2015.

［67］周毅. 美国历史与文化［M］. 北京：首都经济贸易大学出版社，2010.

［68］邹威华. 斯图亚特·霍尔的文化理论研究［M］. 北京：中国社会科学出版社，2014.

［69］朱光潜. 西方美学史（上卷）［M］. 北京：商务印书馆，2017.

［70］宗争. 游戏学：符号叙述学研究［M］. 成都：四川大学出版社，2014.

（三）其他译著

［71］［德］阿多诺. 美学理论［M］. 王柯平译. 成都：四川人民出版社，1998

［72］［印］阿吉兹·阿罕默德. 在理论内部：阶级、民族与文学［M］. 易晖译. 北京：北京大学出版社，2014.

［73］［美］爱德华·W. 萨义德. 文化与帝国主义［M］. 李琨译. 北京：生活·读书·新知三联书店，2003.

［74］［法］埃莱娜·西苏. 美杜莎的笑声［A］. 黄晓红译//张京媛主编. 当代女性主义文学批评［M］. 北京：北京大学出版社，1992.

［75］［英］巴特·穆尔-吉尔伯特. 后殖民理论——语境 实践 政治［M］. 陈仲丹译. 南京：南京大学出版社，2001.

［76］［美］巴塞尔·范德考克. 身体从未忘记——心理创伤疗愈中的

大脑、心智和身体［M］. 李智译. 北京：机械工业出版社，2016.

［77］［美］贝蒂·弗里丹. 女性的奥秘［M］. 程锡麟，朱徽，王晓路译. 成都：四川人民出版社，1988.

［78］［美］贝尔·胡克斯. 激情的政治：人人都能读懂的女权主义［M］. 沈睿译. 北京：金城出版社，2008.

［79］［美］贝尔·胡克斯. 女权主义理论：从边缘到中心［M］. 晓征，平林译. 南京：江苏人民出版社，2001.

［80］［澳］比尔·阿希克洛夫特，格瑞斯·格里菲斯，海伦·蒂芬. 逆写帝国：后殖民文学的理论与实践［M］. 任一鸣译. 北京：北京大学出版社，2014.

［81］［美］Chris Crawford. 游戏设计理论［M］. 李明，英宇译. 北京：中国科学技术出版社，2004.

［82］［美］查尔斯·蒂利. 集体暴力的政治［M］. 谢岳译. 上海：上海人民出版社，2011.

［83］［美］大卫·巴拉什，查尔斯·韦伯. 积极和平——和平与冲突研究［M］. 刘成等译. 南京：南京出版社，2007.

［84］［英］丹尼·卡瓦拉罗. 文化理论关键词［M］. 张卫东，张生，赵顺宏译. 南京：江苏人民出版社，2006.

［85］［美］德瑞克·李波厄特. 50 年伤痕：美国的冷战历史观与世界（下）［M］. 郭学堂，潘忠岐，孙小林译. 上海：上海三联书店，2012.

［86］［法］福柯. 福柯说权力与话语［M］. 陈怡含编译. 武汉：华中科技大学出版社，2017.

［87］［英］威廉·戈尔丁. 蝇王［M］. 龚志成译. 上海：上海译文出版社，2009.

［88］［德］黑格尔. 逻辑学（下卷）［M］. 杨一之译. 北京：商务印书馆，1976.

［89］［德］黑格尔. 美学（第 1 卷）［M］. 朱光潜译. 北京：商务印书馆，1996.

［90］［法］亨利·列斐伏尔. 空间与政治［M］. 李春译. 上海：上海人

民出版社，2015.

［91］［英］凯特·麦高恩. 批评与文化理论中的关键问题［M］. 赵秀福译. 北京：北京大学出版社，2012.

［92］［苏］康·梅里维尔. 美国的实用主义［M］. 郭立军译. 上海：上海人民出版社，1958.

［93］［德］康德. 判断力批判（上卷）（审美判断力的批判）［M］. 宗白华译. 北京：商务印书馆，2009.

［94］［英］克里斯·巴克. 文化研究：理论与实践［M］. 孔敏译. 北京：北京大学出版社，2013.

［95］［美］拉塞尔·雅各比. 不完美的图像：反乌托邦时代的乌托邦思想［M］. 姚建彬等译. 北京：新星出版社，2007.

［96］［美］兰德尔·柯林斯. 暴力：一种微观社会学理论［M］. 刘冉译. 北京：北京大学出版社，2016.

［97］［英］雷蒙·威廉斯. 关键词：文化与社会的词汇［M］. 刘建基译. 北京：生活·读书·新知三联书店，2005.

［98］［美］雷·韦勒克，奥·沃伦. 文学理论［M］. 刘象愚，邢培明，陈圣升，李哲明译. 北京：生活·读书·新知三联书店，1984.

［99］［苏］列宁. 哲学笔记［M］. 中共中央马克思恩格斯列宁斯大林著作编译局译. 北京：人民出版社，1993.

［100］［英］罗伯特·扬. 白色神话：书写历史与西方［M］. 赵稀方译. 北京：北京大学出版社，2014.

［101］［德］马丁·海德格尔. 存在与时间［M］. 陈嘉映，王庆节译. 北京：商务印书馆，2019.

［102］［澳］马克·吉布森. 文化与权力——文化研究史［M］. 王加为译. 北京：北京大学出版社，2012.

［103］［德］马克思，恩格斯. 马克思恩格斯全集（第 42 卷）［M］. 中共中央马克思恩格斯列宁斯大林著作编译局译. 北京：人民出版社，1979.

［104］［德］马克思. 1844 年经济学哲学手稿［M］. 中共中央马克思恩格斯列宁斯大林著作编译局译. 北京：人民出版社，2000.

[105] [加] 马歇尔·麦克卢汉. 理解媒介——论人的延伸 [M]. 何道宽译. 北京: 商务印书馆, 2000.

[106] [英] 迈克·克朗. 文化地理学 [M]. 杨淑华, 宋慧敏译. 南京: 南京大学出版社, 2003.

[107] [法] 米歇尔·福柯. 词与物——人文科学考古学 [M]. 莫伟民译. 上海: 上海三联书店, 2001.

[108] [法] 米歇尔·福柯. 疯癫与文明: 理性时代的疯癫史 [M]. 刘北成, 杨远婴译. 北京: 生活·读书·新知三联书店, 1999.

[109] [法] 米歇尔·福柯. 规训与惩罚: 监狱的诞生 [M]. 刘北辰, 杨远婴译. 北京: 生活·读书·新知三联书店, 2003.

[110] [法] 米歇尔·福柯. 规训与惩罚: 监狱的诞生 (修订译本) [M]. 刘北成, 杨远婴译. 北京: 生活·读书·新知三联书店, 2019.

[111] [法] 米歇尔·福柯. 性史 (第一、二卷) [M]. 张廷琛、林莉、范千红等译. 上海: 上海科学技术文献出版社, 1989.

[112] [法] 米歇尔·福柯. 知识考古学 [M]. 谢强, 马月译. 北京: 生活·读书·新知三联书店, 1998.

[113] [美] 尼尔·波兹曼. 童年的消逝 [M]. 吴燕莛译. 北京: 中信出版集团, 2015.

[114] [美] 尼尔·波兹曼. 娱乐至死 [M]. 章艳译. 北京: 中信出版社, 2015.

[115] [英] 乔治·奥威尔. 一九八四 [M]. 孙仲旭译. 南京: 译林出版社, 2019.

[116] [英] 乔治·拉伦. 意识形态与文化身份: 现代性和第三世界的在场 [M]. 戴从容译. 上海: 上海教育出版社, 2005.

[117] [美] 乔治·桑塔耶纳. 美感 [M]. 杨向荣译. 北京: 人民出版社, 2013.

[118] [法] 让·鲍德里亚. 消费社会 [M]. 刘成富, 全志钢译. 南京: 南京大学出版社, 2014.

[119] [法] 让-保罗·萨特. 存在与虚无 [M]. 陈宣良等译. 北京: 生

活·读书·新知三联书店，1987.

［120］［荷兰］斯宾诺莎. 伦理学［M］. 贺麟译. 北京：商务印书馆，1997.

［121］［英］斯图尔特·霍尔. 表征：文化表象与意指实践［M］. 徐亮，陆兴华译. 北京：商务印书馆，2003.

［122］［英］斯图亚特·霍尔，保罗·杜盖伊. 文化身份问题研究［M］. 庞璃译. 开封：河南大学出版社，2010.

［123］［英］斯图亚特·霍尔，托尼·杰斐逊. 通过仪式抵抗：战后英国的青年亚文化［C］. 孟登迎，胡疆锋，王蕙译. 北京：中国青年出版社，2015.

［124］［美］汤姆·斯坦迪奇. 舌尖上的历史：食物、世界大事件与人类文明的发展［M］. 杨雅婷译. 北京：中信出版社，2014.

［125］［英］特雷·伊格尔顿. 二十世纪西方文学理论［M］. 伍晓明译. 北京：北京大学出版社，2007.

［126］［英］特里·伊格尔顿. 后现代主义的幻象［M］. 华明译. 北京：商务印书馆，2014.

［127］［英］特里·伊格尔顿. 马克思为什么是对的［M］. 李杨，任文科，郑义译. 北京：新星出版社，2011.

［128］［英］特里·伊格尔顿. 美学意识形态［M］. 王杰，傅德根，麦永雄译. 北京：中央编译出版社，2013.

［129］［英］托马斯·莫尔. 乌托邦（英汉对照）［M］. 王金编译 . 西安：陕西人民出版社，2007.

［130］［美］威廉·詹姆斯. 实用主义：一些旧思想方法的新名称［M］. 王怡然，陈鋆译. 北京：北京理工大学出版社，2019.

［131］［美］威廉·K. 弗兰克纳. 伦理学［M］. 关键译. 北京：生活·读书·新知三联书店，1987.

［132］［新西兰］西蒙·杜林. 文化研究：批评导论［M］. 李炳慧译郑州：河南大学出版社，2016.

［133］［法］西蒙娜·德·波伏娃. 第二性（全译本）［M］. 陶铁柱译.

北京：中国书籍出版社，1998.

［134］［法］西蒙娜·德·波伏娃. 第二性Ⅰ［M］. 郑克鲁译. 上海：上海译文出版社，2011.

［135］［法］西蒙娜·德·波伏娃. 第二性Ⅱ［M］. 郑克鲁译. 上海：上海译文出版社，2011.

［136］［古希腊］亚里士多德. 尼各马可伦理学［M］. 廖申白译. 北京：商务印书馆，2003.

［137］［法］伊曼纽尔·列维纳斯. 总体与无限：论外在性［M］. 朱刚译. 北京：北京大学出版社，2016.

［138］［美］于连·沃尔夫莱. 批评关键词：文学与文化理论［M］. 陈永国译. 北京：北京大学出版社，2015.

［139］［美］约翰·费斯克. 关键概念：传播与文化研究辞典（第二版）［M］. 李彬译. 北京：新华出版社，2003.

［140］［荷］约翰·赫伊津哈. 游戏的人：文化中游戏成分的研究［M］. 何道宽译. 广州：花城出版社，2017.

［141］［英］约翰·基恩. 暴力与民主［M］. 易承志，荣启涵，黄振乾，魏巍，张春满译. 北京：中央编译出版社，2014.

［142］［美］约瑟芬·多诺万. 女权主义的知识分子传统［M］. 赵育春译. 南京：江苏人民出版社，2002.

［143］［美］约瑟夫·E. 斯蒂格利茨，［美］琳达·J. 比尔米斯. 三万亿美元的战争：伊拉克战争的真实成本［M］. 卢昌崇，孟韬，李浩译. 北京：中国人民大学出版社，2013.

［144］［美］朱迪斯·巴特勒. 脆弱不安的生命——哀悼与暴力的力量［M］. 何磊，赵英男译. 郑州：河南大学出版社，2013.

［145］［美］朱迪斯·巴特勒. 身体之重：论“性别”的话语界限［M］. 李钧鹏译. 上海：上海三联书店，2011.

［146］［美］朱迪斯·巴特勒. 性别麻烦：女性主义与身份的颠覆［M］. 宋素凤译. 上海：上海三联书店，2009.

［147］［美］朱迪斯·巴特勒. 战争的框架［M］. 何磊译. 郑州：河南

大学出版社，2016.

［148］［美］朱迪思·赫尔曼. 创伤与复原［M］. 施宏达，陈文琪译. 北京：机械工业出版社，2015.

（四）期刊论文

［149］陈欣.《饥饿游戏》反乌托邦主题解析：从小说到电影［J］. 四川戏剧，2014，165（5）：99-102.

［150］崔晓莉. 电影《饥饿游戏》女主人公形象解析［J］. 电影文学，2017，（8）：156-158.

［151］丁林棚. 论《可以吃的女人》中的主体异化焦虑［J］. 外国文学，2013，1（1）：60-67.

［152］杜佳澍. 米歇尔·图尔尼埃作品中的人物异化现象［J］. 外国文学研究，2018，40（4）：145-155.

［153］贺丽. 柯林斯《饥饿游戏》里"帕纳姆"的现实意义［N］. 中国社会科学报，2018-12-17（8）.

［154］贺丽. 柯林斯《饥饿游戏》中的青少年战争创伤书写［J］，当代外国文学，2018，（4）：80-86.

［155］贺丽，季水河. 苏珊·柯林斯科幻小说在中国的传播与研究［J］. 湘潭大学学报（哲学社会科学版），2019，43（1）：147-151.

［156］黄曼. 人性因子与兽性因子的交锋——《饥饿游戏》中的伦理选择及其启示［J］. 外国文学研究，2014，36（4）：134-140.

［157］季水河. 文学的异化与异化的文学——批判现实主义与现代派异化之比较［J］. 文艺理论与批评，1989，（4）：64-68.

［158］蒋晓丽，王志华. 娱乐至死·虚实互构·全景监狱——论《饥饿游戏》中传媒技术的文化影射［J］. 当代文坛，2014，（3）：91-94.

［159］李涯. 论《饥饿游戏》系列电影的多重反抗主题［J］. 四川戏剧，2016，（7）：81-85.

［160］逯艳.《饥饿游戏2：星火燎原》：女权意识的领跑与反思［J］. 电影评介，2014，487（4）：7-9.

［161］苗淼. 福柯驯顺身体理论视域下的女性身份分析［J］. 电影文

学，2021，767（2）：133-135.

［162］盛娜.《饥饿游戏》的反乌托邦书写：从小说到电影［J］. 电影评介，2016，（11）：53-55.

［163］孙天南.《饥饿游戏》系列电影中的女性形象［J］. 电影文学，2015，642（21）：127-129.

［164］王晓路. 话语理论与文学研究［J］. 四川外语学院学报，2008，24（3）：1-5.

［165］王影君.《饥饿游戏》中的空间暴力审美批判［J］. 北京第二外国语学院学报，2016，（5）：90-100.

［166］习近平. 习近平在文艺座谈会上讲话全文［R］. 2014年10月15日.

［167］杨金才. 关于后“9·11”文学研究的几点思考［J］. 外国文学动态，2013，（3）：4-5.

［168］张透明. 电影《饥饿游戏》中反乌托邦文化研究［J］. 电影文学，2019，724（07）：114-116.

（五）学位论文

［168］李蓓蕾. 表征与反表征：詹姆斯·W. 约翰逊研究［D］. 杭州：浙江大学，2017.

［169］李玮祺. 先别急于称赞凯特尼斯：探究《饥饿游戏》三部曲中的性别关系［D］. 北京：北京外国语大学，2016.

［170］刘俊良.《饥饿游戏》三部曲中的食物隐喻［D］. 太原：山西大学，2016.

［171］路程. 列斐伏尔的空间理论研究［D］. 上海：复旦大学，2014.

［172］钱博洁.《饥饿游戏》中女性成长主题研究［D］. 武汉：华中师范大学，2016.

［173］叶琳. 论《饥饿游戏》三部曲中女主人公的生态意识［D］. 长沙：湖南大学，2014.

［174］张琪. 论多丽丝·莱辛太空小说中的文化身份探寻［D］. 湘潭：湘潭大学，2014.

[175] 甄红菊. 斯图亚特·霍尔的文化理论研究 [D]. 济南：山东大学，2016.

二、外文文献

(一) 苏珊·柯林斯著作

[176] Collins, Suzanne. Catching Fire [M]. New York: Scholastic Press, 2009.

[177] Collins, Suzanne. Mockingjay [M]. New York: Scholastic Press, 2010.

[178] Collins, Suzanne. The Ballad of Songbirds and Snakes [M]. New York: Scholastic Press, 2020.

[179] Collins, Suzanne. The Hunger Games [M]. New York: Scholastic Press, 2008.

[180] Collins, Suzanne. The Underland Chronicles Book One: Gregor the Overlander [M]. Scholastic Paperbacks, 2004.

[181] Collins, Suzanne. The Underland Chronicles Book Two: Gregor and the Prophecy of Bane [M]. Scholastic Paperbacks , 2005.

[182] Collins, Suzanne. The Underland Chronicles Book Three: Gregor and The Curse Of The Warmbloods [M]. Scholastic Paperbacks, 2006.

[183] Collins, Suzanne. The Underland Chronicles Book Four: Gregor and The Marks Of Secret [M]. Scholastic Paperbacks, 2007.

[184] Collins, Suzanne. The Underland Chronicles Book Five: Gregor and the Code of Claw [M]. Scholastic Paperbacks, 2008.

[185] Collins, Suzanne & Mike Lester. When Charlie McButton Lost Power [M]. New York: Puffin Books, 2005.

[186] Collins, Suzanne. Year of the Jungle [M]. Illustrated by James Proimos. New York: Scholastic Press, 2013.

(二) 其他著作

[187] Agamben, Giorgio. Nudities [M]. Stanford: Stanford University

Press, 2011.

[188] Ahmed, Sara. Strange Encounters: Embodied Others in Post-Coloniality [M]. New York: Routledge, 2000.

[189] Alsup, Janet. Young adult literature and adolescent identity across cultures and classrooms: Contexts for the literary lives of teens [C]. New York: Routledge, 2010.

[190] Anderson, E. N. Everyone Eats: Understanding Food andCulture [M]. New York: New York University Press, 2005.

[191] Anderson, E. N. The Food Of China [M]. New Haven and London: Yale University Press, 1988.

[192] Arrow, V. The Panem Companion: From Mellark Bakery to *Mockingjays* [M]. Dallas: BenBella Books, Inc., 2012.

[193] Ashcroft, Bill., Griffiths, Gareth., Tiffin, Helen. The Empire Writes Back: Theory and practice in post-colonial literatures [M]. London: Routledge, 2002.

[194] Baccolini, Raffaella and Tom Moylan. Dark Horizons: Science Fiction and the Dystopian Imagination [C]. New York and London: Routledge, 2003.

[195] Bailey, Diane. Suzanne Collins [M]. New York: The Rosen Publishing Group, Inc. , 2013.

[196] Barthes, Roland. Toward a Psychosociology of Contemporary Food Consumption [A]. Ed. C. Counihan and P. Van Esterik. Food and Culture: A Reader [C]. NY: Routledge, 1997.

[197] Barton, Len. Disability and Society: Emerging Issues and Insights [M]. New York: Longman, 1996.

[198] Basu, Balaka & Katherine R. Broad & Carrie Hintz. Contemporary Dystopian Fiction for Young Adults: Brave New Teenagers [C]. New York: Routledge, 2013.

[199] Beauvoir, Simone de. The Second Sex [M]. New York: Random

House, Inc., 2010.

[200] Bennett, Andy., Kahn-Harris, Keith. After Subculture: Critical Studies in Contemporary Youth Culture [M]. New York: Palgrave Macmillan, 2004.

[201] Bhabha, Homi K. Nation and Narration [M]. London and New York: Routledge, 1990.

[202] Bhabha, Homi K. The Location of Culture [M]. London: Routledge, 1994.

[203] Bhabha, Homi K.. Unpacking My Library… Again [A]. Ed. Iain Chambers and Linda Curti. The Post-colonial Question: Common Skies, Divided Horizons [C]. London and New York: Routledge, 1996.

[204] Bordo, Susan. Unbearable Weight: Feminism, Western Culture, and the Body [M]. Berkeley and Los Angeles: University of California Press, 1993.

[205] Bosma, U. & J. Lucassen & G. Oostindie. Postcolonial Migrants and Identity Politics: Europe, Russia, Japan and the United States in Comparison [M]. New York: Berghahn Books, 2012.

[206] Bullock, Marcus & Michael W. Jennings. Walter Benjamin: Selected Writings Volume 1 [C]. Cambridge: Harvard University Press, 1996.

[207] Butler, Judith. Bodies that Matter: On the Discursive Limits of "Sex." [M]. London: Routledge, 1993.

[208] Butler, Judith. Gender Trouble: Feminism and the Subversion of I-dentity [M]. New York: Routledge, 1990.

[209] Campbell, G. & S. Miers & J. C. Miller. Children in Slavery Through the Ages [C]. Athens: Ohio University Press, 2009.

[210] Caruth, Cathy. Trauma: Explorations in Memory [M]. Baltimore and London: The Johns Hopkins University Press, 1995.

[211] Connors, Sean P. The Politics of Panem: Challenging Genres [C]. Boston: Sense Publishers, 2014.

[212] Crew, Hillary S. Is It Really Mommie Dearest? Daughter-Mother

Narratives in Young Adult Fiction [M]. Lanham, Maryland, and London: Scarecrow Press, Inc., 2000.

[213] Dewey, John. The Middle Works, 1899-1924 [M]. Ed. Jo Ann Boydston. Carbondale and Edwardsville: Southern Illinois University Press, 1976.

[214] Dill, Karen E. How Fantasy Becomes Reality: Seeing Through Media Influence [M]. New York: Oxford University Press Inc., 2009.

[215] Driscoll, Catherine & Heatwole Alexandra. *The Hunger Games* Spectacle, Risk and the Girl Action Hero [M]. New York: Routledge, 2018.

[216] Dubino, J. & Z. Rashidian & A. Smyth. Representing The Modern Animal in Culture [C]. New York: Palgrave MacMillan, 2014

[217] Dunn, George A. & Nicolas Michaud. *The Hunger Games* and Philosophy: A Critique of Pure Treason [C]. Hoboken: John Wiley & Sons, Inc., 2012.

[218] Edgar, Andrew & Peter Sedgwick. Key Concepts in Cultural Theory [M]. London and New York: Routledge, 1999.

[219] Fanon, Frantz. The Wretched of the Earth [M]. New York: Grove Press, 1963.

[220] Fendler, Lynn. Michel Foucault [M]. New York: Continuum International Publishing Group Ltd., 2010.

[221] Freud, Sigmund. Beyond the Pleasure Principle, Group Psychology and other Works [M]. London: The Hogarth Press, 1955.

[222] Foucault, Michel. The History of Sexuality, Vol. 1: An Introduction [M]. Trans. Robert Hurley, New York: Pantheon, 1978.

[223] Frankel, Valerie Estelle. Katniss the Cattail: An Unauthorized Guide to Names and Symbols in Suzanne Collins' *The Hunger Games* [M]. Lexington: LitCrit Press, 2012.

[224] Frankel, Valerie Estelle. The Many Faces of Katniss Everdeen: Exploring the Heroine of *The Hunger Games* [M]. Hamden: Zossima Press, 2013.

[225] Frech, Selina. Widerstandsutopien in Der Jugendliteratur Am Beispiel Von Suzanne Collins' *Tribute Von Panem* [M]. Grin Publishing, 2016.

[226] Friedman, Jonathan. Cultural Identity and Global Process [M]. London: Sage Publication, 1994.

[227] Gabaccia, Donna R. We Are What We Eat: Ethnic Food andd the Making of Americans [M]. Cambridge: Harvard University Press, 1998.

[228] Garriott, Deidre Anne Evans & Whitney Elaine Jones & Julie Elizabeth Tyler. Space and Place in *The Hunger Games*: New Readings of the Novels [C]. Jefferson: McFarland & Company, Inc., Publishers, 2014.

[229] Gillis, John R. Youth and History: Tradition and Change in European Age Relations 1770-Present [M]. New York: Academic Press, 1981.

[230] Hall, Stuart. Introduction: Who Needs 'Identity'? [A]. Ed. Stuart Hall and Paul du Gay. Questions of Cultural Identity [M]. London: Sage Publication, 1996.

[231] Hall, Stuart & Tony Jefferson. Resistance Through Rituals: Youth Subcultures in Post-War Britain [M]. London: Routledge, 1976.

[232] Hall, Stuart & Tony Jefferson. Resistance Through Rituals: Youth Subcultures in Post-War Britain [M]. London: Routledge, 2006.

[233] Hall, Stuart. Representation: Cultural Representations and Signifying Practices [C]. London, Thousand Oaks and New Delhi: SAGE Publications Ltd., 1997.

[234] Hawthorn, Jeremy. A Glossary of Contemporary Literary Theory [M]. New York: Oxford University Press Inc., 2000.

[235] Henthorne, Tom. Approaching *The Hunger Games* Trilogy: A Literary and Cultural Analysis [M]. Jefferson, North Carolina, and London: McFarland & Company, Inc. Publishers, 2012.

[236] Herman, Judith Lewis. Trauma and Recovery: From Domestic Ability to Political Terror [M]. London: Pandora, 2001.

[237] Hobbes, Thomas. The Leviathan [M]. Ed. A. R. Waller. Cam-

bridge: Cambridge University Press, 1904.

[238] Hopkinson, Deborah. Up Before Daybreak: Cotton and People in America [M]. New York: Scholastic, 2006.

[239] Hoover, Elizabeth. Suzanne Collins [M]. Farmingtong Hills: Lucent Books, 2012.

[240] Hover, Janet Gabler & Robert Sattelmeyer. American History Through Literature 1820 – 1870 [C]. New York: Charles Scribner's Sons, 2006.

[241] Hunter, Nick. Suzanne Collins [M]. Chicago: Raintree, 2014.

[242] Izzo, David Garrett. Movies in the Age of Obama: The Era of Post-Racial and Neo-Racist Cinema [C]. Lanham: Rowman & Littlefield, 2015.

[243] Jackson, Stevi & Sue Scott. Feminism and Sexuality: A Reader [M]. Edinburgh: Edinburgh University Press, 1996.

[244] James, William. The Will To Believe and Other Essays in Popular Philosophy and Human Immortality [C]. New York: Dover Publications, 1956.

[245] Kristeva, Julia. Desire in Language- A Semiotic Approach to Literature [M]. Trans. Thomas Gora, Alice Jardine and Leon S. Roudiez. New York: Columbia University Press, 1980.

[246] Lacan, Jacques. Écrits: A Selection [M]. trans. Alan Sheridan. London: Routledge, 2003.

[247] Lenin, Vladimir Ilyich. The Communist Manifesto and Other Revolutionary Writings [M]. Mineola: Dover, 2003.

[248] Levenstein, Harvey. Paradox of Plenty: A Social History of Eating in Modern America [M]. Berkeley: University of California Press, 2003.

[249] Llanas, Sheila Griffin. How to Analyze the Works of Suzanne Collins [M]. North Mankato: ABDO Publishing Company, 2013.

[250] Lotz, Amanda. The Television Will Be Revolutionized [M]. New York: New York University Press, 2007: 181.

[251] Lowinsky, Naomi Ruth. Stories from the Motherline: Reclaiming the

Mother–Daughter Bond, Finding Our Feminine Souls [M]. Los Angeles: Jeremy P. Tarcher, 1992.

[252] Lusted, Marcia Amidon. Suzanne Collins: Words on Fire [M]. Minneapolis: Twenty–First Century Books, 2013.

[253] Lyon, D. The Electronic Eye: The Rise of Surveillance Society [M]. Minneapolis: University of Minnesota Press, 1994.

[254] MacCann, Donnarac. White Supremacy in Children' s Literature: Characterizations of African Americans [M]. New York: Routledge, 2001.

[255] McEvoy–Levy, Siobhan. Peace and Resistance in Youth Cultures: Reading the Politics of Peacebuilding from *Harry Potter* to *The Hunger Games* [M]. London: Palgrave Macmillan Publishers Ltd., 2018.

[256] McGrew, Tony. Modernity and its Futures [C]. Cambridge: Polity Press, 1992.

[257] Mcleod, John. Beginning Postcolonialism [M]. Manchester&New York: Manchester University Press, 2000.

[258] McRobbie, Angela. The Uses of Cultural Studies, A Textbook [M]. London: Sage Publications Ltd., 2003.

[259] Megan Devos. Anarchy: *The Hunger Games* for a new generation [M]. Orion Publishing Co., 2018.

[260] Montanari, Massimo. Food Is Culture [M]. Trans. Albert Sonnenfeld. New York: Columbia University Press, 2004.

[261] Muggleton, David & Rupert Weinzierl. The Post–subcultures Reader [M]. Oxford & New York: Berg Publishers, 2003.

[262] Ogaga, Ifowodo. History, Trauma, and Healing in Postcolonial Narratives: Reconstructing identities [M]. New York: Palgrave Macmillan, 2013.

[263] Parasecoli, Fabio. Bite Me: Food in Popular Culture [M]. King' s Lynn: Berg Publishers, 2008.

[264] Paul, Rabinow. The Foucault Reader [M]. New York: Pantheon, 1984.

[265] Pearlman, Mickey. Mother Puzzles: Daughters and Mothers in Contemporary American Literature [M]. New York: Greenwood, 1989.

[266] Pharr, Mary F. & Leisa A. Clark. Of Bread, Blood and*The Hunger Games*: Critical Essays on the Suzanne Collins Trilogy [C]. Jefferson: McFarland & Company, Inc., Publisher, 2012.

[267] Piketty, Thomas. Capital in the Twenty-First Century [M]. Trans. Arthur Goldhammer. Cambridge: Harvard University Press, 2014.

[268] Podnieks, Elizabeth & Andrea O' Reilly. Textual Mothers/Maternal Texts: Motherhood in Contemporary Women' s Literatures [C]. Waterloo, Ontario: Wilfrid Laurier University Press, 2010.

[269] Rich, Adrienne. Of Woman Born: Motherhood as Experience and Institution [M]. New York and London: W. W. Norton & Company, 1976.

[270] Rosen, David M. Armies of the Young: Child Soldier in War and Terrorism [M]. New Brunswick, New Jersey and London: Rutgers University Press, 2005.

[271] Roskies, David G. & Naomi Diamant. Holocaust Literature: A History and Guide [M]. Brandeis: Brandeis University Press, 2012.

[272] Said, Edward W. The World, the Text, and the Critic [M]. Cambridge, MA: Harvard University Press, 1983.

[273] Sapet, Kerrily. Suzanne Collins [M]. Greensboro: Morgan Reynolds Publishing, 2013.

[274] Schwartz, Marie Jenkins. Birthing a Slave: Motherhood and Medicine in the Antebellum South [M]. Cambridge, Massachusetts: Harvard University Press, 2006.

[275] Sedlmayr, G. & Waller, N. Politics in Fantasy Media: Essays on Ideology and Gender in Fiction, Film, Television and Games [C]. Jefferson, North Carolina: McFarland & Company, 2014.

[276] Singer, Peter Warren. Children at War [M]. New York: Panthon Books, 2005.

[277] Sorisio, Carolyn. Fleshing out America: Race, Gender, and the Politics of the Body in American Literature, 1833–1879 [M]. Athens, Georgia: University of Georgia Press, 2002.

[278] Tarja Laine. Emotional Ethics of*The Hunger Games* [M]. Switzerland: Springer Nature Switzerland AG, 2021.

[279] The National Archives. Our Documents: 100 Milestone Documents From the National Archives [M]. New York: Oxford University Press Inc., 2006.

[280] Thomas, Ebony Elizabeth. The Dark Fantastic Race and the Imagination from *Harry Potter* to *The Hunger Games* [M], New York: New York University Press, 2019.

[281] Warren, Karen J. Ecofeminist Philosophy: A Western Perspective on What It Is and Why It Matters [M]. Lanham: Rowman & Littlefield Publishers, Inc., 2000.

[282] Wessells, Michael G. Child Soldiers: From Violence to Protection [M]. Harvard: Harvard University Press, 2006.

[283] Wiemers, Eva . Dystopien in Aktueller Kinder– Und Jugendliteratur Und ALS Thema Im Deutschunterricht: Suzanne Collins' Die *Tribute Von Panem* [M], 2013.

[284] Wiener, Gary. Social Issues in Literature: Violence in Suzanne Collins' s *The Hunger Games* Trilogy [C]. Farmington Hills: Greenhaven Press, 2015.

[285] Wilson, Leah. The Girl Who Was on Fire: Your Favorite Authors on Suzanne Collins' s *Hunger Games* Trilogy [C]. Dallas, TX: An Imprint Of Benbella Books, Inc., 2010.

[286] Žižek, Slavoj. Violence: Six Sideways Reflections [M]. New York: Picador, 2008.

（三）期刊论文

[287] Betheune, Brian. Dystopia Now [J]. Maclean' s 125, 2012, 13

(14): 84-88.

[288] Bewley, Alison L. Literary Traditons on Fire: Mimetic Desire and the Role of the Orphaned Heroine in Suzanne Collins' s Hunger Games Trilogy [J]. Children' s Literature Association Quarterly, 2015, 40 (4): 371-385.

[289] Blasingame, James & Suzanne Collins. An Interview with Suzanne Collins [J]. Journal of Adolescent & Adult Literacy, 2009, 52 (8): 726-727.

[290] Burke, Brianna. R. Teaching Environmental Justice Through *The Hunger Games* [J]. The Alan Review, 2013, 43 (1): 53-63.

[291] Byrne, Deirdre. Dressed for the Part: An Analysis of Clothing in Suzanne Collins' s *The Hunger Games* Trilogy [J]. Journal of Literary Studies, 2015, 31 (2): 43-62.

[292] Caruth, Cathy. Unclaimed Experience: Trauma and the Possibility of History [J]. Yale French Studies, 1991, (79): 181-192.

[293] Cosslett, Tess. Feminism, Matrilinealism, and the ' House of Women' in Contemporary Women' s Fiction [J]. Journal of Gender Studies, 1996, 5 (1): 7-8.

[294] Dalfiume, Richard M. The " Forgotten Years " of the Negro Revolution [J]. The Journal of American History, 1968, 55 (1): 90-106.

[295] Dietz, Mary G. Introduction: Debating Simone de Beauvoir [J]. Signs, 1992, 18 (1): 74-88.

[296] Foucault, Michel. The Subject and Power [J]. Critical Inquiry, 1982, 8 (4): 777-795.

[297] Glasgow, J. N. Teaching Social Justice Through Young Adult Literature [J]. The English Journal, 2001, 90 (6): 54-61.

[298] Guanio-Uluru, Lykke. Female Focalizers and Masculine Ideals: Gender as Performance in *Twilight* and *The Hunger Games* [J]. Children' s Literature in Education, 2016, (47): 209 - 224.

[299] Halper, Thomas & Muzzio, Douglas. Hobbes in the City: Urban Dystopias in American Movies [J]. The Journal of American Culture, 2007, 30

(4): 379-390.

[300] Nurjanah, Hidayatul. Boaz Hagin' s Philosophy of Death as Reflected in *The Hunger Games* Trilogy Films [J]. Rubikon, 2021, 8 (1): 38-49.

[301] Hudson, Hannah Trierweiler. Sit Down with Suzanne Collins [J]. Instructor, 2010, 120 (2): 51-53.

[302] Jameson, Fredric. Shifting Contexts of Science Fiction Theory [J]. Science Fiction Studies, 1987, 14 (2): 241-247.

[303] Jameson, Fredric. Then You Are Them [J]. London Review of Books. 10 September 2009: 7-8.

[304] Kirby, Philip. The Girl on Fire: *The Hunger Games*, Feminist Geopolitics and the Contemporary Female Action Hero [J]. Geopolitics, 2015 (20): 460-478.

[305] Latham, Don & Hollister, Jonathan M. The Games People Play: Information and Media Literacies in*The Hunger Games* Trilogy [J]. Children' s Literature in Education, 2014, (45): 33-46.

[306] Matos, Mary A. Media in *The Hunger Games* [J]. JCCC Honors Journal, 2013, 4 (1): 1-8.

[307] Merritt, Frazer & Dennis Merritt & Kevin Lu. A Jungian Interpretation of*The Hunger Games* [J]. *Jung Journal*, 2018, 12 (3): 26-44.

[308] Moore, Ellen E. & Catherine Coleman. Starving for Diversity: Ideological Implications of Race Representations in*The Hunger Games* [J]. The Journal of Popular Culture, 2015, 48 (5): 951-958.

[309] Morris, Sam. "Anything be better than this": Utopian Impulses in *The Hunger Games* Series and *Orleans* [J]. The Lion and the Unicorn, 2020, (44): 262 - 280.

[310] Murnane, Ben. Now is a Dystopia: Ayn Rand and the Right-Wing Appropriation of *The Hunger Games* [J]. The Journal of Popular Culture, 2018, 51 (2): 280-301.

[311] Parks, Lori L. & Jennifer P. Yamashiro. Consumed: Food in*The*

Hunger Games [J]. European Journal of American Culture, 2015, 34 (2): 137-150.

[312] Peksoy, Emrah. Food as Control in*The Hunger Games* Trilogy [J]. Procedia-Social and Behavioral Sciences, 2014, 158: 79-84.

[313] R., Esme Robina. Power Combat and Identity Clash in *The Hunger Games* by Suzanne Collins [J]. Think India (Quarterly Journal), 2019, 22: 10395-10412.

[314] Ringlestein, Yonah. Real or Not Real: *The Hunger Games* as Transmediated Religion [J]. The Journal of Religion and Popular Culture, 2013, 25 (3): 372-387.

[315] Ruthven, Andrea . The Contemporary Postfeminist Dystopia: Disruptions and Hopeful Gestures in Suzanne Collins' *The Hunger Games* [J]. The Feminist Review Collective, 2017, (116): 47-62.

[316] Sambell, K. Carnivalizing the Future: A New Approach to Theorizing Childhood and Adulthood in Science Fiction for Young Readers [J]. The Lion and the Unicorn, 2004, 28 (2), 247-267.

[317] Schreiber, E. M. Anti-War Demonstrations and American Public Opinion on the War in Vietnam [J]. The British Journal of Sociology, 1976, 27 (2): 225-236.

[318] Skinner, Margaret & Kailyn Mccord. *The Hunger Games*: A Conversation- Jungian and Literary Perspectives on Violence, Gender, and Character Development [J]. Jung Journal: Culture & Psyche, 2012, 6 (4): 107-109.

[319] Sloan, Eva Dee & Cheryl Sawyer & Tara D. Warner & Lisa A. Jones. Creativity in the Cinema: Adolescent Entertainment or Violence Training? *The Hunger Games* [J]. Journal of Creativity in Mental Health, 2014, 9 (427): 427-435.

[320] Springen, Karen. Apocalypse Now [J]. Publishers Weekly, 2010, 257 (7): 21-24.

[321] Tan, Susan Shau Ming. Burn With Us: Sacrificing Childhood in *The*

Hunger Games [J]. The Lion and the Unicorn, 2013, 37 (1): 54-73.

[322] Velazquez, Janet M. Alienation [J]. The American Journal of Nursing, 1969, 69 (2): 301-304.

[323] Ward, B. A. & T. A. Young. Brave, determined, and strong: Books for girls (and sometimes boys) [J]. Reading Horizons, 2009, 49 (3): 257-268.

(四) 学位论文

[324] Baumbach, Teresa. *The Hunger Games*: "CHE VUOI?", Divine Violence, and The Failure of Utopian Imagination [D]. Vermillion: The University of South Dakota, 2015.

[325] Haynes, Ashley. The technology question: Adolescent Identities of Home in Dystopic Young Adult Literature Post-*Hunger Games* [D]. Ames: Iowa State University, 2014.

[326] Kokkola, Lydia. Representing the Holocaust in Children' s Literature [D]. New York: Routledge, 2003.

[327] Lempke, Celeste. Adding More "Diss" to Dystopia: the New Manifestation of Dystopi and Dystopian (Anti) Heroes in Postmodern Graphic Novels and Adolescent Literature [D]. Kearney: University of Nebraska at Kearney, 2012.

[328] Miller, Mary Catherine . Restorying Dystopia: Exploring*The Hunger Games* Series Through U. S. Cultural Geographies, Identities, and Fan Response [D]. Columbus: The Ohio State University, 2017.

[329] O' Reilly, Andrea. From Motherhood to Mothering: The Legacy of Adrienne Rich' s *Of Woman Born* [D]. New York: State University of New York Press, 2004.

[330] Peters, Megan. The Ambiguity of Panem: Capitalism, Nationalism, and Sexuality in Suzanne Collins' *The Hunger Games* Series [D]. Mankato: Minnesota State University, Mankato, 2013.

[331] Polish, Jennifer. Rendering The Unthinkable: (UN) Knowable Ani-

mality, Compulsory Recovery, And Heterosexualized Trauma in *The Hunger Games* [D]. New York: The City University of New York, 2014.

[332] Sandoe, Kathryn J. Hungry For Justice: *The Hunger Games* and Developing an Activist Identity in Woman Fans [D]. State College: The Pennsylvania State University, 2017.

[333] Sweeney, Jennifer Francis. The Bio－Politics Of Fashion: *The Hunger Games* Trilogy and Subjectivity [D]. New York: Binghamton University, State University of New York, 2012.

（五）其他文献

[334] Collins, Suzanne& Lawrence, Francis. "Come for the Love Story, Stay for the War." Interview by Lev Grossman [N]. Time, 22 Nov. 2013. Web. 22 July 2014.

[335] Jameson, Fredric. Then You Are Them [J]. London Review of Books, 2009, (9): 7-8.

[336] Margolis, Rick. The Last Battle: With "*Mockingjay*" on Its Way, Suzanne Collins Weighs in on Katniss and the Capitol. School Library Journal (August 2010) [EB/OL]. Http: //www. School libraryjournal. com/slj/home/885800-312/ the_ last_ battle_ with_ *Mockingjay*. html. csp.

[337] National Resources Defense Council. "Wasted: How America Is Losing Up to 40 Percent of Its Food from Farm to Fork to Landfill." NDRC. NDRC. 21 Aug. 2012. Web. 19 April 2015.

[338] Neary, Lynn. "Edgy, Violent Thrillers for the Teen-Age Set." NPR Books. Web. 1 September 2009.

[339] Scholastic videos. Author interviews. Suzanne Collins, Interview 2.

http: //www. scholastic. com/browse/video. jsp? pID=1640183585&bcpid=1640183585&bclid=1745181007&bctid=1840656769.

附录
柯林斯简明年谱：生平与著作编年

1. 1962 年

8 月 10 日，苏珊·柯林斯出生于康涅狄格州哈特福德的一个美国军官家庭，其父迈克尔·柯林斯和其母简·柯林斯有四个孩子，她排行老四，他们是凯西·柯林斯（Kathy Collins）、珍妮·柯林斯（Jeanie Collins）、德鲁·柯林斯（Drew Collins）。父亲作为美国空军的职业军官，是一名军事专家、历史学家和政治学博士。

2. 1968 年

柯林斯 6 岁时，举家迁往印第安纳州。其父迈克尔·柯林斯去越南战争中服役。

3. 1973 年

柯林斯举家搬到了比利时的布鲁塞尔。

4. 1980 年

柯林斯毕业于亚拉巴马州美术学院，就读于印第安纳大学；18 岁的柯林斯与未来的丈夫卡普·普莱厄（Cap Pryor）在大学邂逅。

5. 1985 年

柯林斯毕业于印第安纳大学，获得戏剧和传媒双学位。

6. 1987 年

柯林斯搬到纽约市并在纽约大学学习编剧。

7. 1989 年

柯林斯从纽约大学蒂什艺术学院获得美术硕士学位（MFA）。

8. 1991 年

柯林斯开始为儿童电视写作。合编儿童电视特别节目《圣诞老人，宝贝！》（*Santa, Baby*!）。

9. 1992 年

30 岁的柯林斯与她在读大学时遇到的演员卡普·普莱厄（Cap Pryor）结婚。

10. 1993 年

柯林斯为“尼科罗登”（Nickelodeon）儿童台创作两集《克拉丽莎都知道》（*Clarissa Explains It All*），荣获美国电视界的最高奖项艾美奖提名。

11. 1994 年

柯林斯 32 岁时，大儿子查理出生。

12. 1997 年至 1998 年

柯林斯为“尼科罗登”（Nickelodeon）儿童台创作《谢尔比·吴的神秘档案》（*The Mystery Files of Shelby Woo*），荣获美国电视界的最高奖项艾美奖提名。

13. 1999 年

柯林斯 37 岁时，女儿伊莎贝尔出生；出版《防火》（*Fire Proof*）。

14. 2000 年至 2001 年

柯林斯为电视节目《O 世代！》（*Generation O*!）共同创作和写作。

15. 2001 年

柯林斯因创作儿童电视特别节目《圣诞老人，宝贝》（*Santa, Baby*!）而获得美国作家协会奖。

16. 2003 年

举家搬到康涅狄格州；

作者詹姆斯·普利莫斯（James Proimos）敦促她写一本儿童书；

担任学术电视节目《克利福德的小狗时光》（*Clifford's Puppy Days*）的主编。

17. 2004 年

出版第一部小说《地下城Ⅰ：光明勇士》（*Gregor the Overlander*），这是《地下城》系列五部曲中的第一本。

18. 2005 年

出版第二部小说《地下城Ⅱ：灾星预言》（*Gregor and the Prophecy of Bane*）和儿童画册《当查理·麦克巴顿失去力量》（*When Charlie McButton Lost Power*）。

19. 2006 年

出版第三部小说《地下城Ⅲ：温血诅咒》（*Gregor and the Curse of the Warmbloods*）。

20. 2007 年

出版第四部小说《地下城Ⅳ：神秘印记》（*Gregor and the Marks of Secret*）。

21. 2008 年

出版第五部小说《地下城Ⅴ：利爪密则》（*Gregor and the Code of Claw*），也是《地下城》系列的最后一本书；

出版《饥饿游戏》（*The Hunger Games*），这是三部曲中的第一本书；

《饥饿游戏》连续 180 周荣登《纽约时报》（*The New York Times*）畅销书排行榜榜首，被《纽约时报》评为 2008 年最受关注的儿童读物，被《出版人周刊》（*Publishers Weekly*）评为年度最佳图书，被《学校图书馆杂志》（*School Library Journal*）评为 2008 年最佳图书，获得 70 多个奖项；

柯林斯为儿童电视节目《哇！哇！拇指熊康吉!》（*Wow! Wow! Wubbzy!*）创作剧本。

22. 2009 年

出版《饥饿游戏》三部曲的第二本书：《燃烧的女孩》（*Catching Fire*）；

狮门影业获得《饥饿游戏》电影版权。《燃烧的女孩》被《出版人周刊》（*Publishers Weekly*）评为年度最佳书籍，在《时代》（*Times*）杂志榜单上名列第四，在《人物》（*People*）杂志榜单中名列第八。

23. 2010年

出版《饥饿游戏》三部曲的最后一本书:《嘲笑鸟》(*Mockingjay*);

首次在多个畅销书排行榜上排名第一;

柯林斯被提名为《今晚娱乐》(*Entertainment Tonight*)娱乐年度艺人。

柯林斯被《时代》(*Time*)杂志评为最具影响力的百人之一。

24. 2011年

狮门影业获得《燃烧的女孩》电影版权,《饥饿游戏》电影开拍。

柯林斯为电影《挣脱》(*Ticket Out*)共同创作剧本,由雷·利奥塔(Ray Liotta)主演。

25. 2012年

《饥饿游戏》被好莱坞导演加里·罗斯(Gary Rose)改编成电影上映,这是根据柯林斯三部曲改编的四部系列电影中的第一部;

柯林斯成为历史上最畅销的电子书作者之一;

目前三部曲全球销量已达8700万册。

26. 2013年

柯林斯出版自传图画书《丛林之年》(*Year of the Jungle*);

《饥饿游戏》第二本书《燃烧的女孩》(*Catching Fire*)被导演弗朗西斯·劳伦斯(Francis Lawrence)改编成电影《饥饿游戏2:星火燎原》上映;

《饥饿游戏》第三部《嘲笑鸟》改编电影开拍。

27. 2015年

《饥饿游戏》三部曲第三本书《嘲笑鸟》(*Mockingjay*)被导演弗朗西斯·劳伦斯(Francis Lawrence)改编成《嘲笑鸟》(上)、(下)两部电影放映,由詹妮弗·劳伦斯、乔什·哈切森、利亚姆·海姆斯沃斯主演。

28. 2020年

苏珊·柯林斯出版《〈饥饿游戏〉前传:鸣鸟与蛇之歌》(*The Ballad of Songbirds and Snakes*- A Hunger Games *Novel*)。

29. 2023年

《〈饥饿游戏〉前传:鸣鸟与蛇之歌》(*The Ballad of Songbirds and*

Snakes- *A* Hunger Games *Novel*）被导演弗朗西斯·劳伦斯（Francis Lawrence）改编成电影放映，由汤姆·布莱斯、瑞秋·齐格勒、彼特·丁拉基、詹森·舒瓦兹曼、亨特·莎弗、乔什·安德烈斯·里维拉主演。

后 记

本书是基于我的博士论文修改而成，呈现出我对苏珊·柯林斯科幻小说近9年的学术积累和思考。读博岁月，是自己学识积累和升华的重要时期，也是自己人生经历硕果累累的时期，这段时光是难忘的，承载着艰辛、彷徨、爱和理想。身为女性，很自然地与女性小说家们所书写的文学世界产生一种共鸣，而选择苏珊·柯林斯进行详细深入研究也是源于本人对当代美国文学的兴趣，对儿童文学和科幻小说的喜爱。中国学术界虽然对文化身份关注较多，但对于苏珊·柯林斯和其作品的详细研究甚少，尤其国内目前还没有学者研究柯林斯作品中的文化身份问题。而这些都激发了我对柯林斯作品进一步研究的兴趣。国外对于柯林斯的研究已经兴起一股“饥饿游戏”的文学和文化研究热潮，而国内对柯林斯的作品研究十分薄弱，这样的一种研究反差更让我产生了对柯林斯研究的一种好奇，经过这种发现、惊奇、积累、想象、思考，并借助时间的打磨，最终形成了这部著作。这部书稿能够成稿并出版，离不开恩师和亲朋好友的关心、支持与鼓励。

首先，我要感谢我的博士生导师季水河教授。我硕士毕业工作8年之后，再读博士，对于专业知识遗忘不少，理论知识积累不够，导师不弃弟子愚笨，以严谨的治学态度，细心地指导我巩固和拓展专业知识，提高文学素养，耐心地回答我的疑问，修改我的论文，引领我进入比较文学与世界文学的知识殿堂。该书从选题到开题，从初稿到定稿，从框架到论点，从遣词用句到标点符号，都凝聚着老师的汗水和智慧。导师在我博二时就对我指点迷津，从我提供的多个选题之中，结合实际情况，让我确定了苏珊·柯林斯作为研究对象，才有充足的时间去海内外收集和整理第一手资料。他严谨的科研精神、踏实的治学态度、博学笃行的学术品格使我明白了科研和学习的重要性。此外，导师还殷殷关切我的生活，对我的人生困惑和前进方向悉心指导。师母知性优雅、温婉娴静，对我的学习和生活关怀备至，她对我的每句关怀都让我如沐春风。他们学术上的卓著成就，生活上的互敬互爱，都是我学习的楷模，是我生活的榜样。两位恩师对我的深情厚谊，我将永远铭记于心。

其次，我要感谢我的硕士生导师王洁群教授。王老师严谨务实的工作学习精神，谦逊的待人态度，是我工作、科研和生活中的学习榜样。犹记得读硕士时，王老师在北京。虽然当时和老师经常隔着万水千山，但自己经常和导师网络沟通都能得到老师的及时解惑和指导，总觉得王老师就在身边。进入大学参加工作多年，每当遇到人生迷惘的时刻，经常和老师聊聊，顿觉豁然开朗。王老师在学术上的造诣，让我领略到了做学问、教书育人的快乐。在此，我向王老师表示学生最诚挚的敬意和谢意！

再次，我还要感谢我的博士论文答辩委员会各位专家和教授们。他们在我的论文开题、答辩过程中的指导和中肯建议，他们对我工作的鼓励与建议，我将永远铭记于心。

完稿之际，我要感谢我的同事和朋友们。感谢他们在访学和国外读博期间帮我一起收集资料，对我的科研和学术进行友情指导，和我一起探讨发现问题，并给我提出了许多宝贵意见。本书的顺利开展，离不开他们的友爱帮助。

感谢我的父母和家人，他们是我坚强的后盾和精神支柱。感谢我的舅舅们和姐姐一家对我的帮助和叮咛，感谢我的妈妈和公公不辞辛劳地帮我照顾孩子。感谢我丈夫一直以来的督促和支持，为我从国外收集相关资料。他的鞭策是我懈怠时的动力，他严谨的工作和科研作风是我学习的榜样，我遇到难点时，他以个人经历和学识对我从旁指导，让我受益良多。感谢我大儿和小儿的天真与乐观陪伴，使我心怀感恩，让我有了继续刻苦钻研的动力，使我明白了生活的真谛。

本书的写作与出版得到了教育部人文社会科学研究青年基金项目：苏珊·柯林斯科幻小说中的文化身份研究（编号：20YJC751007）经费支持。感谢我的研究生王婷婷、王艳、汪果玉三位同学加班协助校对书中文献。本书的部分内容曾在《当代外国文学》《湘潭大学学报（哲学社会科学版）》发表或转载过，再次向这些刊物以及编辑与外审专家表示感谢。

苏珊·柯林斯的《饥饿游戏》系列科幻小说，就像1997年至2007年出版的《哈利·波特》系列小说（the *Harry Potter* series）和2005年至2020年出版的《暮光之城》系列小说（*The Twilight Saga*）一样，《饥饿游戏》三部曲（*The Hunger Games* trilogy）吸引着广泛的各类人群，全球8700万册的小说销量就证明了这一点。正如凯伦·施普林根（Karen Springen）在《出版人周刊》（*Publishers Weekly*）里说到的一样，“该系列书籍很受欢迎并适合所有年龄段的读者”。《饥饿游戏》三部曲是其时代的产物，就像其他重要的文学作品一样。柯林斯科幻小说系列第一部《饥饿游戏》的出现与2008年末开始的世界经济危机几乎完全吻合。这本书对时事的尖锐讽刺反映了当时大众的普遍心情，人们已经厌倦了阿富汗和伊拉克正在进行的战争，并对其政治领导人持怀疑态度，他们面临着一个非常现实的经济崩溃的前景。而《饥饿游戏》里塑造的这种紧张气氛，这种危机意识，正好反映了大众的心理危机感，引发大众对身份的追寻。《饥饿游戏》无疑像是黑暗时期的一本黑皮书。而其第二部《燃烧的女孩》（*Catching Fire*）和第三部《嘲笑鸟》（*Mocking jay*）分别出现在2009年和2010年。

本书认识到了苏珊·柯林斯科幻小说作品的重要性，从文学研究，文化研究、心理学研究、性别研究，历史研究、后殖民研究、文化身份研究等领域，采用跨学科的方法详尽剖析柯林斯的作品，以便更好地理解其意义和吸引力。本书作为一部学术型的专著，更多的是通过理论分析作品，从而让读者和文学爱好者们更好地理解作品。由于自身的知识积累不充分，写作水平还有提高的空间，本书还有许多不足之处，敬请大家批评指正。有了大家的大力支持，我才能在今后的学习和工作中不断完善，继续努力前行。是为记。